Anna Seghers
Und habt ihr denn etwa keine Träume

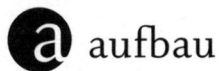

aufbau

Anna Seghers

UND HABT IHR DENN ETWA KEINE TRÄUME

ERZÄHLUNGEN

AUSGEWÄHLT UND EINGELEITET VON
INGO SCHULZE

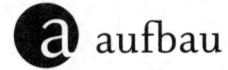 aufbau

Die Texte wurden neu durchgesehen nach der Seghers-Werkausgabe, hrsg. von Helen Fehervary und Bernhard Spies, Bde. II/1, II/2, II/3, II/5 und II/6, Aufbau Verlag, Berlin 2005–2014; das postum veröffentlichte Fragment »Der gerechte Richter« nach der Erstausgabe (Berlin 1990). Die Orthographie folgt den heute gültigen Regeln.

MIX
Papier aus verantwor-
tungsvollen Quellen
FSC® C083411

ISBN 978-3-351-03950-9

Aufbau ist eine Marke der Aufbau Verlage GmbH & Co. KG

1. Auflage 2022
© Aufbau Verlage GmbH & Co. KG, Berlin 2022
Einbandgestaltung U1berlin, Patrizia Di Stefano
Satz LVD GmbH, Berlin
Druck und Binden CPI books GmbH, Leck, Germany
Printed in Germany

www.aufbau-verlage.de

Inhalt

Von der Kraft der Schwachen
Von Ingo Schulze

Bevor unsere Deutschlehrerin mit dem Unterricht begann, bat sie darum, die gerahmte Schwarzweißfotografie von Anna Seghers wieder gerade zu rücken. Außer ihr hatte es offenbar niemanden gestört, dass Anna Seghers schief an der Wand hing, womöglich war es von uns gar nicht bemerkt worden.

»Nicht dass sie noch runterfällt!«, sagte unsere Lehrerin und fügte dann hinzu: »An der Anna liegt mir schon viel.«

Dieser Satz hat mich damals – Ende der Siebziger, ich war in der neunten oder zehnten Klasse – derart überrascht und befremdet, dass ich mich heute noch an ihn erinnere. Wie konnte man denn eine Schriftstellerin allein beim Vornamen nennen? Das tat nicht mal meine Mutter. Zudem war Anna Seghers eine offizielle Figur, immerhin die Präsidentin oder mittlerweile Ehrenpräsidentin des Schriftstellerverbandes der DDR. Und ging einen denn das, was sie schrieb, außerhalb der Schule wirklich etwas an? Gerade nach der Schullektüre von »Das siebte Kreuz« – einem Roman, der mich durchaus berührt hatte, der aber eine Welt beschrieb, die in meinen Augen ein für alle Mal vergangen war und nichts mehr mit mir zu tun hatte – erschien mir das familiäre Verhältnis zwischen der Deutschlehrerin und Anna Seghers noch unerklärlicher.

Für mich entdeckt habe ich Anna Seghers erst relativ spät, und das – abgesehen von dem Roman »Transit« – vor allem durch ihre Erzählungen, Geschichten und Legenden. Viele davon gehören für mich zum Besten, was die deutschsprachige Literatur des 20. Jahrhunderts hervorgebracht hat, und damit auch zu jenem Fundus, der uns Heutige unmittelbar anspricht.

Es lässt sich kaum ein Jahr in Anna Seghers' Schriftstellerleben finden, in dem sie keine Erzählung geschrieben hat. Sie brauchte und nutzte die kürzere Prosaform so kontinuierlich wie keiner ihrer Zeitgenossen. Denn offenbar ermöglichte die Erzählung ihr eine vergleichsweise schnelle Reaktion auf sich verändernde Verhältnisse. Zeitlich spannt sich der Bogen von der Weimarer Republik kurz nach der Inflation über die Weltwirtschaftskrise und die »Machtergreifung« der Nazis, die Flucht von Anna Seghers und ihrer Familie nach Frankreich, den Spanischen Bürgerkrieg, den Zweiten Weltkrieg und die Emigration nach Mexiko, ihre Rückkehr nach Deutschland, die Entstehung zweier deutscher Staaten im Kalten Krieg bis hin zu den Enthüllungen des XX. Parteitags der KPdSU, dem Mauerbau und noch weit hinein in die beginnende Spätphase der DDR in den achtziger Jahren. Zugleich gibt es in deutscher Sprache und über diesen langen Zeitraum kaum jemanden – Alfred Döblin, der einer älteren Generation angehört, einmal ausgenommen –, dessen Kurzgeschichten, Novellen und Erzählungen stilistisch so variationsreich sind, was nicht zuletzt auf sich wandelnde Haltungen hinweist.

Anna Seghers wird als Netty Reiling am 19. November 1900 in Mainz in einer jüdischen Familie geboren. Sie bleibt das einzige Kind. Ihr Vater, der gemeinsam mit seinem Bruder eine erfolgreiche Antiquitäten- und Kunsthandlung betreibt, ist auch Kustos am Mainzer Dom. Mit zwanzig beginnt sie Kunstgeschichte, Sinologie und Geschichte in Heidelberg zu studieren und promoviert dort mit einer Arbeit über »Juden und Judentum im Werke Rembrandts«. Sie stellt sich damit gegen den »Rembrandt-Deutschen« Julius Langbehn, der mit seinem 1890 erschienenen Buch »Rembrandt als Erzieher« den Künstler für nationalistische und antisemitische Haltungen vereinnahmte. Für Netty Reiling malt Rembrandt die jüdischen Gesichter, »wie er einen dunklen Hinterhof oder eine öde und unscheinbare Landschaft gemalt hat, die noch niemand vor ihm in seinem Reichtum von Ausdruck sehen konnte und den man erst im Bilde wiedererkennt«.

Im selben Jahr erscheint in der Frankfurter Zeitung ihre Erzählung »Die Toten auf der Insel Djal« unter dem Pseudonym Antje Seghers. Interessant ist diese früheste Prosa-Etüde durch Seghers Lust an der Fabel, am Schaurigen und der überraschenden Wendung, also an einem Erzählen, für das immer und überall Menschen ihre Köpfe zusammenstecken. Ohne ihrer ersten Wortmeldung zu viel Gewicht beizumessen, zeigt sich hier bereits eines ihrer später ständig wiederkehrenden Themen: die Beziehung der Lebenden zu den Toten und die Verlebendigung der Toten durch das Erzählen.

Ihren Namen entlehnt sie Hercules Seghers, einem Zeitgenossen Rembrandts. »Sie kannte das Schicksal dieses Hochbegabten, der, zu seiner Zeit unverstanden, in Armut, ausgestoßen, noch vor seinem fünfzigsten Lebensjahr zugrunde ging …« (Christa Wolf)

1925 heiratet sie den gleichaltrigen László Radványi, der nach der gescheiterten ungarischen Räterepublik als Exilant nach Deutschland gekommen war. 1926 wird der Sohn Peter (Pierre) und 1928 die Tochter Ruth geboren.

Bereits mit »Jans muß sterben« von 1925, ihrer ersten längeren Erzählung, die erst 2000, also 75 Jahre nach ihrer Entstehung, erscheinen wird, verlässt Anna Seghers die Welt ihrer Herkunft. Warum die 25-Jährige den Text damals nicht publizierte, ist unbekannt. An der gestalterisch-dramaturgischen Kraft, der Präzision der Beschreibungen, der Plastizität der Figuren kann es nicht gelegen haben. Angekommen in einer anderen Welt ist sie mit diesem Gesellenstück aber noch nicht. Jans' Vater ist Arbeiter – doch bleibt das eher ein äußeres Etikett. Was hier fehlt, erschließt sich wie von selbst bei der Lektüre von »Die Ziegler«, einem zwei Jahre später entstandenen Text, der auf die Erzählung »Grubetsch« folgte, für die Hans Henny Jahnn ihr 1928 den Kleist-Preis zugesprochen hatte.

»Die Ziegler« ist Marie Ziegler, die ihre Eltern, Schwester Anna wie die beiden Brüder, die namenlos bleiben, durch ihre Arbeit als Näherin ernährt. Die Erzählung lebt geradezu von ihrer historischen und sozialökonomischen Genauigkeit, hier gibt es keinen leeren Raum um die Figuren. Die ökonomische Misere der Zwanziger, das »Wolfsgesetz« des Kapitalismus, nimmt dem Leben von Marie und ihrer Familie die Luft. Es bleibt nicht beim Verlust der väterlichen Werkstatt im Hof, selbst in ihrer Wohnung müssen sie noch ein Zimmer vermieten. Der Kreis um Marie wird eng und enger. Der Vater, der zuerst auf seinen erfolglosen Bittgängen, dann auf den Spaziergängen den einstigen Status zu bewahren sucht, die Schwester Anna, deren Verehrer aus einem einst gleichwertigen, nun wesentlich besser gestellten Hause stammt (»Die Falte auf seinem übergeschlagenen Bein lief in einem festen Strich durch das leere, angedunkelte Zimmer«), die verzweifelte Mutter, die eine Fehlgeburt hat, der scheue Jüngste, für den sich keine der Versprechungen erfüllt – alle Figuren sind mit wenigen sicheren Strichen in einer schnörkellosen Sprache gezeichnet. Seghers erhellt die Folgen im Fühlen und Denken derer, denen das Leben durch ihren sozialen Abstieg entrissen wird, obwohl sie sich mit aller Kraft dagegenstemmen. Durch Scham, Selbstzweifel und Krankheit verlieren sie auch ihre Sprache.

Selbst der rebellische ältere Bruder, bei dem es offenbleibt, in welche Richtung ihn seine Empörung führen wird, stößt Marie nur noch tiefer in ihre sprachlose Einsamkeit. Wie in einem kritischen Selbstporträt der Autorin wiederholen sich Begegnungen zwischen Marie und einer ihrer ehemaligen Schulkameradinnen, die als das »Mädchen mit der roten Mütze« vorgestellt wird. »›Nun, Marie.‹ Es ging ein paar Schritte neben ihr her und wartete. Das war zu kurz für Worte, die in einem angenagelt waren und schwer und zugeschüttet. Da hätte das Mädchen Zeit haben müssen, um hundertmal mit Marie durch die ganze Stadt zu gehen […]. Sie musste aber schnell weiter. […] Jetzt war das Wegstück zwischen ihnen, wie ein Stemmeisen, das langsam eins vom andern abrückte.« Die größtmögliche Auflehnung Maries, der mit aller verbliebenen Kraft hervorgestoßene Schrei, mit dem die Erzählung endet, bleibt folgenlos.

Nachdem Anna Seghers diese Erzählung 1930 in dem Band »Auf dem Wege zur amerikanischen Botschaft« veröffentlicht hatte – es war ihre zweite Buchpublikation, zwei Jahre nach dem Roman »Der Aufstand der Fischer von St. Barbara« –, erschien in der Zeitschrift »Das Tagebuch« Anfang 1931 eine »Selbstanzeige« zu den vier Texten, die nicht erst aus heutiger Sicht grotesk anmutet. Anna Seghers kritisiert darin ihre eigene grandiose Titelerzählung, in der die inneren Monologe von vier Figuren während einer

Demonstration gegen die Hinrichtung von Saccho und Vanzetti miteinander verflochten werden. »Die Ziegler« zählt sie wiederum zu den beiden eher gelungenen Arbeiten. Doch auch da plagen sie Vorbehalte: »Wenn man schreibt, muss man so schreiben, dass man hinter der Verzweiflung die Möglichkeit und hinter dem Untergang den Ausweg spürt.« Mit der Hoffnung, dass ihr das in den nächsten Arbeiten gelingen werde, schließt sie ihre »Selbstanzeige«.

Als Leser möchte ich am liebsten mit einer »Gegenanzeige« antworten. Denn je genauer die Verzweiflung und die Umstände beschrieben werden, desto deutlicher werden auch Möglichkeit und Ausweg in den Leserinnen und Lesern lebendig. Andererseits lässt sich die Literatur, so unmittelbar sie auch immer zum Einzelnen sprechen mag, nicht aus dem Boden ihrer Zeit reißen.

Was uns heute als ästhetisch-philosophische Selbstbeschneidung erscheint und ganz und gar nicht im Sinne einer Emanzipation der »Verdammten dieser Erde« sein kann, ist für Anna Seghers ein notwendiger Anspruch, nämlich die Welt als eine veränderbare zu beschreiben. 1928 war sie in die »Kommunistische Partei Deutschlands« eingetreten, im selben Jahr zählt sie, wie auch Johannes R. Becher und Ludwig Renn, zu den Gründungsmitgliedern des »Bundes proletarisch-revolutionärer Schriftsteller«.

Der Beginn der Naziherrschaft Anfang 1933 ändert im Leben der Familie Seghers/Radvanyi alles. Anna Seghers flieht über die Schweiz nach Frankreich, wo sie wieder mit ihrem Mann und den Kindern zusammenkommt.

An der verhängnisvollen Spaltung der Arbeiterbewegung hatte auch die offizielle Linie der KPD ihren Anteil. Im Exil traf Anna Seghers etliche der früheren »Gegner« wieder. Nun ging es ihr nicht mehr um die Vormacht der KPD, sondern um den Kampf gegen Hitler. Den Faschismus auf einen »Frontalangriff des Finanzkapitals gegen die Arbeiterschaft« zu reduzieren war dafür zu wenig. Und die Welt musste wissen, was in Deutschland vor sich ging.

Anna Seghers hat sich von früh an auf Berichte anderer, auf Briefe und Zeitungsmeldungen gestützt, um Stoffe zu finden, über die sie schreiben wollte. In der Darstellung von Nazideutschland war sie geradezu darauf angewiesen. Erzählerisch sind diese frühen Reaktionen am wenigstens ergiebig. In einigen dieser Kurzgeschichten bildet die Brutalität, mit der die neuen Machthaber vorgehen, den Hintergrund für den heroischen oder stillen Widerstand. Was vermag der Einzelne überhaupt noch gegenüber diesem Folterstaat?

Immer wieder beschäftigt sie die Frage aller Fragen: Wie das, was in Deutschland geschieht, passieren konnte und wie aus einem Menschen ein Menschenquäler und Mörder wird.

An der Weimarer Republik rächen sich nun auch diejenigen, die in der Demokratie keine Arbeit, keine soziale Sicherheit und keine Gemeinschaft fanden. Die Nazis verschaffen ihnen ein neues Selbstwertgefühl. Am ehesten könnten die frühen Erzählungen von Anna Seghers, insbesondere »Die Ziegler«, auch als Versuche herangezogen werden, eine Erklärung für die Entmenschung des Menschen zu finden. Doch eine Notwendigkeit, warum sich der eine so und nicht anders entscheidet, gibt es nicht.

Bis zum Überfall von Hitlers Wehrmacht auf Frankreich 1940 lebt die Familie Seghers in Bellevue bei Paris. Als wäre die Bewältigung des Alltags mit zwei Kindern in einem fremden Land nicht genug – stets von Geldsorgen geplagt und dem unsicheren Status einer Emigrantin –, entwickelt Anna Seghers sowohl eine enorme literarische als auch organisatorisch-publizistische Aktivität. Sie gründet zusammen mit Wieland Herzfelde und Oskar Maria Graf die Monatsschrift »Neue Deutsche Blätter« und spricht auf den großen Schriftstellertreffen in Paris und Madrid. In der Emigration erscheinen die Romane »Der Kopflohn« (1933), »Der Weg durch den Februar« (1935), »Die Rettung« (1937) und »Das siebte Kreuz«, im Herbst 1939 beendet und 1942 erstmalig publiziert (der Abdruck als Fortsetzungsroman in der Sowjetunion wird mit der Unterzeichnung des Ribbentrop-Stalin-Paktes Ende August 1939 abgebrochen). 1944 erscheint in Mexiko ihr großer Roman »Transit«.

Wie ein vorgezogenes Satyrspiel dazu nimmt sich die Kurzgeschichte »Reise ins Elfte Reich« von 1939 aus, deren Sarkasmus sich auch in »Transit« wiederfinden wird. Selbst einzelne Details, wie die Beschreibungen des Wappens am Konsulat des »Elften Reichs« und jenes des früheren Konsulats von Mexiko in »Transit«, ähneln einander. Im »Elften Reich« allerdings ist das Geschehen grotesk überhöht. Anna Seghers, die so viele Tonlagen beherrschte, entwirft ein Land, das die Selbstverständlichkeiten bei der Visaerteilung auf den Kopf stellt: Nur diejenigen dürfen einreisen, die keinen Pass, kein Visum, kein Empfehlungsschreiben vorweisen können. Jene aber, die viel Geld besitzen und über die allerbesten Visa, Empfehlungsschreiben und Beziehungen verfügen, haben das Nachsehen. Selbst als sie ihre Papiere zerreißen und die Fetzen hinunterwürgen, werden sie von den Beamten des Elften Reichs gezwungen, alles wieder von sich zu geben. Wie viel Bitternis, Enttäuschung und Schmerz, aber auch wie viel Spott und Verachtung stecken in der Beschreibung der Privilegien und der Hierarchie, die sich auch unter Leidensgenossen und Antifaschisten angesichts der Flucht und einer »tödlichen Bürokratie« entwickeln. Auf wenigen Seiten holt Seghers zum Rundumschlag aus, um auszusprechen, was ihr an ihresgleichen missfällt, sei es die Geltungssucht derer, die auch als Emigranten hofiert zu werden wünschen, seien es die ordensstolzen Genossen (»Deshalb gibt es in unserem Land auch das Sprichwort, das einem auf die Zunge kommt im Umgang mit einer gewissen Menschensorte: Der Mann hat noch viele Orden abzulegen …«), die Tugendapostel und andere mehr.

»Die Unschuldigen«, eine ähnlich bittere Groteske, entsteht nach dem Zweiten Weltkrieg, kurz vor oder während ihrer Rückkehr nach Deutschland: Die Schuld an den deutschen Verbrechen wird auf immer höhere Chargen abgewälzt, bis selbst Hitler für sich reklamiert, unschuldig zu sein. Eine der großen Stärken von Anna Seghers ist es, die Argumente ihrer Gegner und Feinde genau zu erfassen und in ihrer inneren Logik darzustellen, darauf vertrauend, dass die Leser die Differenz zwischen Geschildertem und Wirklichkeit selbst erkennen. Bei den »Unschuldigen« ähneln die abstrusen Argumente und Haltungen zum Verwechseln jenen, die die in Nürnberg versammelten Angeklagten an den Tag legten.

Auch sie wiesen jegliche Verantwortung von sich und hatten die Mehrheit der Deutschen – zumindest damals – auf ihrer Seite.

Unter den Erzählungen der Emigrationszeit haben einige der bekanntesten einen legenden- und sagenhaften Charakter. Die Brisanz, die darin liegt, lässt sich am ehesten ermessen, wenn man die »Selbstanzeige« noch im Ohr hat und mit dem Motto vergleicht, das sie ihrem »Woynok« voranstellt: »Und habt ihr denn etwa keine Träume, wilde und zarte, im Schlaf zwischen zwei harten Tagen? Und wisst ihr vielleicht, warum zuweilen ein altes Märchen, ein kleines Lied, ja nur der Takt eines Liedes, gar mühelos in die Herzen eindringt, an denen wir unsere Fäuste blutig klopfen?« Dass Literatur anders wirkt als Fäuste, weiß zumindest jeder Leser. Sie aber muss es offenbar aussprechen, um das Tor zu einer anderen Art Prosa zu öffnen, in der sie sich wie befreit von allen Selbst- und Fremdvorgaben bewegen kann. »Die schönsten Sagen vom Räuber Woynok« von 1936 sind im Grunde eine souveräne Frechheit. Der Titel avisiert eine Abfolge von Abenteuern. Erwartet man nicht, dass hier ein guter Räuber den Reichen nimmt und den Armen gibt? Was wir aber von Woynoks Taten hören wie auch von jenen, die sein Antipode Gruschek und dessen Räuberbande verüben, ist kaum mehr als ein Hintergrundrauschen, und das besteht aus Brandschatzung und Plünderung von Klöstern und Dörfern. Jener Gruschek aber hatte »in seinem langen Leben gelernt, die Worte eines Mannes nach ihrem reinen Gewicht an Aufrichtigkeit abzuwägen. Wie hätte er sonst so lange eine Bande von vierzig Räubern zusammenhalten können, ohne dass je Verrat oder Zwist ihren Ruhm beschädigte?« Allein solch ein Satz, 1938 in Moskau in der Zeitschrift »Das Wort« veröffentlicht, als die Angst vor den stalinistischen Säuberungen allen in den Knochen steckte, muss einem Statement ähnlich gewesen sein.

Die Erzählung erschöpft sich auch bei mehrfacher Lektüre nicht. Sobald Empathie für den rigoros auf seine Unabhängigkeit bedachten Woynok oder für den das Kollektiv preisenden Anführer Gruschek aufkommen will, ist es damit im nächsten Absatz schon wieder vorbei. So wie der eine keine Skrupel hat, die Bande zu verbrennen, hat der andere keine, die Schwächeren durch Stärkere zu ersetzen. Am Ende gerät Woynok in eine Falle und wird von Bauern mit Knüppeln totgeschlagen. Ist das nun gut oder schlecht? Wer aber glaubt, damit wäre es nun mit Woynok zu Ende, sieht sich getäuscht. Figuren wie er führen ein märchenhaftes Eigenleben. Und je nachdem, wie man sie anschaut, verbindet sie mit der Wirklichkeit nichts oder alles.

Ein literarisches Kleinod sind auch die unter einem Titel vereinigten Legenden »Die drei Bäume«. Durch den Mythos wird es möglich, eigene Erfahrung an Menschheitserfahrung zu messen (Franz Fühmann). In »Der Baum des Jesaias« heißt es: »Er hatte sich nicht gefürchtet, mit den Seinen in dieser Schlacht zu fallen. Er war aber nicht gefallen. Sein Volk war erschlagen, und mit dem Volk verstummt war die erhabene Stimme, von der er gewohnt war, Weisungen zu empfangen. Da fing er an, sich zu fürchten.« Weil Jesaia sein Volk verloren hat, fehlt ihm auch die Stimme, die ihn seinen Weg geführt hat. Dies wäre eine Möglichkeit, über die Anfechtungen des Exils zu sprechen. In der dritten Legende wenden sich nach der Ankunft des Odysseus die Götter ab, die Geschichte ist zu Ende, und er weiß, dass Penelope nicht weiß, wen sie da eigentlich vor sich hat. Regelrecht prophetisch nimmt Anna Seghers das Misstrauen vorweg, das die Emigranten bei ihrer Rückkehr erwarten wird. Trotz des Beweises ihrer Aufrichtigkeit wird es schwer werden, einander wieder zu vertrauen.

Auch wenn Anna Seghers explizit darauf besteht, dass Märchen Märchen seien, und mögliche Analogien verweigert, ist es in der Erzählung »Das Argonautenschiff« kaum zu übersehen, wie präzise sie ihre Gegenwart mit der Kraft des Märchens und des Mythos durchleuchtet. Dieser zweite große Sagenkreis neben den homerischen Epen hat Jason zum Protagonisten, der das Goldene Vlies von einer Küste am Schwarzen Meer holen soll und dafür eine Vielzahl von Helden auf seinem berühmten Schiff, der Argo, versammelt. Hier ist Jason ein Mann, den alle zu kennen scheinen, der die Menschen anzieht und der sie verwandelt. Er hat das Vlies erobert, zusammen mit Medea ist er entkommen, er hat den Untergang der Argo überlebt und die Heimat erreicht – um schließlich doch, in einem göttlichen Hain, in dem der Rumpf der Argo an einem Baum hängt, den Tod zu finden. In einem Sturm fallen die Reste des Wracks auf Jason herab, der sich darunter ausgestreckt hat, und erfüllen die Weissagung nun auf die unwahrscheinlichste Art und Weise, die sich denken lässt. Für eine Rückkehrerin in die alte Heimat klingt diese 1947 in Berlin entstandene Erzählung – im Jahr, als ihr der Georg-Büchner-Preis in Darmstadt zugesprochen wird –, nicht gerade optimistisch. Doch Jason kündet auch von einer ungewöhnlichen, ja geradezu existentialistischen Selbstbehauptung. Gerade weil er die Prophezeiung seines Scheiterns von Beginn an akzeptiert hat, führte er ein Leben in Freiheit. Er hat sich von den Verhältnissen emanzipiert, soweit das einem Nicht-Gott möglich ist.

1943 wird Anna Seghers in Mexiko-Stadt von einem Auto angefahren, sie erleidet schwere Kopfverletzungen, der Unfallverursacher begeht Fahrerflucht. Nach einigen Tagen Bewusstlosigkeit und einem teilweisen Gedächtnisverlust erholt sie sich relativ schnell. Durch die Veröffentlichung von »Das Siebte Kreuz« in den USA und dessen Verfilmung mit Spencer Tracy im folgenden Jahr beginnt ihr Weltruhm. Die schlimmsten Geldsorgen sind damit überstanden. In dieser Zeit erhält sie aber auch Nachricht von der Deportation ihrer Mutter und anderer Familienangehöriger. Wer es nie erlebt hat, dem bleibt es im Grunde unvorstellbar, wie jemand die ständige Lebensgefahr für sich und die Familie während der Flucht und der mitunter aussichtslos erscheinenden Jagd nach Visa durchsteht. Und wie erträgt Anna Seghers die Vorstellungen davon, was der Mutter und anderen Verwandten womöglich gerade angetan wird, obschon sie selbst und die Familie in Mexiko vorerst in Sicherheit sind? Die Frage, warum Menschen werden, wie sie sind, richtet Anna Seghers in »Der Ausflug der toten Mädchen« nun an jene Welt, aus der sie selbst stammt. Die Erzählerin ist, wie die Autorin, Emigrantin in Mexiko, sie erholt sich in den Bergen. Auf einer Wanderung betritt sie ein verfallenes Anwesen, sieht eine Wippe – und glaubt plötzlich ihren Namen zu hören. »›Netty!‹ Mit diesem Namen hatte mich seit der

Schulzeit niemand mehr gerufen.« Was folgt, ist die traumartige Imagination eines lange vergangenen Schulausflugs, bei dem ihre beiden besten Freundinnen, Leni und Marianne, auf einer Wippe sitzen. Die beiden, um deren Zuneigung Netty wirbt, entscheiden sich als Erwachsene in der Nazizeit für ganz und gar entgegengesetzte Positionen. Leni, schon als Mädchen selbstständig, wird stark bleiben und ihren Mann trotz Gestapo-Schlägen nicht verraten, während Marianne, passives Spiegelbild ihres Mannes, stolz auf das Prestige des hohen Nazibeamten, die frühere Freundin denunzieren wird. »Leni samt ihrem Mann seien zu Recht arretiert, weil sie sich gegen Hitler vergangen hätten.« Leni wird im KZ sterben, ihr Kind kommt in ein Nazierziehungsheim, Marianne stirbt in den Trümmern ihres Elternhauses. Durch den unablässigen Wechsel zwischen Gegenwart und Vergangenheit, die hier im selben Maße wirklich und präsent scheint – auch die Erzählerin zeigt sich darüber verwundert –, entsteht eine ständige Abfolge von besonderer Nähe zu den Mädchen auf der einen Seite sowie Erschrecken und Distanz oder Bewunderung zu ihnen als Erwachsene auf der anderen. Immer bedrängender wird währenddessen die Frage, warum aus den einen Mitläufer und Täter werden konnten, aus den anderen jene, die Bedrängten halfen oder selbst gegen das Unrecht kämpften.

Diese Erzählung zu schreiben erweist sich nach der Logik der Handlung als die Erfüllung einer Aufgabe, die ihr die Lehrerin am Ende des Ausfluges stellt. »Nie hat uns jemand, als noch Zeit dazu war, an diese gemeinsame Fahrt erinnert. [...] nie wurde erwähnt, dass vornehmlich unser Schwarm aneinandergelehnter Mädchen, stromaufwärts im schrägen Nachmittagslicht, zur Heimat gehörte.« Das Ineinander der verschiedenen Zeitebenen weckt immer wieder die Hoffnung, dass es auch anders hätte kommen können, dass nichts so hätte sein müssen, wie es später werden sollte. Der Schmerz, aus dem diese Erzählung hervorgegangen ist, wird am Ende besonders spürbar. Denn selbst in der Imagination ist die Rückkehr in die Arme der Mutter unmöglich. In keinem anderen Werk stellt Anna Seghers so deutliche Beziehungen zu ihrem eigenen Leben her wie in diesem. Auch in Inhalt und Struktur zeugt es von einer neuen Offenheit und Freiheit, als habe der Schmerz alle Fremd- und Selbstbeschränkungen gesprengt. Es ist ein Erzählen, das seinen Ursprung in der Auflehnung gegen den Tod und das scheinbar Unabänderliche hat, um sich die Möglichkeit einer anderen Gegenwart und eines Neubeginns abzutrotzen.

Im Selbstverständnis von Anna Seghers wie in ihrer öffentlichen Wahrnehmung spielte es eine untergeordnete Rolle, dass sie Jüdin war. Mit »Post ins Gelobte Land« erzählt sie die Geschichte einer jüdischen Familie, die als einzige im »letzten Jahrzehnt des vorigen Jahrhunderts, als fast die ganze jüdische Einwohnerschaft des polnischen Städtchens L. bei einem Pogrom von den Kosaken erschlagen worden war«, fliehen konnte. Anna Seghers findet hier wieder einen Ton, als erzählte sich das Geschehen selbst. Ein fast schon vergessener Verwandter holt die Familie nach Paris, wo sie, ungeachtet ihrer Herkunft, gleichberechtigt und in Sicherheit leben kann. Der Sohn wird ein berühmter Augenarzt, der seinem Vater, der nach Palästina übersiedelt ist, regelmäßig schreibt, bis er selbst, unheilbar erkrankt, einen Vorrat an Briefen anlegt. Deshalb erreichen den Vater auch nach dem Einmarsch der deutschen Wehrmacht in Paris noch Briefe im gelobten Land. Anna Seghers schreibt nüchtern und ohne Überhöhungen eine geradezu parabelhafte Geschichte der Juden im Europa der ersten Hälfte des 20. Jahrhunderts, deren Eindringlichkeit ihresgleichen sucht. Es ist die Schrift, es sind die Briefe, die über den Tod ihres Schreibers hinaus Hoffnung und Lebensmut bewahren.

Etwa zwei Drittel von Anna Seghers umfangreichem Werk an Erzählungen entstanden nach ihrer Rückkehr aus Mexiko. Sie lebte schon zehn Jahre in Berlin (anfangs West, längstens Ost), als sie 1957 »Der gerechte Richter« schrieb, also kurz nach dem XX. Parteitag der KPdSU von 1956 und dem Schauprozess gegen Walter Janka, den Genossen aus dem mexikanischen Exil und Leiter des Aufbau-Verlages, in dem auch ihre Werke erschienen. Anna Seghers hatte mehrmals bei Walter Ulbricht, dem damaligen Parteichef, vorgesprochen und sich für Walter Janka eingesetzt, öffentlich allerdings hatte sie geschwiegen. Es ist eine Zeit der verlorenen

Illusionen, auch verlorener Hoffnungen. Sie sucht nach Möglichkeiten, wie der Einzelne sich und seiner Überzeugung treu bleiben kann, gerade dann, wenn es die Eigenen sind, die den Verrat begehen.

Der »gerechte Richter« ist ein junger Untersuchungsrichter in einem nicht näher benannten Land des Ostblocks, der es ablehnt, den ihm vorgeführten Mann für schuldig zu befinden. Aufgrund seiner Weigerung wird er selbst inhaftiert und in ein Arbeitslager gesperrt. Die Erzählung erschien erst im Frühjahr 1990, 33 Jahre nach ihrer Entstehung, sieben Jahre nach dem Tod der Autorin und kurz vor dem Ende der DDR. Bemerkenswert ist, dass diese Erzählung überhaupt existiert. In den Prozessen gegen jüdische West-Emigranten, besonders im Prager Slánský-Prozess von 1952, war in den Verhören auch nach Anna Seghers gefragt worden. Nicht einmal Paul Merker, ein hoher KP-Funktionär und Mitemigrant in Mexiko, entging der Verhaftung. Auch ihr Mann war mehrfach vorgeladen worden und hatte offenbar gegen Paul Merker ausgesagt. In der Zeit, in der die Erzählung entstand, wäre eine Veröffentlichung in der DDR wohl kaum möglich gewesen. Hinderte sie später die Parteidisziplin? Wollte sie nicht dem »Gegner« in die Hände spielen, den sie vor allem in Bonn verortete und der für sie mit Kanzleramtsminister Hans Globke, dem Mitverantwortlichen für den Holocaust und damit auch für den Mord an ihrer Mutter, ein konkretes Gesicht besaß? »Der gerechte Richter« steht beispielhaft für »die Kraft der Schwachen« in der DDR und scheint wie gemacht dafür, um in den gleichnamigen Erzählungsband von 1965 aufgenommen zu werden. Kann man Anna Seghers die Schuld dafür geben, dass diese Erzählung dem Land fehlte, für das sie geschrieben war? Wie hätte eine »richtige Entscheidung« ausgesehen? Und warum konnte Anna Seghers, die literarisch vorführte, wie Parteidisziplin, Autoritätsgläubigkeit und Angst das eigene Anliegen bis zur Unkenntlichkeit entstellten, selbst nicht die Kraft aufbringen, sich davon zu befreien?

In unmittelbarer zeitlicher Nähe entsteht »Der Führer«, der im Gegensatz zu »Der gerechte Richter« in dem Erzählungsband »Die Kraft der Schwachen« (1965) erscheinen wird. Hier geht Anna

Seghers zurück in die Zeit des sogenannten »Abessinienkrieges« (1935–1941), des letzten und größten Kolonialkrieges, den das faschistische Königreich Italien mit enormer Grausamkeit und unter Einsatz von Giftgas gegen Abessinien führte, ein historisches Kapitel, das noch bis vor wenigen Jahren – insbesondere in Italien – verschwiegen oder geleugnet wurde, eine Leerstelle im historischen Bewusstsein Europas.

»Alles war umsonst«, hebt die Erzählung an. »Und auch der letzte Widerstand mit Messern und Zähnen – umsonst.« Die Stimme, die da spricht, gehört den Besiegten. Auch die Hoffnung ist zerstört. »Wenn es keine Zukunft mehr gibt, ist auch das Vergangene umsonst gewesen.« Bald aber löst sich die Erzählung von dieser Stimme und begleitet drei italienische Geologen, die nach »Gold und Silber und Eisen …« suchen. Ein bildschöner, engelsgleicher Junge, der sich sogar der Zudringlichkeit von einem der Geologen erwehren muss, zeigt ihnen Goldsand und bringt sie dazu, ihm zu folgen, statt ihre geplante Route fortzusetzen. Die suggestive Beschreibung ihres nun folgenden Weges immer tiefer hinein in die zerklüftete Berglandschaft steigert beinah von Schritt zu Schritt den Zwiespalt der drei Geologen zwischen Faszination und Furcht. Die Wirkung dieser Erzählung entsteht aus dem Kontrast zwischen der Freundlichkeit und Anmut des Knaben und der erklärungslosen Selbstverständlichkeit, mit der er die drei Okkupanten in den Tod führt und sich dabei selbst opfert. Spätestens wenn die drei Geologen die aus den Felsen gehauenen Gesichter von Paulus und Petrus zu erblicken glauben, sind sie für die Leser als eine Pervertierung der Heiligen Drei Könige zu erkennen. Anstatt Gaben zu bringen, haben sie es darauf abgesehen, die Reichtümer dieses Landes zu rauben. Das bewunderte »Kind« wird, indem es sich selbst opfert, zu ihrem Verderber. Eine Begründung seines Tuns muss weder er noch die Erzählerin geben. Wir wissen ja bereits, warum er so handelt: um sich und sein Volk von dem »umsonst«, mit dem die Erzählung einsetzt, zu erlösen, um wieder eine Zukunft denken zu können und so auch das Vergangene zu retten.

»Der Führer« weist Analogien auf mit anderen Erzählungen,

die sich »der Kraft der Schwachen« in anderen Ländern und auf anderen Kontinenten widmen, vor allem mit den unübertroffenen »Karibischen Erzählungen« (mitunter auch von ihr als »Antillen-Novellen« betitelt). In der Zeit ihrer Rückkehr aus Mexiko nach Deutschland, die eine Phase des Dazwischen ist (ihr Mann bleibt vorerst zurück, beider Kinder Peter und Ruth studieren in Paris, sie nimmt Quartier im amerikanischen Sektor, in Zehlendorf, längere Reisen führen sie nach Paris und in die Sowjetunion), schreibt Anna Seghers die beiden ersten der drei Karibischen Geschichten, »Die Hochzeit auf Haiti« und »Wiedereinführung der Sklaverei in Guadeloupe«, veröffentlicht werden sie 1949. Die dritte Erzählung, »Das Licht auf dem Galgen«, entsteht Mitte der fünfziger Jahre, sie erscheint erst 1961, ein Jahr später werden alle drei Novellen in einem Buch zusammengefasst. Selbst wenn es nur diese drei »Antillen-Novellen« von Anna Seghers gäbe, wären sie genug, um in ihr eine der wichtigsten Stimmen deutscher Sprache im 20. Jahrhundert zu erkennen.

Seghers Interesse an den Antillen und ihrer Geschichte hat seinen Ursprung in der Odyssee ihrer Flucht nach Mexiko, als sie und ihre Familie zuerst in Martinique interniert wurden, von dort aus nach San Domingo gelangten, um schließlich – sie schreibt die ganze Zeit über an »Transit« und ist »viel zu müde, um meine Umgebung zu studieren« – nach einer Internierung in Ellis Island vor New York (in das sie nicht einreisen durften) nach Kuba zu kommen, von wo aus sie endlich an Bord eines Schiffes gehen können, das sie nach Mexiko bringen wird.

Alle drei Erzählungen spielen am Ende des 18. und zu Beginn des 19. Jahrhunderts und kreisen an unterschiedlichen Orten (Haiti, Guadeloupe und Jamaika) um die Achse der Machtübernahme Napoleons. Für den Freiheitskampf der Antilleninseln bedeutet diese Zäsur das Umschlagen von Revolution in Reaktion unter ein und derselben Flagge, von Befreiung zu erneuter Versklavung und Abhängigkeit und de facto die Rückkehr zu vorrevolutionären Zuständen.

Die drei Novellen überlagern einander zeitlich und motivisch. Die »Hochzeit« spielt zwischen der Ankunft des jüdischen Juweliers Michael Nathan auf Haiti zu Beginn der 1790er Jahre und seiner Abreise, nachdem die Flotte Napoleons das Land verwüstet hat, ohne Haitis Unabhängigkeit verhindern zu können. Dazwischen liegt die Selbstbefreiung der schwarzen Sklaven, die sich mit dem aus dem revolutionären Paris angereisten Emissär und seiner kleinen Truppe verbünden und gegen den Widerstand der Plantagenbesitzer und der von ihnen zu Hilfe gerufenen englischen Flotte eine Republik errichten (»Negerrepublik«, heißt es bei Seghers voller Bewunderung). Michael wird kurzzeitig zu einer Art Sekretär des schwarzen Generals und einstigen Sklaven Toussaint.

Im Vergleich zu der ersten wie zu der dritten Erzählung – in der das Scheitern der Erhebung auf Jamaika derart hellsichtig geschildert wird, als hätte Anna Seghers im historischen Gewand das Schicksal von Che Guevara vorweggenommen – widmet sich die »Wiedereinführung« eher der Innensicht des Befreiungsprozesses und seiner Ambivalenz. Es ist nicht nur das Abbiegen der einstigen Ideale von Freiheit, Gleichheit, Brüderlichkeit in ökonomische Kategorien – Guadeloupe liefert keinen oder zu wenig Kaffee und Zucker nach Frankreich –, sondern auch das Verhalten der vormaligen Sklaven, die ihre Befreiung nicht nur als das Ende der Schufterei auf den Plantagen begreifen, sondern als das Ende der Arbeit überhaupt. Schien dieses Problem in der »Hochzeit« dank Toussaint gelöst, bleibt es auf Guadeloupe offen. Hier, so legt es die Erzählung nahe, ist es auch weniger eine Selbstbefreiung als eine Befreiung durch die Pariser Abgesandten. Die Plantagen verwildern.

Anna Seghers wagt sich weit vor. Sie schildert zwei Schwarze, die als Koch und Kräutergärtner für ihre Besitzer gearbeitet haben und von jenen in gewissem Grade als Spezialisten geschätzt und gewürdigt wurden. Jetzt sind beide mit dem neuen Leben unzufrieden: »Sie gestanden sich ein, sobald sie allein waren, in der Sklavenzeit sei ihr Leben schöner gewesen.«

Die Zwischentöne, die Seghers nicht nur in dieser Episode entstehen lässt (auch der Monolog der schwarzen Kinderfrau von Beauvais' Gattin, die Beauvais damit trösten will, dass sie die Wiedereinführung der Sklaverei für unerheblich hält, gehört dazu), macht die Erzählung auch zu einer Erkundung der condition humaine. Vor diesem Hintergrund leuchten jene Figuren umso heller, die das Erlebnis von Revolution und Freiheit für immer verwandelt hat. Sie sind unfähig, sich den alten Verhältnissen wieder zu unterwerfen. Sie können gar nicht anders, als Widerstand zu leisten, auch wenn der Widerstand aussichtslos ist. Das Tragische und das, was in eine bessere Zukunft weist, werden eins.

Anna Seghers hätte wohl kaum über jene historische Zeit geschrieben, wenn die Fragen, die sie in diesem Stoff fand und verhandelte, sie nicht in ihrer eigenen Zeit beschäftigt hätten. Sie selbst wehrt sich gegen vorschnelle Analogien, wenn sie schreibt: »Als ich die Novelle ›Hochzeit von Haiti‹ schrieb, war unsere Republik noch nicht gegründet, und ich konnte nicht, wie Sie [die Germanistin Renate Francke] glauben, historische Parallelen ziehen. Erst später haben mich manche Probleme bei unserem eigenen Aufbau an manche Probleme beim Aufbau jener Inselrepubliken zur Zeit der Französischen Revolution erinnert.« Andererseits waren ihr die Widersprüche der Sowjetunion vertraut, wenn die Befreiung der Ausgebeuteten aufgrund ökonomischer Argumente zurückgenommen wird und die Gleichheit – ganz zu schweigen von der Brüderlichkeit – eben nicht mehr für alle gilt und damit keine mehr ist. Es waren die Kämpfe, die Seghers selbst zu bestehen hatte, es war ihr soziales Gewissen, es waren ihre Erfahrungen mit dem Januskopf der eigenen revolutionären Bewegung wie auch die Ungewissheiten eines Lebens als Emigrantin mit Familie, die sie hellhörig und aufnahmebereit machten für den großen globalen Zwiespalt, den sie vor allem in ihren Antillen-Novellen erzählerisch zu fassen vermochte.

Anna Seghers war mit diesem Stoff verwachsen. 1980, in ihrer letzten Veröffentlichung zu Lebzeiten, kehrt sie mit dem schmalen Band »Drei Frauen aus Haiti« in die Antillen zurück und knüpft mit »Der Schlüssel«, der mittleren von drei Erzählungen, dort an, wo sie mehr als dreißig Jahre zuvor mit der »Hochzeit von Haiti« geendet hat. Und wieder ist Toussaint das Zentralgestirn, um das die Handlung kreist. Auf ihn, mit dem eine Revolution gelang, aber auch eine Republik mit menschlichem Antlitz, will sie hinweisen, ihm gehört ihre Treue, so wie Amédée und Claudine, beide einst Sklaven auf Haiti, befreit dank Toussaint, ihm die Treue halten, als er in Festungshaft im Jura-Gebirge stirbt. Sein Andenken, sein Vermächtnis tragen sie weiter.

Anna Seghers, die zeitlebens, insbesondere aber nach dem Zweiten Weltkrieg und der Etablierung der »real-sozialistischen« Staaten nach Beispielen suchte, in denen Auflehnung und Veränderung gelungen waren, setzt an das Ende des Bandes »Die Kraft der Schwachen« eine Erzählung, in der ein ganzes Volk seine alte neue Heimat findet. »Die Heimkehr des verlorenen Volkes« beginnt in der Zeit vor der Eroberung des amerikanischen Kontinents durch die Europäer, einer Zeit, die Seghers alles andere als idealisiert. Vierhundert Jahre ist dann das Volk auf der Flucht vor den fremden Göttern, die irgendwann nicht mehr als Götter, sondern als übermächtige Herrscher erkannt werden, denen sich das Volk entzieht. Als nicht weniger wichtig als die Nahrungssuche erweist sich das Wissen, das das Volk in den alten Erzählungen, den Liedern und Bräuchen mit sich trägt, da diese ein Kontinuum ihrer Geschichte sichern, auch wenn der Sinn der Wörter und Rituale schon nicht mehr verstanden wird. Erst als Mexiko unter Präsident Cárdenas dem Volk seine alte Heimat zurückgibt, enthüllt sich wieder der Sinn der so lange bewahrten Lieder und Riten.

Diese Erzählung ist auch Anna Seghers' persönlicher Dank an Lázaro Cárdenas del Río, der während seiner Präsidentschaft von 1934 bis 1940 nicht nur die Eisenbahn, Elektrizitätswerke und Erdölfirmen verstaatlichte und eine Bodenreform durchsetzte, sondern auch großzügig Emigranten aufnahm, deren prominentester Leo Trotzki war, zu denen aber auch Anna Seghers und ihr Mann gehörten und viele andere, die vor Franco, Stalin oder Hitler fliehen mussten. Die Rettung des eigenen Lebens wie die Rettung eines Volksstammes fallen für sie im Mexiko der Ära Cárdenas zusammen.

Ich weiß nicht, ob eine Fotografie von Anna Seghers heute noch in meiner ehemaligen Schule hängt. Möglich ist es, es könnte aber auch sein, dass man sie abgehängt hat, dass sie nun tatsächlich »heruntergefallen« ist, so wie auch lange Zeit das Wandbild verdeckt wurde, in dem die 11. These über Feuerbach von Karl Marx zu lesen war: »Die Philosophen haben die Welt nur verschieden interpretiert; es kommt drauf an, sie zu verändern.«

Verändert hat Anna Seghers die Welt, schon weil sie die Literatur auf ganz eigene Weise bereichert hat. Es kommt darauf an, sie zu lesen.

Die Ziegler

An einem Herbstnachmittag, welcher die Lichter der kleinen Stadt eher beschwichtigte als hervorlockte, stand Marie, das Geld für die abgelieferte Strickware in der Hand, vor der zugeschlagenen Tür im Treppenhaus in der Betzelsgasse. Sie presste die Hand zu und stieg eine Treppe tiefer. Es war fast dunkel. Die Messingkugeln auf dem Geländer glänzten, die roten und blauen Scheiben im Treppenfenster hatten geglüht, wie sie heraufgestiegen war; jetzt waren sie trübe. Sie trat in das Fenster, zählte ihr Geld hin und steckte es ein. Sie stieg weiter, ganz langsam, bis zum nächsten Absatz, da blieb sie wieder stehen. Sie sah sich um; die Messingkugeln waren jetzt schmale Halbmonde. Sie zögerte, als erwarte sie etwas. Ihr Herz zog sich zusammen vor Angst oder vor Kummer. Sie beugte den Kopf und wartete. Es kam aber nichts. Langsam und widerwillig zog sich ihr Herz zurecht. Sie verstand gar nichts, sah sich verwirrt um und drückte sich dicht an das Fenster. Sie presste ihr Gesicht an das einzige helle Glas unter den vielen bunten. Zwischen den angrenzenden Häusern war ein Hof, gegen die Mauer gestapelte Säcke, eine Laterne, ein ausgespannter Wagen; ein Arbeiter wartete auf den anderen, dessen Arme in die Jacke fuchtelten. Sie sah herunter, bis er die Arme in den Ärmeln hatte, dann lief sie auf die Straße.

Die Laternen waren schon an. Bebautes Land war so nahe, dass es nach Herbst roch. Auf dem offenen Platz vor den Schaufenstern ratterten die letzten Läden herunter. Sie lief schneller, weil sie fror. Vor ihr her liefen zwei Mädchen, lachten und schlenkerten. Sie erkannte von hinten ihre roten und dunkelblauen Mützen. Sie hatten letztes Jahr in der Schule vor ihr gesessen. Sie erschrak und ging langsam. Aber die Mädchen blieben stehen und sahen sie an. »Ach, Marie!« Die Mädchen standen schön und aufrecht auf hohen, hellen Beinen. »Was machst du denn jetzt?« – »Ich helf zu Hause.« Die Mädchen betrachteten sie, sie presste den Mund zu.

Die Mädchen kannten auch noch ihr Kleid, ihr Halskettchen, ihren Scheitel, ihre hellen Brauen. Alles war wie vor Ostern, nur ein bisschen verschwommen. Sie wurden verlegen und gaben sich die Hände.

Im eigenen Hausflur stand ein Geruch von angebranntem Fett. Sie spürte plötzlich nur ihren Hunger, sonst gar nichts. Sie schellte, fuhr wartend mit dem Zeigefinger die Buchstaben auf dem blankgeriebenen Schild nach: Ziegler. Im Wohnzimmer unter dem Spiegel auf dem Sofa saß ihre Schwester Anna und ein junger Mensch, Annas Verlobter. Anna trug eine weiße frische Bluse und einen enggezogenen Gürtel. Sie war ein schönes Mädchen. Ihr Gefährte hielt ihre Hand und strich mit dem Daumen über die Handfläche, da glänzten ihre Augen. Die Falte auf seinem übergeschlagenen Bein lief in einem festen Strich durch das leere, angedunkelte Zimmer. Marie schlupfte in die Küche. Der kleine Bruder lernte hinter dem Tisch. Sein rundes, bleiches Gesicht schwebte über dem Tisch, wie ein kleiner Mond, aus dem genug Helligkeit auf das Heft fiel. Die Mutter zerhäckelte Heringe zu Salat, sie fragte: »Ist was nachbestellt?« – »Friedlers ja und Karstens nein.« Marie sah starr auf die Hände der Mutter, die das Ei in dünne Scheiben zerschnitt und ein Muster auf den Salat drückte. Da, wo der Hunger gewesen war, war jetzt etwas Klebriges, Widerwärtiges.

Sie gingen zusammen hinüber. Die jungen Leute setzten sich vom Sofa an den Tisch, der Mutter gegenüber. Die beiden Kinder drückten sich an die Wand, still und flach, als wollten sie den Raum sparen. Der Vater kam herein. Er hatte im Schlafzimmer gesessen, am hinteren Fenster, und hinuntergesehen auf das weiße, kahle Hofviereck. Er war ein wenig eingeschlafen. Als er aufwachte, war es dunkel und nichts verändert. Nur unter der Tür war ein heller, dünner Streifen. Da bekam er Lust auf Licht und ging hinüber.

Er setzte sich nicht an den Tisch, sondern aufs Sofa, als hielte auch ihn etwas zurück, den Raum in der Mitte zu schmälern. Der junge Gintler hätte ungern die Hand des Mädchens losgelassen, aber es waren auf einmal so viele Gesichter in diesem Zimmer, dicht bei ihm. Als ob sie sein Unbehagen erraten hätten, drückten sich die Kinder tief in die Wand hinein und der Vater ins Sofa; da dachte er: Ich werde wohl bleiben.

Marie ging leise herum und deckte sachte den Tisch. Bevor man ihre Hände sah, waren sie schon weggezogen. Alle fuhren zusammen, als es schellte: der ältere Junge. Jetzt war es voll und eng. Seine langen Glieder flochten sich durch das Zimmer. Auf dem Boden gab es eine Spur von lehmigen Sohlen. Er lehnte sich neben die Geschwister, sah fest dem Bräutigam ins Gesicht und trat an den Tisch. Da, wo er gelehnt hatte, war jetzt auf der Wand ein feuchter Fleck. Alle sahen hin. Der junge Gintler ließ die Hand des Mädchens los. »Ich muss ja wohl jetzt heimgehen.« Als er gegangen war, setzten sich alle zum Essen um den Tisch. Sie zögerten einen Augenblick, das Muster aus Eierscheiben in der Schüssel zu zerstören. Die Mutter langte zu. Unter ihrem ruhigen Blick kam etwas Festes, Ordentliches in alle Sachen, etwas Sattes in die Speisen. Nur der ältere Junge aß für sich allein mit vorgebeugtem Hals. Er schrappte seinen Teller, sah den leeren Teller mit zugekniffenen Augen an, fuhr fort zu scharren, böse, wie ein Hund scharrt. Endlich sagte der Vater, als ob es nichts Besonderes wäre: »Hör doch auf mit dem Schrappen.« Der Junge legte den Löffel hin, nachdem er noch einmal hart über den ganzen Teller gefahren war, und lachte mit bösen, blanken Zähnen.

Morgens schloss Marie die Werkstatt auf, die zu ebener Erde hinter dem Hof lag, sie zog die Läden hoch und struppte den Sack von der Maschine. Sie drehte mit dem Fuß das Rad an. Der Tag zischte los mit Fi, Fi, das fad und dünn wurde, wie das ewige Zirpen einer Grille. Ihre Hände lösten die Hebel ab, verwickelten sich in eine wütende Folge von Griffen. Zwischen den Klammern fing das Stück rostrote Gewebe mit einem Ruck zu leben an. Auf der Walze, auf Mariens Händen lag schon ein feiner, rötlicher Wollstaub. Ihre Hände waren vergessen, wie abgeschnitten.

Sie sah den Briefträger über den Hof kommen und runzelte die Stirn. Der Briefträger legte Post auf den Tisch und sah lächelnd mit zu. Marie drückte ihn in den Hof zurück mit einem bösen Blick. Kleine, helle Hämmerchen klopften ihre Stirn, die Sonne stellte ein wenig Licht in das Hoffenster. In den Gestellen an der Wand blühten die Wollvorräte auf in glühenden nutzlosen Farben. Jemand schlürfte über den Hof, der Vater. Er setzte sich vor das Pult, mitten in die flimmernde Wolke von Sonnenstäubchen, und machte die Post auf. Im vorigen Winter hatten sechs Mädchen in der Werkstatt gestanden. Marie hatte an Ostern die sechste abgelöst. Der Vater warf die Post zurück und kniff die Augen zu. Da gab es noch Marie, und in den Gestellen leuchteten rot und blau die Reste von Wollvorräten. Er sagte: »Warum haben Karstens nichts bestellt?« Marie sagte: »Eins kann doch nicht immerzu als was bestellen.« Der Vater sagte rechthaberisch, als streite er mit den widerspenstigen Karstens: »Solche Einzige müssen doch was bestellen, wir kommen bei den anderen nicht nach.« Er fügte hinzu: »Die Mädchen sind alle zu Matthäus gegangen.« Marie sagte: »Wir kommen vielleicht doch nach.« Der Vater stand auf und fühlte mit der Hand in die Gefächer. Er kreiste rund um Marie herum, blieb irgendwo hinter ihr stehen und betrachtete ihren Rücken, der sich gleich zusammenkrümmte. Er fing von neuem an: »Es ist schon ganz kühl hier und mittags ganz dunkel. Droben in der Wohnung wäre es viel besser für dich, viel wärmer. Es bleibt auch länger hell. Man könnte zum Beispiel die Maschine gegen das Schlafzimmerfenster stellen. Man kann das hier vermieten. Die Gestelle gehen gut herauf, und du, Spätzchen, du nimmst ja gar keinen Platz weg.«

Er berührte ihr Haar, Marie fuhr zusammen, weil sie nicht gemerkt hatte, dass er so nah hinter ihr war. Der Vater zog die Hand zurück und wartete. Marie sagte: »Ja, das kann man.« Der Vater entfernte sich über den Hof, nicht mehr schlürfend, mit leichteren, jüngeren Schritten.

Das helle Wölkchen vom Sonnenstaub rückte von seinem leeren Stuhl weiter, erreichte Marie, umschloss ihren Kopf, ihre Schultern. Da war es ihr warm auf den Augenlidern. Hinter dem Fenster auf dem Hof in einem viel zu harten Sonnenschein standen ein paar Frauen mit Milchkannen. Die lachten wie verrückt, sie schüttelten sich vor Lachen. Dann war es vollkommen still. Auf einmal zog es sich in ihr zusammen, wie gestern Abend, ein

Unglück musste doch ganz nah sein oder ein Gram, sie spürte ja schon die scharfe Kante von etwas Schwerem, Hartem. Sie konnte sich aber nicht ganz genau besinnen, weil sie zu müde war. Alle Müdigkeit kam aus einem winzigen Punkt zwischen ihren zwei Augen. Ohne den hätte sie fliegen können. Dann rief die Mutter aus dem Schlafzimmerfenster: »Marie, essen.«

Droben waren alle gut zu ihr. Sie war erleichtert zwischen Bruder und Schwester am ruhigen Mittagstisch in einen festen Ring gefasst. Die Mutter faltete nachher das Tischtuch, legte es aber nicht in die Schublade, sondern nahm auf einmal, als ob sie damit etwas Besonderes vorhätte, das Brot aus dem Korb zurück, den Anna heraustragen wollte. Sie legte aber das Brot auf den Stuhl und setzte sich aufs Sofa. Die Kinder betrachteten aus der Tür die Mutter. Die stemmte die Arme rechts und links auf das Sofa und wiegte den Oberkörper hin und her und bewegte die Backen, als kaue sie Tränen. Der Kleine kam furchtsam zu ihr heran und berührte ihr Knie. Da packte ihn die Mutter mit ihren beiden Händen an den Schultern und schüttelte ihn hin und her. Sie ließ ihn gleich los, aber das Kind bebte in seiner verrutschten Bluse, als würde es immer weitergeschüttelt. Da sah ihn die Mutter an, ihr Blick wurde jetzt fester, zog ihn wieder an sich, streichelte ihn und drückte sein Gesicht an das ihre. Sie erblickte jetzt auch verwundert das Brot auf dem Stuhl und hob es auf. Sie richtete sich ganz hoch mit ihrem alten ruhigen festen Blick, als fordere sie die Dinge auf, die eben durcheinandergefallen waren, wieder an ihre Plätze zurückzukehren.

In der Werkstatt lag der Staub wie heller Flaum auf den Wänden. Marie hatte aber kaum begonnen, als alles tot und grau wurde. Auf der Mauer lagen rote Tapfen von Sonne, Marie hing sich daran, hätte sie an sich ziehen mögen, tief in sich hineinstopfen, wo es ganz hohl und leer war. Sie struppte den Leinwandsack über die Walze. Der ältere Junge lief über den Hof, drückte sein Gesicht gegen das Fenster und riss das Maul auseinander. Marie graulte sich, da riss er erst recht. Auf einmal war er weg. Marie trat hinaus und sah sich furchtsam um in dem leeren stillen Hof. Da war sein Gesicht über der Hofmauer.

Der Junge rannte die Gasse hinunter auf den freien Platz, schnaufte und dachte nach, er sah rund um sich in die Öffnungen der kleinen, krummen Gassen und dann aufwärts gegen den wolkigen, kaum gestirnten Himmel. Er rannte los. Aus irgendeinem entfernten Wald trieb der Wind durch die leere Stadt ein paar Buchenblätter. Auf der Eisenbahnbrücke am Geländer klebten ein paar Buben, sie starrten hinunter in den Bahnsteig, der schon für den Spätzug erleuchtet war. Sie warteten, bis der Zug kam und wieder abfuhr in die windige unerschöpfliche Nacht. Wenn sie sich eilten, konnten sie dann von den Wällen aus noch einmal denselben Zug über die Flussbrücke in die Ebene hineinschießen sehen, mit einem hellen Schweif auf dem Wasser. Sie stiegen die Wallstraße hinauf. Sie liefen weiter gegen die Kaserne. Zwischen der Rückmauer und dem Wall drückten sich schon ein paar herum, weil da die Kantinenfenster waren. Da war auch eine freche, ruppige, strohfarbige Elise und eine kleine Bucklige, über die man schon von weitem die Soldaten lachen hörte. Hinter dem Drahtgitter im Hellen bewegten sich dicke, weiße Hände und klobige, lachende Köpfe. Wie eine durch ein Sieb gepresste Masse quoll durch das Gitter ein dicker Schwaden von Hitze, Schweiß- und Suppengeruch. Durch den Spalt zwischen Gitter und Fensterbrett wurden zuck, zuck Scheiben Kommissbrot geschoben, manchmal mit einem Happen Schmalz. Elise brachte ihren dürren Arm unter dem Gitter durch, die Soldaten zerrten, um mehr von ihr zu kriegen. Auf einmal ging im Innern der Kaserne etwas vor, Geschirr klirrte, alles rannte nach hinten. Das Licht ging aus, und die Fenster flogen zu. Elise brachte mit glänzenden Augen ihre rote, zerschundene Faust voll zerquetschtem Brot an sich.

Zwischen Wall und Mauer war es jetzt kalt und dunkel. Sie liefen vor dem Wind in den Wallgraben. In seinem Innern wuchs ein Gestrüpp, das von oben schwarz und grundlos aussah, wie eine Untiefe. Die kleine Bucklige kroch ein Stück bergab, kam aber wieder. Dann krochen Elise und noch einer und blieben drinnen. Dann kletterte ihnen noch einer nach, und der Erste kroch wieder heraus und hockte sich hin und starrte zurück in das dunkle, verquollene Gestrüpp. Der Junge wäre jetzt auch gern hinuntergestiegen. Er hätte auch gern den Zurückgekehrten gefragt, der war aber so verkniffen und merkwürdig, dass er gar nicht fragte und alles zum nächsten Mal aufschob.

Wie er dann später in die Stadt zurückkehrte, durch die stillen ausgelöschten Gassen, legten sich ihm die vollen Mitternachtsschläge schwer aufs Herz. Er erschrak auch, weil vor der Haustür jemand wartete. Dann waren es aber nur die Schwester und der Verlobte. Sie ließen sich los und starrten in das von Fett und Erde beschmierte Gesicht des Jungen. Anna ließ ihn herein. Sie öffnete die Wohnzimmertür und legte sich aufs Sofa, und er ging durch die Küche, die leise klirrte, und legte sich in die Kammer zu seinem kleinen Bruder.

Marie rückte den Tisch an die Wand, kletterte hinauf und räumte die Wolle aus den oberen Gefächern, sie trug das Zeug durch den Hof, so schnell, dass die Frauen mit den Milchkannen gar nicht verstanden, was sie herumtrug. Der Vater öffnete ihr verwundert die Tür, als hätte er die Abmachung vergessen. Er nahm die Sachen ab und streichelte ihren tiefgesenkten Kopf. Er legte alles auf die Bank, auf der Marie zu schlafen pflegte, am Fußende der beiden schwarzen, großen Betten. Er sah sich unschlüssig um, dann fing er an, zu erklären, wie sich in diesem Zimmer alles verändern sollte. Er streckte den Arm aus und beschrieb mit dem Zeigefinger die künftige Linie der Gestelle. Marie hob den Kopf nur ein wenig, als bereite es ihr Anstrengung, dieser Beschreibung zu folgen. Dann brach der Vater ab und fing schnell an, die Photographien von den Nägeln zu reißen. Als er die erste Photographie herunterriss, fiel das Drückende, Schwere von ihm ab, das das ganze Jahr sein Herz zerquält hatte. Er klapperte mit seinen flink gewordenen Händen in den Bildern herum. Marie trat aus der Tür und räumte das Wandbrett ab. Sie schleppten zusammen den Waschtisch um die Betten herum und steckten die Vorhänge hoch. Marie presste den Mund zu, ihre Stirn glänzte, aber der Vater pfiff und lachte, wenn das Möbel anstieß und ein Stückchen Tapete abfetzte, und er spuckte sich auf die Finger und klebte es wieder an. Dann lief er auf einmal weg, um Nachbarn zu holen, die ihm helfen sollten, die Gestelle und die Maschine heraufzuschleppen. Rund um den Hof klappten die Fenster hoch, um zu sehen, was da drunten gerollt und geschrien wurde. Denn der Vater, der sich sonst abseits hielt und leise auftrat, lärmte jetzt in den hellen Sonnenschein, schrie mit rotem Gesicht seine Anordnungen und klatschte in die Hände. Als dann die Männer gegangen waren, setzte er sich auf ein Bett, obgleich er beim Tragen nicht geholfen hatte. Er deckte sein Gesicht mit den Händen zu. Marie sah auf ihn hinunter, sie hatte vielleicht noch nie seinen Kopf ganz von oben gesehen, weil er ein großer Mann war, die Haut war weiß wie Wachs, die Haarbüschel waren vergilbt und an den Spitzen wie versengt. Er stand seufzend auf mit seinem alt und schwer gewordenen Körper. Er sah sich um, erblickte die Gestelle und die Wolle und die Maschinen, das ganze Zimmer voll, und erschrak. Sein Blick fiel auf den Pack Photographien auf dem Nachttisch, er griff darin herum, da sagte Marie: »Sie kommen schon.« Die Mutter und Anna kamen vom Markt heim. Sie blieben verwundert vor dem Wohnzimmer stehen, das sie geputzt hatten, bevor sie weggegangen waren. Jetzt war es schmutzig und vertreten. Der Vater trat in die Tür und sagte ruhig: »Wir sind schon mit allem fertig.« Die Mutter sah sich mit aufgerissenen Augen um, schwieg und drückte die Türklinke fest in der Hand. Dann sagte sie: »Ihr hättet die Betten zudecken sollen.« Sie sah einen Riss in der Tapete und fuhr mit dem Daumen herüber. Sie sah sich noch einmal, ernster, um, aber nichts richtete sich, alles blieb, wie es war, rot und blau und gelb und kreuz und quer. Da drehte sie sich um und ging ins andere Zimmer. Marie fing an einem Ende an aufzuräumen. Der Vater fragte: »Marie?«, vergaß, wonach er sie fragen wollte, und sah sie nur an. Er sah sie an, wie man jemand ansieht, vor dem man sich gar nicht schämt, er hatte solche Angst in den Augen.

Die Schwestern fegten die Werkstatt. Jetzt, wo sie leer war, war sie ein großer, luftiger Raum. Anna redete immerfort von dem jungen Gintler. Marie wünschte, sie möchte zu reden aufhören. Die Tage waren rundherum fest geschlossen, sie hatten vielleicht irgendwo einen Spalt, durch den man durfte, wenn man was vorzeigte. Anna zeigte ihr schönes Gesicht und wurde durchgelassen.

Droben hatte die Mutter auf den gedeckten Tisch das Veilchensträußchen gestellt, das der junge Gintler gebracht hatte. Alle um den Tisch aßen müde und langsam. Nur der Junge tippte an die Veilchen und lachte mit bösen, jungen Zähnen, weil etwas anders war.

Drunten lagen die grauen, toten Fenster der Werkstatt – schon vergessen. Aus dem näher gerückten Himmel kam ein roter Abfall aufs Fensterbrett, auf Mariens Arme. Der Vater war in die Stadt gegangen, um mit Matthäus wegen der Novemberlieferung zu sprechen. Der Kleine lernte am Küchentisch. Der junge Gintler saß schon neben Anna auf dem Sofa, hielt ihre Hand und wünschte sich ihre Brust, ihren jungen Körper. In dem abendlichen Zimmer schwebten die weißen Wolken von Vorhängen. Boden und Tischplatte glänzten noch immer in der Dämmerung, auf den blanken Flächen schienen die Möbelstücke und Vasen zu schwimmen.

Auf einmal, als ob sich alle nur mit Mühe zurückgehalten und in die Winkel versteckt hätten, kamen die Menschen aus allen Türen. Der Vater kam von der Treppe, Marie aus dem Schlafzimmer, die Mutter mit dem Kleinen aus der Küche. Sie baten den Gintler, zum Abendessen zu bleiben, er musste aber heimgehen.

Der Vater grämte sich wach auf dem Bett, dass ihm gerade der alte Matthäus solche Antwort gegeben hatte. Er, Ziegler, hatte zu dem alten Matthäus bitte und danke sagen müssen. Sie waren zu gleicher Zeit in der Schule gewesen, hatten zu gleicher Zeit ein Gewerbe angefangen, geheiratet und Kinder aufgezogen. Dann war dieser Abend gekommen, an dem man sie einander gegenübergestellt hatte, und nicht dem Matthäus, sondern ihm, Ziegler, hatte man etwas Bitteres in die Kehle gegeben. Auf dem Heimweg war er an dem Vater Gintler vorbeigekommen. Sie hatten einander gegrüßt, aber Gintler hatte ihn böse angesehen. Er trug es ihm nach, dass sein Sohn die junge, schöne Tochter aufsuchte. Mit mattem, kränkendem Gruß erinnerte er ihn an seine Pflicht, diesen einzi-

gen Sohn aus seinem angebröckelten Wohnzimmer zum Vater zu-
rückzuschicken. Heute Abend hatten an seinem Weg alle älter gewordenen Männer der Stadt gestanden, sie ließen ihn in der Mitte
durchgehen und betrachteten kalt und erstaunt seinen grauen
Kopf.

Er hatte nichts Unrechtes getan, manchem gelang es und manchem nicht. Elliser ging es noch schlechter als ihm, von seinem
Geschäft war gar nichts übriggeblieben. Elliser ging um zehn Uhr
eins trinken. Er hatte ihn mal ohne Weste mit einem verrutschten Vorhemd getroffen. Er selbst hatte einen schwarzen Sonntagsanzug, zwei Werktagsanzüge und einen alten, abgetragenen. Er
rechnete in die Morgendämmerung hinein, wann er den alten abgetragenen gekauft und wie lange er gehalten hatte. Morgens erzählte er Marie, was mit Matthäus gewesen war. Marie erwiderte
nichts. Da kam es ihm nicht mehr so schlimm vor.

Samstags zog sie sich an, legte die Sachen in den Korb und ging
in die Stadt. Neben der Tür stand ein Eimer Wasser, der Teppich
war zurückgeschlagen, die Mutter rieb. Das war merkwürdig, die
Mutter reiben zu sehen, dicht auf dem Boden, wie ein breites, nied-
riges Tier mit grauen und schwarzen Haarschwänzen. Sie sah auch
von unten nach Marie hin mit dunklen, traurig glänzenden Augen,
wie Tiere auf der Straße. Marie wunderte sich, Anna machte sonst
immer den Boden. Sie hörte noch hinter der Tür die Mutter reiben
und reiben, als gäbe es etwas verborgen unter dem Fußboden.

Draußen war es schon dunkel. Es war kalt, auf dem offenen
Platz sogar schneidend kalt. Marie ging zuerst in die Werkstatt
von Matthäus. Dort blieb der größte Teil. Vor dem hinteren Ausgang warteten ein paar Burschen und traten von einem Fuß auf
den anderen. Marie ging auf die andere Seite, aus der Torfahrt
kam ein Geräusch von Geschwatz, Schritten und Lachen. Gesichter und Burschen und Lachen, alles war weit weg, wie Sachen im
Traum, unverständlich auf eine dunkle Wand gesetzt.

Sie hatte an vier, fünf einzelne Familien Ware abzuliefern mit
neuen Ärmeln und eingesetzten Rückenteilen. Einer nahm ihr
alles in der Flurtür ab, andere führten sie ins Wohnzimmer. Es
war heiß, es roch nach Kaffee, eine Uhr tickte. Ein Knabe mit

einer Brille sah von einem Bilderalbum auf. Jemand redete ihr freundlich zu und bot ihr einen Stuhl an. Sie trat dicht an den Tisch und setzte sich nicht. Einen Augenblick gehörte sie in das helle Kreisrund der Lampe hinein. Es wurde hell in ihr, ihre Wünsche, ihr Kummer, ihre Angst. Die Frau hatte jetzt nichts für sie, aber die nächste Woche.

Woanders nahm jemand eine Schale vom Büfett und bot ihr einen Zwieback an. Sie errötete, fasste ihn und biss schnell die Spitze ab, sie erschrak und hielt ihn in der Hand. Sie lief so schnell wie möglich die Treppe herunter, sah sich um und aß ihn auf.

Auf der Treppe war es wie ausgestorben. Sie läutete und wartete beklommen. Hinter der eigenen Tür war es so still, als ob alles aufgehört hätte. Sie läutete noch einmal, ihr kleiner Bruder öffnete, am ganzen Körper zitternd, bis in die Haare und Fingerspitzen. Die Tür zum hellen Wohnzimmer stand sperrweit offen. Auf dem Fußboden zu ihren Füßen war noch die Mutter, aber sie hockte nicht mehr, sondern lag flach und dicht auf dem Boden. Sie drehte den Kopf herum: »Marie.« Zwischen ihren Beinen floss Blut heraus. Es kam aus den Röcken herausgeflossen, auf den blankgeriebenen Boden und wurde langsam mehr. Die Mutter lag da wie ein Sack, den man einfach umgestülpt hat, dass das Innere, das man gar nicht sehen will, herauskommt. Marie griff ihr unter die Schultern, sie wurde hart wie Eisen, die Mutter fasste an ihr hoch, Marie brachte sie ins Bett. Sie nahm den Spüllumpen aus dem Eimer, wischte alles auf und schob den Teppich zurecht. Jetzt kamen alle heim und erfuhren, dass die Mutter krank war. Die Frau, die auch gekommen war, sperrte sich mit der Mutter ins Schlafzimmer ein. Durch die Spalte kam ein fremder Geruch, dass sich alle vor Grauen krümmten. Sie saßen mit gesenkten Köpfen um den Tisch herum, ihr Schrecken legte sich, sie wurden schläfrig. Sie schämten sich, einander zu fragen, wie es heute mit dem Essen sein sollte. Sie sehnten sich, es möchte wie jeden Abend sein, Nachtessen und Schlaf. Auf einmal kam die Frau heraus, wach, frisch und zufrieden, weil alles in Ordnung war. In der offenen Tür lag die Mutter auf dem Bett mit rotem Gesicht und harten, glänzenden Augen. Alle wandten die Blicke nach ihrem Gesicht hin, das Zimmer drehte sich ein wenig um seine Achse, um alle Sachen nach diesem Punkt zu richten. Die Mutter sah durch die offene Tür ihre Leute. In ihrem Kopf summte ein Schwarm von Gedanken. Das Nachtessen, der kleine Junge, der Wochenmarkt, die blutige Wäsche. Aber ein neuer Gedanke, stärker und dröhnender als diese winzigen stechenden Gedanken, stieg tief aus ihrem Inneren herauf: Lass laufen. Sie drehte das Gesicht nach der dunklen Seite. Im Zimmer sahen sie dann von der Tür weg und gingen bald auseinander.

Der Junge klatschte mit frechen Schritten das Pflaster, hielt sich nicht auf der Brücke auf, rannte sofort gegen die Wälle. Er war der Erste. Er packte das Gitter der Kantine mit beiden Fäusten und rüttelte es zornig. Von ihm mochten sie im Dunkeln nichts anderes erkennen als einen Streifen leuchtender Zähne. Sie hielten ihm einen Knorzen Brot hin, hart wie Eisen. Er drückte es aber fest in die Kiefer und zermahlte es mit gerunzelter Stirn. Schließlich kamen die anderen auch und schubsten ihn weg, weil er schwer und satt war. Sie stiegen die Wälle hinauf. Die kleine Bucklige war nicht dabei, aber Elise und zwei große, breite Mädchen, Emils Schwestern. Dann war es wie alle Abende. Elise kletterte tief herunter ins Gestrüpp, versteckte sich und miaute wie ein Kätzchen beim Ersaufen. Obwohl alle wussten, dass es Elise war, rückten sie doch zusammen und graulten sich. Eins der breiten, immerzu stummen Mädchen saß neben dem Jungen und machte die Knie wie eine Schere immerfort auf und zu. Dann wurde es dem Jungen zu dumm, er kugelte sich den Abhang herunter bis in die Mulde. Es wurde aber nicht viel daraus, weil es plötzlich droben Lärm gab. Eine Wache blendete mit ihrer Laterne den Wall ab und griff einen heraus. Die beiden großen Mädchen, welche den ganzen Abend so wenig wie Taubstumme geredet hatten, fingen auf einmal an, unglaublich schnell und sonderbar zu schimpfen.

Ende der Woche stand die Mutter wieder auf und arbeitete, sie bürstete ein paar Schuhe, kochte eine Suppe, staubte eine Ecke ab und setzte sich wieder. Anna machte allein weiter. Die Körbe fin-

gen an, von zerrissenen Strümpfen und schmutziger Wäsche über-
zulaufen. Die Mutter betrachtete sie mit fremden, gleichgültigen
Blicken und drehte den Kopf weg. Gar nichts Besonderes geschah,
wenn alles blieb, wie es war. Diese Hose des Kleinen schabte ein
wenig mehr ab, ein Knopf an der Weste baumelte und ging vielleicht verloren. Das war noch kein Grund, die schwachen, pri-
ckelnden Beine gegen den Boden zu stemmen und den schweren
Rumpf darauf.

Sie stellte aber doch eines Mittags den Waschtrog auf den Herd.
Sie seifte alles ein und war fast fertig, als Anna vom Markt heimkam. Sie presste die Lippen aufeinander und wrang die Stücke
aus. Als alles weiß an der Leine hing, setzte sie sich davor und sah
es an. Ihr Gesicht war bös und müde. Aus schiefen und runden
Löchern maulten alle Stücke zu ihr hin. Sie hatten sie unterge-
kriegt und gezwungen, sie weiß zu reiben, bis ihr Daumen wund
und ihr Leib schwach war.

Der Vater schlief jetzt, wo Anna geschlafen hatte, auf dem Sofa
im Wohnzimmer. Am Abend, als sie neben dem jungen Gintler
auf dem Sofa saß, erblickte sie unter dem Tisch einen Filzschuh.
Sie erschrak und ließ Gintlers Hand los, bückte sich nach dem
Pantoffel und warf ihn schnell durch die Schlafzimmertür, wo
alles andere war.

Der Vater zog die Pantoffel über seine Socken, aber gleich darauf besann er sich anders und zog Stiefel an. Er murmelte, als sie
ihn fragten: Wohin denn? Wohin denn sollte er sich wenden mit
seinem armen, schweren, breiten Körper, der groß und stark genug
war, dass sich Kinder und Enkel an ihm hätten aufrichten können, jetzt aber nichts als ein ungefügiges Ding, das viel Raum
brauchte, in das man viel Essen hineinstopfen musste und an dem
viel zu nähen, zu bügeln und zu stopfen war. Er war doch noch
immer der Vater. Er allein wusste, worum es ging. Die anderen
seufzten und krümelten und wussten heute so wenig wie gestern.
In ihm allein, dem Vater, war der richtige Gram. Ohne den Vater
hätte es in der ganzen Familie keinen schrecklichen Gram gegeben. Er war noch niemals weggelaufen, nur um draußen zu sein.
Er lief die Gasse entlang. Hatte man mal die Tür im Rücken, dann

ging es weiter, heute ein Stück und morgen ein Stück, der Tod fiel ihm ein. Sein trauriges Herz schwemmte über in den offenen, dunklen Platz. Er lief weiter. In der leeren Stadt klapperten nur wenige Menschen herum, wie Würfel, die man in einem Becher schüttelt. Vor seinen Augen kam aus einer Kneipe mit einer Tür voll Geschrei und Gedudel ein angetrunkener Mann. Er torkelte ein Stück, steifte sich schnell in der kalten Luft. Sie erkannten einander. Der Mann, Elliser, begann zu reden. Ziegler wäre besser auf die andere Seite gegangen, aber die glänzenden Augen des Angetrunkenen waren das einzige Helle in der ganzen Stadt. Er hatte traurigen Wein gehabt und ging jetzt woandershin, weil er in dieser gottverfluchten Nacht nicht heimwollte, ohne Lustigkeit. Er beschuldigte zwei oder drei Bürger der Stadt, sein Leben zerstört zu haben, seinen Besitz veruntreut. Er verhöhnte und verfluchte sie. Er war bereit, einen Stein in ihre Fenster zu werfen, wo sie im Hellen und sicher saßen, während unsereins zugrunde ging. Ziegler folgte ihm widerwillig Schritt für Schritt. Er dachte verzweifelt: Was will er denn von mir? Für wen hält er mich denn, erkennt er mich denn, weiß er, dass ich Ziegler bin? Unsereins, hat er gesagt. Ist denn etwas an mir, fehlt denn meinem Mantel oder meinen Schuhen was?

Über die Biegung der Gasse schob sich das Wirtshausschild. Elliser wurde schweigsam. Er vergaß seinen Begleiter, lief voraus und öffnete schnell die Tür. Jetzt erschrak Ziegler, weil er allein war, und lief ebenso schnell nach.

Es war ein anständiges Lokal. Ziegler kannte den Wirt, der ihm die Hand gab. Die Tische waren weiß gedeckt. Er hörte seinen Namen rufen. An dem großen Tisch unter dem Spiegel saßen der alte Matthäus selbst und einige andere. Sie begrüßten Ziegler und rückten auseinander. Ziegler beruhigte sich, hörte ihre Geschichten an, lachte und wusste selbst welche. Er suchte sein Gesicht über dem Tisch im Spiegel. Er entdeckte es zwischen den anderen Gesichtern, über dem weißen Tischtuch im angelaufenen Glas. Es war sogar seinen eigenen Augen fremd, so ähnlich war es den anderen Gesichtern. Da dachte er, dass alles in Ordnung kommen und sich zum Bessern wenden würde.

Marie warf sich auf ihrer Bank herum, am Fußende der großen eichenen Betten. Menschen und Möbel füllten das Zimmer mit schwerer Dunkelheit. Hinter den Vorhängen über dem Hof waren nacheinander die Lichtchen ausgegangen. Das bleischwere Zimmer war immer tiefer in die Nacht gesunken. Marie zitterte vor Angst. Niemand konnte sie hier finden. Vielleicht suchte jemand gerade nach ihr, Tag und Nacht, ohne Unterlass, suchte nach Marie auf allen Straßen und Plätzen, sie war aber unauffindbar. Nicht einmal Gott konnte sie erkennen, mitten im Innern dieser schwarzen Dunkelheit auf ihrer Bank im Schlafzimmer. Sie fühlte ihre Haut an, ihre Brust, ihren Leib. Ihr Körper war nicht zerschmolzen und war noch bei ihr, er verließ sie nicht. Sie schlief ein wenig. Sie sah auf einmal, wie ihre Mutter und ihre Schwester sich hochgehockt hatten und ihre Kinne auf die Bettpfosten gestemmt und ihr aufmerksam und gleichgültig zusahen. Sie fuhr vor Schreck hoch und stieß mit dem Kopf gegen das Holz und wachte auf. Nebenan ging eine Tür, eine Minute lang gab es einen hellen Spalt. Die Nacht lief weiter. In unermesslicher Entfernung schrie ein Schornstein. Vielleicht lief eine Eisenbahn über die Brücke. Es fiel ihr ein, dass sie aufstehen konnte und weggehen. Aber ihre Glieder waren schwer von Erschöpfung. Die ganze Nacht hatte sie geglaubt, die Dunkelheit sei schwer und drückend, jetzt merkte sie, dass die Dunkelheit leicht und weich war, sie selbst war schwer wie Blei.

Am nächsten Tag – alles war nah und sichtbar, es war auch gar nichts versteckt gewesen als die gewöhnlichen Dinge, Hof und Fenster und Himmel, grau und verfroren – säumte Marie auf dem Fensterbrett bunte Besatzstreifen. Manchmal reckte sie ihren Hals, um hinunterzusehen. In ihre Werkstatt war nämlich ein Spengler eingezogen. Er war ein schmieriges, komisches Männchen, welches mit seinen Blechstangen und Bütten rappelte.

Auf den Betten, auf der Bank, überall lagen Rücken- und Vorderteile, Ärmel und Besatzstücke herum, rote knisternde Wärme im kleinen Eisenofen machte die durcheinandergeworfenen Sachen bunt und lustig.

Draußen wurde eine Tür zugeknallt und noch eine. Der Vater

redete schnell und aufgeregt, ein Stuhl fiel um, und der Vater schrie. Marie stellte ab und riss die Tür auf. Der Vater hatte die Stuhllehne getroffen statt den Jungen, der schnell unter den Tisch gesprungen war. Jetzt schaute sein schmieriges, gelbes Gesicht zwischen den Tischbeinen hervor. Er schnappte zu und bekam einen Tischtuchzipfel zwischen die Zähne und kaute daran. Der Vater jammerte. Dieser Emil, den man nachts auf die Wache gebracht hatte, hatte von allen die Namen angegeben. Jetzt musste der Junge aus der Schule weg in die Holztorschule.

Der Junge dachte nicht mehr an seinen Vater, sondern betrachtete die Beine seiner Schwestern, dürr und rau die einen, rund und seidig die andern. Der Vater rief: »Komm sofort heraus.« Anna sagte: »Mach doch keinen Quatsch, und komm raus.« Der Junge kaute an seinem Zipfel, das Tuch rutschte, die kleine Vase mit den Veilchen kugelte über den Teppich. Anna las alles schimpfend zusammen. Marie trat aus der Tür heraus, gelb und böse war das Gesicht unter dem Tisch, fremd und wild war es, sie fürchtete seine Zähne, sie hatte sich schon immer vor diesem Bruder gefürchtet, sie sagte leise: »Komm doch.« Der Junge drehte den Kopf nach ihr rum. Was will denn die? Langweilig waren Vater und Mutter, langweilig und käsig der kleine Bruder, langweilig und dumm war Anna, aber Marie war von allen die Schlechteste, Graueste; mit seinen eigenen Zähnen hatte er Lust, an ihre spindeldürren Beine zu gehen, an ihre Hände, die immer was knuffelten, ihr Herz hätte er ihr herausbeißen mögen, dass sie mal hüpfte und schrie. Marie kam an den Tisch heran, sie trat vor Angst ganz leise auf, sie bückte sich, dass einem auch was dauern konnte, was ganz gelb und wild war. »Komm doch!« Der Junge bog den Kopf, ihre Beine waren so kläglich und gestopft, er kroch heraus, sprang auf beide Füße und rannte aus dem Zimmer.

Er freute sich, dass es gerade die Holztorschule war. Drunten am Fluss, zehn Minuten von der Eisenbahnbrücke entfernt, gingen fast nur Jungens aus den Ufergassen in diese Schule, kleine Wasserteufel, die auf den Flößen und Landungsbrücken Bescheid wussten. Vorüberfahrende Dampfer machten mit ihrem Pfeifen das Klassenzimmer unruhig. Jeden Sommer ertranken ein paar, jeden Winter krachten ein paar im Eis ein. Nun kam so einer wie er, pfiff sich abends ein paar zusammen und führte sie raus in die Wälle, wo man gar nicht begreifen konnte, dass das da drunten der eigene Fluss war, das Fremde, Weiße.

Es war kalt, er fror. Er dachte an das Wohnzimmer. Abends wurde zum Schlafzimmer aufgemacht, dicke, gute Hitze kam heraus. Allein an diesem schlechten Ort war es heiß und ordentlich, sonst war die ganze Welt unter dem weiten Himmel kalt und windig. Sie drückten sich an die Wälle. Aber auch zu sechst oder acht in einem Hauf zusammengedrückt, waren sie noch etwas ganz Winziges.

Die Kantinenfenster waren gesperrt. Der Junge sprang wütend mit beiden Füßen aufs Fensterbrett, packte das Gitter und trommelte. Er packte die Dachkante, zog sich rauf, er hatte eine ganze Traube von Buben an sich kleben. Er wusste genau die Stelle, wo die Brote aufgestapelt waren, er witterte den rauen, körnigen Geschmack. Sie wären gar nicht erwischt worden, wenn sie nicht schon auf dem Dach gegessen hätten. So wurden sie auf die Wache gebracht, kauend, Fäuste und Taschen und Nasenlöcher voll Brot.

Er wurde zuerst heimgeschickt. Sein Vater fing ihn an der Wohnungstür ab, packte ihn am Hals, drückte ihn gegen den Boden und schlug zu. Es war dunkel im Vorplatz, die Türen zu der Küche, zum Wohnzimmer und der Treppe waren verschlossen. Der Vater traf manchmal daneben. Da hatte er etwas Warmes, Lebendiges zwischen den Fäusten in diesem finsteren Gang ohne Ausweg. Dieser Junge war hart und fest, man spürte, was man schlug. Er hatte ihm bittere Schande angetan, auf die man schlagen konnte. Keine von dieser luftdünnen, unsichtbaren Schande. In dichteren, schnelleren Schlägen fiel das Unglück neu und erlöst aus seinem gequälten Herzen. Auf einmal war es vorbei. Der Junge stemmte sich auf die Arme und hob den Kopf. Sein Vater trat in die Wohnzimmertür, erschöpft und vorgebeugt, und schloss vorsichtig die Tür. Der Junge richtete sich auf und schüttelte sich. Drinnen warf sich der Vater aufs Sofa und zog die Beine hoch. Da fiel ihm ein, dass er seine Schuhe anhatte, er erschrak und wollte sich wieder aufrichten, um sie auszuziehen. Aber seine

Arme taten weh, und sein Rücken war müde. Da kam es über ihn, dass er sich ausstreckte und erst recht mit seinen schweren, schmutzigen Stiefeln gegen das Polster trat.

Weihnachten kam dazwischen. Dünne, nasse Schneeflocken wurden schon am Nachmittag zu Regen. Im Wohnzimmer war geheizt, alles war bis auf den Grund geputzt, wie weiße Wolken standen die Vorhänge vor den Fenstern. Die Porzellanschüssel auf der Kommode war mit Gebackenem gefüllt. Denn auch ohne Butter und Eier hatte sich der Teig in Lämmer und Sternchen formen lassen. Der Kleine knabberte an seinem Häufchen und merkte nur, dass es nach Zimt und Anis schmeckte. Sein kleines Gesicht war rund und glänzend weiß, wie die Glaskugeln am Baum. Endlich war sein Bauch erfüllt vom Süßen, seine Augen von Farben, Licht und Silber, er hatte alles.

Eine Glocke war über die kleine Stadt gestülpt, pochte mit ihren Klöppeln die Stirnen müde. Da war eine Pause in der Zeit, eine Insel, Vater und Mutter saßen auf der Insel mit allem, was sie hatten, ihren Kindern, ihrem Weihnachtsbaum und ihren Möbeln. Alle wünschten sich, es möchte jetzt schon weitergehen, was sollten sie in der Pause anfangen, die graue, schreckliche Zeit sollte doch lieber weiterfließen.

Sie gingen am Feiertag zusammen spazieren. Der Vater hatte schon den Brief in der Tasche, der Junge sollte an einem der ersten Januartage abgeholt werden. Aber auch der Junge lief vor den Eltern her. Rechts und links unter den kahlen, nassen Platanen gingen viele Familien. Sie trafen auch Matthäus mit seiner Frau und seinen beiden Töchtern. Sie grüßten einander. Dem alten Matthäus fiel es ein, man hatte ihm wo erzählt, dass es Zieglers schlecht ging. Er sammelte mit seinem Blick ihre Gesichter, Schuhe und Kleidungsstücke. Er entdeckte keinen Riss, keinen Flecken. Ziegler dachte: Ja, sieh uns nur an, wir sind genau wie du, sieh uns bloß durch und durch an, du wirst nichts anderes finden.

Am Anfang des neuen Jahres sah er Matthäus wieder. Sie standen einander gegenüber, das Pult von Matthäus war zwischen ihnen. Beide waren vor Erstaunen aufgestanden. Matthäus wunderte sich, weil Ziegler gewiss der einzige Mensch in der Stadt war, der nicht gehört hatte, dass sein Geschäft verkauft war. Die Gesellschaft hatte alles übernommen, Haus, Büro und Werkstatt. Es gab keine Lieferungen mehr.

Ziegler drehte in seinen Fingern einen Zettel, auf dem er eine Bestellung schreiben wollte, steckte ihn ein und zuckte ein wenig die Achseln. Sein Gesicht fiel vor Erstaunen auseinander, als sei der dünne Faden gerissen, der das seinige zusammenhielt. Matthäus sah schärfer zu, der Kragen war ja gewendet, die Weste abgeschabt. Ziegler sah auf das Pult hinüber, auf welchem sich Papiere und Warenproben zu kräuseln und zu winden schienen, ganze lebende Haufen von Bestellungen.

Ziegler starrte ein helles, rundes Ding auf dem Schreibtisch an. Er hätte in diesem Anzug nicht kommen dürfen. Er hätte die Anzüge rücken sollen und den guten anziehen. Matthäus setzte sich plötzlich und nickte ihm zu. Aber Ziegler ging und ging nicht. Das Helle, Runde auf dem Pult wurde zu einer Briefwaage. Er dachte, ich hätte die Anzüge ja sowieso gerückt. Dann stieß er den Stuhl weg und lief entschlossen hinaus.

Es trieb ihn in einem Ruck in die Stadt zurück bis auf den offenen Platz. Da hörte der Ruck auf, es reichte nicht mal bis heim. Eine der kleinen Straßen gab ihn an die andere weiter. Es war merkwürdig, sich am hellen Vormittag herumzutreiben. Da wurde er durcheinandergeschüttelt mit vielen Männern und Frauen, teils besser, teils schlechter gekleidet, sie kannten sich alle ein wenig. Er war doch nicht aufs Geratewohl gelaufen. Hier war er gelandet, als sei der Heumarkt der tiefste Punkt der Stadt, in den die Gassen wie Bäche herunterliefen. Er sah von weitem hinüber. Über den Mützen und Scheiteln hing um seiner schwachen Augen willen von innen erleuchtet das Schild: »Erwerbslose.« Niemand auf der Welt, nicht einmal der alte Matthäus selber, konnte ihn zwingen, sich hier auf dem offenen Heumarkt anzustellen, in diesem Trupp Blau- und Graujacken. Sie waren frech und laut. Sie traten von einem Fuß auf den anderen; als ob es gar nichts zu bedeuten hätte, hier zu warten, drückten sie sich vorher und nachher auf ihrem Platz herum. Da musste einer schon ganz gegerbt sein mit

Schande, wenn er es ertrug, hier unter freiem Himmel für sein Geld anzustehen.

Er lief zum Fluss hin. Es war kalt, aber still und sonnig. Hinter dem Fluss fingen Berge und Wolken an. Er war noch nie um diese Zeit am Fluss gewesen. Am Geländer drückten sich ein paar herum, die nichts zu tun hatten. Manche waren zerlumpt. Sie hatten nichts zu erwarten. Sie ließen ihre Zeit in kleinen goldenen Wasserkringelchen herunterfließen. Sie hatten ihre Unternehmungen aufgegeben, weil es an ihrer statt die Schiffe unternahmen, zu pfeifen und zu rauchen und Holz zu schleppen, und die Wolken, sich zu ballen und zu zerstreuen und davonzujagen. Ziegler trat ans Geländer. Er wünschte sich nichts anderes, als hierzubleiben, stundenlang, Tag für Tag. Wenn auch jemand vorbeikam, wer kannte seinen Rücken? Jemand berührte ihn am Arm: Da kommt ein neuer Holländer. Ziegler drehte sein Gesicht in das andere Gesicht, das war rot und dick, winzige Äugelchen. Er riss sich los. Er lief heim. Alle sahen ihn an, weil er spät kam. Er erzählte aber nichts. Er trat nach Tisch ins Schlafzimmer hinter Marie, um zu sprechen. Da gefiel es ihm auf einmal, wie sie sich plagte und nicht wusste, dass Matthäus gar nichts abnahm. Er wollte erzählen und bezwang sich. Er sah Marie an, ihr Gesicht war feucht, ihre Arme schienen in den letzten Wochen unmäßig lang geworden. Ihre Lider zuckten. Er sagte auch am nächsten Tag nichts, nichts am übernächsten. Er ließ sie die Woche über arbeiten, dann streichelte er ihr Haar und erzählte, dass es nutzlos war.

Anna wollte sich mit dem Gintler woanders treffen. Dann traf sie sich doch mit ihm in einer kleinen Konditorei. Die Marmortischchen glänzten, es war leer um diese Zeit. Aber der Raum war so warm und freundlich und roch so gut nach Kaffee und Kuchen, dass er bald voll sein musste. Der junge Gintler zog Anna in das hinterste Zimmer. Er rückte dicht neben sie, berührte mit seinem Gesicht das ihrige. Anna lächelte, blinzelte mit plötzlichem Behagen in das fremde Zimmer gegen den großen Spiegel, wo das Büfett stand, unberührte anwachsende Berge von Torten und Mohrenköpfen. Der junge Gintler redete leise und streichelte ihre

Hand. Sie fuhr zusammen, als das Geschirr gebracht wurde, zog ihre Hand zurück. Der junge Gintler nahm ihre Hand von der Lehne weg. Sie senkte den Kopf, verwirrt durch den Geruch aus den Tassen und Tellern. Er legte den Arm um ihren Rücken, sie blickte auf ihre Tasse, auf der ein gekräuselter Ballen Schlagsahne schwippte. Auch auf dem Apfelkuchen, den man gebracht hatte, kräuselte sich eine schneeweiße Locke Sahne. Sie vergaß alles, nahm davon in den Löffel, leckte. Der junge Gintler streichelte ihre Schulter, ihre Brust. Sie dachte mit aller Kraft daran, dass sie nicht stopfen sollte, sondern ganz langsam essen, Löffel für Löffel. Sie fragte sich, ob alles Weiße hinten auf dem Glas alles weiße Sahne sei. Vielleicht würde Gintler nachbestellen. Sie sah ihn schnell an. Sein Gesicht war gerötet, er betrachtete etwas mit glänzenden Augen, griff es, liebkoste es, das war ja sie. Sie war plötzlich müde. Sie legte den Kopf an seinen Arm voll leiser behaglicher Traurigkeit.

Daheim stellte die Mutter die große Bütte auf zwei Bänke in die Küche. Sie machte ein heißes Bad zurecht für den Jungen. Heute war der Tag, an dem er abgeholt wurde. Es war ihm die Zeit über eins gewesen, aber seit gestern war er beklommen. Alle machten, als ob es nichts Besonderes wäre, sprachen nichts mit ihm und nichts untereinander, vielleicht wenn man nichts daraus machte, duckte es sich und war gar nichts. Die Mutter hatte seine Sachen in Ordnung gebracht und zusammengepackt. Sie hatte Brote dazugepackt, um die Reise zu zwingen, eine gewöhnliche Reise zu sein. Jetzt stieg er in die Badewanne hinein. Seine Mutter wollte es selbst machen. Sie begann, seinen harten, gelben Körper zu seifen, sein Haar, seinen Hals. Er drückte die Ellenbogen in die Rippen, das Kinn an sich. Er fühlte den Seifenschaum auf den Gliedern, auf seinen großen Ohren. Seine Beklommenheit wurde zu großer Angst, klopfte in seinem nassen, eingeseiften Leib. Er fürchtete sich vor den weichen, glitschigen Händen der Mutter, die dumm und blind an seinem rauen, dürren, hässlichen Körper herumfuhren, der ihm war, der Abhänge heruntergekollert, auf Mauern geklettert, sich in Mulden versteckt, in das tiefe Flusswasser getaucht war. Man gab ihm ein festes, ungewohntes

Handtuch. Er rieb sich heftig dabei ein, um seine Scham zu zerreiben. Dann schellte es. Der Vater öffnete selbst. Auch seine Angst war unerträglich geworden. Der Mann, den die Stadt geschickt hatte, um seinen Jungen abzuholen, der war durch die Gassen gegangen, am hellen Tage in einer Uniform oder vielleicht mit einer Armbinde, die eigene Treppe herauf.

Es waren zwei gewöhnliche, dunkel gekleidete Männer. Er führte sie ins Wohnzimmer. Sie setzten sich nicht auf die angebotenen Stühle, weil der Junge schon fertig war. Der Junge ging einen Schritt auf den Vater zu, um durchzustoßen durch diese Wand, dann war ja alles vorbei. Sie hatten sich die Hände gegeben, der Vater drehte sich zum Fenster, die Mutter fing still zu weinen an, einer der Männer nahm das Paket, sie führten ihn die Treppe hinunter.

Da riss sich der Junge los, machte einen Satz und sprang durch die Nebentür in den Hof, die Männer rannten nach. Der Junge wollte die Mauer hinauf, glitschte ab und rannte in die Werkstatt. Der kleine Spengler packte ihn am Hals. Da riss er sich los und schrie laut. Rund um den Hof gingen die Fenster auf. Droben sahen sich Vater und Mutter an, sie hörten, wer schrie. Ihre Augen wurden schwarz, sie sprangen einander verzweifelt in die schwarzen Augenlöcher. Da schrie es in einem fort, wie gebrannt und gebissen. Nie mehr konnten so schreckliche Schreie aus dem Hof herausgehen. Auf der Treppe packte Anna, die eben heraufkam, mit weißem Gesicht das Geländer. Sie wusste auch, wer schrie, aus voller Kehle, mit ausgebreiteten Armen verschrie er ihre Hochzeit, ihr duftiges, sanftes Brautkleid …

Der Junge schnurrte herum, duckte sich irgendwo an der Kellertür zwischen Kartoffelsäcken. Die Männer suchten, kehrten auf die Treppe zurück und sahen auf die Gasse. Droben am Schlafzimmerfenster hatte Marie gesehen, was war. Sie sah ihn auch in den Kartoffelsäcken und kam die Treppe herunter und stellte sich mitten in den Hof. Der Junge sprang heraus und warf sich gegen die Hoftür. Die Männer drückten von innen, er stemmte aber mit Brust und Stirn und Armen, mit beiden Füßen trat er das Pflaster hinter sich. Die Tür klopfte, da kam es über Marie, dass sie hinsprang und neben ihm stemmte, aber die Tür schob sich vor, der Hof unter ihren Füßen schien langsam abzugleiten, sie fielen übereinander. Einer fasste den Jungen am Arm und nahm ihn mit, der andere hob das Paket von der Treppenstufe und folgte.

So fest und dunkel kamen Vater und Mutter die Gasse entlang, dass keiner sich umdrehte. Die roten Zick-Zack der Schreie waren im Hof vernarbt. Der Mittagstisch war gedeckt. Über dem Kreis von Tellern stellte sich einer von Gesichtern ebenso blank und weiß. Die Mutter schöpfte etwas, worin Brocken schwammen. Sie erschrak, weil sie dann alle nicht aufstanden, sondern warteten. Sie sah sich mit harten Blicken um. Vielleicht kam wirklich was. Dann stand sie auf und sammelte die Bestecke auf ihrem Teller, um zu zeigen, dass das nicht die Suppe gewesen war, sondern alles.

Der Vater zog sich gut an und ging in die Stadt. Er hatte sich ein paar Unternehmungen ausgedacht, ein paar Anfragen. Diesmal war der alte Matthäus verreist. Woanders gab man ihm Ratschläge. Der karge Wintertag ging unterdes zu Ende. In den Kontoren wurde Licht gemacht. Die Arbeit drängte nicht allzu sehr. Seine Klagen und Sorgen vermischten sich mit den Sorgen der anderen zur warmen Geschwätzigkeit des Winterabends. Wie er heimkam, wurde zur Nacht gegessen. Wieder wurden die Teller rund um das Sträußchen aufgestellt. Gintler war da gewesen. Der Rauch seiner Zigarette beizte den Geschmack der Suppenreste vom Mittag. Es schrappte. Sie runzelten alle die Stirnen und sahen auf. Da fiel es ihnen ein, dass der Platz, wo es zu schrappen pflegte, leer war und dass sie selbst schrappten.

Marie lief durch die Stadt. Sie sagte überall auf der Schwelle der Wohnstuben: »Wir nehmen alle Strickwaren an, gefallene Maschen, Ellenbogen, neue Mützen und Jacken.« Hinter ihren gesenkten Lidern waren die Stuben und Menschen fast vertraut. Auf dem braunen Büfett standen jetzt Äpfel. Die Frau, die immer gut war, bot Äpfel an, wie sie vor einigen Wochen Zwieback angeboten hatte. Nur waren Mariens Hände inzwischen schwer geworden, Zwieback war noch gegangen, Äpfel, allzu wunderbar glänzende, gelbe, gingen nicht mehr. Die Frau wunderte sich über

Mariens Jacke. Sie war ganz aufgerieben, wo doch das Mädchen so geschickt war im Ausbessern von Strickwaren. In der Betzelsgasse hatten die erlöschenden Treppenfenster noch rote und grüne Fünkchen in den Rillen, solange sie hinaufging. In jenem Wohnzimmer saß der Knabe mit der Brille hinter dem Album, das noch nicht umgeblättert schien, seit dem letzten Mal. Die große, dunkle Frau war nicht ihre Mutter, der Knabe mit der Brille war nicht ihr Bruder; sie musste aus dieser Lampe heraus, weil es nicht die ihrige war. Dass gerade sie in diese vier Wände gehörte, gerade mit diesen Leuten. Das war wie an Ostern in der Schule: Jetzt seid ihr an eure Plätze gesetzt worden, und jetzt gebt Ruhe.

Aber die Gassen wiederum waren von neuem unbekannt. Sie fürchtete sich ein wenig vor jeder Art Dunkelheit. Diesen Winter lief sie einen oder den andern Abend in der Stadt herum. Wie konnte man sich überhaupt an Dunkelheit gewöhnen. Ihr Herz klopfte, machte ihr mit seinen Flügeln die Augen blind. Ihr Hemd klebte. Jemand rief hinter ihr her: »Marie!« Sie weigerte sich, auf diese Stimme zu hören, sie lief schneller. Da rief es dreimal laut hinter ihr her: »Marie, Marie, Marie!«

Sie hatte das Mädchen im letzten Herbst um dieselbe Zeit an derselben Stelle getroffen. Es hatte sich den Winter über verändert. Es war groß und stark geworden. Seine feste, junge Brust, die es noch gar nicht kümmerte, regte sich zu seinen starken, atemlosen Bewegungen. Sein Gesicht war rot und weiß. Seine Schönheit war ganz verdient, denn auch ohne dies alles hätten seine Augen geleuchtet. Das Mädchen hatte Marie schon in der Schule gefallen. Jetzt betrachtete Marie mit ungeheurem Entzücken sein Gesicht, sein goldenes Haar, seine kleine rote Mütze. Das Mädchen sagte: »Ich will dir etwas sagen, Marie. Willst du nicht zu uns kommen, wir sind immer viele zusammen, komm doch einmal zu uns.«

Marie sagte: »Ich habe immer so viel zu tun.«

Das Mädchen sagte: »Alle haben viel zu tun, komm doch einmal.« Marie: »Ja, einmal, vielleicht.«

Das Mädchen sah Marie an, seine Augen glänzten in strengem, aufmerksamem Glanz. Es ließ ihre Hand los, langsam, langsam;

wie man in einem Sumpf versinkt, zog eine schreckliche, unbekannte, gewaltige Kraft Marie von ihrem Platz, von diesem Mädchen weg: Noch hielten sich ihre Hände, noch ihre Fingerspitzen, noch ihre Augen, es war umso viel stärker, als dieses Mädchen war, es zog Marie die Gasse hinunter, auf den offenen Platz. Es ließ einen Augenblick los, Marie drehte sich schnell herum, die Gasse war wieder leer, da ging sie von selbst heim.

Zu Hause hatten sie alle Stücke Zeug in den Händen. Der Vater verstand sich gut darauf, Besatzstücke auszumessen. Es war warm und hell, Geschwatz, beinahe lustig. Sie waren schon fertig. Anna rutschte auf der Erde herum und las die Fusseln auf. Da schellte der junge Gintler. Anna hüpfte auf die Füße, bürstete in ihrem Haar, zog etwas Helles an, spritzte etwas aus einer Flasche, wechselte ihr Gesicht aus und ihre Stimme. Vater und Mutter sahen sich lächelnd an. Immer kam er am Nachmittag aus dem städtischen Dienst gerade hierher. Aus seinen neuen gebügelten Kleidern entströmte der ganzen Wohnung eine gute Botschaft. Er war treu; Annas weißer, junger Körper gefiel ihm, er sah sonst gar nichts. Rund um seine schöne Braut herum hatte sich das Wohnzimmer langsam entfaltet. Seine Haut war zerrissen und abgefallen. Sein Inneres kam heraus. Aber der junge Gintler hatte das Zimmer nur einmal bei seinem ersten Besuch betrachtet. Seine Augen dachten, es sei noch immer so. Sie prüften die Polster nicht, die waren gewendet, nicht die Tapete, die war angeklebt. Er fasste mit beiden Armen Anna und küsste ihre Brust.

Der Vater zog sich gut an, er ging in die Stadt zu Matthäus, der war inzwischen von der Reise zurück. Er wischte sich mit dem Taschentuch das Gesicht ab. Seine Augen suchten zwischen den weißen Papieren die blanke Briefwaage, den vertrauten Punkt. Die gestreifte Wand, der Armsessel, das Pult hatten im hell einfallenden Licht das kahle, verfrorene Aussehen, wodurch sich bei Möbelstücken der Frühling ankündigt. Der alte Matthäus erblickte Zieglers Anzug, sein gutes Hemd, seine Uhrkette. Er hätte vielleicht besser die schlechtesten Kleider anbehalten, denn Matthäus sagte: »Ich kann mir selbst nicht helfen, ich kann Ihnen beim besten Willen nicht helfen.«

Dann war es auf dem Heimweg wie das erste Mal. Die Gassen reichten ihn von selbst einander weiter. Nur war es hell statt dunkel. Er hatte große Lust nach dem Flussufer. Über dem Geländer döste eine ganze Kette von Müßigen, Verzottelten. Weiches, helles Licht hatte die Ferne aufgetaut ... Große Wolken liefen über die Berge weg. Alles war viel zu weit und hell. Er wünschte sich kein Flussufer, sondern ein Loch. Er drückte sich die Häuser entlang. Da war eine Tür, die nachgab. Er fing zu trinken an. Eine Gesellschaft Schiffer hatte ihre Tische zusammengerückt. Sie riefen ihm etwas zu und lachten; denn er war schwarz gekleidet. Er trank fast nie. Er glaubte jetzt, er könnte das erzwingen, dass alles kreiselte und scheckig wurde. Es blieb aber eins auf dem andern, klar und ordentlich. Da ging er heim. Die Seinen waren schon zu Bett gegangen. Er setzte sich im Dunkeln aufs Sofa und würgte. Er war von Traurigkeit wie mit einem schweren Saft vollgepumpt, der sein Inneres zu sprengen drohte.

Am nächsten Tag nahm er den kleinen Jungen an der Hand und ging mit ihm an den Fluss. Das hatte er sich ausgedacht, um dem Kind etwas Gutes zu tun; denn alles in allem war der Fluss doch hell und schön.

Der Kleine lief schweigend neben ihm her. Was war er für ein gutes, geduldiges Kind. Es war ihm zu Ostern eine neue Schule versprochen worden, da wurde nichts daraus. Man hatte ihm Bücher versprochen, einen Atlas, Schuhe, Jacken, nie wurde was daraus. Er vergaß alle Versprechungen, er fragte nie. Selbst seine Beine blieben zart und dünn, als wollten sie das enge Samthöschen nicht kränken. Der Vater ging gern mit dem Kleinen Hand in Hand. Er wollte ihn den Fluss entlangführen, dann in weitem Bogen durch die Stadt. Er wollte Menschen treffen, er wollte gesehen werden mit seinem kleinen Sohn, schwarz gekleidet, ruhig und gütig. Er legte den Arm um das Kind und erklärte ihm die Dampfer, die Dörfer und Berge. Der Kleine sah aber gar nicht in die Luft, sondern immer in sein Gesicht. Er wollte aber nicht sein Gesicht von zwei Augen bewacht haben, wie Hunde ein Haus bewachen. Er ließ den Kleinen warten. Er trat ein und setzte sich. Er hielt sich an der Tischplatte fest, er wartete. Die Zeit schlug sich in kleinen Perlen an den Wänden nieder. Er wurde elend davon, er jammerte. Zwei Hände fassten ihn einfach unter den Achseln.

Dann war es hart und kalt. Der Kleine zupfte ihn, bis er aufstand. Da war sofort alles vorbei. Der Kleine war käsig vom Warten, er selbst war verdreckt und schmierig. Das Kind war zu klein, um ihn zu verbergen, da kreiste es schnell um ihn herum. Sie gingen nicht mehr durch die Stadt, sondern denselben Weg zurück nach Hause.

Unter Annas jungen, sorglos zuklopfenden Händen entfuhr dem aufgeplatzten roten Bettsack ein Schwarm von Federn. Sie hörte zu klopfen auf und nähte. Es war warm geworden. Allzu früher Sonnenschein roch nach Sand und Lauge. Betten und Schränke waren von ihren festen Orten abgerückt, da zeigten sich Tiefen und Spalten, unbekannte, mitten im eignen Zimmer. Kleine, bunte Gegenstände, welche in alten, von den jetzigen ganz verschiedenen Zeiten verschollen und aufgegeben waren, lagen auf einmal da, überzogen mit einem dichten Flaum von Staub. Anna warf den Sack auf die Bank und rief: »Damit kann man nicht mehr zudecken.« Die Mutter rief von nebenan in den Eimer hinein: »Womit denn sonst.« Anna trat ans Fenster, ihr war schon schwindlig vor Licht, sie lächelte zu den kommenden Sonntagen: weißes Kleid, altes, warmes Laub, Buchenwälder. Sie sagte: »Man kann sich mit Mänteln zudecken, man braucht ja keine.« Die Mutter rief: »Komm doch, komm doch.« Anna stieg über den Besen mit hochgezogenen Röcken. »Man kann die Polster nicht klopfen, Anna, die reißen.« – »Ach lass doch, Mutter, ich werde dir Sterne häkeln, ganz dünne, zackige, du brauchst bloß bürsten.« – »Ich kann die Gardinen gar nicht aufhängen, Anna, so brüchige, rissige.« – »Ach lass doch, Mutter, wir hängen sie diesmal nicht auf.« – »Der Teppich wird aber schießen, Anna, und alles.« – »Ach weißt du, wir stellen das Tischchen mit der Zimmerlinde vors Fenster.«

Der Kleine kam nach Hause und dann der Vater. Die Mutter setzte sich auf einen Stuhl, hing die Beine weg und sagte: »Es ist so warm, und mir ist so schwach im Leib.« Der Vater berührte ihr raues, graues Haar, fuhr zusammen und trat von ihr weg. Er sah sich verwirrt um in seinem aufgestöberten Wohnzimmer, trat ins Schlafzimmer, da war es ebenso. Er sah auf den Hof herunter, er war ruhig und kühl. Da bekam er Lust, hinunterzugehen. Das Sonnenlicht reichte nicht aus, um den Hof von Grund aus zu füllen. Er sah sich aufmerksam um, als suche er einen Gegenstand, der ihm von oben auf das Pflaster gefallen sei. Er drehte seinen Kopf nach allen Seiten, um Neugierigen in den Fenstern zu zeigen, weshalb er im leeren Hof stand.

Auf einmal stampfte er wild gegen das Pflaster, da wurde es hell in ihm, aus seinem Herzen strömte das Unglück heraus, in kühnen, leuchtenden Farben. Sie überschwemmten den Hof, machten ihn flammen und glühen, in fremdem, verzweifeltem Glanz. Dann fiel er erschöpft ab. Die kühnen flammenden Gottesfarben erloschen um ihn herum, und der Hof war grau und kühl.

Eine ältere Frau im dritten Stock hatte früher oft mit der Mutter Kaffee getrunken. Verschiedene kleine Glückszufälle sowie der Umstand, dass sie allein war, ließen in ihrer Kammer Rosinenstollen und Würste nicht ausgehen. Frau Ziegler zog allzu schnell die Tür hinter sich zu. Manchmal entdeckte die Frau doch noch mit zugekniffenen Augen niedergetretene Schuhe, ein ausgefranstes Schnupftuch, ein schmieriges Milchkännchen. Sie traf den kleinen Jungen auf der Gasse. Sein Wachsgesichtchen, sein dünnes Hälschen dauerten sie. Sie war kinderlieb. Sie lud den Kleinen ein. Er blieb in der Tür stehen, ganz benommen von dem Gesang eines Vogels. Ein glitzernder Käfig schwankte ein wenig in einem Wald von Blattpflanzen. Sie deckte geschäftig für sich und das Kind den Frühstückstisch. Sie stellte Kuchen hin, gelben und roten Käse und Butter und Schinken. Der Kleine legte seine zehn sauberen Finger vor sich hin. Sie redete ihm zu, und der Kuchen auf seinem Teller hatte mehr Rosinen als Teig. Der Teller aber war fremd. Und unzertrennbar gehörte der Kuchen zu diesem fremden Teller. Er bohrte mit dem Löffel herum, zur Strafe wurde ihm eng, und der Bissen rutschte nicht. Er sah die Frau an, bewegte den Mund und stand auf. Seine Augen füllten sich mit Tränen. Die Frau ärgerte sich über den angebröckelten Kuchen. Sie fühlte plötzlich Verdruss über diese Leute einen Stock tiefer, die ganz vergessen hatten, dass sie noch da war, bereit, auf der Treppe zu sprechen, wann immer zu helfen und zu raten. Sie wollte endlich ihren Fuß in die ängstlich geschlossene Tür klemmen. Sie wickelte Kuchen und Aufschnitt in Papier und gab alles dem Kind mit. Der Kleine lief hinunter und legte alles im Wohnzimmer auf den Tisch. Sie sahen bestürzt die Sachen aus dem aufgeplatzten Papier hervorkollern. Sie wollten das Kind schelten, es fing aber von selbst zu weinen an. Da sprachen sie leise miteinander und kamen überein, am Sonntag die Zimmerlinde hinaufzuschicken.

Der Vater trank nie mehr. Er ging immer seltener aus. Er pflegte bald nur sonntags auszugehen, wenn alle die Seinen gingen. Dann zog er seinen guten, schwarzen Anzug an, wunderbar unversehrt im blanken Sonnenlicht wie das Sommerfell eines Tieres. Er fürchtete sehr, dass sich sein guter, grauer Werktagsanzug abschaben möchte, wie sich der braune abgeschabt hatte, dann müsste er zu diesem schwarzen Sonntagsanzug vorrücken. Er gewöhnte sich daran, still auf dem Sofa zu sitzen. Dann kam es ihm vor, die kleinen abgewetzten Stellen, die nur ihm bekannt waren, heilten langsam. Das zarte, graue Gewebe gehörte immer enger zu seinem eigenen Fleisch. Er fing es an zu betrachten, wie einer die krank gewordene Haut betrachtete, entdeckte, dass es nicht nur aus schwarzem und grauem Garn bestand, sondern heimlich von einem gelben Fädchen durchmustert war, das immer am schnellsten riss.

Er sehnte sich sehr nach der Stadt. Er dachte an das rostige Geländer am Flussufer, wo die bunte, ruppige Menschenkette niemals abriss. Sie tauchten ihre Blicke ins fließende Wasser. Sie ließen Sonne und Regen ihre speckigen Jacken vollends zerstören. Er dachte an Elliser, welcher die Zeit von Kneipe zu Kneipe maß. Ihm machte es nichts aus, vom Stuhl herunterzurutschen, schwer vom Trinken unter den Tisch, in Pfützen. Er dachte an den Heumarkt. Der Tag fiel ihm ein, an dem er sich von diesem Anblick abgewandt hatte, im Innersten getroffen. Er fürchtete sich nicht mehr. Es ging ihn gar nichts an. Sie drängten sich alle zusammen, rissen wie Kinder die Löcher in ihrem Hemd erst recht breiter. Er musste hier allein sitzen und abwarten.

Der Leib, der seine Gedanken nicht kannte, blähte sich im Sitzen und spannte den Stoff und riss und drohte auf seine Weise, alle Vorsorge zu durchbrechen. Er wünschte sich den Winter herbei, um seinen Mantel über den grauen Anzug zu ziehen und fortzugehen. Was dann im nächsten Sommer wurde, wusste er nicht. Da wurde er krank.

Er hatte lange geglaubt, der schwere, wehe Klumpen gehöre einfach in sein Innerstes hinein. Eines Abends schrie er leise beim Ausziehen. Die Frau fühlte mit der bloßen Hand in sein aufgeklapptes Hemd. Sie gingen tags darauf in die Sprechstunde. Sie sahen sich ängstlich um. Männer und Frauen rissen wartend die Seiten von vergriffenen Heften, zupften an den Troddeln, versuchten eins das andere zum Sprechen zu bringen. Sie wurden alle ruhiger und waren einander ganz gut. Wenn aber einer hineinging und nach einer Weile wieder herauskam, war sein Gesicht verstört, als hätte er sein Leiden nicht mitgebracht, sondern dadrinnen zugezählt bekommen. Er kannte die nicht mehr, mit denen er eben gewartet hatte. Sie waren ihm fremd geworden.

Die Ziegler kamen heraus, wie sie zum ersten Mal aus dem Haus gekommen waren, als man den Jungen abgeholt hatte: ganz schwer und dunkel.

Anna weinte auch zu Hause, weil Gintler abgesagt hatte. Er brachte nur die Kinokarten und musste mit seinen Eltern. Da schenkte Anna eine Karte Marie, und die Schwestern gingen zusammen.

Anna weinte leise im Dunkeln. Sie betrachtete ratlos diese zwecklosen Straßengewimmel, Meereswogen, gescheiterte Schiffe, fliehende Menschen, alles verschwommen in Tränen.

Marie hielt sich an beiden Lehnen fest. Warum war Gintler nicht gekommen, sie hätte nicht mitzugehen brauchen in eine enge, heiße Dunkelheit. Vor einigen Jahren war sie dann und wann hier gewesen, sie wusste nicht viel davon. Sie drehte den Kopf aus dem fremden weißen Licht, blickte in dichte Reihen von

Gesichtern, die ganz versilbert waren, erstarrt und gierig. Sie wandt sich wieder zurück und fühlte auch ihre Stirn weiß und kalt. Vor ihren Augen flimmerte etwas, was einem Himmel ähnlich war, Bergen und Bäumen. Menschen kamen auf Pferden. Sie wünschte sich sehr, alles genau zu erkennen. Sie hatte nie geträumt, dass es solche Abgründe geben möchte. Und doch verlangte ihr Herz zugleich danach, sie möchten noch tiefer sein und diese wunderbaren Reiter, die einer hinter dem andern über Brücken und Grüfte sprengten, möchten sich nicht einholen. Sie durften sich nicht einholen. Sie wusste nicht warum. Sie sehnte sich danach, alles genau zu begreifen. Aber nicht nur die Pferde, auch die Berge und Bäume liefen ihren Blicken davon. Manchmal hatten sie Mitleid mit ihr und warteten, dann zeigten die Menschen in der Dämmerung eines einfachen Zimmers einen Augenblick ihre großen weißen Gesichter. Sie zeigten ihr ganz vertraut ein Unglück oder eine Freude. Auch die Pferde verhielten sich ruhig an einen Zaun gebunden. Eine Sonne, welche das Herz leicht machte, schien über dichtes Gras, über das einsame weiße Häuschen. Sie verpasste aber den Augenblick, wo sich alles veränderte. Da wurde über ein Unglück geweint, das sie gar nicht hatte hereinbrechen sehen. Da waren die Berge verschwunden, ein Reiter ritt in eine Straße hinein, es war schon Nacht geworden. Sie brauchte sich nicht mehr zu quälen. Denn aus der dunklen Tür trat ebenso langsam, wie sie folgen konnte, ein junges Weib, ein Licht in der Hand, stellte das Licht auf die Treppe und umarmte den Angekommenen.

Es wurde hell. Die Leute bewegten sich. Anna hatte zu weinen aufgehört, doch war ihr Gesicht nicht so schön wie sonst, sondern verquollen und mürrisch. Sie gab nicht acht auf Marie. Es war später Abend, sie gingen schnell hintereinanderher. Marie senkte den Kopf. Sie sah sich manchmal schnell nach rechts und links um. Sie hatte zuletzt vieles verstanden und war eingewöhnt gewesen. Was sollte sie jetzt anfangen auf der ihr unbekannten Gasse gegen den offenen Platz hin.

Der Vater hielt sich aufrecht. In faulen, faden Klümpchen erstarrte ihnen das Essen im Mund, weil sie wussten, dass unter der Tischplatte sein Bauch war, hart und weh vor Krankheit. Der Vater klagte nicht. Er presste unter dem Tisch mit beiden Händen seinen Leib zusammen und sah sich streng um.

Eines Abends trat Marie ins Zimmer mit einem Korb voll Strickwaren, da fragte er, was das für Bestellungen seien. Marie musste alles vor ihm ausbreiten. Er streichelte ihre Hände, ihr Haar. Er hatte vielleicht gerade keine Schmerzen, da wollte er ihr etwas Gutes tun; er redete leise auf sie ein, ihre Hand in der seinen, und betupfte mit dem Daumen ihre Knöchel. Sie sagte ja und nein und blickte angestrengt in sein Gesicht. Etwas Unerbittliches hatte mit aller Kraft aus diesem abendlichen Zimmer den letzten Tropfen Hoffnung herausgepresst, Möbel und Vasen und gehäkelte Sterne lagen verkümmert und welk herum wie dürre Schalen. Der Vater hörte eingeschüchtert zu reden auf unter ihrem kalten, verzweifelten Blick. Er legte die Hand auf ihren Kopf. Dann fuhr er zusammen, runzelte die Stirn und starrte vor sich hin. Er vergaß, die Hand zurückzuziehen. Sie lag auf Mariens Kopf, drückend und schwer wie Blei. Sie wagte nicht, die Hand auf sein Knie zurückzulegen. Sie wartete. Sie zupfte Wattefussel vom Polster. Da dachte sie, dass er vielleicht gestorben und die Hand eines Toten auf ihren Kopf gelegen war. Da seufzte er ein wenig. Er zog von selbst seine Hand zurück wie von einer Tischplatte, hatte Marie vergessen und drehte sich nach der Wand um. Marie legte die Sachen in den Korb zurück und trug ihn ins Schlafzimmer.

Zwei oder drei Wochen bevor er starb, bekam er Lust auszugehen. Er brauchte lange Zeit und wimmerte beim Zuknöpfen. Er musste aber durchaus in die Stadt und zog sich gut an. Er wischte sich den Schweiß ab, wie er mühsam die sonnige Gasse herunterging. Er fühlte auf seinem kranken Körper den guten schwarzen Stoff. Auf diesem Weg begegnete er dem alten Matthäus. Zieglers Gesicht wurde starr, als habe er diese Begegnung erwartet und sich darauf vorbereitet. Sie grüßten einander. Der alte Matthäus fühlte bei Zieglers Anblick Reue, weil ihm der Mann vor einem Jahr in seinem Büro lästig gefallen war. Eine schreckliche Krankheit konnte jeden befallen. Sie hatte nicht vermocht, seinen Anzug zu ändern, seinen Kragen und seine Uhrkette. Sein Gruß wurde ausgiebig und ehrerbietig. Ziegler grüßte langsam zurück. Sein Gesicht veränderte sich, er kostete mit gesenkten Augen den Gruß aus. In seinem Herzen regte sich ein wenig Freude, und er kehrte nicht mehr so verlassen zurück, wie er gekommen war.

Er war jetzt tot, aber seine Photographie hing im Wohnzimmer über dem Sofa, auf welchem der Kleine zu schlafen pflegte, weil man die Kammer dem Spengler vermietet hatte. Nun war endlich sein verjüngtes Gesicht für alle Zeiten in ruhiges Selbstbewusstsein versenkt, und sein glatter neuer Anzug war allem Zerfall enthoben. Die Frau aus dem dritten Stock kam zum Trauerbesuch. Sie konnte jetzt mitten in das Wohnzimmer herein und aus den schlecht verwahrten Herzen Klagen herausziehen. Die Ziegler weinte nicht, doch ihr Gesicht und alle Gesichter der Kinder und alles im Zimmer war verschwommen und angetrübt von Trauer. Sie konnte nicht so scharf sehen, wie sie geglaubt hatte. Ungefähr war doch noch alles, wie es gewesen war. Im großen Ganzen standen dieselben Sachen noch an denselben Flecken wie bei ihrem letzten Besuch. Zwischen den Fenstern blinkte doch noch ein Spiegel, etwas Goldiges glänzte auf dem Wandbrett. Die Frau sah mitgenommen aus, aber auf ihrem schwarzen Kleid steckte eine kostbare Brosche. Die ganze Woche über tauchten eine Menge Gesichter von Nachbarn, Geschäftsfreunden und Schulfreundinnen auf, als ob eine unbekannte Hand sie gezwungen hätte, einen Umweg durch dieses Wohnzimmer zu machen. Ende der Woche kam der Hauswirt, als sie gerade beim Essen saßen. Er wollte wegen der Wohnung sprechen, die er lieber dem Spengler vermieten mochte als den Zieglers, die schlecht und unregelmäßig zahlten. Man bot ihm einen Stuhl an. Mutter und Kinder saßen vor dem gedeckten Tisch. Eine Glasglocke schien über diese schwarzen, traurigen Menschen gestülpt, welche aufrecht und langsam etwas Breiiges von ihren blaugeränderten Tellern aßen. Der Mann verwandelte sich aus einem Hauswirt in einen Trauergast. Er schob es auf, redete ein paar Worte und ging wieder.

Dann nahmen alle ihre Arbeit auf. Marie nahm ihren Korb und

lieferte ab. Es war erst Nachmittag, aber das Pflaster und die Schieferdächer waren nass von Regen; ein gelber, zerronnener Flecken, das war die Sonne. Marie stutzte in der Haustür und ging mit gesenktem Kopf. Das war immer ein schlechter Weg gewesen. Jetzt, nach längerer Pause, wandten sich Mauern und Wände gegen sie in offener, kalter Feindschaft. Auf dem freien Platz fiel der Regen auf ihr Haar, auf ihre Schultern. Die Hüfte tat ihr weh von diesem nicht einmal allzu schweren Korb. Sie konnte ihn wohl nie wegwerfen, Strümpfe und Jacken würden zurückkriechen, der Korb würde von neuem ihre Hüfte anspringen. Sie lief die Gasse herauf. Im dunklen Treppenhaus blinkten die Messingmonde, sie berührte heute zum ersten Mal einen mit der freien Hand. Im großen Fenster hatte jemand die roten und blauen Farben geschürt, dass sie blitzten und leuchteten. Die Treppe war so weich und schön, dass sie einen Stufe um Stufe heraufhob. Aber oben kam Marie nicht über die Schwelle. Sie konnte in der Dämmerung nicht einmal das Gesicht erkennen, das zu den Händen gehörte, die ihr immer schon in der Tür die Ware abnahmen und das Geld hinzählten.

Dafür wurde sie im nächsten Haus bis an den Tisch gelassen. Der Knabe mit der Brille starrte sie in ihrem schwarzen Kleide an. Sein Gesicht war ganz nackt, ohne Album. Im nächsten Wohnzimmer legte ihr die Frau, die immer gut war, etwas Süßes in den Korb. Auf der Gasse waren jetzt die Laternen an, da konnte sie auf den Pfützen den Regen hüpfen sehen. Sie war krank und müde. Die leeren nassen Gassen drehten und dehnten sich, verknoteten sich um ihre Füße, aber hinter ihr waren Schritte, weiche, glückliche. Das Mädchen mit der roten Mütze sagte ihr über die Schulter: »Nun, Marie.« Es ging ein paar Schritte neben ihr her und wartete. Das war zu kurz für Worte, die in einem angenagelt waren und schwer und zugeschüttet. Da hätte das Mädchen Zeit haben müssen, um hundertmal mit Marie durch die ganze Stadt zu gehen, kreuz und quer. Sie musste aber schnell weiter. Marie sah geradezu auf seinen schmalen, aufrechten Rücken. Jetzt war das Wegstück zwischen ihnen, wie ein Stemmeisen, das langsam eins vom andern abrückte.

Daheim, im dunklen Wohnzimmer, saßen Anna und der junge Gintler beieinander im Sofa. Als Marie leise eintrat, fuhren ihre Beine erschrocken auf den Boden.

Eines Vormittags kam der Junge, groß und fremd und mager in einer braunen Lederjacke, die Treppe herauf. Er war aus der Schule in der fremden Stadt in die Lehre gekommen, hatte dann und wann eine Karte geschickt und zuletzt nichts mehr. Die Mutter war gerade in den Hof gelaufen. Er wunderte sich, dass die Tür angelehnt war, und trat ein. Sein Blick fiel auf die Photographie über dem Sofa. Er setzte sich schnell vor den Tisch und sah herauf, ganz verwundert und erleichtert, denn er begriff, dass der Vater, vor dem er sich gefürchtet hatte, um an dieser Stelle zu hängen, tot sein musste. Er nahm die Mütze vom Kopf und zuckte mit den Achseln. Er stand auf und machte ein paar Schritte. Die Luft in dem Zimmer war schwer und dick, sie nahm ihm den Atem, und er strich in Gedanken ohne weiteres einen von den drei Tagen ab, die er zu bleiben vorgehabt hatte. Er fing an, sich umzusehen. Was war denn das für ein Zimmer? Unter seinem festen Blick krümmten sich die Wände, Tapetenfetzen waren abgerissen und angeklebt und deckten die Dreiecke aus Mörtel nicht mehr. Der Teppich war ausgefranst, die Polster waren geplatzt und mit großen Stichen zusammengenäht. Das schwere Sofa glich einem großen halbausgeweideten Tier, aus dem das Eingeweide hervorquillt. Da gab es nur noch ein paar feste Punkte, an die sich das Wohnzimmer halten konnte, eine Photographie, einen Spiegel, eine kleine goldene Vase. Er brauchte nur fest aufzutreten, und alles fiel auseinander, und er war im Freien, er hatte Verlangen nach großen Straßen und Plätzen, auf denen Menschen pufften und brüllten, überhaupt wegzugehen. Marie kam aus dem Schlafzimmer. Ihre Arme fielen herab, ihr Gesicht wurde dunkelgrau. Ihre Lider senkten sich, ihre Augen darunter waren vielleicht jetzt leuchtend hell. Dass so etwas Graues, Fahles überhaupt ein Mädchen war. Nach und nach kamen alle heim. Er konnte nicht verstehen, warum er hergekommen war. Die Mutter hatte das Ihrige auch nicht zusammenhalten können. Da war ihr Leib hingerutscht und da ihre Brust und so ihre Mundwinkel. Der kleine Bruder trug lange Hosen mit einem bleichen, sanften Gesicht. Auf den glatten, braunen Scheitel des Kindes hatte sich eine müde Hand gelegt, dass es nicht höher wachsen sollte. Anna war schön und rot.

Sie setzten sich um den Tisch. Er drehte den blaugeränderten Teller zwischen seinen harten, breiten Händen. Die Mutter sagte: »Nun erzähl mal, wie es dir geht.« Er sagte: »Wie es einem so geht, Mutter. Mal so, mal so, besser wie 'nem Schuhnagel.« Die Mutter schöpfte ihm etwas aus. Er war nicht hungrig gewesen, jetzt bekam er schrecklichen, wütenden Hunger. Die Mutter sagte: »Du kommst uns da angeschneit.« Er sagte: »Ja, ich hatte drüben Arbeit, da habe ich gedacht, da kann ich mal heimmachen.« Sie aßen. Er kratzte seinen Teller. Er dachte an fremde Städte, an seine Gefährten, an seine Arbeit, an Aufmärsche, Versammlungen, Fahnen, Knüppel, Hunger und Plätze, schwarz von Menschen. Er hätte nicht kommen sollen. Es war nicht einmal gut, dass der Vater nicht mehr da war. Sie dauerten ihn allesamt. Er konnte ihnen nicht helfen; er schämte sich sehr.

Er gab dem Kleinen Geld und sagte: »Nun lauf mal weg und hol ein Kümmelbrot und Bier und ein halbes Pfund Mettwurst und ein halbes Pfund Gehacktes.«

Da wurde es auf einmal lauter und lustiger, eine Erregung war und eine Gespanntheit, bis der Kleine zurückkam. Auf dem gedeckten Tisch entstand ein richtiges Durcheinander, Papierschnitzel flogen und Bierspritzer. Sie schnickten einander auf den Gabeln Wursthäutchen zu. Die Mutter sagte: »So habe ich schon lang nicht mehr gelacht.« Gegen Abend lief Anna mal herunter. Als sie heraufkam, hatte sie Veilchen in der Hand. Sie sagte: »Ich hab dem Gintler für heute Abend abgesagt.«

Sie machte ihm ein Bett auf dem Sofa zurecht. Er betrachtete sie, stellte sie in einer Reihe zwischen alle Mädchen, die er betrachtet hatte. Ihre Brust war fest und rund, ihre Haut war glatt und weich. Er sagte: »Der Gintler kommt immer noch?« Anna sagte: »Ja.« Und er sagte: »Du bist wohl 'ne ewige Braut?« Sie drehte sich schnell nach ihm um. Sein Gesicht war mager und frech, aber seine Augen waren klar. Auf einmal hatte sie Lust, da er nun schon einmal da war, in seine hellen, offenen Augen hinein zu reden und zu reden. »Wir gehen manchmal außerhalb essen. Manchmal am Sonntag machen wir eine Partie. Wir sind auch oft mehrere. Zuerst hab ich das alles gar nicht gewollt, aber er hat gesagt: ›Man kann doch nicht immer eines gegen das andere sitzen, wie in einem Eisenbahncoupé. Man muss doch auch mal zusammen unter Leute gehen und seinen Spaß haben.‹«

Er sagte: »Nu ja, Anna.« Da legte sie ihre Arme quer über den Tisch, legte ihren Kopf darauf und jammerte laut: »Oh, oh, oh.« Er wollte noch etwas sagen und schluckte es. Sie richtete sich von selbst wieder auf und fuhr sich mit den Händen übers Gesicht. Sie war auf einmal wie ausgewechselt, ganz lustig. Sie pfiff vor sich hin und drehte sich blinzelnd nach dem Bruder, während sie die Decke aufschüttelte. Er aber war müde, er hatte genug und war froh, als sie wegging. Dann lag er allein in einer fetten, schweren Dunkelheit. Er hatte noch einmal alle wiedersehen müssen. Jetzt brauchte er aber nie mehr zu kommen. Er konnte jetzt für immer wegfahren, wohin er wollte, hungern und arbeiten und leben und sterben, und nie mehr zurückkommen. Jetzt musste er sich noch mal zusammenreißen, bis die eine Nacht um war und noch ein Tag und noch eine Nacht und ein halber Tag.

Er war morgens um die Mutter herum in der Küche. Im Küchenfenster steckte ein Stück Himmel, Dächer und Hofmauer, wie eine alte schmierige Ansichtskarte. Der saure Geruch einer unablässig gekochten Speise war vom gestrigen Tag noch nicht verzogen und dampfte schon wieder neu aus dem Kesselchen. Der Schimmel stand auf den Wänden, aber die Mutter rieb mit der Schürze ein Glas, hauchte und drehte es gegen das Licht. Er wünschte sich, etwas von ihrem alten Blick abzubekommen, vor dem er sich früher geduckt hatte. Da fiel ihm ein, wie er in der Badebütte gesessen hatte, die auf zwei Stühle gestellt war. Er trug es ihr nicht mehr nach, weil sie eingeschrumpft war und ihn dauerte. Er zog dem Kleinen Schächtelchen im Automaten. Er schenkte Anna Geld für seidene Strümpfe. Er stellte sich hinter Marie und sah ihr beim Stopfen mit zu. Sie krümmte ihren Rücken und dachte immer, dass er sie ansprechen möchte. Ihr Herz zog sich zusammen, dass es ihm endlich einfallen sollte, wie sie miteinander gegen die Hoftür gestemmt hatten, sie beide allein. Er hatte es aber längst vergessen, anderes war ihm dazwischengekommen. Wenn sie bei Tisch saßen, dann sah er eines nach dem andern an mit leisem, gleichgültigem Mitleid. Sie aber sah er nie an, und wenn zufällig sein Blick auf sie fiel, dann war er hart von Verachtung. Sie wusste nicht, warum er sie so ansah. Sie senkte die Augen, drückte das Kinn gegen die Brust und zog sich zusammen vor Scham. Denn es schien ihr, als ob er recht hätte. Er schickte dann zwischendurch den Kleinen hinunter nach Wurst und Bier, erzählte auch manches, was er gehört hatte, und brachte die Mutter zum Lachen. Aber mit solchen Späßen rückte der Tag nur mäßig vorwärts, zog sich endlos und dünn wie Gummi. Immer langsamer lief die Zeit und schien nachmittags ganz stillzustehen. Während die andern lachten und schwatzten, fürchtete er sich, dass es nicht mehr weiterging und er eingesperrt blieb in diese schläfrige Wohnzimmerstunde. Nach dem Abendessen war die Dunkelheit sauer, wie abgestanden. Er erhob sich bald wieder und lief herunter. Er lief schnell die Gassen entlang und klatschte das Pflaster mit frechen lauten Tritten. Er suchte sich eine Gasse hinter dem Heumarkt. Er bekam ein Mädchen, so mager, dass es ihn stach und juckte. Dann sagte sie zu ihm: »Das merkt sich gleich, dass du keiner von hier bist.« Er freute sich und sagte: »Da bist du mal schiefgewickelt, denn ich bin einer von hier, aber ich bin schon lang nicht mehr hier gewesen, und morgen gehe ich ganz weg.« Er sah sich um und sah, wie alle Farben, welche grell und bunt gewesen waren, schummerig wurden und durcheinanderliefen, weil es Tag wurde. Da war er sehr froh.

Er ging dann frühzeitig heim und legte sich zurück. Den Morgen über machte er sich noch allerlei zu tun. Er schlug ein paar Nägel ein, klebte Tapete fest. Er ließ alles Geld zurück, was er hatte, und versprach zu schicken, wenn er verdiente.

Wie er dann nachmittags wegging, ging Marie auch in die Stadt. Sie ging neben ihm her. Er hatte früher manchmal an den kleinen Bruder gedacht, auch an Anna. An Marie hatte er immer vergessen. Er vergaß sie auch jetzt auf diesem Weg, alle Augenblicke, von Schritt zu Schritt. Er wunderte sich, dass sie noch neben ihm ging. Er bekam Lust, etwas zu sagen, dass sie erschrak und zusammenfuhr, etwas Böses, gerade ihr, ganz ohne Umschweife. Er sagte: »Wenn es so weitergeht, wirst du nicht lange machen, viel hast du nicht zuzusetzen.« Marie drückte die Ellenbogen an sich. Er fuhr fort: »Das Geknottel, das du da treibst, das treibst du auch nicht mehr lang. Wie du bloß aussiehst.« Marie schwieg. Er sagte: »Das wird ja nicht lang mehr dauern. Du wirst ja bald krepiert sein.« Marie sagte leise: »Ja.«

Sie kamen am Bahnhof an. Marie hatte manchmal von der Brücke auf die Schienen gesehen, feste Striche in der Erde. Sie hatte sich nichts dabei gedacht. Jetzt dachte sie, dass man durch dieses Haus zu den Schienen ging, um abzufahren. Der Bruder wurde ganz aufgeräumt, nun, da er ein Billett hatte. Sie traten auf den Bahnsteig. Ihr Haar flatterte. Sie sah schnell nach rechts und links und dann auf den Boden. Etwas zog aus ihr weg, die Schienen entlang und verschwand. Der Bruder trat von einem Fuß auf den andern. Sie presste den Mund zu. In ihrer Kehle bettelte es den Bruder an, sie mitzunehmen und nicht zurückzulassen. So ein Bruder war er ja, der alles tat, was man bat. Dann fuhr der Zug ein. Der Bruder drehte sich um, erblickte sie wieder, die immer noch neben ihm stand, nahm und ließ ihre Hand und sprang auf. Sie hob ihren Korb und sah hinter dem Zug her. Die Schienen verschwammen ein wenig, zuckten durcheinander in fremden, wirren Linien, richteten sich wieder gerade, hart und fest.

Auf Ostern fingen die Mutter und Anna zu putzen an. Die Mutter stöberte herum und setzte sich alle Augenblicke mal hin. Abends sagte sie: »Es ist schon so heiß, und mir ist so schwach im Leib, und du musst ja alles allein machen. Wir machen auf Pfingsten weiter.«

Am Sonntag brachte Anna ein riesengroßes Osterei, das ihr der Gintler geschenkt hatte. Sie hatte noch viele kleinere Eier bekommen von anderen Bekannten. Der kleine Bruder knapperte schnell zwei, drei Eier. Das Süße zog ihm den Mund zusammen. Er hatte keine Lust mehr und leckte traurig daran herum. Nachmittags gingen sie alle den Fluss entlang. Die Mutter dachte an den Vater. Er hätte ruhig neben ihr gehen können; so wie immer führte sie zwischen den Platanen seine Kinder herauf und herunter. Sie trafen auch viele Leute. Sie trafen auch den alten Matthäus mit seiner Frau und seinen Töchtern. Die Glocken läuteten, ihre Klöppel wirbelten um die Stirnen Wolken goldnen Sommerstaubs. Neben ihnen auf einer blauen Wand waren Berge aufgemalt, Wolken und ein Fluss.

Nach Ostern hatte Marie einen leichten Korb, weil man im Sommer nichts Wollenes brauchte.

Abends schnell vor Ladenschluss holte die Mutter angewelktes Grünzeug und eine Tüte zerquetschte Beeren. Es war kühl im Laden. Die Gemüsefrau gab ihr einen Stuhl. Eine große, breite Frau von nebenan erzählte mit rauer Stimme von den Missgeschicken des Tages. Ein junges bäuerliches Ding saß auf einem Korb und erzählte von seinem Bräutigam. Eine junge Frau kam schnaufend mit einem kleinen Kind auf dem Arm. Sie erzählte von ihrem Mann, der verunglückt war, von der Schwiegermutter, bei der das Kind über Tag war, und von ihrer Arbeitsstelle. Ihre Gesichter waren rot vor Ärger über ihr Missgeschick, und ihre Stimmen wurden heiser, wenn sie von den Unglücksfällen erzählten, welche über sie gekommen waren und sie verzehrten wie Seuchen. Die Mutter öffnete manchmal ihren Mund und redete etwas von der Krankheit ihres verstorbenen Mannes. Die anderen redeten lauter und schneller, sie schwieg dann wieder. Aber keins fürchtete sich wohl so sehr wie sie, dass die Lampe im Hinterzimmer anging und der Mann der Gemüsefrau »Schluss jetzt« rief. Dann wurden die Läden geschlossen. Die Frauen gingen widerwillig auf die Straße und knurrten leise. Sie redeten noch vor der Ladentür zusammen, Gesicht gegen Gesicht, in einem Klumpen, als fürchteten sie, jedes für sich auseinandergerissen zu werden, jedes seine Treppe hinauf, jedes in sein Zimmer.

Nur die Mutter ging gleich aus dem Laden nach Hause. Sie richtete sich fest auf, riss sich los und ging allein die Gasse entlang. Die Frauen sahen mit zugekniffenen Augen hinter ihr her.

Marie schellte zum zweiten Mal, da kamen endlich Schritte den Gang hinunter, und durch den Türspalt sagte die Stimme: »Sie sind im Sommer über verreist und kommen im Winter.« Marie hob ihren Korb und schickte sich an herunterzugehen. Das ungeheuer große Treppenhaus war mit feinem Staub erfüllt wie mit Spinnweben, hinter welchem eine unerforschliche Wildnis von Farben glühte. Marie trat dicht an das Geländer aus braunem, poliertem Eichenholz, fasste sich an und sah herauf. Sie folgte mit den Blicken diesen mit hellen Messingkügelchen besetzten Windungen, höher herauf, bis ihr schwindlig wurde. Was auch dort oben war, da würde sie nie heraufkommen. Selbst diese erste Treppe, von der ihr Herz noch klopfte, war nutzlos gewesen. Sie stieg herunter. Die Stufen fingen zu schwimmen an, die Messingstäbchen rückten vor und zurück. Ihr war so schwindlig, dass sie sich auf die Stufe setzte. Aus dem Fenster blätterte Rot und Grün und Blau in ihren Schoß, auf ihren Nacken. Bis zum Winter. Niemals würde sie dieses Fenster wiedersehen. Niemals würde sie mehr auf einen Bahnsteig kommen. Niemals würde sie mehr in einem Kino das Bild einer Schlucht und das Bild eines Waldes und das Bild eines Reiters sehen. Sie fing zu weinen an, aber des Weinens ungeübt, waren ihre Tränen hart und schmerzhaft. Da stand sie wieder auf und ging bis zum nächsten Treppenfenster und stützte sich und versuchte, durch das einzige farblose Glas zu sehen, das zwischen den bunten eingesetzt war. Da zögerte sie, riss sich zusammen in einen einzigen heftigen Wunsch. Möchte doch hinter der Scheibe etwas ganz anderes sein, etwas ganz Unerwartetes. Sie hielt ihr Gesicht hin. Drunten zwischen den angrenzenden Häusern lag ein Hof, in welchem gerade eine Laterne anging. Ein ausgespannter Karren stand darunter. Ein Arbeiter wartete gerade auf einen andern, welcher mit einem Arm nach dem Ärmel seiner Jacke fuchtelte. Marie wartete, bis er die Jacke anhatte, dann nahm sie ihren Korb und ging auf die Straße herunter.

Für seinen Schwager von außerhalb, welcher in der vergrößerten Spenglerei mitarbeiten sollte, hatte der Spengler das Schlafzimmer zu der Kammer abgemietet. Alle drei Frauen zogen die Betten von einem Zimmer ins andere. Das verschlissene, rohrote Bettzeug quoll in das Wohnzimmer. Breit und tölpisch standen jetzt die mächtigen Betten, zerquetschten Bilder, Teppiche und Schränkchen. Der kleine Junge drückte sich still gegen die Wand, aber er stieß gegen ein Wandbrett, und die kleine goldene Vase rollte unter das Sofa. Er wollte sich bücken, stieß sich und fing zu weinen an. Niemand kümmerte sich darum, weil alle verstört in diesem Zimmer herumblickten, in welchem die Möbel über sie gekommen waren und bissig und gefräßig geworden wie Tiere in einem Käfig. Durch die Fenster kamen heiße, rotgoldene Ströme von Sonne, spiegelten sich auf polierten Holzflächen, liefen die Kanten und Bilderleisten entlang. Einige Minuten lang blieben sie ganz starr stehen. Auf einmal zuckte die Mutter zusammen, mitten in ihr drin hatte sich etwas Altes aufgerichtet, sie richtete auch schnell ihren Rücken auf und sah mit festen Blicken um sich. Ihre Augen wurden dunkler und trockner. Mit ruhiger Stimme ließ sie dieses und jenes geschehen. Sie presste die Lippen zusammen und fasste selbst noch einmal an, den Schrank gegen die Tür zu schieben und das Sofa an die andere Wand und die Betten unter das Fenster. Sie gab nicht nach und ließ nicht locker, bis alles seinen Platz hatte. Gegen Abend war in einer Ecke des Zimmers ein neues Wohnzimmer entstanden, wo man sich um den Tisch herum unter die Lampe setzen konnte. Dort deckte die Mutter den Tisch.

Sie mussten oft hinter dem Spengler herfegen, welcher, statt durch die Küche zu gehen, immer schnell durch das Wohnzimmer lief. Und er ließ auch manchmal eine Zange liegen und manchmal eine Schachtel, als ob er sich nicht daran gewöhnen könnte, wo ein Zimmer anfing und das andere aufhörte.

Der kleine Junge wurde so still und flach wie ein abgefallenes Blatt.

Anna zog sich hinter der Schranktür an und ging leise herunter.

Marie lag viel auf der Bank, als verbrauche sie dadurch weniger Platz als im Stehen und Gehen. Sie legte die Hände um ihre hochgezogenen Knie. Sie hatte nicht gewusst, dass auch die Dunkelheit schwanken konnte. Sie wartete auf die Nacht. Aber das Dunkle, das doch selbst ein unverrückbarer Block war, schwankte auch, als würde es selbst noch einmal hin und her geworfen in einem Meer von Dunkelheit.

Von der Straße her kam Geschrei und ein wenig Musik. Auf der Treppe klang ein Lachen wie helle, auf dem Boden zersplitterte Scherben. Anna zog vor der Tür die Schuhe aus und kam herein. Marie richtete sich auf. Sie konnten einander im Dunkeln nicht erkennen. Da starrten sie sich mit aufgerissenen Augen an wie zwei Blinde. Morgens sagte die Mutter traurig: »Was war denn das, Anna.« Anna sagte leise: »Ich kann ihn doch nicht mehr hier heraufnehmen.«

Einmal kam eine Ansichtskarte von dem Jungen, auf welcher ein Denkmal abgebildet war. Anna nahm die Karte mit und zeigte sie dem Gintler. Die Mutter legte den Arm um den Kleinen und erklärte ihm die Karte wie ein Bilderbuch.

Dann nahm Marie die Karte und zog sie zwischen den Zähnen hin und her. In der Schule hatte ein Bild gehangen, auf welchem ein Engel mit großen schwarzen Federflügeln ein Kind führte. Engel gab es, welche die Kinder aus den wilden Wäldern und verlassenen Klüften herausfanden und heimbrachten. Solche Engel, welche die Kinder nachts aus dem Zimmer nahmen, weg von den Ihren, und die dünnen, blanken Schienen entlang, ganz woandershin, in ganz fremde Städte führten, solche Engel gab es nicht.

Es gab auch gar keine Hilfe.

Es gab überhaupt gar nichts. Gar nichts gab es als diese einzige Kraft in einem selbst drin, und auch die allein war nutzlos. Marie biss in die Ansichtskarte und spuckte die Fetzen weg.

Sie versuchte aufzustehen. Sie setzte sich an den Tisch. Sie legte ihre ineinander verschlungenen Hände in das helle Kreisrund der Lampe. Der kleine Bruder stichelte in sein Heft dünne, feine Buchstaben wie Stickereien. Sie dachte an den Knaben mit der Brille, der sah jetzt ein Album an. Dort war ein ebensolcher Abend, auch ein Tisch und auch eine Lampe und auch ein Knabe, der nicht ihr Bruder war.

Anna sagte erschrocken: »Du bist ja krank, Marie.« Sie hielt ihren Spiegel hin. Marie sah schnell in etwas Fremdes, Dunkelgraues. Sie drehte den Kopf weg. Sie wollte sich wieder auf ihre Bank legen. Aber sie fassten sie unter den Schultern und legten sie in ein Bett.

Die Mutter und der Junge zogen sich gut an und gingen in die Stadt. Die Mutter sah geradeaus, als bahne sie mit festem Blick für sich und das Kind einen Weg durch diese morgendliche Stadt, zwischen diesen hin und her laufenden Menschen bis zu dem Punkt, wo sie hinwollte. Ihr Gesicht war röter als sonst. Sie ging zu Matthäus, fragte nach ihm und wurde hereingelassen. Sie mussten ein wenig warten. Die Wände waren hell und fahl, aber durch das Fenster kam aus Matthäus' Garten ein starker Sommergeruch. Der Kleine hob die Augen und sah erschrocken auf Matthäus' Pult, weiße und blaue Haufen von Briefen und Papieren. Sein Blick blieb an etwas Hellglänzendem hängen. Da kam Matthäus herein. Er reichte der Frau die Hand und fuhr dem Kleinen über das Haar. Die Mutter wollte um Rat bitten für ihren Sohn, der Ostern in die Lehre sollte. Der alte Matthäus legte dem Jungen die Hand um das Kinn, hob es und lächelte ein wenig. Der Kleine sah ihn ernst an aus seinem weißen, vor Angst feuchten Gesicht. Matthäus sagte: »Es ist sehr schwer, ich will mal zusehen.« Der Kleine sah geradeaus auf die breite, von einer dicken Uhrkette gekreuzte Weste, auf der die Hornknöpfe heraufstiegen. Die Mutter redete mit leiser Stimme auf Matthäus ein, aber Matthäus sagte: »Sie kommen ja noch einmal wieder, es ist noch lange bis dahin.« Der Kleine starrte wieder auf den Schreibtisch, das helle glitzernde Ding, in dem sich die Sonne fing, war vielleicht eine Briefwaage.

Sie gingen die Straße herunter, die sie gekommen waren. Die Mutter schwieg und drehte und wendete in ihrem Kopf die mageren Worte, die ihr der alte Matthäus gesagt hatte. Der Kleine stolperte. Zwei Buben, die auf der Deichsel eines Wagens ritten, rotzige, ruppige Buben, hörten zu schaukeln auf, zeigten nach ihm und lachten.

Der Kleine wurde rot vor Scham. Die schmale Straße zog sich, als würde sie von einer Spindel abgerollt. In allen Häusern waren Fenster, aus welchen Blicke heruntertropften. An einem gewöhnlichen Morgen musste er allein in langen schwarzen Hosen zur Strafe für etwas in der Stadt herumgehen. Er hielt sich dicht an die Mutter und versuchte, in ihr Gesicht zu sehen. Aber die Mutter hatte schon so oft die Worte des alten Matthäus hin und her gedreht, dass ihr Kopf inwendig ganz abgewetzt war. Da gab sie alles auf und ließ es laufen. In diesem Augenblick war ihr Gesicht unsicher, nichts, woran man sich halten konnte.

Der Kleine war froh, wieder daheim zu sein. Er hatte Lust, an alles zu tupfen, an die Lehnen, an die Deckchen, an die Hände der Schwester. Er brachte Marie ihren Teller ans Bett und tupfte an ihren Zopf, der hart wie aus Schnur geflochten war. Marie wusste nicht, was sie ihm Gutes tun sollte, sie sagte: »Iß doch selbst auf, ich kann ja nicht.«

Dann gab es rundherum einen großen Lärm, weil die Braut des Spenglers endlich angekommen war und gleich eine ganze Gesellschaft von Anverwandten mitgebracht hatte. Sie sparten sich den Umweg durch die Küche und liefen ein ums andere Mal quer zwischen Tisch und Betten. Ein großes Gelächter prustete, erstickte und platzte durch die aufgesprungene Tür. Einmal steckte eine mit großen lila Ohrringen, die vielleicht die Braut selbst war, ihren Kopf herein und schrie: »Macht doch mit, je mehr, je besser.« Das Grammophon spielte. Anna bewegte die Füße unter dem Tisch, auf ihrem Gesicht hüpften helle Pünktchen herum, erloschen und ließen es kahl und müde. Der Kleine bohrte die Daumen in die Ohren. Aber die hatten nebenan etwas Neues ausgedacht, sie stampften und klatschten. Das ganze Zimmer dröhnte und rüttelte, als hätte es Räder bekommen.

Nach einer Woche stand Marie auf, packte die Sachen zusammen und trug den Korb in die Stadt. In den Dachkanten lief das Licht in goldenen Fäden zu Ende. Auf dem offenen Platz roch es nach Herbst. Alle Menschen waren wohl nach Hause gegangen, es war so still, als sei die Zeit zerbrochen.

Marie fror. Sie war vielleicht in die falsche Gasse eingebogen. Nie zuvor war sie an dieser tiefen Torfahrt vorbeigekommen, aus der es süß nach Wein roch. Niemals hatte es über ihrem Kopf gepfiffen von einem Fenster zum andern. Aber dann war es ganz gewiss das alte Wohnzimmer, in welchem ein wenig verspätet das Nachtessen abgetragen wurde. Der Knabe trank heiße Milch aus einer Tasse, blaugerändert wie die Tassen und Teller zu Haus, und setzte die Brille ab, weil sie anlief. Die Frau bot ihr einen Stuhl. Marie setzte sich schnell, von Müdigkeit bezwungen. Die Frau sah sie ein wenig verwundert an. Im nächsten Zimmer brachte die Frau eine Schale Äpfel. Sie redete gut zu, bis Marie einen von den Äpfeln nahm, die sich blank und kühl anfühlten wie Messingkugeln.

Draußen war Nacht. Auf dem Bahnsteig hatte ihr Haar auch geflattert. Über den Dächern stand der Mond matt glänzend und rund wie ein Luftballon, der den Händen eines Kindes entglitten ist. Der offene Platz glänzte am Ende der Gasse. Er dehnte sich und drängte die Häuser zurück mit ihren vielen kleinen Lichtern, die eins nach dem anderen erloschen, wenn man sie fest ansah. Nur noch ein paar Laternen kreisten herum, wie Irrlichter auf einem Sumpf. Marie lehnte sich an die Mauer. Aber die Mauer stieß und drängte ihren Rücken, um sie abzuschütteln, in den offenen Platz herein. Marie ließ ihren Korb fallen und hielt sich mit beiden Händen fest. Der leichte Korb rollte von ihren Füßen weg.

Weit fort, auf der anderen Seite des offenen Platzes tauchte jemand aus einer Gasse auf und lief zwischen die Laternen. Marie erkannte das Mädchen mit der roten Mütze. Sie nahm alle Kraft zusammen und rief. Sie hörte ihren eigenen Ruf nicht, es riss nur inwendig. Da ließ sie die Mauer los, drückte beide Hände gegen die Rippen und schrie.

Das Mädchen stutzte und blieb stehen. Es sah sich nach allen Seiten verwundert um; denn der Platz war leer. Es zuckte mit den Achseln und ging schnell weiter, weil es Marie nicht sehen konnte, die flach auf dem Pflaster lag.

Auf dem Wege zur amerikanischen Botschaft

In dieser fremden Stadt will ich ganz anders sein. Ich werde nie mehr hierher zurückkommen, aber diese eine Woche will ich für mich haben. Was ich in dieser Stadt mache, das zählt nicht mit, das gilt gar nichts, so wenig wie etwas gilt, was man im Schlaf macht. Was ich in dieser Stadt mache, wird einfach nicht mitgerechnet. Das kann ich. Das geht.«

Er wäre gern in die Stadt hineingerannt, aber er kam ganz langsam vorwärts. Seine Füße bewegten sich gleichmäßig, wie von Drahtschnüren gezogen. Es war quälend für einen Menschen, der jede Minute ausnützen und geradeaus laufen wollte. Jetzt bewegten sich seine Füße nur noch an Ort und Stelle, herauf und herunter, aus.

Der Zug, der gerade losgegangen war, staute sich vor dem ersten Übergang. Es war ein Geschäftsviertel am Westbahnhof. Aus den Fenstern betrachteten Leute die Transparente und Fahnen in gutmütiger Langweile. Der Fremde wollte sich gleich herauswinden, es ging aber nicht; denn er war eingemauert in Rücken, Hüften und Hinterteile. Er hatte plötzlich heftige Angst, Heimweh, sogar Reue.

Dann gab es vorn Luft. Der Zug zog sich auseinander wie eine Harmonika. Die Fahnen richteten sich auf und steiften sich. Als hätte der Ruck einen Luftzug verursacht, flogen plötzlich ein paar Fenster zu, die Köpfe verschwanden im Dunkel der Zimmer, sogar ein paar Läden rasselten herunter. Der Fremde fuhr zusammen, jetzt, wo es wirklich losging, stolperte er, lächelte und lief schnell seinen Füßen nach. »Wohin gehen wir eigentlich?« Der Mann neben ihm erwiderte verwundert: »Zur amerikanischen Botschaft.«

»Wie lange dauert das?« – »Das kann man doch ausrechnen, um zwei soll man dort sein.« Neben dem Mann ging eine Frau, die vielleicht seine eigene war. Neben der Frau ging ein schwarzer Kleiner mit einem rotfransigen Tuch. Vor ihnen gingen vier Jungen in gleichen Jacken, mit gleichen Nacken, als ob sie zusammen einen Balken tragen würden. Sie waren bereits an der Querstraße. Es war aber leichter, aus einem Knäuel herauszukommen als aus einer Viererreihe. Er sah mit einem langen Blick die Querstraße hinunter. Die lief wirklich mitten in die Stadt hinein. Etwas in ihm platzte bei diesem Anblick auf, wurde verrückt und stürzte davon, die eisig leuchtende Straße entlang, überschlug sich und ging verloren. Hinter ihm sagte wer: »Wenn die man nicht absperren.« – »Wo denn?« – »Die Brücke.« – »Mal abwarten.« Der Fremde horchte hin, verstand nichts, erblickte plötzlich die Stumpfen von zwei Türmen. Er erschrak vor Freude. Sie waren so schön wie die Türme auf seinen Bildern, aber sie hatten, was diese Türme nie gehabt hatten, den Geruch von Wirklichkeit, den man nur spürt, wenn er da ist. Denn wenn die Türme wirklich waren, dann war auch die Stadt wirklich, und auch er war wirklich, er ganz allein, in der fremden Stadt, wo alles anders war, endlich ganz wirklich. Streckte er den Arm aus, so legte sich die Luft um seine Hand, fremde blaue Luft wie eine Substanz. Er war glücklich und hatte Lust zu reden. »Ja, ich bin die ganze Nacht über gefahren. Ich bin gerade erst angekommen, alle Querstraßen waren abgesperrt, ich habe ganz allein in der fremden Stadt vor dem Bahnhof gestanden, da habe ich euch alle gesehen.« – Zu faul, seinen Kopf zu drehen, warf ihm der Mann aus den Augenwinkeln einen Blick zu, einen Blick vollkommener Gleichgültigkeit. Es war schlecht, einen solchen Blick zu bekommen, und er fuhr heftig fort: »Das will ich mal tun für die beiden Jungens, denn die dauern mich.« Der Mann warf ihm wieder einen Blick zu, sein Gesicht erstarrte vor Geringschätzung. Von hinten drängten sie immer: »Schneller, dichter, macht zu, bevor sie absperren.« Der Mann drehte sein Gesicht endgültig von ihm weg, der Frau zu, die Frau sah ihn schnell an und senkte die Lider.

Etwas in ihr schnappte zu, was offen gewesen war, vier, fünf Jahre. Oben im Kopfe ging es zu und unten auch. Dass das überhaupt mal zuging. Nämlich, Paul, das würde ja gar nichts nützen, wenn er noch da wäre. Der wäre ja gar nicht so, wie er war, bevor er tot war, sondern, wenn einer am Leben bleibt, dann wird er eben anders. Und Paul, der wäre jetzt so gewesen, wie der ist, der neben ihr geht, auch so mürrisch und steintrocken. Paul war ja von vornherein grämlich, und so einer wird mit der Zeit ganz steinern. Alles an ihr hing sich herunter vor Nachdenken, ihr Kiefer, ihre Schultern, ihr Bauch, ausgebeutelt zur Strafe, weil so oft was drin war. Der Mann dachte: An der ist auch nicht mehr viel zu holen, die ist genauso ausgefegt wie meine zu Haus. Von wegen dauern. In seiner Tasche zwischen Daumen und Zeigefinger presste er ein Geldstück, von dem die daheim unmöglich wissen konnten, dass es da war. Die konnten auch nicht wissen, wann das vor der Botschaft zu Ende war. Vielleicht sperren sie ganz ab. Da wollte er sich mal was antun, mal verschnaufen. Von wegen dauern. Die beiden Jungens. Kein Hahn kräht nach einem. Ihm haben sie nicht mal jemand vom Verband geschickt. Er hatte noch der Frau gesagt, dass sie sicher jemand schicken werden. Er war ja lange genug im Verband, in der Nacht hatte es ihm gewürgt, und seiner Frau hat es auch so gewürgt. Erstens wegen Stephan, dem Zerquetschten, dem Begrabenen, und zweitens, weil es sich dabei herausstellte, dass sie nicht mal jemand vom Verband schickten.

Von hinten drängten sie. Schneller! Dichter! Jemand rief wütend: »Passt acht, die drücken uns auseinander!«

Auf einmal fingen alle zu rennen an. Die Frau legte die Hände um ihren Bauch und rannte. Der Kleine an ihrer Seite drückte die Ellbogen an sich wie zu einem Dauerlauf. Der Mann ließ im Rennen das Geldstück zwischen Daumen und Zeigefinger los und fuchtelte verzweifelt in seiner Tasche und seinem Hosenfutter. Er rannte, aber seine Kehle war eng vor Wut, weil das Geldstück durch das Hosenbein auf das Pflaster gekollert war.

Der Fremde nahm seinen Hut in die Hand und rannte. Er nahm sich vor, bei der nächsten Querstraße abzuspringen. Er warf einen schnellen Blick in die Reihe angespannter, feuchter Gesichter. Niemand gab auf ihn acht. Er bog scharf ums Eck, aber zu seinem Erstaunen bogen alle scharf um. Sie trieben wie ein Keil in die Querstraße hinein, in die dunkle zähe Menschenmenge. Einen Augenblick schwammen die Fahnen und Transparente auf einem Meer von Köpfen. Dann gaben die Menschen nach, teilten sich auseinander und ließen den Zug allein mit seinen Fahnen und Liedern. Sie ließen ihm noch einen breiten, glänzenden Streifen Asphalt rechts und links dazu. Die kleinen schmierigen Cafés füllten sich. Die Straße äffte den Zug und wurde plötzlich unermesslich breit, dass der Zug wie ein Faden war. Was ist denn passiert? Ich bin doch allein in der Stadt, und eben war ich ganz glücklich. Der Fremde hätte sich am liebsten drüben hingesetzt, um einfach alles vorbeiziehen zu lassen, aber die anderen dauerten ihn, die drei in seiner Reihe, die dann ohne ihn waren. Er hob den Kopf und erblickte wieder seine beiden Türme in unerwarteter Nähe. Sein Herz zog sich vor Freude zusammen. Diese Türme standen wie Wächter über seinem Wunsch, über dem unerfüllbaren, verrückten Wunsch seiner Jugend, der heftigen, in Scham und Angst geheim gehaltenen Begierde, der letzten Hoffnung der letzten Jahre: allein in die Stadt zu fahren.

Der herankommende Zug streifte die Gesichter über den Tischen mit einer Wolke von Unbehagen. Die Blicke der Demonstranten trafen sich mit den Blicken der Sitzenden, hakten sich fest, zogen sie hinter sich weg von den Marmortischen, schleiften die stumpfen, rauen Blicke, bis sie glatt waren und der ganze übrige Zug glatt an ihnen vorbeirutschte.

»Macht zu! Die sperren!« –

Ja, wenn sie absperren, konnte man einfach nicht drüber, dann konnten sie umkehren. Konnte man einfach die Tür aufreißen: Da bin ich. Das Zimmer war ja wohl leer. Da konnte sie in den Hof hinunterrufen: Da bin ich! Paul hatte abends immer zwischen den schlafenden Kindern gehockt, auf die Tür gespannt, ihren Körper zurückzukriegen aus der fremden, schrecklichen Stadt. Nie war es mehr so gewesen wie früher, als sie gespannt hatte. Es war, als ob er von seiner Arbeitsstätte das Wichtigste mitgebracht hätte, das, was man braucht, um nachts glücklich zu sein. Der Mann sagte: »Die sperren, da rennen wir uns umsonst die Beine krumm.« Der Kleine erwiderte schnell, wie gestochen: »Wieso denn umsonst?«

Ein kurzer Dicker schob sich aus einem Café quer über die Straße. »Hallo, Stephan!« Und der mürrische Mann warf dem Fremden neben sich einen kurzen Blick zu. Aber der ließ sich nicht wegdrücken. Einen Augenblick liefen sie zu fünft nebeneinander. Der Mann gab ihm wieder einen Schubs von Blick, aber der ließ sich nicht wegdrücken, fiel ihm nicht ein, seinen Platz einfach abzugeben. Der Fünfte betrachtete ihn verärgert aus seinem rot geschwollenen, von innen wie ein Kinderballon aufgeblasenen Gesicht und stellte sich woanders ein.

Sacco und Vanzetti. Sie schämte sich sehr, hätte gern gefragt, besonders den Kleinen neben sich, der »warum denn umsonst« gesagt hatte. So geht es einem, wenn man sich schämt zu fragen. Sie hätte gleich am Anfang fragen sollen, wie alle zuerst davon gesprochen hatten. Sie schämte sich wirklich, die Männer zu fragen, da lief sie schon lieber einfach mit. Sie dachte und dachte, aber sie kam jetzt nicht drauf, was mit den beiden war, was die zwei getan hatten, von denen man immerzu sprach, und fragen ging nicht. Sie grübelte nach, dann fiel es ihr ein. Sie war ganz erleichtert. Jetzt fiel es ihr endlich ein, dass die beiden gar nichts getan hatten, nichts Großes und nichts Kleines, sondern einfach unschuldig waren.

Die Luft war feucht und schwer, und allen war sehr heiß. Der Kleine knüpfte unschlüssig sein rotes Tuch ab, knäulte es zusammen, besann sich anders, legte es um die Schultern und steckte die Enden in die Taschen. Absperren, umsonst laufen, rufen einen, schicken einen wieder heim, rufen einen, schicken einen wieder heim. Nichts geschieht. Morgens reißt man sich los, und abends kommt man wieder. Sein rundes braunes Gesicht mit dem rasierten Kinn, blau wie Tinte, war gequält vor Hoffnung. Vorne drehte sich einer um. »Bist auch da, Kleiner.« – »Immer.« – »Geht glatt heute.« – »Glaub ich nicht.«

Rechts und links vor den Cafés schrien und wedelten die Zeitungsverkäufer, ihre Extrablätter flatterten um die Marmortische. »Man hat sie wieder ins Totenhaus gebracht!« Gesichter senkten sich, hoben sich, eingetaucht in Schrecken. Sie drohten gegen den Zug, als ob sie ihn abgeschickt hätten, den allzu trägen. Der Zug straffte sich, rechts und links in den Gesichtern ging der Schrecken aus, einen Augenblick waren sie leer, wie verträumt, dann füllten sie sich mit was anderem.

Man hat sie wieder ins Totenhaus gebracht. Es ist eng und dunkel, der Boden unter ihnen steinhart. Sie haben gar keinen Speichel mehr im Mund. Die stecken mittendrin, die wissen, woran sie sind, haben sich morgens nicht umsonst losgerissen. Aus dem Dunkel drehen die beiden ihre weißen, glänzend feuchten Gesichter zu ihm hin. Schmerzend und widerstrebend ziehen sich alle Gedanken in seinem Kopf in dem einen Wunsch zusammen, an ihrer Stelle zu sein, aber sein Herz stößt gegen diesen Wunsch mit wütenden harten Schlägen und im Schoß einen Stich.

Man hat sie ins Totenhaus gebracht. Es stinkt nach Chloroform und Äther. Drei, vier starke Männer in weißen Kitteln versuchen umsonst, das Blut aufzuhalten, das geduldig und langsam aus einem herausfließt, aber für Männer gibt es andere Tode. Pauls Gesicht war ganz in die Länge gezogen. Er war noch immer braun verbrannt und doch ganz bleich, wie gelbe Blätter. Aus dem Dunkeln wenden die beiden ihre Gesichter, übermäßig in die Länge gezogene, gelbliche Zwillingsgesichter. Sie graulte sich, bezwang sich und sah sie fest an.

Man hat sie ins Totenhaus gebracht. Aus. Schluss. Es ist doch Schluss, die Weiber begreifen das nicht, man möchte Schluss machen, aber die Weiber heulen. Ein kleines gerieftes Totenhäuschen aus Wellblech, zwischen zwei Schienensträngen auf dem Westbahnhof. Er drängte sich durch die Proleten, aber seine Arme sind wie Papier. Aus dem kahlen Gesicht auf dem Boden fliegt der Schnurrbart weg. Ihm, dem Vater, soll man nichts weismachen, er arbeitet lange genug auf dem Westbahnhof. Zwei Puffer und dazwischen ein Pfannkuchen. Er weiß, was unter der Decke ist. Er reißt die leidige Decke weg. Er weiß nicht, was er denken soll. Da denkt er mal schnell, ob sie wohl jemand vom Eisenbahnerverband zu diesem Begräbnis schicken? Er schämt sich, aber es ist gerade kein anderer Gedanke da. Aus dem Dunkeln drehen die beiden ihre Gesichter um, das eine mit einem Schnurrbart, das andere, nun, mit einem rasierten Kinn und einem roten Halstuch. Sie sehen einander aufmerksam an, er kann ihnen nicht helfen, und sie können ihm nicht helfen.

Man hat sie wieder ins Totenhaus gebracht. Das tut man vierundzwanzig Stunden vorher. Sie waren schon mal drin und sind wieder herausgekommen. Er tut für sie, was er kann. Er ist allein in der Stadt, und niemand hindert ihn. Sie warten und warten, sie wollen miteinander reden, aber ihre Zungen sind schwer und ihre Gaumen rau. Sie wenden ihm aus dem Dunkel ihre weißen Gesichter zu, ihm, dem Fremden, dem Neuankömmling. In ihrem Kopf winden und krümmen sich die Gedanken, was er für sie tun kann. Und im Schoß ein Stich.

Man hat sie wieder ins Totenhaus gebracht. Man müsste noch vor der festgesetzten Zeit vor der Botschaft ankommen. Rechts und links von ihnen flogen die Ufer vorbei, blau besät mit Siphon-flaschen, ein Dickicht von Stühlen und Tischen, herumlagernden Menschen, welche sich ausschnaufen dürfen und von dieser schrecklichen, verzweifelten Eile verschont waren. Er drehte sich noch mal nach seinen Türmen um, sie waren schon weit hinten, sahen auf einmal aus wie Türme auf Ansichtskarten. Der Fremde drehte enttäuscht den Kopf zurück. »Wo ist eigentlich die amerikanische Botschaft?« – »Auf dem rechten Ufer, natürlich, da wohnen die doch alle.«

Auf dem rechten Ufer. Er war ganz überrascht. Jeden Abend, Monat für Monat, wenn alle schliefen, hatte er den Stadtplan vor sich ausgebreitet, allein mit seiner teuren Stadt. Jetzt sehnte er sich plötzlich, die Straßen, Menschen und Häuser möchten verschwinden und alles sein, wie es das ganze Jahr über gewesen war, ein Netz aus Quadraten. Er kannte und liebte sie alle. Er hatte sein Lager, ein rotes Kreuzchen, bald in diesem, bald in jenem Quadrat aufgeschlagen. Jedes Quadrat in der Mitte oder am Rande konnte alles enthalten, was er brauchte, in jedem war alles möglich. Komisch war, dass er nicht wusste, wohin mit der Botschaft. Ein Quadrat hatte sie nicht, aber deutlich war sie. Sie lag bestimmt hinter einem großen wichtigen Platz, in den viele Straßen hinein-mündeten. Das Gitter hatte vergoldete Spitzen. Die Rasenflächen hinter dem Gitter waren frisch und unberührt. Rundherum war alles heiß und grau, die Luft lag auf einem wie ein Brett, aber hin-ter dem Gitter glänzten Wassertröpfchen auf allen einzelnen Blät-tern und Gräsern. Rechts und links in den Bosketten blühten, ja leuchteten Blumen in nutzloser, unverständlicher Frische. Der Weg war weiß, als ob die Füße, die darauf gingen, nie Spuren hinterließen. Die Treppe war auch nicht zum Beschreiten da. Wer sollte überhaupt in das Innere eines solchen Hauses hineinwollen? Die weiße Fassade blendete schon die Blicke zurück. Er sah auch keinen Menschen. Seine Frau stemmte die Ellenbogen auf den Tisch, das Gesicht in die Hand, zerquetschte zwischen den Fingern ihre dicken, roten Backen, ihre Brust gegen die Tischplatte und hörte ihm aufmerksam zu.

Von vorn nach hinten gaben sie durch die Reihen zurück: »Die sperren da vorn – zusammenbleiben – schneller.«

Es war ihr warm zwischen den Beinen, und sie hätte gern mal nachgesehen. Sie hoffte so, es war aber überhaupt noch gar nicht möglich. Sie fing wieder zu zählen an, Montag vor Montag, vor Montag. Jetzt war Montag zwölf Uhr. Bis zum Abend waren es noch gewöhnliche Stunden, dann war es erst schlimm. Nachts immer aufwachen und nachsehen. Wenn es erst nächsten Montag ist, dann ist man eine ganze Woche frei, kann man denken, woran man will. Unnütz ist's, lohnt nicht, schlecht ist es, man denkt ja schon immer währenddem an das Spitze, Scharfe, was nachher kommt an dieselbe Stelle. Er hat nicht mal besondere Lust gehabt, bloß herausgepufft und herumgetrudelt, und sie hat auch keine besondere Lust gehabt, hat sich bloß gefreut, dass das noch von ihr jemand will, was aber gar nichts zum Freuen ist. So ist sie, wie sie ist, alles Süße hat man aus ihr herausgequetscht, Tag und Nacht, fertig ab, aber in ihrem Kopf drin ist es fest und klar geworden, und Schenkel und Bauch, die hängen doch bloß dumm außen an einem herum, ob so einer noch was dran findet, das ist für so eine wie sie nichts zum Freuen und nichts zum Grämen. Sie ließ die Schultern hängen und schämte sich, machte sich schnell wieder straff und zuckte mit den Schultern. Sie wollte die falsche Zeit loswerden, die immer durch sie durchlief, und die richtige große Zeit haben, in der man frei herumläuft. Der Mann neben ihr legte auf einmal den Arm um ihren Rücken und fasste sie mit der Hand scharf am Oberarm. Sie freute sich, aber er schob sie nur vor sich her, wechselte den Platz, um neben den Kleinen zu kommen, ihn zu fragen: »Wie viel Züge gehen da los?« – »Sechs. In allen Städten gehen heute solche Züge.« Der Mann warf ihm einen seltsamen Blick zu, seine Mundwinkel tauten auf. Er hatte mit der linken Hand das Geldstück gefunden, das nicht auf den Boden gekollert war, weil er es in Gedanken von einer Tasche in die andere gewechselt hatte.

Der Zug drückte sich zusammen. Hinter dem Zug auf der Straße blieb einen Augenblick eine weiße Spur stehen, wie die Fahrtrinne eines Schiffes. Dann überwanden die Menschen ihre Scheu und strömten darüber zusammen. Er ging jetzt neben der Frau. Sie sah ihn kein einziges Mal an, versuchte angestrengt zu verstehen, was die Männer sprachen. In ihrem grauen, trockenen Gesicht waren zwei Mundwinkel voll Süßigkeit, sogar die gaben ihm einen Stich, weil er sich sehr mehr wünschte.

Er wünschte sich mehr, hatte genug Zug, machte schnell einen Schritt seitwärts. Niemand gab auf ihn acht. Er machte noch ein paar seitliche Schritte, spürte schon fremde Schultern, Ärmel, Frauen, süßen Geruch. Er blieb unschlüssig stehen. Der Zug blieb dann auch stehen. Sofort zog sich die Stadt in einem harten Ring zusammen. Er zögerte und ließ sich beiseitedrücken. Einen Augenblick lang war es außen leicht und flimmrig gewesen, fremde, süße Stadt; innen im Zug war es schwer vor Spannung. Vor dem Zug über die Uferstraße liefen Autos aus einer aufgeplatzten unerschöpflichen Autowolke. An der schlechten Stelle, wo immer Angst in ihm aufkam, pochte es schon, warum, wusste er nicht. Er starrte geradeaus, alle starrten geradeaus nach den Posten auf dem Brückenkopf. Weiter! Der ganze Zug schwenkte in einem heftigen Ruck auf den Brückenkopf, es ging ganz glatt, nichts war gesperrt, die Posten rührten sich nicht, der ganze Ruck zuckte die Reihen zurück und war vertan. Der Kleine runzelte die Stirn und fing zu pfeifen an. Der Fremde verstand gar nichts, es hörte in ihm zu pochen auf, warum, wusste er auch nicht.

Es gab keinen Grund zum Umkehren. Sie hätte gern vor der Brücke den Zug verlassen, aber sie schämte sich vor den Männern, die glaubten dann, dass sie sich fürchtete. Sie fürchtete sich auch wirklich, fürchtete sich vor den Polizisten, die mit ihren Knüppeln den Heimweg zu den Kindern versperrten. Gustavs Weinen zog sie ohnedies über die Brücke wie ein ewiger, von einer endlosen Spule abgerollter, in ihre Stirn eingefädelter Faden. Sollten andere mit solchen Umzügen gehen ans letzte Ende der Stadt, Freie, Glückliche, die nicht so ein Zimmer hinter sich herschleifen voll Kinder und Teller und Wäsche.

Der Fremde sah über den Fluss, Kähne und Flöße lagen breit und fest auf einem Geflimmer von ungewissen zittrigen Wolken und Städten. Wo die Ufer enger wurden, lag eine zweite geschweifte Brücke. Über diese Brücke wollte er zurückkehren.

Er schlüpfte zwischen zwei am rechten Brückenkopf aufmontierte Pfosten. Da hieß es: »Hier herum!« Die Brücke herunter, quer über die rechte Uferstraße wurde der Zug, genau wie sie es selbst vorhatten, zwischen zwei Gendarmenreihen in die Oststadt hineingeleitet. »Das geht ja glatt heute!« – »Abwarten!« Enge schmierige Cafés, vollgestopft, genau wie drüben, aber dichter. Leere Stühle schnappten nach seinem Hintern, denn er war sehr müde. Gut, dass der Zug da war, der rollte einen glatt durch die große Stadt! Es kam auf den ersten Tag nicht an. Er brauchte die Nacht. Gassen und Plätze, Türme und Brücken lagen alle bloß rundherum um den kleinen weißen Kern, um das Eine, Fremde. Damit tun, was er wollte. Seine Begierde war noch viel heftiger, jetzt, wo die Stadt rund um ihn herum war. Lange Schweife von blauen Siphonpunkten vor seinen sehmüden Augen und zu seiner Begierde verzweifelte Traurigkeit, die die unmöglichen Begierden begleitet. Er erschrak.

In den schmierigen billigen Cafés der Brückenstraße klitschige Jungens, bunte schluttrige Mädchen, aber auch nackte Hälse und Blaujacken. »Eilt euch, Kinder! Da sind schon vor euch welche vorbei, dort herum!« Stühle wurden leer, und in die alten Reihen klemmten sich neue. »Eilt euch!«, riefen sie aus den Fenstern der an- und absteigenden Straße. Eine Minute lang wurden die niedrigen Zimmer von Fahnen gestreift, die ihre flatterigen Schatten über Herde und Betten zogen. Frauen drehten sich rum und sagten ins Innere der Häuser: »Die schlagen die Botschaft zusammen.« Unter ihren Füßen schnurrte die

Straße ab, kurbelte sich geschwind um einen Brunnen herum, bis der runde Platz voll war.

Vom Sockel herunter warf eine Stimme Sacco-Vanzetti-Proteste-Klassenjustiz in die offenen, hochgehobenen Stirnen.

Nein, sie werden nicht sterben. Der Fremde glaubte nicht daran. Die Frau glaubte es auch nicht, auch nicht der Mann an ihrer Seite. Auch der Kleine dachte: nein, sie werden nicht sterben. Sie waren wieder im Totenhaus, aber er muss sie herausbringen. Sein Herz zog sich in einer verzweifelten Anstrengung zusammen, die genügt hätte, um heilige, übermenschliche Taten zu verrichten, fiel wieder auseinander in müder, gleichgültiger Trauer. Sie werden sicher sterben. Bomben waren ebenso nutzlos wie Bitten, der ganze Umzug war nutzlos. Daheim konnte der Alte mit dem Karren allein nicht fertig werden, pfiff gegen die Haustür, aus der dann gleich Marie auf die Straße trat, und die Feigenkäufer am Karren starrten nach ihr hin: Brust und Arme, dünne, ganz hohe Schenkel, dass jeder sofort gerade darauf sah, und im blassen Gesicht dünne glitzernde Augenspalten. Er fasste Marie unter die Achsel, schüttelte sie, warf sie weg und schlug die Tür zu. Er sagte: »Sie werden bestimmt sterben.« Der Mann begriff es, verlor sofort seinen Glauben und stimmte bei: »Die sind vielleicht schon tot, man wird sie schon heimlich gehängt haben. Da nutzt alles nichts.«

Der Zug drehte sich langsam vom Sockel ab in die einmündende Straße. Der Fremde erkannte den leeren Platz, Kirchenportal, Häuser und Brunnen, die fielen jetzt auseinander wie Schalen, und der Brunnen war dumm auf dem leeren Platz ohne Stimme. Seine Begierde fiel ihm ein, wie eine Sache, die einem entfallen ist. Sie war gar nicht mehr stark, und er wurde traurig. Er wollte sie wiederhaben, aber es fiel ihm nichts ein. Dann machte er etwas in seinem Kopf: Brust und Arme, dünne, ganz hohe Schenkel und im bleichen Gesicht schmale glitzernde Augenspalten. Es hielt eine Zeitlang, dann war es vorbei. Niemand sprach ihn an, fragte ihm seinen Gram ab.

Rechts von ihr ging der mürrische Mann, immer bloß mit dem Kopf zu dem Vierten. Links von ihr guckte sie überhaupt nicht hin, der war ganz fremd, wie ein Brett dazwischen. Sie fing wieder an zu zählen und schüttelte sich zornig. Sie wollte an ihre eigenen Kinder denken, nie bekam sie den Tag der Kinder zu sehen, drei Schlafe auf dem Bett, wenn sie nachts heimkam. Frühmorgens machte sie sich wild her über die Stücke, die von den Kindern zurückgeblieben waren, Strümpfe und Jacken und Wäsche. Unter dem Fenster war der frühe Hof, ratzekahl, wie der Himmel darüber. Man hätte die beiden Vierecke miteinander vertauschen können. Sie war todmüde von dem Tag, der noch gar nicht da war. Es langte nur in ihr, um kleine Stiche zu machen, einen neben den anderen. Sie wollte sich etwas ausdenken, aber ein jeder Stich stach ihr einen Gedanken durch. Niemals würde sie einen dieser leuchtenden Gedanken denken, wie sie die Männer ausdenken, damit man sich daran festhalten und leben konnte.

Keine Gendarmen, nicht mal Posten, gar nichts. Das liegt denen nicht auf. »Die lassen uns glatt durch.« Der Fremde war erleichtert, sagte über die Reihe weg zu dem Vierten: »Die lassen uns glatt durch.« Der dritte Mann fing seine Frage ab, erwiderte mürrisch, wie man den Fremden erwidert: »Ganz bestimmt nicht.« Hinten sagten sie: »Die lassen uns mal ruhig ran, die sperren rund um die Botschaft.« Wie Stiche von einer geheimen Krankheit, vor der man sich fürchtet, hatte er Stiche von Angst, die kriegte er immer, im Amt, auf der Straße, im Bett. Er hatte geglaubt, in der fremden Stadt blieben sie fort.

Der Zug zwängte sich durch die graue Schlucht der Bankhäuser. Die Läden waren vollkommen geschlossen. Es war, als ob man die Transparente an Blinden vorbeitrug. Sie überquerten eine Allee. Die Stadt zog sich vor ihnen zurück, dehnte sich breit und grün nach allen Seiten. Nichts wird ihnen geschehen, niemand braucht den Kleinen, nichts wird von einem verlangt, sie werden einfach umkehren. Morgens geht man weg, reißt sich von allem los, wie für immer, macht sich ganz hart, dann wird man gar nicht benutzt und kehrt abends heim. Zarte, rieselige Vormittagsschläfrigkeit lähmte einem die Beine, dusselte die Gedanken. Er wurde immer langsamer, holperte, stolperte, einer torkelte schläfrig an den anderen, die Fahnen sackten aus. In kleinen Villen hinter den feuchten, stillen Gärten brannten Lichtchen in den fusseligen Vormittag.

Hunde schlugen an. Die Botschaft war sicher sehr weit. Alle fühlten im Rücken, dass der Zug nicht lang war. Sohlen kostete das, Stephans Schuhe waren zwei Nummern zu klein, seine Schuhe und seine Kleider, den ganzen Krempel sollte man mal endlich wegtragen, Stephan, lustig, würde sagen: das kann ich ja doch nicht brauchen, mich haben sie so platt gequetscht, da müsst ihr mir ein extra Futteral nähen, nun trag mal den ganzen Kram zum Jud, Vater, und mach dir 'nen guten Sonntag. O, solche Ströme von Mürrischkeit flossen aus ihm heraus, genug, eine Stadt zu ersaufen.

Sie überquerten wieder eine Allee, zögerten. Eine breite, mäßig belebte Straße öffnete sich, wurde völlig kahl vor dem roten, langsam heranrückenden Querstreifen. Die Häuser waren grau und tot, wie Kulissen, die man rechts und links aufgestellt hatte, um eine Straße herzustellen, auf der ein Zug gehen kann. Ging der Zug auseinander, dann war der Fremde wieder allein, wie frisch angekommen, dann fing alles nochmals von vorne an. »Dauert's noch lange?« Die Frau zuckte beschämt die Achseln. »Ich weiß doch nicht.« Kommt sie mal gar nicht heim, werden aus Annas Augen schwarze Löcher von Misstrauen: habe mir immer gedacht, dass du mal ganz wegbleibst. Voriges Jahr hatte sie mal solche Angst bekommen, da war sie eine Zeitlang nirgendswo mitgegangen. Sie hatte sich eins der Kinder nach dem anderen vorgenommen und so viel an jedem gebürstet, genäht und gerieben, wie man an einem Kind reiben und bürsten kann, dann hatte sie sich's rum überlegt.

Vorn kam wieder ein Lied hoch, löste sich ab, zu leicht und dünn für einen schweren und finstern Zug. Nur der mürrische Mann sang noch weiter, weil er gar nicht merkte, dass er allein sang. Er sang mit voller, ja reiner Stimme, weil es ihm guttat, den ganzen Zug entlang. In allen Häusern hörten sie ihn allein, das wusste er gar nicht. Er hörte erst bei der letzten Zeile auf, glaubte, die anderen hätten mit ihm aufgehört, und brauchte sich nicht zu schämen. Seine Mundwinkel krümmten sich wieder, sein Gesicht überzog sich mit einem Reif von Mürrischkeit. Einer vorn drehte sich rum und schrie nach dem Kleinen: »Da stehen welche, nu also, Reihen halten.« Der Kleine sah seine herunter, Mann, Frau,

Mann. Am Ausgang der Straße waren Posten aufgestellt. Sie ließen sie langsam durch, Reihe für Reihe, wie Schafe zur Schur. Es war dem Fremden, als ginge er über eine Schwelle. Auf einmal, ritsch, riss Gustavs Weinen hinter ihr ab, so lang war der Faden gewesen, aber nicht länger, das ganze Zimmer rutschte ins Dunkle herunter. Sie sah die neue Straße herunter, mit Posten vor jedem sechsten Haus. Die Falte in ihrer Stirn spannte, dass es ihr inwendig weh tat. »Ho, ihr vorn, einbiegen!« Der Kleine legte die Hände an den Mund und schrie. Er reckte sich böse, aber der Vordermann war viel größer als er. Weiter voran schrie einer zurück: »Lass mal, daneben ist zu!« Der Kleine spitzte; die rannten an ihrer ausgemachten Straße vorbei, wie Gänse an einem Zaun. Er drehte sein Gesicht vom Zug ab, der Querstraße zu, die schnappte nach ihm, er stemmte sich einfach hinein, es war gar nichts. Er lief vorwärts, schlug aufs Geratewohl mit den Knöcheln gegen die nächsten Fensterscheiben, drehte sich rum, die kamen nach, der vordere und der hintere Teil des Zuges waren wie zwei Flügel zusammengeklappt und durchgestoßen. Die Polizisten waren gegen die Wände gedrückt. Die Gasse bäumte sich auf, schrie und stöhnte; als ob ein Wind nach einem unbekannten Gesetz kreuz und quer durch die Gasse blies, flogen manche Fenster auf und manche zu. Der Fremde verlor seinen Hut, fuhr sich über das bloße Haar und rannte. Blind vor Angst rannte er gegen etwas flattrig Rotes, prallte gegen den Kleinen, der sagte lächelnd: »Wir sind durch.« Es gab einen neuen Zug. Der Kleine lief zwischen dem Mann und der Frau, ihre Ellenbogen in seinen hohlen Händen, und drückte sie vorwärts. Der Fremde lief nebenher. Die Gasse war dunkel vor Angst. Er lief aufs Geratewohl nach dem Geräusch der Schritte. Hinter ihnen am Eingang der Straße tönte ein Schrei, ein langgezogenes Aah! Der Mann sagte: »Die haben auch was weg.« – »Solang du nicht rüberfliegen kannst, musst du unten durch.«

Posten sperrten die Straßenkreuzung, die Leute klumpten sich, stutzten – lass die mal erst gar nicht ausschnaufen. Hinter dem Fremden war zugesperrt und vor ihm auch, über ihm war ein schmaler Streifen Himmel, angeschwärzt vor Angst. Fliegen können, hat wer gesagt, weg aus dieser Mausefalle von

Gasse. Jetzt war daheim ein weißer Tisch gedeckt. Hinter ihm saß die Frau, die fremde, glitschige, verteilte unschuldig Suppe. Eher wird er gar nicht heimgehen als vorzeitig, so groß ist seine Angst gar nicht, wie sie ihm weismachen. Durch muss er. Alle drückten, die Posten schlugen zu. Im Klumpen wurde gestöhnt, der Mann sagte: »Den hat's wieder.« Der Kleine sagte: »Ohne das geht's nicht.« Der Mann sagte: »Nein.«

Es war eine schmale Straße zwischen Gartenmauern. Hinten glänzte etwas Helles, ein weißer Platz. Helle, weiße Plätze glänzten in allen Augen. Auf dem Gesicht des Mannes bekam die Kruste Sprünge. Er erkannte die Fassade eines Hauses, unterschied sogar die Säulen. Wenn der, den er suchte, überhaupt irgendwo wohnte, dann nur dadrinnen. Er hatte ihn endlich gefunden, stieg die Treppe hinauf und schlug mit der Faust auf den Tisch. »Ist das die Botschaft?« – »Nein, das ist das Savoy-Hotel.« – »Ist es noch weit bis dahin?« – »Oh, ziemlich.«

»Wir müssen um zwei dort sein.« Ihre beiden Gesichter, krank vor Todesangst, gespannt vor Hoffnung, wandten sich gegen ihn, den Kleinen. Quer durch ihre Gesichter stieß wie ein dünner Pfeil der Pfiff des Mannes am Feigenkarren.

Aus den Balkons und Fenstern des Savoy-Hotels betrachteten Menschen die Einfälle der fremden Stadt, den ankommenden Zug, ein Muster aus dunklen Menschen und blauen Polizisten. Fremdlinge und Neuankömmlinge. Die waren dort oben in der Luft, die waren sicher. Er hatte sein Gepäck am Bahnhof abgestellt. Er wollte kein Zimmer drei Stockwerke über der Stadt, keine Sicherheit, keine vier Wände um sich. Die lernten nie, was eine Stadt war, spürten dort oben niemals solche Angst, die einen ganz hart machte, fügten niemals ihre Körper in eine Kette und stemmten. Der Kleine stemmte dünn und zäh, die Frau stemmte mit schwachem ausgelatschten Körper, in dem vielleicht noch was drin war, der Mann stemmte seinen grauen mürrischen Block von Rumpf. Dann wurde der Platz umgekippt wie ein Teller. Alle flossen einfach wieder in die Straße zurück, aus der sie gekommen waren, vorbei an der eben durchbrochenen Querstraße, einer zweiten, einer dritten.

»Wir laufen ganz umsonst immer rund im Kreis herum.« – »Gar nicht umsonst, gar nicht im Kreis. Hier entlang.«

Die Straße war leer und schnurgerade, aber sie war so lang, dass niemand sehen konnte, wohin sie führte. Sie zog sich wie Straßen im Schlaf, die erst dadurch aufhören, dass man aufwacht. Auf einmal war der Fremde gewiss, dass er gleich aufwachte. Er fühlte schon die Sonne auf seiner Steppdecke, abgestandener Nachtgeruch süßlich bittren Schlafes, den hereinbrechenden Tag. Er machte eine verzweifelte Anstrengung, nicht aufzuwachen. Enge, endlose Schlafstraße zwängte einem das Herz in Grauen, führte aber zur Botschaft. Er wachte immer zu früh auf, er wollte hinkommen, bevor der Tag dazwischenkam.

Auf einer fremden langen Straße, dicht voll Menschen, hatte sie mal ihren Jungen getroffen, Johann, den ältesten, liebsten. Er war plötzlich vor ihr hergegangen, sie war ganz erschrocken vor Freude. Sie war heimlich ein Stück hinter ihm hergegangen, hatte sich mal endlich heimlich von oben bis unten an ihm sattgesehen, alle teuren Stücke gierig mit ihren Augen zusammengelesen. Geplatzte Hinternaht an den Schuhen, zusammengenäht, was Männerarbeit war, Strümpfe im Ausverkauf gekauft, zwischen Knien und Hosen ein nackter Streifen, der sie dauerte. An den Schulterblättern geflickte Jacke, runder wolliger Hinterkopf – dann hatte er sich herumgedreht und war ein fremdes Kind.

Dass diese lange enge Straße nicht glatt zu Ende ging, war ihr anzufühlen, wusste man wenigstens, wozu man herunterging. Immer hielt man alles hin und wurde einem nie abverlangt. Wenn sie kommen, nicht zurückgehen, kleine Gruppen und nebenherum! Es ist schrecklich spät.

Ihm war es einerlei, ob es lang oder kurz dauerte. Sie werden sich sowieso ganz umsonst die Schädel einrennen. Ganz umsonst werden sie ihnen die Bäuche eintrampeln. Berittene Polizei wird das zittrige, helle Getrappel dort hinten am äußersten Ende der Straße sein, welche auf einmal gar nicht so hoffnungslos lang ist, aber sein Gesicht leuchtete beinahe vor Geringschätzung. Der Mann weiß keinen Grund, warum es ihm nicht einerlei sein soll. Er drehte sein Gesicht nach dem Kleinen hin, der sagte auch: »Einerlei.«

Gerade hatte er es gesagt, da flogen alle, als sei der Zug zu einer Staubwolke geworden, rechts und links gegen die Mauern. Kleine Wolken von Menschen pufften in die Seitengassen. Bis auf drei oder vier, die ächzend auf den Knien nachrutschten und dann platt liegenblieben oder sich fluchend von einer Seite auf die andere wälzten. Sie rannten um einen Block herum, um ein, zwei Ecken. Sie waren auf einmal unter sich, andere kamen erst nachgerannt, die Enden des rotfransigen Tuches wehten. Rasch rannten die Jungen, was gab es denn groß einzuholen, wie war Stephan gerannt, morgens und abends. Er rannte schnaufend hinter seinem leichtfüßigen Jungen her. Aus den Fenstern schrien sie: »Hier rum, da vorn sind welche.«

Die ganze Nacht hatte er im Abteil wach und aufrecht zwischen Schlafenden gesessen und seine Schläfe am Holz gerieben. Seine Frau hatte spottend den Koffer gepackt, aber sie hatte ihn packen müssen. Im letzten Augenblick war es ihm so schwer ums Herz gewesen, und er wäre gerne geblieben. Aber er tat, was er wollte. Er ließ sich nichts vormachen, wer ihn dauerte, der dauerte ihn, wohin er wollte, da ging er hin. Im Stehen war die Angst am größten, geringer im Gehen, gar nichts im Rennen.

Die Frau stolperte, fiel auf die Knie, verbiss ihren Schmerz und rannte. Sie waren rund um den Block herum wieder in der alten Straße. Im Scheinwerfer ihres eigenen kalten und klaren Lichtes zeigten sich in allen Stockwerken der Magazine, bis unter die Dachkammern, aufgerissene Mäuler und Augen. Die starrten und fielen ab ins Dunkel der Werkstätten. Aus allen Seitengassen kamen sie wieder mit Fahnen und Transparenten. »Dichter! Reihen halten!« Eins hatte das andre wieder, Frau, mürrischer Mann, Kleiner, alle feucht und schnaufend. Sie stellten sich schnell wieder ein, der Fremde drückte sich durch ein paar Reihen, der Kleine sah über die Schulter zurück und winkte ihm mit einem Daumen, winkte, das war schon beinahe nicht mehr allein sein, fast so gut wie ansprechen. Der Fremde wäre gern neben ihm weitergelaufen, kriegte aber seinen alten Platz neben der Frau. Die war so müde, ihr Leib war so schwach, dass es gar nicht zu verstehen war, wieso er noch eine Frau trug. Sie konnte es nicht zurückhalten, es schnurrte in ihr los und zählte wieder. Sie stellte es wütend ab und knurrte. Der Fremde sah sie schnell an, in ihrem grauen Gesicht war die Müdigkeit in schwarzen Flecken geronnen. Sie liefen weiter, endlose, unsichere Straße, auf der man auf einem Seil lief, mit weichen Knien, zwischen zwei festen Punkten. Der Fremde wusste nicht, ob das noch altes Getrappel in seinem wunden Kopf war oder neues. Beides zugleich; die Abgerittenen machten kehrt, und von unten ritten neue an. Sie stürzten in die nächste Seitenstraße, aber der Schwanz des Zuges wurde noch eingeklemmt. Aus den Fenstern riefen sie: »Da kommt ihr nie bei, die sperren den ganzen Platz!« Alles war dem Kleinen zu wenig, glänzen wollte er, konnte nicht mal ein paar Menschen durch abgesperrte Gassen zwingen, kam nicht mal selbst durch, weil er nicht zusprang, weil er sich schonte. Er drehte sich rum, betrachtete mit zugekniffenen Augen, was er am Morgen gelassen hatte, Feigenkarren, ein halbes Dutzend Feigenkäufer, deren Blicke alle Mariens hohe und dünne Schenkel herauf- und herunterrutschten, sah es genau an, litt, stieß es weg, stieß es nicht nur, verachtete es schon.

Sie wanden sich um einen Häuserblock herum, um noch einen. Jetzt fühlten alle, wie spät es war, selbst die Trägsten. Die Frau lief und lief mit niedergeschlagenen Augen, betrachtete laufend mit ungeteilter Aufmerksamkeit etwas auf der Innenseite ihrer Lider. Die warteten auf sie, hatte sie aus sich herausgepresst, herumgetragen, im Stich gelassen, schöne starke Jungens. Sie schlug mit kurzen harten Händen verzweifelt den Rücken ihres Vordermannes. Der Zug füllte mit seinen Windungen schnell viele Krümmungen der kleinen Gassen. Es war, als ob die Gassen selbst weiterliefen, sich wanden und krümmten. Dann hielt es vorn an, so plötzlich, dass alle zurückflogen. Vollkommene Stille füllte die Gassen bis in die offenen Fenster und Torfahrten. Kommandorufe der Polizei, sehr weit entfernt, irgendwo an der Spitze des gewundenen Zuges, unterbrachen die Stille so wenig wie Uhrschläge die Stille eines feierlichen Raumes. Zwei winzige Schüsse verspritzten weit hinter den Häusern. Der Fremde fasste den Ärmel der Frau, aber die zog ihren Arm zurück und sah ihn streng an. Da schrie er so laut auf: »Weiter!«, dass ein paar Reihen weit weg alle zustießen. Die Frau trommelte mit ihren Fäusten auf den Rücken des Vordermannes. Der Stoß musste sich bis in die Spitze des Zuges fortgepflanzt haben, denn vorn gab es Luft, es ging weiter. Bei jeder Windung der kleinen Gasse konnte die offene Stelle kommen, aus der die Schüsse gefallen waren. Sein Herz verlangte danach, in die offene Stelle hineinzuspringen, er hatte aber Ketten von Angst um Hände und Füße. Der Fremde riss und schrie. Vor die Krümmung legte sich ein großes schiefes Haus, mit offener Torfahrt, in der sich Menschen zusammendrängten. Aus einem der Fenster blickte ein Mädchen in schwermütiger Trägheit auf die abziehenden Männer. Rot war ihr Mund und außerordentlich golden ihr Haar. Seine Knie waren weich vor Angst, aber etwas in ihm sprang doch in die Torfahrt, suchte und fand die Treppe, die Glastür und das Zimmer, riss das Mädchen herum, nutzlose und quälende Werbungen überspringend, in verrückte endlich mögliche Umarmungen.

Ganz unerwartet, dicht hinter dem großen Haus, lief die alte enge Straße. Sie passierten sie zum dritten Mal. Posten gab es keine, die liefen in der Richtung eines Pfiffes gegen die letzten grauen, von blassen Sonnenpflastern beklebten Häuser. Der Fremde war fast enttäuscht.

Sie rückten in die Querstraße. Die Transparente, die in breiten faulen U heruntergeschlappt waren, strafften sich alle, einer hielt mit senkrechtem Arm den Stumpen einer abgeknickten Stange. Die Hinteren starrten gegen die Rücken der Vorderen, mit glänzenden Blicken stießen sie gegen die vier Windjacken, die sie vielleicht noch vom Platz abtrennten.

Mit gerunzelter Stirn horchte der Kleine nach ein paar schwachen Schüssen vier, fünf Längsstraßen weiter. Sie wurden deutlicher, je schärfer er hinhorchte. Er unterschied sogar noch schwächere an einem anderen Punkt. Er sagte: »Horch mal, immer rund um den Platz.« Der Mann sagte: »Die sperren ganz umsonst rundherum.« Der Kleine sagte: »Ja, ganz umsonst.« Die Frau horchte jetzt auch auf. Weil sie sonst nichts hatte, um sich festzuhalten, fasste sie in die Falten ihres Rockes. Alte Gedanken rieben sich innen an ihrer Stirn, um nochmals ausgedacht zu werden; aber so kam sie nie auf den Platz, so voll und schwer. Wegstoßen musste sie endlich diese Kinder und verlassen. Durchbeißen alle Nabelschnüre.

»Schneller! Dichter!« Die nahen Schüsse hielten an, schwache und schwächere dauerten auch fort, ein Kranz von Schüssen rund um den Platz. Alle mussten durch, der Fremde begriff jetzt, dass auch er durchmusste. Es war kahl in ihm, wie leergescheuert. Er sah seine Reihe herunter, alle waren übermäßig deutlich nachgezeichnet auf kahlem leeren Grund. Alle starrten geradeaus, scherten sich nicht um ihn, fanden nichts Sonderbares daran, dass auch er durchmusste.

Die Vorderen sahen schon keine Mauern mehr, sondern ein Gebüsch. Ein schöner Park endete in einem frischen, von Hecken eingesäumten Rasen, auf dem sich in der dazugehörigen Sonne ein Wassersprenger drehte. Rascher! Dichter! Sie schwenkten um den Rasen herum. Dann wurde es vorn langsam, als sei die Luft hinter dem Park eine zähe Masse, in die sich der Zug einschraubte. Sie liefen nicht mehr, eine Reihe drückte schweigend die andere. In der Luft waren Schüsse und der Geruch von feuchtem, sonnendurchwärmtem Gras. Der Fremde wollte sehen, was kam, nicht immer nur Abfall von Stadt zwischen Schultern und Köpfen. Mit wilden Schlägen widersetzte sich sein Herz der feierlichen Stille.

Zurück – weiter – zurück. Die Vorderen drängten rückwärts, und die Hinteren wollten sie zwingen und stemmten dagegen. Der Zug riss durch und strömte in zwei Teilen gegen Park und Querstraße. Sie hatten jetzt keine Windjacken mehr vor sich, sondern alles. Die kleine Straße, die vom Park nach dem Platz führte, war von Polizisten aufgefüllt. Zwischen der Polizeistraße und den beiden Teilen des Zuges gab es ein großes weißes Dreieck. Einige Sekunden lang hielt das Dreieck die Menschen zurück, wie eine magische Fläche, deren bloßer Anblick die Gedanken erstarrt und die Muskeln erfriert. Von den Hinteren fiel es zuerst ab, es zuckte von hinten nach vorn; der Mann regte sich, er war alt, lange genug am Westbahnhof, er kannte sich aus. Mögen sie ihm keine Rente geben, keinen vom Verband schicken. Er setzte den Fuß darauf. Da riss die Sprungfeder, die die Reihen im Zug und die Menschen in den Reihen gehalten hatte; die Einzelnen schnellten ab, Schwere und Leichte, die Stille war aufgeplatzt, und alle Wildheit, die in ihr drin gewesen war, zerknallte in Schüssen. Der Fremde flog unter dem Arm des Mannes durch, drehte sich und blieb liegen. Als wäre er hier geboren, schlug die Stadt über ihm zusammen, Beine und Röcke, Himmel und Häuser. Der Zug war in einem Ruck tief in die weiße Straße geschnellt.

Der Kleine war abgedrängt, schlug um sich und kriegte ein paar vor die Brust und ins Genick. Arme und Beine von Polizisten wickelten sich um seinen Rumpf, der Knäuel schlingerte und kugelte in den großen Platz. Verstärkte Polizei drückte alle in die weiße Straße zurück, knickte die Parkgitter, den Rasen, drückte sie in die engen grauen Gassen hinter dem Park, immer platter, fester, bis ihre Wildheit erstickt war. Mit zusammengepressten Fäusten, zugebissenen Zähnen machte jeder auf seinem Fleck kleine harte Schritte vorwärts, aber alle zusammen wurden doch weitergedrängt, fest in die engen Gassen, wie man Säcke vollquetscht. Der Mann suchte wütend in sich herum, bekam nur Brocken von Mürrischkeit, umsonst gelaufen, Stephan, verheulte Frau, abgestandener Abendfraß. Er sah sich um und suchte nach etwas, was er verloren hatte. Die Frau war es nicht, da war sie, den Fremden auch nicht, der war fertig. Er suchte rundum den Kleinen, fand ihn nicht und konnte ihn auch nicht finden; denn der ging indessen zwischen zwei Polizisten die kleinen gekrümmten Gassen zurück, die er gekommen war. Er hob sein rundes, braunes Gesicht gegen die Fenster und prägte sein Lächeln für immer den Knaben ein, die ihn neugierig und eifersüchtig betrachteten.

Auf einmal sahen welche durch die Querstraße in der nächsten Längsstraße einen neuen Zug ankommen. Sie vergaßen alles und brachen seitwärts durch. Der neue Zug saugte den alten auf, Menschen und Fahnen. Die Vorderen dieses Zuges mussten schon den weißen Platz sehen, denn sie fingen zu rufen an, während die Hinteren noch sangen. Der Mann schwankte, was er mit seiner Stimme tun sollte, fing zu singen an, brach plötzlich von Zorn geschüttelt ab und rief. Die Frau verstand auf einmal, dass sie noch hinkommen konnte. Sie vergaß den Mann, an den sie sich bisher

gehalten hatte, weil sie sich drüben am Westbahnhof mit ihm aufgestellt hatte, und zwängte sich nach vorn. Polizei stieß durch die
Querstraße nach, einen Augenblick sah es aus, als ob der Zug gespalten würde. Es war still, weil aller Atem zum Stoßen gebraucht
wurde. An der Spitze des Zuges fing es zu schießen an, der schwere
doppelte Zug duckte sich und stieß vor. Über dem großen, sechs-
eckigen Platz lag ein weißlich trüber, von hellen Lichtadern durch-
zogener Mittagshimmel. Es war kurz nach zwei. Aus den einmün-
denden Straßen brachen schnell nacheinander die anderen Züge
aus den übrigen Stadtteilen in den Platz ein, alle zerrauft, zerschlagen und blutig. Der weiße Platz füllte sich mit rufenden Menschen,
bis auf einen schmalen Streifen vor dem Posten am Gittertor der
Botschaft. Sacco, Vanzetti! Aus einem Sumpf von Mürrischkeit
schrie er um Hilfe. Große, harte Schreie wie Steine in einem zum
Untergehen bestimmten Sack. Er sparte sie nicht länger, er zer-
schrie sie. Auf der linken Seite des Platzes fing die Polizei an, die
ins Rufen vertieften Menschen nach rechts abzudrücken. Sie
drückte stärker, die Ausgänge der rechtsseitigen Straßen fingen
wieder an, sich zu füllen. Es war schon wie vorbei. Der Frau fiel
der Heimweg ein, Fahrgeld, Montag vor Montag. Die Faust des
Mannes entspannte sich in der Tasche und fing an zu krümeln;
er fühlte ein Geldstück zwischen Daumen und Zeigefinger.

Aus einer der linken unbewachten Straßen kam gerade der letzte
große Zug aus dem Südvorort an. Die Abgedrängten stürzten zurück, die Polizei wurde wieder auseinandergedrückt, der Platz
füllte sich von neuem bis zum Rand. Die Frau wurde noch einmal herumgerissen, so fest wurde ihr Körper in den Platz hinein-
geknetet, dass sie ihn selbst nicht mehr herausfand; ihr Gesicht
wurde gegen die vergoldeten Stäbe des Gittertores gepresst. Aus
dem Gesicht des Mannes fiel die Mürrischkeit wie Mörtel herunter. Es war unmöglich, dass es im ganzen Haus auch nur einen
Winkel gab, in dem man sie nicht rufen hörte.

Reise ins Elfte Reich

I. EINREISE

Nachdem uns zehn Länder die Einreise verweigert hatten, trotz aller Bürgschaften und Bürgen und Zeugnisse und Empfehlungen, wussten wir keinen Rat mehr und fielen in Verzweiflung. Da trafen wir unterwegs einen alten Bekannten, um den wir uns längst nicht mehr gekümmert und den wir schon ganz vergessen hatten. Dieser Bekannte gab uns einen Rat. »Es gibt noch ein Elftes Reich«, sagte er, »das soll noch Leute hereinlassen unter gewissen Umständen.« Er gab uns auch die Adresse des Konsulats. Das Konsulat lag in einer Gasse, durch die wir schon früher oft gegangen waren, im dritten Stock eines alten Hauses, in dem man nie die auswärtige Vertretung eines größeren Landes vermutet hätte. Wir hatten schon im Vorbeigehen das Konsulatswappen gesehen, das aber so verwittert war, dass man nichts unterscheiden konnte und es für irgendein Warenschild hielt. Jetzt richteten wir unsere ganze Hoffnung auf dieses Konsulatsschild.

Von dem Reich selbst hatten wir nicht die geringste Vorstellung. Wir hatten auch ganz vergessen, unseren Bekannten anzufragen. Aber hatten wir uns früher etwa unter Uruguay etwas Bestimmtes vorgestellt?

Als wir uns anstellten für das Visum, sagte uns gleich der Konsulatsdiener, anstellen hätte hier keinen Zweck, sein Land ließe doch nur solche herein, die keine Pässe hätten. Er zuckte die Achseln bei unserem Bescheid, wir seien nicht in der Stimmung für Scherze. Als wir drankamen, fragte man uns, ob wir gültige Pässe hätten. Wer einen solchen Pass zeigte, der wurde sofort abgewiesen. Wer keinen hatte, dem sagte man, dass er losreisen solle, er hätte nichts zu befürchten, man würde ihn, wenn er wirklich passlos sei, glatt hereinlassen.

Darauf ging der kleinere Teil von uns weg, nicht weil er befriedigt, sondern weil er bis zur Gleichgültigkeit erschöpft war. Die mit den rechtsgültigen Pässen und mit den Empfehlungsbriefen von Ministern und von Professoren ausländischer Universitäten, die gingen nicht weg, sondern belagerten weiter das Konsulat um Visa, auf Grund der Zähigkeit ihres ganzen Wesens, durch die sie auch in den Besitz ihrer Ausweispapiere gekommen waren, und sie flehten fast auf den Knien um Visa.

Bis schließlich auch diese Beamten mürbe wurden und ihnen kopfschüttelnd Visa einstempelten, mit der mitleidigen Versicherung, dass sie die Folgen schon spüren würden.

Wir reisten dann alle zusammen los, ein paar Dutzend Leute, und kamen schließlich auch eines Abends an die Grenze des Elften Reiches. Unterwegs war uns Passlosen bang geworden, weil sich herausstellte, dass die meisten sich doch Visa beschafft hatten oder irgendwelche guten Ersatzausweise. Wie aber wurde es denen und uns zumut, als sich gleich an der Grenzstation Folgendes ereignete:

Einer von uns Auswanderern war, obgleich sein Reiseziel mit unserem übereinstimmte wie auch der Grund seiner Ausreise, mit seiner ganzen Familie in einem Waggon an der Spitze des Zuges gefahren. So gute und viele Bürgschaften besaß er und ein solches Wunder von Reisepass, dass er wahrhaftig befürchtet hatte, sich durch das bloße Mitreisen an uns anzustecken. Kaum kam der Zug über die Grenze, und sein Schwanz war noch jenseits der Grenze, als sich schon Beamte des Elften Reiches in den vorderen Waggon und daher auch sogleich auf diesen Mann stürzten mit der Frage: »Haben Sie einen Pass?« – worauf er alles vor ihnen ausbreitete. Wir waren dann Zeugen, wie unser Mann mit seiner ganzen Familie über die Grenze in das andere Land zurückgeworfen wurde und hinter ihm her all seine Pässe und Bürgschaften. In unserem Coupé entstand eine Panik. Ein paar, die während der Reise geprahlt hatten, dass sie sich durch Auskünfte nicht irremachen ließen, und auf jeden Fall ihre guten Papiere eingesteckt oder eingenäht hatten, stopften sich diese Papiere in den Schlund, würgten und kauten und verschluckten sie. Trotzdem hatten zwei noch Pech. Die Beamten wurden auf ihre verquollenen Gesichter aufmerksam, schleppten sie mit und gaben ihnen Rizinusöl. Da kamen doch Passreste zum Vorschein und Stempel vom Home Office.

Uns aber, da wir die Frage »Haben Sie einen Pass?« mit Nein beantwortet hatten, ließ man anstandslos hinein.

II. EMPFANG

Wir wurden in eine Art Wartesaal geführt, wo uns ein paar neue Beamte in Empfang nahmen. Diese Beamten sprachen höflich, ja gütig mit uns allen. Wir waren wirklich froh, dass man solchen Anteil an unserem Schicksal nahm, und erzählten denn auch weitläufig. Dann wurden wir in zwei Gruppen eingeteilt, warum, wussten wir noch nicht. Man versicherte uns, dass wir uns alle am nächsten Abend in der Hauptstadt wiedersehen könnten. Unsere Gruppe reiste unter gewöhnlichen Umständen, in einem gewöhnlichen Zug, vermischt mit der Bevölkerung. Wir machten dabei ein paar merkwürdige Beobachtungen, über die man noch hören wird.

Wie wir nun abends in der Hauptstadt ankamen, sahen wir hinter der Sperre die andere Gruppe, wie sie gerade empfangen wurde von einem Empfangskomitee mit Liedern und Fahnen und Blumen. Wie sich jetzt erst herausstellte, hatten uns die Beamten auf Grund ihrer Menschenkenntnis in zwei Gruppen eingeteilt; eine Gruppe, die stark empfangsbedürftig war, und eine Gruppe, die auf gewöhnliche Art durchreisen konnte. Die Empfangsbedürftigen waren auf allen Stationen durch solche Empfänge und Darbietungen geehrt worden. Wie wir nun diese Gruppe so dastehen sahen, in einer feierlichen Haltung, während sie ebenso feierlich angeredet und dazu noch beschenkt wurde – uns aber redete niemand an, obwohl wir dasselbe verdient hätten –, schoss es uns doch durch den Kopf, obwohl unsere Reise in ihrer Art besser gewesen war, solcher Empfang könnte einem nach so viel Leiden doch guttun. Einer aus unserer Gruppe machte sogar eine ähnliche Bemerkung. Wupps, drehte sich der Empfangsbeamte nach ihm um, schickte ihn wieder zur Grenze zurück, und wie er uns später erzählte, bekam er dann auf der Rückreise nach der Hauptstadt an jeder Station einen großen, ehrenvollen Empfang für sich allein.

III. DIE ORDEN

Was uns auf der Reise zuerst ins Auge fiel, war der Umstand, dass es unter der ganzen Bevölkerung kaum einen Menschen gab, der nicht dekoriert war. Die gewöhnlichsten Menschen aller Berufe, Männer und Frauen, alle hatten die Brust voll Orden hängen. Die meisten waren geradezu übersät mit Orden. Menschen, die nur ihrer fünf oder sechs hatten, mussten einem schon auffallen. Einen Undekorierten sahen wir überhaupt nicht, wir sahen einen Einzigen auf der ganzen Reise, der nur einen Orden hatte. Auf den machten wir uns schon aufmerksam. Entweder wurde in diesem Reich mit der Ordensverteilung Missbrauch getrieben, oder das Volk hatte eine allgemeine gewaltige Anstrengung hinter sich, die eine solche Art äußeren Lohnes verdiente. Wir fragten den Beamten, der uns begleitete. Der lachte und erklärte uns: »Wenn in unserem Land ein Mensch ins Leben eintritt, wie ihr das nennt, dann hängen wir ihm alle Orden an seine Brust für alle Dinge, in denen er sich im Leben bewähren muss. Er bekommt seinen Orden für Tapferkeit vor dem Feind, seinen Orden für zivile Tapferkeit, seinen Orden für Verdienst um das Vaterland, seinen Orden für treue Berufspflichterfüllung, kurz und gut und so weiter. Wenn er sich dann bewährt hat, reißt man ihm den betreffenden Orden herunter, öffentlich, unter Musik, er braucht ihn dann nie mehr zu tragen. Diese Orden bezeichnen demnach nicht Verdienste, sondern unerfüllte Verpflichtungen. Hat man bei uns jemand den Orden für Tapferkeit feierlich abgenommen, dann wissen alle bei uns, dieser Mann muss wirklich tapfer gewesen sein, da er keinen Orden mehr trägt. Denn je öfter sich einer bewährt hat in unserem Land, desto weniger Orden trägt er. Kahl und still geht er herum. Andere dagegen klimpern mit all ihren Anhängseln bis ans Ende ihrer Tage. Ich zum Beispiel habe trotz aller Anstrengung auch noch fünf Orden auf der Brust. Immerhin, etliche hat man mir schon feierlich abgenommen.

Deshalb reißen sich in unserem Land die Mädchen und Frauen darum, mit Männern spazieren zu gehen, die keine Orden tragen. Deshalb gibt es in unserem Land auch das Sprichwort, das einem auf die Zunge kommt im Umgang mit einer gewissen Menschensorte: Der Mann hat noch viele Orden abzulegen ...«

IV. BERUFSWECHSEL

Jene Empfangsbeamte, die uns in die Hauptstadt begleitet hatten, wurden dort durch andre ersetzt, deren Pflicht es war, uns einzugewöhnen. Ihnen vertrauten wir unsre Sorgen an, was uns die Zukunft in dem fremden Land bieten könnte. Unsre Sorgen und Zweifel waren mit der Trauer vermischt um die Kenntnisse, die wir uns vielleicht nutzlos angeeignet, um die Berufe, die wir geliebt hatten und aufgeben mussten. Dieser Teil unsrer Klagen blieb aber den Eingewöhnungsbeamten unverständlich.

»In unsrem Land«, erklärten sie, »herrscht ohnedies ein Gesetz, dass jeder mit dem vierzigsten Jahr seinen Beruf wechseln muss. Der Berufswechsel bleibt ihm höchstens in wenigen Ausnahmefällen erspart, die man an den Fingern abzählen kann. Aber auf solche Ausnahmen pflegt sich keiner zu berufen. Warum auch? Es entsprach unsrem Empfinden, es wurde Gesetz, es ist anerkannt. Wenn ein Mensch bei uns vierzig Jahre alt wird, dann hat er das Recht und die Pflicht, einen neuen Beruf für sich zu finden. Er war ja auch lange genug in den alten eingespannt. Was für ein frischer Zug dann plötzlich durch unser Leben geht, ja durch das Leben des ganzen Reiches, denn der Berufswechsel betrifft ja alljährlich Hunderttausende von Vierzigjährigen. Dieser da, unser Kollege mit dem grauen Schnurrbart, war ein stadtbekannter Konditor. Kein Platz in seiner Konditorei, zu allen Festen seine Kuchen! Bis dann, allmählich, ihm und uns seine bewährten Nusstorten, Brezel und Baumkuchen fade wurden. Mit welcher Liebe, Sie merken es selbst, wurde der Kollege Eingewöhnungsbeamter.

Ich dagegen, ich bitte Sie alle sehr, sich nicht darüber zu kränken, erwarte sehnsüchtig mein vierzigstes Jahr. Einst erschien mir dieser Beruf, der Umgang mit den merkwürdigsten Menschen, ungemein verlockend. Jetzt, verzeihen Sie, kommt mir an Ihnen schon nichts mehr merkwürdig vor. Ich will Sie mit dieser Bemerkung nicht kränken, sie beweist schon, dass ich in meinem Amt nachlasse. Nun, nächstes Jahr bin ich, gottlob, in der Lehre bei einem Kunstschlosser.«

»Ja, ach, aber«, sagten wir, »wenn nun ein Mensch plötzlich mit seinem vierzigsten Jahr ein Schriftsteller werden will?«

»Dann wird er's. Und der Staat druckt ihm seine Bücher.«

»Aber«, sagten wir, »wie ist denn das möglich? Das muss doch dem Staat gewaltig viel Geld kosten.«

»Viel, viel weniger«, sagten die Beamten, »als wenn diese Menschen schon von Jugend an geschrieben hätten.«

»Aber da muss doch ein ungeheurer Zudrang losgehn«, sagten wir, »zu den Berufen der Schriftsteller, Maler, Schauspieler –«

»Da irren Sie sich aber gewaltig«, erklärten uns die Beamten. »Viel geringer, als Sie sich offenbar vorstellen, ist dieser Zulauf. Dagegen ist nichts bei uns so häufig, als dass ein Mensch, nachdem er bis zu seinem vierzigsten Jahr auf der Bühne stand oder Bilder malte, aufatmend in die Schreinerei oder in das Handschuhgeschäft seines Vaters zurückkehrt.«

V. HOCHZEIT

Wir wurden zu einem großen Fest eingeladen, zu einer Hochzeit. Man freut sich ja immer, wenn man in der Fremde als Einheimischer behandelt wird. Die ganze Straße war eingeladen. Bäuerliche und städtische Bräuche schienen uns bei dieser Hochzeit vermischt. Es gab ungemein viel zu essen und zu trinken. Haus und Straße waren geschmückt, die besten Musikanten spielten, man tanzte in die Nacht hinein. Die Braut war eine schöne Person und die Verliebtheit des Bräutigams ganz berechtigt, wenn auch für unsren Geschmack gar zu offensichtlich. Freude steckt an, und man konnte das Hochzeitsfest beinah wild nennen, als alles recht im Zuge war.

Als die Braut und der Bräutigam unter dem Jubel der Gäste abzogen, sagten wir zu einem Tischnachbarn: »Hoffentlich bleiben die beiden glücklich.«

»Bis morgen früh sicher«, war die Antwort. »Später werden sie keine Gelegenheit mehr haben.«

Als wir uns nach dem Sinn dieser Antwort erkundigten, erfuhren wir: »Wenn sich in unsrem Land ein Paar findet mit der gegenseitigen Einschätzung, dass es wohl dazu taugt, sein Leben zusammen zu verbringen, Kinder miteinander aufzuziehn, kurz und gut, wie ihr das nennt, eine Ehe einzugehn, dann tut es sich still zusammen, und man merkt nach geraumer Zeit, dass sich da wieder zwei gefunden haben. Wenn sich aber ein Paar trifft für ein einziges Mal und zu diesem Zweck, dann machen wir eine riesige Hochzeit, die ganze Straße laden die beiden ein, und wir machen Musik und trinken und tanzen, und es geht hoch her.

Natürlich kommt es bei uns auch bisweilen vor, denn Engel sind wir ja auch nicht, dass ein Mensch sich auf diesem Gebiet irrt. Zwei machen eine riesige Hochzeit, einen großen Aufwand, können sich dann aber doch nicht trennen, kommen wieder zusammen oder bleiben gar zusammen. Über solche Menschen muss man den Kopf schütteln. Man verurteilt sie als Menschen, die ihre Gefühle nicht richtig selbst einzuschätzen wissen und Unordnung in der Gesellschaft stiften, weil sie sich selbst nicht rechtzeitig ordentlich Rechenschaft ablegen. Und wenn man merkt, dass die beiden nach Wochen doch noch immer zusammen sind, dann kann man wohl manche Nachbarin klagen hören: ›Die ganze schöne Hochzeit war umsonst.‹«

VI. BESUCH BEI DEN BEHÖRDEN

Um ein Gesuch vorzubringen, von dem später die Rede sein wird, wollten wir uns an einen kleinen Beamten wenden, den man uns zu diesem Zweck empfohlen hatte. Obwohl er nur ein ganz niedrer Beamter war, hatte er wohl ein Dutzend Vorzimmer, und in jedem mussten wir tagelang warten, bis man uns nur erlaubte, die Fragebogen auszufüllen, die für den Einlass in das nächstfolgende Vorzimmer nötig waren. Jedes Vorzimmer hatte seinen Sekretär, als eine Art Schildwache, und wir mussten unzählige Fragen über uns ergehen lassen, dickes Gedränge, Telefonanrufe, bis wir endlich vor jenem Mann standen, der, wie gesagt, nur ein ganz kleiner Beamter war! Er empfahl uns an einen mittleren Beamten. Dieser mittlere Beamte hatte nicht ganz so viele Vorzimmer, das Gedränge war nicht so dicht, der Telefonanrufe und Fragebogen waren weniger, und wie uns schien, hatten seine Sekretäre keinen so schildwachartigen Anstrich. Er empfing uns, wenn wir auch recht lange gewartet hatten, doch nach etwas kürzerer Zeit, als wir nach unsrer ersten Erfahrung fürchteten. Er empfahl uns einem hohen Beamten. Wir waren äußerst erstaunt, dass dieser hohe Beamte nur ein einziges Vorzimmer hatte, nur einen einzigen Sekretär, der uns nach einem einzigen Telefonanruf vorließ.

»Gehen Sie bitte«, sagte uns dieser hohe Beamte, »quer über den zweiten Korridor links, und klopfen Sie Nr. 23.« Das taten wir. In einem kleinen Amtszimmer saß hinter einem Tisch, an den wir fast stießen, weil er vorzimmerlos direkt vor der Tür stand, ein Mann in einem kahlen Rock, ohne Orden. »Ich bin der Staatspräsident«, sagte er. »Was wünschen Sie?«

Er lachte über unsren Schrecken und unser Erstaunen. »Wie ist das nur möglich, Herr Präsident«, fragten wir, »da man nur bei Ihnen anklopfen muss, dass Sie nicht Tag und Nacht bestürmt werden? Was schützt Sie vor diesem Andrang?« – »Dass niemand auf diesen Gedanken kommt«, sagte er.

VII. GESUCH

Das Gesuch, dem wir die Bekanntschaft des Staatspräsidenten verdankten, hatte folgenden Anlass:

Wir hatten alle an einem Tag Strafmandate bekommen auf Grund von Anzeigen, die wider uns eingelaufen waren wegen unbefugten Ablegens von Orden. Von ihrem Standpunkt aus mit einem gewissen Recht, nahm die Bevölkerung daran Anstoß, dass wir kahl und undekoriert daherkamen, was trotz der größten Anstrengungen für Einheimische unerreichbar blieb. Wir wurden daraufhin von den Behörden zur Rechenschaft gezogen. Wir hielten Rat und verfassten gemeinsam ein Gesuch. Darin baten wir um Erlass der Strafe und um Gelegenheit, das Versäumte nachzuholen. Denn, hieß es in unsrem Gesuch, wir müssten erst Orden besitzen, um sie ablegen zu können.

Da der Staatspräsident selbst unser Gesuch günstig aufnahm, wurden wir alle an einem Tag in die große Festhalle bestellt. Dort hielt man uns eine Ansprache, dass wir jetzt in das Leben des Landes eintreten, das wir uns zur Zuflucht gewählt hatten. Beamte liefen mit großen Samtkissen zwischen unsren Reihen herum, und auf den Samtkissen lagen Dutzende von Orden, Bändern, Sternen und symbolischen Figuren. Wer sich zuerst das Lachen verbissen hatte, dem wurde beklommen. Man ermahnte uns, rasch den Abstand aufzuholen, der uns von den Einheimischen trennte, die in jugendlichem Alter in die Sitten und Gesetze eingewöhnt waren. Unsre Erfahrung müsse den Abstand wettmachen und auch die Reife, die durch Leiden kommt. Gewiss sei es bald so weit, dass der Erste aus unsren Reihen die erste Ordensablegung feiere.

Man wird es nicht für möglich halten, aber einigen von uns wurde es wirklich feierlich zumut. Wir sahen Tränen auf manchem Gesicht, über das wir auch in vergangenen Zeiten Tränen rollen gesehn hatten bei Anlässen, die von dem jetzigen grundverschieden waren. Wir mussten freilich bald alle lachen, als wir uns auflösten und einander betrachteten. Wir waren alle, Männer und Frauen, behängt von oben bis unten, kein Knopfloch, kein Fleckchen war frei geblieben, die Röcke glitzernd und bunt übersät. Das Lachen verging uns erst auf dem Heimweg, als uns schadenfrohe Zurufe trafen und spöttische Blicke. Wir hätten gern ein oder das andre Läppchen in der Tasche verschwinden lassen, wenn wir nicht gefühlt hätten, dass uns alles Volk scharf beobachtete. Man hätte uns ohne Zweifel wie Diebe und Betrüger behandelt.

Unsre Laune kam erst zurück, als wir im Quartier an unsrem

großen gemeinsamen Tisch saßen wie eine Gesellschaft von Marschällen nach einer Parade. Wir hätten gewiss wieder gelacht, wenn nicht plötzlich einer von uns einen jener furchtbaren Anfälle bekommen hätte, die man aus dem Emigrationsleben kennt. Einem solchen Anfall aus schneidender Erinnerung und ebenso schneidender Fremdheit der Umgebung unterlag überraschend für uns alle urplötzlich ein älterer ruhiger Mann in unsrem Kreis, ein ehemaliger hoher Beamter in unserer Heimat. Er hatte im Coupé bei der Einreise den handgeschriebenen Brief eines seiner früheren Kollegen im Dienst einer großen Macht rasch an der Zigarette verbrennen müssen. Wir hatten ihn dann aus den Augen verloren, weil er den Empfangsbedürftigen zugeteilt worden war. Später hatte er sich ruhig verhalten. Aber was hatte diese Ruhe an Gemüt versteckt! Er weinte jetzt laut, dass er diese unsinnigen Fetzen herumtragen müsste, wo er doch in seinem Koffer die höchsten Orden der Heimat aufbewahrte, die ihm für wahre, hingebungsvolle Dienste verliehen waren.

Am nächsten Morgen begab sich unser Mann zur Behörde und bat um die Erlaubnis, seine beiden eignen hohen Orden anlegen zu dürfen. Der Beamte hörte ihn mit höchster Verwunderung an. Er sagte ihm: »Wir haben tatsächlich kein Gesetz, das Ihnen verbietet, Zusatzorden anzulegen. Einen so sonderbaren Fall konnte kein Gesetz voraussehn. Bedenken Sie doch, lieber Freund, wie schwer es hält, Orden abgenommen zu bekommen. Und diese Ihre Orden wird man Ihnen nie abnehmen. Als alter Mann von würdigem Aussehn werden Sie dann immer noch dekoriert in unsren Straßen herumgehn. Das wird Ihnen peinlich sein. Wir warnen Sie in Ihrem eignen Interesse, sich in unsrem Land mit unablegbaren Orden abzuquälen.«

VIII. EINSCHULUNG

Wir mussten jetzt daran denken, unsre Kinder einzuschulen. Der Schuldirektor bestellte sie, wie es allerorts üblich ist, zu einer Aufnahmeprüfung. Von dieser Prüfung gaben die Kinder uns später die sonderbarsten Beschreibungen, aus denen keiner von uns Erwachsenen schlau wurde. Man hätte jedem von ihnen, erzählten sie, einen Rotstift gegeben und einen Stapel Hefte zum Korrigieren. Die Lehrer waren aus unsren Kindern schlauer geworden als wir, die Eltern, und verteilten sie sorgfältig auf die entsprechenden Klassen. Die Kinder erzählten aber gleich nach dem ersten Schultag so merkwürdige Sachen, dass wir zum Direktor liefen und ihn fragten, nach welchem System hier unterrichtet würde. Der Direktor sagte: »In allen Schulen des Reiches ist das System der Fehlerfindung einheitlich eingeführt. Wir geben den Kindern kein weißes Papier in die Hand und keine leeren Hefte und keine Bleie und keine Tinte, weil wir all diese Übungen als schädlich erkannt haben. Wir geben unsren Kindern nur Rotstifte. In jeder Klasse teilt dann der jeweilige Lehrer in seinem jeweiligen Fach die Hefte unter die Schüler aus, damit sie die Fehler korrigieren. Der ist dann der Primus, der in dem Heft des Lehrers die meisten Fehler entdeckt hat. Wie brennt ein jeder brave Junge darauf, möglichst viel im Heft seines Lehrers mit dem Rotstift anzustreichen. Wie rührend ist der Anblick der kleinsten Klasse. Da sitzen sie, unsre winzigen Abc-Schützen, und wetzen unruhig die Schulbänke, ob zwei mal zwei wirklich fünf sein kann. Und wie sie daraufkommen, mit ihren Fingerchen nachzurechnen, und noch andre Hilfsquellen finden zur Fehlerfindung, und dann die Freude, wenn sie zum ersten Mal in ihrem jungen Leben den Rotstift ansetzen. Und dann geht's weiter zum großen Einmaleins. Das erfordert schon größeren Scharfsinn von so einem Menschlein, herauszufinden, dass zwölf mal zwölf nicht hundertsechsundvierzig sein kann. Denn nichts beschämt unsre Kinder mehr, als wenn ein Rotstiftzeichen mit dem Klassengummi ausradiert wird.

Sehen Sie sich so ein Heft einmal an. Das ist das Heft eines Tertianers. Der Primus! Sehen Sie die kühnen Rotstriche auf dem Rand seines Mathematikheftes! Bei der gestrigen Klassenarbeit hat er ohne Zögern alle Axiome richtiggestellt. Er war der Einzige, der in dem Heft seines Lehrers in dem Grundsatz ›Die Parallelen schneiden sich nie im Unendlichen‹ das nie rot durchgestrichen hat. In einem Jahr wird er so weit sein, dass er in den

teilweise scharfsinnigen Beweisen der Alten für die Scheibenge-
stalt der Erde und den Sonnenkreislauf zur Fehlerfindung schrei-
ten kann. Ein so begabter Bursche zweifelt schon mit zehn Jahren
am ptolemäischen Weltbild. Dagegen der Kleine dort unten rechts
im Schulhof, mit den Sommersprossen und dem Butterbrot, ist
schon zweimal sitzengeblieben, und schließlich wird er die Schule
verlassen und ein einfaches Handwerk ergreifen, und er wird Familienvater werden und immer noch keinen Anstoß an der vorkep-
lerschen Erdbahnbestimmung genommen haben. Für ihn wird
die Erdbahn wahrscheinlich ewig ein Kreis statt einer Ellipse sein!
Doch dieser Tertianer! Ich sehe mit einer Art Vaterfreude die
Stunde kommen, wo er zur Fehlerfindung sogar an den Lebenden
schreitet. Zum ewigen Ruhm unsrer Schule!«

IX. WIEDERSEHN

Stellt euch vor, wen wir hier auf der Straße getroffen haben! Erinnert ihr euch noch an den merkwürdigen kleinen Fremden mit
dem unverständlichen nach innen gemurmelten Namen, der eines
Tages in Berlin in unser Kaffeehaus geschneit kam? Er war ebenso
plötzlich verschwunden. Sein kurzer Urlaub war wohl zu Ende,
der auch uns damals allerhand Zerstreuung gewährt hatte. Erinnert ihr euch noch? Er verblüffte und belustigte uns durch die
merkwürdigsten Gedankensprünge, durch Bemerkungen, die bei
uns umso mehr einschlugen, als sie immer in einem trocknen und
selbstverständlichen Ton hingeworfen wurden. Seine Aussprüche
waren etwa von der Sorte: »Man sollte die Kinder vom ersten
Schuljahr ab zur Fehlerfindung erziehen« oder: »Nur wenn man
ein einziges Mal zusammen ist, sollte man Hochzeit feiern«. Jetzt
wissen wir, aus welchem Quell er seine Gedanken geschöpft hatte.
Als er fort war, zerbrachen wir uns noch die Köpfe, aus welcher
Gesellschaft, aus welcher Gegend der Welt er gestammt hatte.
Manche hielten ihn für einen Schwätzer, manche für einen Philosophen, manche für einen Künstler, manche für einen Verschwö-
rer. Jetzt wissen wir, was er ist: Filialleiter eines Schuhgeschäftes.

Die schönsten Sagen vom Räuber Woynok

*»Und habt ihr denn etwa keine Träume, wilde
und zarte, im Schlaf zwischen zwei harten Tagen?
Und wisst ihr vielleicht, warum zuweilen ein
altes Märchen, ein kleines Lied, ja nur der Takt
eines Liedes, gar mühelos in die Herzen eindringt,
an denen wir unsere Fäuste blutig klopfen? Ja,
mühelos rührt der Pfiff eines Vogels an den
Grund des Herzens und dadurch auch an die
Wurzeln der Handlungen.«*

Der Räuber Gruschek, der mit seiner Bande im Bormoschtal
überwintert hatte, stieß auf die Spur des jungen Räubers Woynok,
der immer allein raubte.

Grascheks Leute waren den Winter über nie müde geworden,
von Woynok zu erzählen, den noch keiner von ihnen je selbst gesehen hatte. Gruschek ging einen halben Tag lang der Spur nach,
bis er Woynok erblickte, am zweitobersten der Prutkafälle, in der
Sonne auf einem Stein. Woynok griff nach seiner Flinte; dann erkannte er Gruschek an allen Zeichen, an denen ein Räuber den
andern erkennt. Er kletterte von seinem Stein herunter und begrüßte Gruschek als den Älteren. Sie setzten sich auf die Erde, Gesicht gegen Gesicht, und verzehrten zusammen ihr Brot.

Gruschek betrachtete Woynok gründlich. Woynok sah noch
viel jünger aus, als man ihm berichtet hatte; seine Augen waren
so klar, als hätte niemals der Schaum eines einzigen unerfüllt gebliebenen unerfüllbaren Wunsches ihre bläuliche Durchsichtig-
keit getrübt. Gruschek konnte in diesen Augen nichts anderes finden als sein eigenes haariges, altes Gesicht und was ihm über die
Schultern sah an Berggipfeln und Wolken.

Gruschek sagte: »Ich habe vierzig Räuber. Das ist gerade die
rechte Zahl. Warum raubst du immer allein?«

Woynok erwiderte: »Ich will immer allein rauben. Einmal in Doboroth hab ich mit einem entlaufenen Soldaten gemeinsame Sache gemacht. Dieser Soldat hatte ein Mädchen. Erst lief es mir nach; dann verriet es den einen von uns an den anderen und uns beide an einen Dritten. Damals hat es mich etwas gekostet, lebend davonzukommen. Nein, ich will auch kein Mädchen mehr. Ich will immer allein rauben.«

Gruschek betrachtete Woynok erstaunt. Er hatte in seinem langen Leben gelernt, die Worte eines Mannes nach ihrem reinen Gewicht an Aufrichtigkeit abzuwägen. Wie hätte er sonst so lange eine Bande von vierzig Räubern zusammenhalten können, ohne dass je Verrat oder Zwist ihren Ruhm beschädigte? Nicht nur heute und morgen, immer wird Woynok zu seinen Worten stehen. Gruschek betrachtete ihn nochmals eindringlich. Eine Menge Gedanken flogen durch seinen Kopf, von denen nichts anderes verlautete als das Knacken seiner ineinandergeschlungenen Finger. Woynok hob bei diesem Knacken den Kopf. Dann lief sein Blick gleich fort von Gruscheks Gesicht zu den braunen Flocken der Eichenwälder in den tiefen Falten der Berge. Gruschek sagte: »Wenn du jemals etwas brauchst, Essen oder Kleider, Feuer oder Waffen – komm zu uns; wir werden unser nächstes Winterlager in der unteren Prutka zwischen der großen und der kleinen Wolfsschlucht in dem Spalt zwischen den beiden Paritzkafelsen halten.«

Sie nahmen Abschied voneinander. Woynok kletterte auf seinen Stein zurück. Gruschek kletterte vorsichtig den Abhang herunter. Jetzt sah es aus, als sei sein kleiner knorpliger Körper nicht von Alter gekrümmt, sondern damit er sich besser den Krümmungen der Bergabfälle anpassen könnte.

Woynok vergaß Gruschek, sobald er ihn aus den Augen verloren hatte. Er dachte nicht mehr an die Worte, die Gruschek über das Winterlager gesagt hatte, und vergaß sie. Er zog die Prutkafälle aufwärts bis zu den Quellen, in die südöstliche Prutka, wo der Sommer zuerst und am stärksten hinkommt. Hier gibt es keinen Felsen; steile Wiesen grenzen bald an den Himmel, bald an den dichten, fast schwarzen Hochwald. Drunten im Paritzkatal sieht man Gehöfte und Bienenstöcke und zwei Mühlen. Jetzt war die Luft so still, dass man dort oben die Pfiffe des Fährmanns hörte und die Mühlen und das Klingeln von den zerbrochenen Sensen und all dem metallenen Zeug, das die Bauern in ihre Äcker zu hängen pflegen, um das Wild zu schrecken.

Alles, was Woynok in diesem Sommer tat, ist so oft erzählt worden, dass man es nicht wiederholen muss: wie er den Fährmann auf dem Paritzkafluss überlistete, wie er als Gast in die Hochzeit des reichen Bauern auf Marjetze Upra einbrach, wie er das Kloster von St. Ignaz in Brand steckte … Langsam kühlte auch dieser Sommer ab. Woynok zog sich dahin zurück, woher er gekommen war. Er vernahm zuweilen das Dengeln der Sensen, aber nur wenn der Wind von der Paritzka wehte. Wehte er von der Prutka, dann rauschte nur der Wald. Woynok ruhte sich aus von all den stillen und klaren Nächten, die er ohne Lust auf Schlaf durchstreift hatte. Er wühlte sich zuerst in das Laub ein, das sich am Waldrand staute, dann in den Hochwald selbst. Der Regen prasselte bald, aber das Laub war noch warm und trocken. Woynok horchte schläfrig, bis zu den Ohren im Laub – dann war es wieder lange still, an der beharrlichen Dämmerung merkte Woynok, dass der Schnee begonnen hatte. Schlaf übermannte ihn.

Er wachte auf, als die Äste knackten. Schon war es kein gewöhnlicher Sturm mehr; er bog den Hochwald wie Binsen auseinander. Ein Winter war da, wie Woynok, jung wie er war, noch keinen erlebt hatte. Gab es doch selbst im tiefsten Wald keine Sicherheit. Woynok musste dem Schneetreiben folgen wie alles, was keine Wurzeln hatte – aber auch Bäume wurden in diesem Winter entwurzelt.

Woynok wurde, immer zugleich um sich selbst kreisend, in die westliche Prutka, in die Felsen hineingetrieben. Er bekam Kehle und Ohren voll Schnee, und dieser Schnee gefror. Er zog die Knie an und machte sich klein und leicht, als könnte er wie ein Blatt den Schneesturm überdauern. Er prallte aber hart nieder, wo es ihn hinwarf. In einer Atempause riss er die Augen auf und erblickte gerade unter sich ein Tal voll Lichter: die Stadt Doboroth. Er erschrak. Der Sturm packte ihn wieder; der hatte seine erste

Stärke noch gar nicht erreicht. Woynok wurde jetzt in die Paritzka zurückgetrieben und aus der Paritzka zurück in die Prutka. Am Abend des dritten Tages bekam er noch einmal Boden unter die Füße. Er hatte sich in einen Felsspalt verfangen. Jetzt hatte er die Wahl, sich flach zu machen, um rasch zu Tod zu erstarren, oder, immer um sich selbst kreisend, weiterzufliegen; vom Letzten hatte er genug.

Auf einmal wurde der Schnee vor seinen Augen rotgold, als streife er im Niederfallen eine große Helligkeit, ein Licht oder einen Brand. Woynok wusste, dass es kein solches Licht in der Prutka gab und dass der Tod solche Farben zaubert. Er kroch trotzdem darauf zu. Da sah er unter sich in dem tiefen Spalt zwischen den Paritzkafelsen ein großes Feuer. Unbehelligt von Schneetreiben und Kälte hatte dort unten Gruschek sein Winterlager errichtet, genau an der Stelle, die er Woynok im Frühjahr wahrheitsgemäß beschrieben hatte.

Woynoks Stimme, so schwach sie war, wurde im Lager sofort gehört. Ob der Sturm bereits nachließ oder ob Gruscheks Räuber ernstlich erwarteten, der, von dem sie in einem fort erzählten, könnte endlich Gestalt annehmen, oder ob Gruschek einfach die Richtung des Sturmes berechnet hatte und Woynoks Kraft und auf jeden Fall Wachen ausgestellt ... jetzt drängten sich die Räuber zusammen und staunten Woynok entgegen. Woynok kletterte noch ein Stück abwärts; dann waren seine Kräfte plötzlich zu Ende. Er setzte sich auf den Schnee. Gleich darauf kletterte Gruschek herauf und setzte sich zu ihm, Gesicht gegen Gesicht. Dann ließ er Woynok ins Lager hinuntertragen und ihm heiße Plischka zu trinken geben, und seine besten eigenen Kleider ließ er vom Leib weg Woynok anziehen und für sich selbst andere bringen. Dann ließ er Fleisch herbeitragen und alle übrige Plischka. Er ließ so viel Holz aufs Feuer legen, wie man sonst für Wochen verbrauchte. Woynok saß reglos auf dem Fleck, auf den man ihn niedergelegt hatte. Hinter seinen geschlossenen Lidern war noch immer die eintönige Wildheit des Schneetreibens. Als er schließlich die Augen aufbrachte, brannte das Feuer so hoch, wie er noch nie eins gesehen hatte. Gruschek, da seine Befehle ausgeführt waren, beobachtete Woynok, der nicht nur die Augen sofort wieder schloss, sondern jetzt das ganze Gesicht mit den Händen bedeckte. Woynok tastete in Gedanken seinen Körper ab, ob er irgendwo Schaden genommen hätte. Er bewegte die Finger und Zehen. Obwohl er nichts fand, spähte er weiter nach einem solchen Schaden, der ihm bestimmt irgendwo im Fleisch steckte, wenn er ihn auch noch nicht entdeckt hatte. Als er die Augen doch wieder öffnete, blendete Grischeks Gesicht, das sich dem seinen fast um eine Handbreit genähert hatte, das ganze Lagerfeuer ab. Gruschek klemmte sein zottiges Hündchen zwischen die Knie. Das wurde gerade unruhig, weil die Räuber zu feiern begannen. Das unausgesetzte, klägliche I-i-i-i einer Ziehharmonika übertönte den Lagerlärm. Plötzlich ließ Gruschek das Hündchen hüpfen, stemmte die Arme in die Hüften und wiegte den Oberkörper hin und her. Dieser Anblick erfüllte Woynok mit Schrecken, und er senkte vor Scham die Augen. Gruschek stieß einen Schrei aus wie gestochen und schnellte in die Luft und schnappte in die Knie zurück. Die Räuber schrien und klatschten. Gruschek schnellte hoch und herunter, als sei sein Alter bloß ein Betrug und Lüge sein weißes Haar und Gaunerei seine Häuptlingswürde. Die Räuber gerieten vor Freude außer sich, weil Gruschek in ihrer Mitte Lug und Trug fahren ließ. Auch das Hündchen geriet außer sich. Es fletschte mit gesträubtem Fell seinen ausgewechselten Herrn an. Alle brüllten, dass es bis nach Doboroth zu hören war und man dort zitternd dachte: so nahe sind sie also, aber Schneesturm und Wölfe sind ihre Hüter.

Ich will fort von hier, dachte Woynok verzweifelt, aber warum soll ich schon fortgehen? Ich bin ja nicht Soldaten in die Hände gefallen, ich bin ja unter Räubern. Ich will fort, solange es noch Zeit ist. Aber warum soll ich schon fort? Ich bin ja nicht in Doboroth, sondern in Grischeks Lager.

Die Räuber brüllten, wobei sie die Köpfe zurückwarfen und auf die Erde stampften. Plötzlich fiel Gruschek in sich zusammen, als hätte man seine Sprungfedern durchgeschnitten. Er sah jetzt noch älter als vordem aus. Das Hündlein drückte sich froh gegen sein

Knie. Auch die Räuber ließen nach. Und war es denn dieselbe klägliche Ziehharmonika, die jetzt auch alles beschwichtigte, alles einschläferte, was sie aufgestört hatte? Bald kam es Woynok vor, er sei der Einzige, der noch am Feuer wach war. Jetzt war die Gelegenheit da, sich unbemerkt fortzustehlen –

»Es war einmal ein Mädchen, das wohnte mit seiner Mutter
im schwarzen Walde von Doboroth.
Jede Nacht, wenn das Licht anging,
kam der Wolf bis unter das Fenster –«

Warum soll ich mir ihre Lieder nicht anhören?, dachte Woynok, es sind ja Räuberlieder. Warum soll ich nicht an ihrem Feuer liegen, es ist ja ein Räuberfeuer. Warum soll ich mich nicht mit ihnen freuen, es sind ja Räuberfreuden.

»Die Mutter sagte zu dem Mädchen: ›Nimm den Jäger – denn er hat seine Flinte, nimm den Händler – denn er hat seinen Kasten mit Äpfeln, Schnürsenkeln und Heiligenbildern. Nimm den Köhler – denn er hat seine Hütte, aber den Wolf kannst du nie nehmen.‹

Als das Jahr um war, wer saß in Revesch vor der Kirchentür? Das Mädchen. – Was hatte es in sein rot und grün gewürfeltes Tüchlein gebunden?

Der Pfarrer sagte zu dem Mädchen: ›Alle Art Kinder kann man taufen, aber Wolfskinder kann man nicht taufen.‹

Da weinte das Mädchen und ging zurück in den schwarzen Wald von Doboroth.«

Die Räuber lachten, aber Woynok war es nicht zum Lachen. Den Mädchen aus den Dörfern hat er nicht nachgetrauert, er wird ihnen nicht nachtrauern, er braucht sie nicht, und er wird sie nicht brauchen. Aber diesem Mädchen trauert er nach. Sie war hell und bleich, mit kleinen Schritten bewegte sie sich, mit niedergeschlagenen Augen; sie war braun und frech, ihre Zöpfe klatschten. Sie war, wie man sie wollte, und doch war sie gar nicht da – war das nicht zum Trauern?

Jetzt kamen die Räuber erst richtig in Zug. Klar und rein waren ihre Lieder wie die Orgel von St. Ignaz an jenem Pfingstmorgen, als sich Woynok zum ersten Mal unter die Kirchgänger gemischt hatte, um alles genau zu erkunden, bevor er Feuer legte. Nie hatte er etwas begehrt, was man nicht hatte rauben können – durch Gewalt oder durch List, als Pilger verkleidet oder den Fuß in den Türspalt geklemmt und zugleich den Flintenlauf. Nie hatte er Leiden gekannt, die man nicht aus dem Fleisch herausschneiden oder ausbrennen konnte oder einfach von sich abschütteln wie Läuse. Jetzt aber, minutenlang über dem Feuer, gab es unraubbare Freuden und unausbrennbare Leiden, denn sie waren gar nicht da. Woynok hielt sich ganz aufrecht, um vor Gruscheks unausgesetztem Blick sein Unglück zu verbergen. Wie konnte Gruschek auch ahnen, dass dasselbe Lagerfeuer, das sie alle glücklich machte, nach einem geheimen, selbst ihm verborgenen Gesetz, wenn es mit Woynok zusammentraf, Trauer erzeugte? Gruschek glaubte auch später, Woynok krümme sich nur zusammen, weil ihn schließlich doch der Schlaf übermannt hätte.

Woynok richtete sich unvermutet auf und sagte: »Ich will jetzt fortgehen.« Gruschek verbarg seine Enttäuschung. Er schenkte Woynok alles Zeug aus Fell und Leder, womit er ihn bei seiner Ankunft bekleidet hatte. Er ließ ein paar Fleischstücke für ihn rösten und gab ihm alles, was ihm irgendwie dienlich sein konnte. Woynok bedankte sich und verabschiedete sich. Genau wie bei seiner Ankunft drängten sich die Räuber zusammen und staunten ihm nach, wie er sich vom Lager entfernte und aus der Schlucht herauskletterte in die tödliche Einsamkeit der inzwischen verstummten, inzwischen vereisten Prutka.

Kaum hatte Woynok den Spalt zwischen den Paritzkafelsen im Rücken, als er vergaß, was er erlebt hatte. Er dachte nicht mehr an Gruschek und sein Winterlager und vergaß ihn.

Woynok soll sich, nachdem er Gruschek verlassen hatte, etwas zu lang an die Westwand des kürzeren Paritzkafelsens gehalten haben. Dadurch soll mit ihm Folgendes geschehen sein: Plötzlich waren die Felswände um ihn herum mit gelben Augenlichtern bespickt. Er war in die obere Wolfsschlucht geraten. Woynok wusste über die Wölfe, dass sie gar nichts in einem Stück schlingen können wie Bären und Luchse, sondern alles reißen müssen. Trotz ihrer furchtbaren Gier dürfen sie nichts sofort haben und nichts in einem. Woynok warf einzeln von sich, was er am Leibe trug, all das gute Zeug aus Fell und Leder, Stück für Stück, wodurch er den Ausgang der Schlucht zurückgewann.

Der Winter war lang und hart, aber Woynok kam die zweite Hälfte nicht mehr so hart vor. Er verbrachte die Schneeschmelze im Wald von Marjakoy, dann zog er bis zu den oberen Kiruschkafällen. Im Herbst und Frühjahr hört man sie noch in Revesch donnern. Ihr zarter und goldener Wasserstaub füllt nicht nur das ganze Kiruschkatal, sondern verdampft bis in den Sommer hinein über den Prutkabergen. Woynok zog dem Kamm des Gebirges nach, das Kiruschkatal im Rücken. Einzelne Siedlungen waren noch immer so nah, dass er zuweilen Holzschläge hörte. Unter sich aber sah er bald nichts mehr als Wälder, Wälder so dicht und undurchdringlich, dass die Kronen eine einzige grüne Ebene bildeten, auf die die Wolken Schatten warfen. Waren die Tage dunstig, dann zerschmolzen die Wälder in den Himmel. Manchmal, wenn es ganz klar war, erblickte Woynok zwischen Himmel und Waldgrenze einen schmalen, ausgezackten, ihm völlig unbekannten Gebirgskamm. Woynok hatte in diesem Frühjahr nichts unternommen, um seine Kraft für etwas Neues zu sparen: durch die undurchdringlichen Wälder bis zu diesem Gebirgskamm vorzustoßen, wo es gewiss auch wieder Klöster und Dörfer, Brücken und Mühlen geben musste.

Eines Nachts wachte Woynok in seiner Baumkrone auf. Er wusste nicht, was ihn geweckt haben konnte. Er kroch in eine andere Astgabel, aber er wurde sofort wieder geweckt. Tief unter ihm kratzte etwas am Baumstamm und winselte. Woynok wickelte Arme und Beine fester um die Äste. Er kannte in diesen Wäldern kein Tier, das derart erbärmlich zu winseln pflegte. Darum beugte er sich nochmals vornüber. Dieses gesträubte winzige Tier bedeutete gar nichts, falls es in Wirklichkeit überhaupt etwas so Klägliches gab. Und auch als Traum war es lästig und kläglich. Woynok schlief weiter; ihm träumte jetzt, Gruscheks Hündchen liefe so schnell um den Baum, dass seine Augen helle Kreise beschrieben. Plötzlich schnurrte es weg und war verschwunden. Jetzt schlief Woynok erst richtig. Da war es schon wieder, rutschte auf Bauch und Vorderfüßen und raunzte. Dann ging es den Baum mit Sprüngen an. Das machte Woynok im Schlaf lachen. Woynok hatte noch kaum begriffen, dass diese besessenen Sprünge gar nicht erlahmten, sondern jedes Mal höher wurden, als er die Zähne von Gruscheks Hündchen schon am Fuß spürte.

Woynok war jetzt vollständig wach und kletterte herunter. Gruscheks Hündchen brachte an seinem Hals eine Botschaft: Gruschek lag mit seinen Leuten hinter dem Wald von Marjakoy in einem der schluchtartigen Nebentäler des Kiruschkatals. Soldaten aus Marjakoy, Revesch und Doboroth hielten den Talausgang besetzt. Gruschek war also verloren, wenn ihm nicht Woynok half, so wie Woynok im Winter verloren gewesen wäre, wenn ihm nicht Gruschek geholfen hätte. Woynok verscheuchte den Hund mit einer Handvoll Eicheln. Er kletterte in seine Astgabel zurück. Wozu hatte ihm Gruschek überhaupt diese Botschaft geschickt? Wozu war es nützlich für ihn, Woynok, zu erfahren, dass Gruschek jetzt zugrunde ging? Gruschek hatte ihn nie im Geringsten gestört bei irgendeiner seiner ganz andersgearteten Unternehmungen; so dass Woynok jetzt weder Genugtuung spürte noch Erleichterung. Gruschek ging eben zugrund, so wie auch er, Woynok, oft nahe genug daran war, zugrund zu gehen, und vielleicht auch morgen zugrund ging. Sonderbar kam ihm nur vor, dass ihn Gruschek bei dieser Gelegenheit an seinen Aufenthalt im Winterlager erinnerte. Ebenso gut hätten ihn die Wölfe hinter den Paritzkafelsen daran erinnern können, dass er rechtzeitig ihre Schlucht verlassen hatte. Woynok wünschte sich, es möchte schnell Tag werden, ein nicht zu feuchter, nicht zu dunstiger Tag, damit er den ausgezackten, ihm noch unbekannten Gebirgskamm hinter den Wäldern betrachten könnte. Er wollte an diesem vielleicht schon in der nächsten Minute beginnenden Tag nicht nur den Gebirgsabfall hinter sich bringen, sondern bereits ein Stück in die Wälder eindringen. Er ahnte aber auch schon, dass er keineswegs seinem

Wunsch folgen würde, sondern Gruscheks Hündchen in entgegengesetzter Richtung, sobald es Tag war.

Woynok soll Gruscheks Bande dadurch befreit haben, dass er an den Schwanz des Hündchens eine Lunte band. Die Soldaten sollen später in Revesch, Doboroth und Marjakoy erzählt haben, ein ganzer Schwarm feuerschwänziger Teufelchen sei den Räubern beigeflogen. Das ist alles lang und breit in vielen Geschichten und Liedern beschrieben worden. Für uns ist das Gespräch wichtiger, das Gruschek mit Woynok führte, als beide am Abend desselben Tages, Gesicht gegen Gesicht, etwas abseits von den andern auf der Erde saßen. Gruschek sagte: »Auf der ganzen Welt gibt es keine solche Bande wie die meinige – nichts, was sie nicht unternehmen könnte.« Er brach ab, als sei es jetzt an Woynok, etwas zu äußern. Aber Woynok verhielt sich reglos und blickte nur weiter in Gruscheks Gesicht. Gruschek erschienen Woynoks Augen noch immer klar und durchsichtig. Fand er doch wieder nichts anderes darin als sein eigenes Gesicht. Gruschek fuhr also fort: »Diese Soldaten werden gewiss mit Verstärkung wiederkommen. Ich bin alt, das ist es. Möchtest du nicht meine Bande an meiner statt führen?« Woynok erwiderte: »Nein.«

Gruschek zeigte keine Enttäuschung. Er gab alle Anweisungen, um Woynok als Gast zu feiern. Woynok brauchte diesmal sein Gesicht nicht zu verbergen. Vielleicht, weil man doch nur ein mäßiges Sommerfeuer gerichtet hatte, vielleicht, weil ihn das alles nicht mehr überraschte – er blieb unter Gruscheks unausgesetztem Blick aufrecht und unbewegt. Er legte sich erst nieder, als Gruschek sich selbst ächzend neben ihm ausstreckte. Das Fest wurde zunächst noch lauter, dann fiel es plötzlich zusammen mit dem Feuer, bis auf das I-i-i-i der Ziehharmonika und die glimmende Asche, die man jeweils für den kommenden Abend bewahrte. Woynok glaubte, Gruschek schliefe schon längst, doch Gruschek hatte das von Woynok keinen Augenblick geglaubt. Gruschek verstand sich genug auf Menschen, um zu wissen, dass man zuweilen keine Geschenke braucht, um etwas bei ihnen zu erreichen. Man braucht nicht die schönste Tochter des Großbauern von Marjetze Upra zu entführen; man braucht keine Zigeunermädchen aus Doboroth kommen zu lassen, man braucht nicht einmal etwas zu versprechen; auch Drohungen sind ganz überflüssig. Das klägliche I-i-i-i einer Ziehharmonika kann einem Herzen den Rest geben, wenn ihm alles andere vorher gegeben wurde. Plötzlich sagte Gruschek: »Wirst du, Woynok, wenn ich dich jetzt selbst darum bitte, uns wenigstens aus dem Kiruschkatal herausführen?« Woynok wartete einen Augenblick, um seine Überraschung zu verbergen, dass Gruschek doch noch wach war. Dann sagte er: »Ich werde euch oberhalb der Kiruschkafälle in der Richtung auf Preth führen.«

Woynok führte Gruscheks Anweisungen ohne Abweichungen und ohne Unterwürfigkeit aus, etwa so, als biete ihm Gruscheks Bande endlich Gelegenheit, seine eigenen Pläne im Großen zu verwirklichen. Auf dem Zug durch die Kiruschka oberhalb der Wasserfälle überfiel er mit Gruscheks Räubern ein reiches Dorf, in dem gerade der Stephanstag gefeiert wurde. Sie überwältigten mühelos die betrunkene Bauernschaft. Am Abend desselben Tages, den die Mönche zu Ehren ihres Schutzpatrons ausläuteten, überfielen sie auch das Bergkloster St. Stephan. Sie brannten es bis auf den Felsen nieder. Nachts sind dann die Mönche auf die andere Gebirgsseite gezogen und haben dort über Revesch noch vor Sonnenaufgang das neue Stephanskloster gegründet über dem Schrein mit der Pfeilspitze, den ihr Abt noch gerettet hatte.

In den Dörfern von Preth bis Doboroth verbreitete sich die Nachricht, dass Woynok in Gruscheks Bande eingetreten war. Glasig wurden die Augen der Bauernkinder, wenn sie nachts in den Bergen in einem ausgebrannten Gehöft die Räuber schreien hörten oder zu hören glaubten. Anders als je fassten dann die Bauern ihre Weiber.

Als die Regenzeit anbrach, führte Woynok die Bande tief in die westlichen Kiruschkawälder. Wie hatte früher der Regen gerauscht, wenn sich Woynok ins Laub hineingewühlt hatte, der einzige lebende Mensch im Wald zwischen Revesch und Doboroth. Was war denn das für ein Regen in diesem Herbst, wenn die

Lieder von ein paar Räubern, wenn die alten ächzenden Atemstöße Gruscheks genügten, um sein Rauschen zunichtezumachen?

Eines Abends erblickte Woynok in der Luft ein paar Schneeflocken. Sie wurden sofort durchsichtig und zerfielen. Woynok sah sich rundum, als sei es nun auch an den Gesichtern, durchsichtig zu werden und zu zerfallen. Er stieß dabei auch auf Gruscheks Gesicht, das wie immer genau gegen das seine gerichtet war, in gespannter Eindringlichkeit, die kein falsches Vertrauen minderte. Gruschek merkte an diesem Abend zum ersten Mal, dass Woynoks Blick nicht mehr klar war, sondern wie alle Blicke getrübt von unerfüllt gebliebenen oder sogar unerfüllbaren Wünschen. Gruschek hätte gar gern diese Wünsche gekannt. Woynok hatte aber im Augenblick nur einen einzigen Gedanken. Er fragte sich, welche Vorkehrungen Gruschek bereits getroffen haben mochte, um sich und seine Leute vor ihm, Woynok, zu schützen.

Als der Winter zu Ende war – und der war eigentlich schon zu Ende, als Woynok noch gespannt auf seinen Anbruch wartete –, zog die Bande auf Gruscheks Vorschlag, der aber durchaus mit Woynoks Wünschen zusammenfiel, nach dem Ostabfall der Kiruschka zurück. Sie schlug ihr Lager bei jenem Punkt auf, den Woynok im vorigen Frühjahr gewählt hatte, als Gruscheks Hündchen ihn aufspürte. Wie ein Vogelnest klebte das Lager an dem äußersten Gebirgsrand.

Mit Menschenaugen war die Weite der Wälder nicht abzuschätzen, die schwärzer wurden, je blauer der sommerliche Himmel. Wenn wirklich das Ausgezackte hinter den Wäldern ein neuer Gebirgskamm war und nicht etwa doch ein Wolkenstreifen, dachte Woynok, dann musste dort alles vollständig verschieden sein von dem, was es hier gab. In der Nacht, als die Räuber schliefen, entfernte sich Woynok vom Lager, um sein altes Vorhaben endlich auszuführen. Er kletterte die Bergwand hinunter und versuchte, allein in den Wald einzudringen. Der Geruch und die Dunkelheit betäubten ihn. Eine jede seiner Bewegungen schien sich in die Unendlichkeit fortzupflanzen; als zucke der Wald zusammen über dem Splitter, der in ihn eingedrungen war. Woynok kletterte auf einen Baum, um die Richtung nachzuprüfen. Kaum, dass er sich vom Gebirgsabfall entfernt hatte. Von der Unendlichkeit der Wälder war noch so wenig genommen wie von dem ausgestirnten Himmel. Aber ganz nahe, einen Katzensprung weg, glühte das Lagerfeuerchen auf dem Abhang.

In dieser Nacht drang Woynok nicht mehr tiefer in die Wälder ein, sondern kehrte zu Gruscheks Lager zurück. Gruschek war recht zufrieden, als Woynok tags darauf das Lager abbrechen ließ. Die Zeit der Hauptunternehmungen war angebrochen.

Woynok hatte inzwischen den Entschluss gefasst, Gruscheks Bande zu vernichten mit Stumpf und Stiel, so wie man etwas vernichtet, was man auch im Traum nie mehr erblicken, woran man nie mehr denken will.

Woynok führte die Bande in scharfem Zickzack durch die Kiruschka und durch die Prutka. Angesengte Dörfer ließ man zurück, ausgeplünderte Pilgerzüge, verkohlte Gehöfte. Schließlich brachte Woynok die Bande zur Rast und zum Beutesichten in die westliche Prutka, zwischen die obere und die untere Wolfsschlucht, in den Spalt zwischen den beiden Paritzkalfelsen, den Ort des vergangenen Winterlagers. Jetzt war der Spalt bis auf Mannshöhe mit dem warmen trockenen Laub der Paritzka-Eichen aufgefüllt. Die Räuber wühlten sich hinein und schliefen. Woynok legte eine Lunte durch das Laub, verrammelte den Ausgang und zündete die Lunte von außen an. Dann lief er weiter – brachte in wenigen Stunden die ganze Prutka hinter sich. Er dachte nicht mehr an Gruschek und seine Bande und vergaß ihn. Auf einem Felsvorsprung hinter dem Schwesternberg, von dem die Kiruschkafälle herunterkommen – aber die Regenzeit hatte noch nicht begonnen, und die Fälle donnerten noch nicht, sondern plätscherten –, legte sich Woynok schlafen. Er wachte von einem Winseln auf. Als er abwehren wollte, was an ihm schnupperte, konnte er die Hand nicht bewegen. Er öffnete seine Augen und erblickte Gruscheks Hündchen. Gruschek selbst blickte auf den gefesselten Woynok hinunter und lachte und sagte: »Jetzt hast du doch fast ein ganzes Jahr in unserer Mitte gelebt, Woynok; aber du hast immer noch nicht verstanden, was eine Bande ist. Du hast den Paritzkaspalt angezündet, ich aber habe den Räubern befohlen, einer auf die Schultern des anderen zu steigen. Die untersten Sprossen dieser Leiter sind freilich verkohlt, aber die meisten von uns sind doch, überzeuge dich selbst, auf diese Weise entkommen.«

Gruschek ließ den gefesselten Woynok neben sich her durch die Prutkaberge zurücktragen. Während sein Hündlein an Woynok herumhüpfte, raunzend und winselnd in einem Gemisch von Kläglichkeit und Wiedersehensfreude, fuhr Gruschek fort, seinen Gefangenen zu belehren: »Diese Leiter musste natürlich schnell errichtet sein. Trotzdem ist mir mein alter Kopf klar geblieben; habe mir ganz genau überlegt, wen ich zur unteren Sprosse mache, wen zur mittleren, wen zur oberen, wen ich vor allen Dingen hinaufklettern lasse. Lieber Woynok, wie dir bekannt ist, haben oft handfeste Burschen aus den Prutka- und Kiruschkadörfern den Weg zu unserem Lagerfeuer gefunden. Auf den Knien haben mich diese Burschen angefleht, ich möchte ihnen erlauben, bei uns das Räuberhandwerk zu erlernen. Zuverlässige starke Burschen, eine Freude, sie bloß anzusehen. Mehr als vierzig darf aber eine Bande auch nicht haben – ausarten darf das ja auch nicht. Im Geheimen habe ich oft bedauert, dass ich nicht manchen ganz einfach mit diesem oder jenem meiner Leute austauschen konnte, der abgeklappert war und bereits entbehrlich. So was habe ich aber niemals verlauten lassen, natürlich nicht, man soll immer nur klare Anweisungen für notwendige Unternehmungen geben – bloße Wünsche und unausgegorene Pläne soll man für sich behalten. Darin, Woynok, sind wir beide uns ja auch einig.

Aber gestern, als deine Lunte eine Lücke in meine Bande riss, habe ich wieder an diese frischen, tatdurstigen Bauernburschen denken müssen, und da war es in meiner Macht gelegen, die Lücke dorthin zu verschieben, wo Auffrischung längst nottat. Wie du siehst, Woynok, hast du uns sogar gestern eher Nutzen als Schaden gestiftet.«

Unterdessen waren Gruschek und seine Leute mit ihrem Gefangenen bei der unteren Wolfsschlucht angelangt. Dorthin hatte die Bande zunächst ihr Lager verlegt. War doch die Schlucht erst nach dem Schneefall von Wölfen bevölkert. Gruschek ließ Woynoks

Fesseln aufknoten. Er zeichnete ein kleines Kreuz auf die Erde und hieß Woynok sich daraufstellen. Dann befahl er den Räubern, ihre Flinten zu laden und einen Kreis um Woynok zu schließen.

Das ganze Jahr über, das Woynok in ihrer Mitte verbrachte, hatten die Räuber nie mehr über Woynok nachgedacht. Man könnte sagen, dass sie ihn vergessen hatten. Jetzt aber, nach so langer Zeit, war endlich wieder ein Raum zwischen ihm und ihnen, der Raum zwischen seiner Brust und den Mündungen ihrer Gewehre. Er war wieder der Woynok von früher, der sich höchstens einmal im härtesten Winter dem Lager nähert, auf dessen Spur man zuweilen stößt oder nur zu stoßen glaubt. Ob die Räuber doch auf Gruscheks Befehl schießen werden? Aber Gruschek befahl es ja gar nicht. Er schob sich in den Kreis hinein, stellte sich vor Woynok hin und sagte: »Geh zum Teufel, Woynok, aber geh! Lass dir nie mehr auch nur im Traum einfallen, unseren Weg zu kreuzen. Lass dich nie mehr in deinem Leben bei uns blicken.«

Woynok hatte noch kein Wort gesprochen, seit er auf dem Schwesternberg gefesselt aufgewacht war. Er erwiderte auch jetzt nichts. Seine Augen waren klar und durchsichtig. Schweigend verließ er den Kreis, der hinter seinem Rücken sogleich auseinanderfiel. Schon hatte er die Wolfsschlucht verlassen. Er dachte nicht mehr an Gruschek und seine Bande und vergaß ihn. Ein paar Räuber liefen auf einmal an den Rand der Schlucht, aber Woynoks Spur war schon verdeckt von dem unablässigen ungeheuren Laubfall der herbstlichen Prutka.

Von diesem Tage ab begann eine neue Zeit, die man nie für möglich gehalten hätte. Sie wäre auch vordem nicht möglich gewesen und wurde auch später nie mehr möglich. Sie dauerte etwas über ein Jahr. Während diesem Jahr weitete sich die fälschlich für eng gehaltene Welt zu dem unendlichen Raum, die Prutka weitete sich, und es war Platz für Woynok und Gruschek. Wer hätte in diesem Jahr behaupten können, einer sei dem anderen überlegen? Wenn wirklich einer in diesem Jahr Woynok den Vorzug gab, dann konnte man aus diesem Urteil gar nicht auf Woynok schließen, sondern nur auf den Urteilenden.

Niemals war so viel in den Dörfern über Woynok und Gruschek erzählt worden; Gruschek aber verbot seinen Leuten nach jenen Ereignissen, Woynoks Namen auch nur zu erwähnen. Alle verstanden, dass das das Geringste war, was Gruschek fordern durfte.

Den nächstfolgenden Winter verbrachte die Bande in einem neu entdeckten Felsspalt hinter dem Schwesternberg. Ausgeschickte Wachen hörten von einem Köhler, Woynok sei umgekommen. Nicht einmal weit weg, sondern nur ein paar Stunden weit, nicht einmal vor langem, sondern erst gestern. Er war eines kläglichen Todes gestorben. Jäger aus Doboroth waren mit neuartigen, unbekannten Fallen in die Prutkadörfer gekommen. Woynok war mit dem Fuß in eine solche Falle geraten, und sie war zugeschnappt. Erst als er die Nacht über festgeklemmt und nahezu erfroren war, hatten sich Bauern an ihn herangewagt und ihn mit Stöcken totgeschlagen. Diese Botschaft brannte zuerst den ausgeschickten Wachen, dann den Räubern auf der Zunge. Sie konnten nicht länger an sich halten und brachen Gehorsam und Schweigen. Gruschek merkte aus ihren Mienen und ihrem Flüstern, was geschehen war. Da tat er genau das, was seine Räuber von ihm erhofften. Er setzte sich zwischen ihnen nieder, rang die Hände, dass es knackte, weinte laut und klagte. Alle klagten mit ihm in schmerzhafter Erleichterung.

Über das frisch geschürte Feuer klagte man, was man von Woynok wusste, in einer Art freudiger Verzweiflung. Weil er tot war und weil es doch immerhin seinesgleichen gegeben hatte. Alle klagten, bis sie erschöpft waren und einschliefen.

Mitten in der Nacht rief die am Rand der Schlucht aufgestellte Wache, Woynok sei gekommen. Oberhalb der Bergwand schien sich der Nebel zu verdicken. Woynok näherte sich dem Lager mit unendlicher Langsamkeit. Die Räuber krümmten sich um das niedergebrannte Feuer. Die Hand, die noch rasch ein Scheit hineinwerfen wollte, erstarrte schon vor Grauen und Kälte. Denn ein Luftzug eisiger Kälte flog von Woynok weg und flatterte um die Schläfen der Räuber. Woynok aber, der diese Kälte verbreitete, schien selbst nicht zu frieren. Er setzte sich auf die Erde nieder, außerhalb des Feuerkreises. Er glich dem Woynok von früher so viel, wie ein Toter einem Lebenden gleichen kann.

Da ermannte sich Gruschek, begrüßte Woynok, setzte sich ihm gegenüber auf die Erde, Gesicht gegen Gesicht, und redete ihn an: »Lieber Woynok, warum hältst du dein Versprechen nicht? Warum bist du noch einmal zu uns gekommen?« Woynok erwiderte nichts. Als die Räuber Gruscheks Stimme hörten, beruhigten sie sich ein wenig, sie bewunderten ihren Gruschek, wie er mit aller Art Menschen umgehen konnte, sogar mit toten, und sie wiegten sich in Sicherheit. Gruschek fuhr fort: »Kannst du nicht einmal jetzt halten, was du versprochen hast? Was willst du denn noch bei uns? Wir haben dich nur um eine einzige Kleinigkeit gebeten, aber nicht einmal diese winzige Bitte willst du uns erfüllen.« Woynok regte sich nicht, Gruschek fuhr fort: »Obwohl du nur ganz kurze Zeit mit uns gelebt hast, obwohl diese Zeit bei uns kein besonders gutes Andenken hinterließ, haben wir dich doch heute beklagt, als ob du dein ganzes Leben unzertrennbar mit uns verbracht hättest. Hör mal, Woynok: Woynok ist hinter dem Schwesternberg von den Bauern mit Stöcken erschlagen worden. Nie hat es noch einen solchen Räuber gegeben, nie wird es mehr einen solchen geben. Was ist Gruschek gegen Woynok? Gruschek ist alt; wenn seine Hände morgen herabsinken, dann wird seine Bande nach allen Richtungen auseinanderlaufen.«

Gruschek stemmt die Arme in die Hüften, er wiegte seinen Oberkörper, und seine trockenen Knochen knirschten.

Warum bin ich nur hergekommen?, dachte Woynok. Warum habe ich noch einmal diesen furchtbaren Weg durch die Berge zurückgelegt? Ich könnte längst meine Ruhe haben, ich könnte längst zugeschneit sein.

Die Räuber wiegten sich rasch hin und her, wobei ihre Köpfe manchmal aneinanderstießen. Sie fürchteten sich jetzt kaum mehr, als ob sie begriffen hätten, wie wenig ein Toter gegen so viel Lebende ausmacht. Sie vergaßen ihren Gast. Doch ihre Klagen folgten so reich und dicht, dass man sich wundern musste, wie viel selbst ein rasch geendetes Leben gefasst hatte.

Woynok war viel zu schwach, um an das Feuer heranzurücken.

Wer hätte auf den Gedanken kommen sollen, ihn hinzuziehen? Je eher die Kälte sein Herz zerknackte, dachte Woynok, desto besser, je eher sein unnützes, bis auf die Knochen eingerissenes Fleisch erstarrt war. Er hob ein wenig den Kopf. Einen Augenblick lang über dem Feuer entstand ein Leben, jung und verlockend, das reinste Räuberleben, kühn und glücklich. Woynok dauerte dieses Leben, das rasch zu Ende ging mit dem stürmischen Lied und mit dem übermäßig geschürten Feuer. Man hatte alle Scheite auf einmal hineingeworfen.

Gruschek verstummte zuerst, er hatte bemerkt, dass der Gast fort war.

Am Morgen fanden die Räuber die frische Spur, in der Nacht ausgetreten. Gruschek tröstete sie: er kann ja nicht weit gekommen sein. Er erhob sich ächzend; er stand jetzt schon immer schwer auf von seinem Nachtlager, als ob ihn die Erde gleich behalten wollte. Er wusste aber, was er der Bande schuldig war. Er machte sich auf mit seinen besten Leuten. Sie fanden Woynok auch bald. Er hatte sich mit dem Kopf in den Schnee eingewühlt. Sie fragten Gruschek: »Soll man ihn im Lager begraben?« Gruschek erwiderte: »Das geht zu weit.« Sie legten Woynok dann einfach mit dem Gesicht nach oben und deckten ihn mit Schnee zu. Das war schnell getan.

Das Argonautenschiff

Die Gäste sahen offen oder verstohlen zu dem Fremden hinüber, der allein in einem Winkel saß, ohne sich in ihr Gespräch zu mischen. Was war denn das für ein Mann, der plötzlich hier eingedrungen war? Die Kneipe lag wie eine Höhle in einer der vielen Gassen, die sich um die Berge herum bis zum Meer schlängelten. Sie war auch wie eine Höhle mit Waffen und goldenem Gefunkel ausgefüllt, mit wilden und listigen, räuberhaften Gesichtern. Zahllose fremde Schiffe lagen jahraus, jahrein drunten im Hafen. Ihre Mannschaften sagten sich untereinander in entlegenen Gegenden: »So, dahin wollt ihr. Wenn ihr wirklich dort ankommt, vergesst diese Kneipe nicht!« Die Ältesten setzten hinzu: »Sie war in unserer Jugend berühmt. Gibt es sie immer noch?« Und Junge, die gerade von dort kamen, antworteten: »Gewiss. Warum soll es sie nicht mehr geben? – Die Stadt war zwar zusammengeschossen. Man hat aber doch in den Trümmern irgendwo etwas trinken müssen.«

Die Gäste stritten, in welcher Sprache ihnen der Fremde antworten könnte, denn unerträglich gleichmütig, unbewegt saß er da mit seinem strahlenden Kopf, um seine Schultern ein goldgelbes, schwarzgesprenkeltes Fell. Das Sonderbarste an seiner Erscheinung war: Obwohl er ihnen bestürzend fremd vorkam, hatte doch jeder bei seinem Anblick das Gefühl, schon einmal irgendwo auf ihn gestoßen zu sein, und sei es auch vor langem gewesen, vielleicht als Kind, vielleicht nur auf einen Augenblick.

Die Tochter des Wirts wagte zuerst die Erkundung. Es war nicht sicher, ob der Wirt sie mit Recht seine Tochter nannte. Sie stand in jedem Fall seiner Wirtschaft vorzüglich vor. Die Hände, mit denen sie Gläser und Flaschen richtete, streiften die Gäste flüchtig wie Blätter. Ihr kleines weißes Gesicht erinnerte die Seefahrer, die aus dem Osten oder aus dem Süden kamen, an die Magnolien und Zitronenblüten ihrer verlassenen Gärten, und solche, die aus dem Norden kamen, an Schneeflocken. Sie war an die sechzehn Jahre. Ihr glattes schwarzes Haar unter dem frischen Taschentuch war mit einem bunten Wollstrang in einen Zopf geflochten. Sie trug oft Ohrringe. Die schenkte ihr ein junger Mensch aus der Stadt. Er saß jeden Abend an demselben Platz in der Schenke. Er galt als ihr Bräutigam.

Das Mädchen fragte den Fremden in ihrer Sprache, die die einzige war, die sie kannte, wie ihm der Wein geschmeckt hätte. Der Fremde erwiderte lächelnd zu aller Erstaunen nicht nur in derselben Sprache, sondern in der Mundart der Stadt, er habe ihm vorzüglich geschmeckt. Er bat noch einmal genau um den gleichen.

Das Mädchen erzählte bald den neugierigen Gästen, der fremde Mann heiße Jason, er sei hier geboren, aber schon früh in der Welt herumgekommen. Er sei der Kapitän eines großes Schiffes gewesen, das Schiff sei im Schwarzen Meer gestrandet. Er sei an Erfahrungen und auch an Geldmitteln reich; er setzte sein Seefahrerleben fort. Er sei nur hierhergekommen, um seine Vaterstadt wiederzusehen.

Das Mädchen brachte dem Jason Wein und stellte dabei die Fragen, die man ihr auftrug. Ob er die Herberge schon gekannt habe? Gewiss, er hätte auch früher hier manchmal getrunken. Ob er sie verändert finde? Keine Spur von verändert. Die ganze Welt habe sich zwar inzwischen verändert, die Stadt selbst habe manche starke Veränderung aufzuweisen. Die Kneipe aber, die sei dieselbe geblieben. »Und auch der Wein«, sagte Jason, er legte die Hand zugleich auf das Glas und die Hand des Mädchens.

Er verschluckte noch rechtzeitig den Satz: »Auch du bist dieselbe geblieben.« Er brauchte ihr nicht ein Geheimnis zu verraten, das doch offen vor aller Augen lag. Das Goldene Vlies auf seinen Schultern! Der Raub aus dem Tempel von Kolchis!

Das sechzehnjährige Mädchen konnte unmöglich dasselbe sein. Ein kleines weißes Gesicht erinnerte ihn zwar, sooft er herkam, an die Zitronenblüten und Magnolien der südlichen und östlichen Gärten, die er durchstreift hatte, oder an die Schneeflocken seiner Nordlandfahrten. Ein blutjunges Mädchen, das zu Recht oder zu Unrecht als die Tochter des Wirtes galt, hatte hier von jeher vorzüglich die Gäste bedient. Ihre Ohrringe hatten geklimpert. Ein eifersüchtiger Bräutigam hatte ihr Gebaren verfolgt wie dieser da, der ihn finster betrachtete.

Er fühlte, das Mädchen umkreiste ihn, obwohl sie die Gäste in allen Winkeln bediente. Sie kam in immer engeren Kreisen, in immer kürzeren Abständen um seinen Tisch herum. Sie goss ihm sein Glas zum dritten Mal voll. Sie redete leise auf ihn ein, sie schloss manchmal ihre Augen, als ob sein Anblick sie blende. Er sagte ganz erstaunliche und ganz gewöhnliche Sachen. Er sagte: »Was ich auf der weiten Welt nicht gefunden habe, das finde ich plötzlich daheim.« Er sagte: »Ein Mädchen wie du kann gar keinen Falschen wählen. Sie braucht nicht nach Herkunft, nicht nach Zukunft zu fragen. Sie kann wie die Sonne selbst keinen Falschen wählen.« Je tiefer die Nacht sank, desto dichter wurde der Qualm. Betrunkene Gäste zischten und gurgelten absonderliche Gebete und Flüche und Schifffahrtsbefehle in allen Sprachen, und manche riefen gequält oder glücklich einen Namen, der ihrem Gott oder ihrer Liebschaft oder ihrer Mutter gehörte, oder sie fingen ein Lied an, das sogar hier noch niemand gehört hatte. Bis plötzlich, auf wenige Minuten, das erste, das flachste Tageslicht durch eine Kellerluke hereindrang. Die Sonne rückte dann wieder über die Luke, sie schien nicht mehr in die Kneipe, die Gäste fühlten sich wieder in ihrer Höhle vor dem Sonnengott sicher, mit ihren Beschwörungen, ihren ungezügelten Träumen.

Das Mädchen lief unterdes so rasch von einem Tisch zum anderen, dass die Gäste hinter ihr her ins Leere griffen. Sie kam immer dichter an Jason vorbei. Sie berührte seine Schulter. Sein Vlies schützte ihn wie ein Panzer vor allem, was einen Menschen bedroht. Es ließ zugleich wie eine Haut jeden Freudenschimmer in sein Inneres herein.

Jason stand auf; er folgte ihr in eine tiefere Wölbung, von dort aus durch eine Seitentür in den Hof und schließlich in ihre kleine Kammer, in der es nach Kräutern und Leinen roch.

Das Mädchen legte den Kopf an seine Brust. Sie steckte ihn unter sein Fell. Sie fühlte sich dabei sicher wie nie. Sie zog den Kopf ahnungslos wieder heraus.

Sie rannte ein wenig später durch die Schenke, um Wein in ihre Kammer zu bringen. Rasch, rasch, damit auch kein Augenblick verlorengehe. Die Wirtschaft war leer, die Schiffer waren zum Hafen gezogen. Der dicke Qualm, die Pfützen, die Reste von Mahlzeiten, Schalen und Scherben, das alles erschien ihr widerwärtig.

Der Mann, der als ihr Bräutigam galt, saß noch auf seinem alten Platz. Er sagte finster: »Was suchst du?« Wie elend war er, wie kläglich! Sie sagte: »Lass mich!« Und dann nur noch »Oh!«. Und kehrte um und lief ohne Wein zurück. Sie sah noch den goldenen Schimmer um Jasons Schultern. Er stand aufrecht da. Er wich einen Schritt von ihr zurück. Sein Blick war sofort auf den Horngriff des Messers gefallen, das ihr in der Brust stak. Ein derber Horngriff, wie er den meisten Einheimischen im Gürtel oder im Stiefel stak. Sie war schon zusammengebrochen. Es nützte nichts, wenn er das Messer herauszog. Ein Strudel Blut schoss dann aus dem Schnitt – ihm aber war nichts so zuwider wie ein Fleck auf seinem Goldenen Vlies. Obwohl er im Voraus wusste, dass es nichts auf sich hatte, wenn ihn die Stadtpolizei ergriff und durch das Volk vor den Richter schleppte. Dabei belustigte ihn die amtliche Umständlichkeit, die mit jedem Urteil verbunden war, es mochte mit Strafe oder mit Freispruch enden. Wie überflüssig das alles war! Wie all diese Menschen Zeit verschwendeten! Nicht seine Zeit, ihre eigene! Denn seine war grenzenlos. Sie hätten ihm auch nichts anhaben können, wenn er schuldig gewesen wäre. Er wäre sicher entkommen. Durch einen Zufall oder durch Wunder? Darüber sollten sich die gewöhnlichen Menschen den Kopf zerbrechen. Für ihn kam es auf dasselbe heraus.

Das alles war ihm schon oft geschehen. Er war zuerst verwundert gewesen, wie alle Menschen um ihn herum zugrunde gingen, an Pest, an Schiffbruch, Krieg oder Mord und manchmal einfach am Alter. Er hatte sich daran gewöhnt. Er war jetzt beinahe eifersüchtig auf den eifersüchtigen Messerstecher. Der konnte sich einbilden, ihm sei etwas Unerhörtes geschehen. Sein Leben sei ihm zerschlagen worden. Und seine Rache sei unerhört. Er, Jason, hätte ihm sagen können: Das hat es alles schon oft in derselben Schenke gegeben. Das wächst alles nach. Genauso liebliche Mädchen, genau solche Zöpfe, in die ein bunter Wollstrang geflochten ist, genau solche Messer mit Horngriffen.

Er lief durch die leere Schenke. Er trat in den Sonnenschein. Er stieg bergauf, bis er wieder das Meer erblickte, smaragdgrün und unbefleckbar. Die junge runde Sonne am Himmel sah wie das grelle, verflachte Spiegelbild der tiefen unirdischen Sonne aus, die in dem Wasser glühte. Er stieg schneller. Das Land fiel hinter der Stadt ab, es zog ihn durch das schmale bebaute Tal auf den nächsten Gebirgskamm und wieder von dort hinab in die nächste Bucht. Er ließ bald eine zackige, rosakahle Bergkette zwischen sich und der Stadt. Die einzelnen Menschen, die in den Pflanzungen schnitten und pflückten und wässerten, drehten sich nicht nach ihm um. Wenn einmal eine Pfeife ertönte, dann galt sie einem verirrten Bock, dem sie einen Streifen Weideland zeigte. Er kam an einzelnen Ansiedlungen vorüber und manchmal an verlassenen Tempeln oder an einer Mischung von beidem; denn ein Säulenstumpf war ein guter Grundstock für alle Art Wohnung und Stall, und wo schon ein Götterbild stand, brauchte man keines neu zu schnitzen.

Zwei Reiter überholten ihn. Der eine war ein alter strammer Mann, der andere ein Knabe. Sie trugen die Kleidung vornehmer Leute. Die Pferde waren von edler Rasse, sie waren gesattelt wie die Pferde vornehmer Leute. Der Knabe drehte sich zweimal nach Jason um. Als Jason kurz darauf an einem schönen Landhaus vorbeikam, waren die Diener bereits mit den Pferden beschäftigt. Der Knabe stand müßig dabei. Er sah ihm neugierig-schmerzlich entgegen. Jason verstand sich auf den Blick solcher Knaben. Sie trafen ihn auf der ganzen Welt. Der Knabe gefiel ihm gut. Er war scheu, aber sicher kühn in Gefahren, beinahe kränklich, aber zäh. Jason wartete, bis sie allein waren. Er fragte: »Ist das hier dein Haus?« – »Ja, leider«, sagte der Knabe, »es ist das Landhaus meiner Familie.«

Jason erkannte in dem frischen Mauerwerk den Türbalken wieder, den man auch schon in seiner Jugend bei jedem Umbau erhalten hatte. Er sagte: »Warum sagst du: Leider, ja. Bist du nicht gern hier? Willst du weg?« Der Knabe erwiderte, was er selbst als Knabe erwidert hätte: »Mein Vater ist tot, meine Mutter schwach, mein Onkel ist hart und böse. Das ganze Leben hier ist mir zuwider. Ich ginge lieber heute als morgen.« Jason sagte: »Dann geh!« – »Wie soll ich das anstellen? Jeder kennt mich. Niemand gibt mir Obdach gegen den Willen des Onkels.« – »Ich nehme dich mit, wenn du willst. Dein Onkel geht mich nichts an.« Und als der Junge aufstrahlte, fuhr er fort: »Wenn du nicht von der Sorte bist, die sich erst lange besinnt, Abschied und Handgepäck braucht, geh noch heute zum Hafen hinunter. Da liegt ein Schiff, das gestern ankam.« – »Ich habe es aus dem Fenster gesehen. Ich dachte mir, wenn das meins werden könnte! Das denke ich aber bei jedem Schiff.« – »Und lässt dich zu dem Zweiten Steuermann bringen. Du wirst ihn erkennen, seine Nase ist eingeschlagen. Ihm sagst du, ich hätte dich geschickt, der Mann mit dem goldenen Fell.« – »Das tue ich«, sagte der Knabe, und Jason war sicher, er tat es.

Er ging die niedrige, roh, aber genau aus Geröll errichtete Mauer entlang, die alle Felder und Gärten umgab, die zu dem Landhaus gehörten. Sie füllten die ganze Breite des Tales aus, gerade an der Stelle, über der die Sonne am längsten stand, als hätte der Hausherr alle Bergschatten mit dem Geröll zusammen aus seiner Pflanzung geschaufelt. Er hatte von jeher alle Leute in seinem Dienst nach einem Unwetter oder Bergsturz bis zum Äußersten eingesetzt, um die verschütteten Halden zu reinigen. Dann war das weggeräumte Geröll, dadurch sogar das ganze Unwetter seiner Grenzscheide noch zugutegekommen.

Die kleinen Anwesen lagen verstreut, zum Teil schon wieder verwahrlost über dem steilen Bergkamm, wo etwas verwertbare Erde geblieben war. Jason war durstig. Er fragte an einer Tür nach Most oder nach Wasser.

Ein mächtiger Baum, der allen Stürmen gewachsen war, umkrallte mit seinen Wurzeln das Häuschen, er hielt auch die Gartenerde zusammen und alles, was darin wuchs. Die kleine Stube war nicht gastlich, sie war ordentlich, aber freudlos-kahl. Ein mürrischer Lümmel von Mann rief seiner Frau zu: »Bist du taub, hörst du nicht? Er will trinken!« Er stampfte mit einem Fuß auf, als er mit einer Hand einlud.

Die junge Frau musste geweint haben, bevor Jason gekommen war. Ihr glattes, nicht unschönes Gesicht war wie die Stube, ganz freudlos. Jason sagte, sobald sie allein waren: »Ist das seine Art, mit dir umzugehen?« Er fuhr fort, weil sie schwieg: »Warum lässt du dir das gefallen?«

Sie deutete auf die Wiege in einer Ecke der Stube, sie sagte: »Wir haben nun mal einen Sohn. Was uns ist, wird ihm sein. Soll ich alles verkommen lassen? Mein Mann ist ein Trunkenbold. Wenn ich nicht arbeite, Tag und Nacht, wird für den Sohn nichts mehr bleiben.«

Jason sagte: »Pack ihn doch auf, den Sohn, und geh.«

Die Frau sah ihn verwundert an. In ihrem Gesicht entstand ein schmerzlicher Schimmer. Sie schüttelte langsam den Kopf. »Wohin? Wie? Mit wem?«

»Zum Beispiel mit mir«, sagte Jason, »sobald dein Mann in die Stube zurückkommt, sind wir fort.«

Die Frau lachte auf, wenn auch freudlos. Ihr Lachen machte sie aber jung und freudeversprechend. Sie antwortete: »So etwas denkt man vielleicht einmal, aber man tut es nicht. Ich sage dir doch, ich bleibe des Kindes wegen.«

»Es wird aber hier in dieser Luft genauso schlecht werden wie sein Vater.« – »Möglich. Meine Schwiegermutter hat auch nichts zu lachen gehabt. Ich weinte schon, als die Väter auf unserer Heirat bestanden, weil ihre Äcker zusammenstießen.« – »Nun, dann leb wohl«, sagte Jason.

Sie starrte ihm nach, bis ihr Mann zurückkam. Er fuhr sie an: »Was gaffst du?« Sie sagte frecher als sonst: »Du hast doch wohl die Luft nicht gepachtet?« Sie brachte ihm aber unaufgefordert zu trinken. Das wunderte ihn. Er fragte sich, was in den paar Minuten mit ihr geschehen sei. Er ahnte nicht, dass sie plötzlich auf einen Einfall gekommen war. Ja, sollte er trinken und trinken. Bis alles verkam. Bis das Erbteil an gierige Nachbarn fiel. Ihr kam ein Bruder in den Sinn, der schon vor Jahren in ein entlegenes Land gezogen war. Der würde sie aufnehmen. Dieser fremde Mensch mit dem gelben Fell würde sich ihrer nicht mehr erinnern, wenn sie ihn plötzlich irgendwo in der Fremde anspräche. Warum sollte sie nicht noch einmal auf ihn stoßen? Alles war möglich.

Jason war schon so hoch gestiegen, dass er wieder das Meer durch einen Bergspalt schimmern sah. Auf dem Kamm war es einsam. Die nächste Bucht war viel breiter. Sie griff tiefer ins Land ein. Sie war von Schiffen erfüllt wie von Schwärmen von Vögeln, die Lasten und Warenballen aus Lagerhäusern aufpickten wie Futter aus Näpfen. Er hatte noch einen weiten Weg vor sich, hinunter in das Gewimmel. Die Abhänge waren mit Mais und Korn und Wein bepflanzt.

Ein Wald lag zwischen dem Bergkamm und den Feldern.

Der Wind roch nach Meer und nach Bäumen. Wie geizig, wie engherzig war die Erde eingeteilt, mit dem Himmel verglichen, der sich darüberwölbte. Die Wolken fügten sich nicht für eine Minute, sie teilten sich nie ein, sie beschränkten sich nie auf ein einziges Bild, sie verwandelten sich viel schneller, als jemand denken konnte, bald in Gebirge, bald in Fabeltiere; einmal wuchsen sie götterhaft, einmal wie Pflanzen. Ihre Schatten jagten über den Kleinkram, der genau eingeteilt war.

Auf einmal kam ein alter Mann zwischen den Steinblöcken an Jason heran. Er war kein Hirt. Er sah wie ein Gärtner aus mit einem Tragkorb voll Pflanzen. »Ach, du bist das also.«

Jason sagte: »Was sonst?« – »Ich habe mir nicht erklären können, was plötzlich zwischen den Felsen leuchtet. Von weitem blinkt dein Fell wie Metall in der Sonne.« – »Was treibst denn du hier?« – »Ich bin der Wächter. Ich muss dort unten unseren Wald bewachen.« – »Was gibt es denn daran zu bewachen?« – »Du weißt vielleicht nicht, weil du von außerhalb kommst, dass unser Wald von den Menschen geschont und geachtet wird wie ein Heiligtum. Sie halten dort Feste ab und eine Art Gottesdienst nach einer alten Sitte. Ich sammele seltene Blumen und lege sie vor den Bäumen nieder, die unsere heiligen Wahrzeichen tragen.«

»Ich kann dich ein Stück begleiten«, sagte Jason, »erzähle! Was sind das für Bäume, von denen du sprichst? Was sind das für

Wahrzeichen?« – »Weißt du wirklich nicht, was es mit unserem Wald auf sich hat? Er ist den Göttern geweiht. Dort wurden schon in alten Zeiten an einzelnen Bäumen berühmte seltsame Schiffe aufgehängt, die den Ruhm des Landes begründet haben. Heute sind zwar nur noch ein paar Stücke der Schiffe übrig. Ihr Holz ist mit der Zeit morsch geworden. Das allerberühmteste Schiff ist noch recht gut erhalten. Du hast vielleicht schon von ihm gehört. Es heißt die *Argo*. Es ist nur ein Wrack. Du kannst aber nicht davorstehen, ohne dass du vor Ehrfurcht zitterst.«

»Was hat es denn mit der Argo auf sich?«

»Wie, weißt du das wirklich auch nicht? Hier weiß jedes Kind darüber Bescheid. Kühne Männer des Landes unternahmen auf diesem Schiff eine Fahrt, die vorher noch niemand gewagt hatte. Über das Schwarze Meer, zu einer unbekannten, nie vorher betretenen Küste. Man nannte sie Argonauten. Man sagt, die Göttin Pallas Athene selbst hätte beim Bau des Schiffes geholfen.«

»Sind sie zurückgekommen?«

»Ich weiß nicht recht«, sagte der Alte, »wahrscheinlich nicht, da nur das Wrack angespült worden ist. Viele haben inzwischen dasselbe gewagt. Landeten an der fremden Küste, kamen zurück. Das Schicksal war ihnen günstig.«

»Ich verstehe nicht, was du da erzählst. Das sind doch alles Sagen und Märchen. Du sprichst von Menschen und Göttern und ganz zuletzt noch etwas vom Schicksal. Beim ersten Schiff, sagst du, hat eine Göttin geholfen. Es ist aber wahrscheinlich untergegangen, meinst du. Die nächsten Schiffe, die gewöhnliche Schiffe gewesen sind, kamen glücklich zurück. Was stellst du dir dabei vor?«

»In alten Zeiten, sogar noch in meiner eigenen Jugend, glaubten die Menschen in diesem Land an Götter. Gewiss, sie haben auch einzelne, besonders starke Menschen beinahe wie Götter verehrt – –«

Der Alte fuhr fort, weil Jason schwieg, so dass er den Eindruck hatte, sein Begleiter verstünde ihn nicht:

»Es war aber doch ein ungeheurer Unterschied zwischen Menschen und Göttern.

Stärker als Menschen und Götter, höher als beide, hoch über allem war das Schicksal.

Man stellte sich darunter, wenn ich es richtig verstehe, das Gesetz vor, nach dem alles geschieht. Wir lehnen uns bis zum Tode dagegen auf. Aber die Götter, die weise waren, die halfen ihm, wenn sie Lust dazu hatten, oder sie zogen sich rechtzeitig zurück und überließen es seinem Lauf.

Hast du mich jetzt besser verstanden? Für einen jungen Menschen ist es sicher nicht einfach, mich alten Mann zu verstehen. Heutzutage hört man selten über solche Dinge sprechen.«

»Doch«, sagte Jason, »ich habe selbst früher manchmal darüber nachgedacht. Aber in all den Jahren habe ich niemanden mehr gefunden, der laut und freiwillig darüber spricht. – Bitte, erzähle mir noch etwas von den Argonauten. Wer war ihr Kapitän? Was hat ihn auf diese Fahrt gebracht?«

»Ihr Kapitän soll Jason geheißen haben. Er soll Streit mit seiner Familie bekommen haben. Reiche Leute des Landes. Vielleicht hat ihn sogar sein Onkel aus dem Weg haben wollen. Du wirst aus den alten Sagen nie ganz klug. Also, der junge Jason setzte es sich in den Kopf, ruhmreich oder gar nicht mehr zurückzukommen. Darum wollte er von der fernen Küste eine kostbare Beute mitbringen und sie den Göttern des Landes schenken. Denn die Bewohner der entlegenen Küste hüteten einen Tempelschatz, der ihren eigenen Göttern gehörte, einen besonders kostbaren, himmlische Kräfte verleihenden Schatz, mit dem Namen ›Das Goldene Vlies‹.«

»Nun, und hat er ihn mitgebracht?«

»Meines Erachtens nicht. Die Meinungen darüber sind geteilt. Einige sagen wie ich: An dem heiligen Baum ist nur das Wrack zur Erinnerung aufgehängt. Das bedeutet, der Kapitän ist mit der ganzen Mannschaft zugrunde gegangen. Andere behaupten, das Goldene Vlies sei irgendwo unter dem Baum vergraben. Das ist nicht festzustellen. Die Menschen, wenn sie auch heutzutage nicht mehr so fest wie früher in ihrem Glauben sind, haben doch noch zu viel Verehrung für den Glauben der Väter, um aus Neugier in der geweihten Erde herumzustochern. Aber jetzt habe ich alter

Mann dir genug vorgequasselt. Sieh dir alles selbst an. Vielleicht sehen wir uns auf dem Rückweg wieder.«

Es war schattig und kühl in dem Wald. Solche Stille wie hier war nirgends. Auch der Wald sprach die Sprache der Stille. Er bewegte leise die Zweige, und er siebte das Licht zu Sonnenstaub. An diesem Ort waren auch die Vögel und Pilze heilig. Sie sahen den Eindringling ernst an, als ob sie wüssten, dass er es niemals wagen würde, sie zu verletzen.

Was für ein sonderbarer Brauch, dachte Jason, wenn er an einem Baum vorbeikam, der mit den Ästen einzelne Stücke eines verwitterten Fahrzeugs umklammert hielt. Was meine Landsleute doch für Einfälle hatten! Ein besonders mächtiger Baum trug ein Stück Schiffsrumpf mitsamt der vermoderten Galionsfigur. Jason erkannte die Argo sofort, wenn er sie auch noch nie von unten gesehen hatte. Es lief ihm bei dem Wiedersehen kalt den Rücken herunter. Wirklich, der Alte hatte recht. Wenn es auch Jasons eigenes Schiff war, er musste vor Ehrfurcht zittern. Er erkannte sogar das Stück Planke wieder, das die Göttin Pallas Athene selbst im Geheimen eingefügt hatte, wie die Priester behaupteten. Und sein Onkel hatte die Priester für ihre Gebete reich beschenkt. Er hatte an nichts gespart, was die Abfahrt seines verhassten Neffen und Erben beschleunigte. Die Mutter hatte geweint.

Jason legte sich auf die Erde unter den Baum. Wenn er das Meer auch über alles liebte, heute tat es ihm wohl, nur Grün und Sonnengesprenkel um sich zu haben. Heute tat ihm der Waldgeruch wohler als die beißende Seeluft. Er war müde von dem Weg in die Berge. Er warf sein Fell ab, um die Erde warm unter den Schultern zu spüren. Er sah hinauf zu dem Schiff, das, mit Seilen an die Äste gebunden, unmerklich im Winde schwankte.

Meine Mutter, so dachte er, hat damals geweint. Sie hat darauf gedrungen, mit mir zum Orakel zu fahren, aber ihre Gebete und Opfer haben nur die Auskunft erwirkt, die sie am meisten fürchtete: »Er wird mit seinem Schiff zugrunde gehen.«

Er aber hatte sich gar nichts aus dem Orakel gemacht. »Weil ich nicht an Orakel glaube«, hatte er seine Mutter getröstet. – Weil ich fest daran glaube, hatte er sich im Geheimen gesagt. – Also, er brauchte die kleinen Schliche und Schutzmaßnahmen gar nicht erst anzuwenden.

Wenn er noch so vorsichtig fahren würde, wäre sein Untergang vom Schicksal bestimmt. Er hätte keine Gebete und Opfer gebraucht, um noch einmal das Gesetz zu erfahren, das jede Regung, jede Faser seines Lebens beherrschte. Ihm war die Planke, die die Göttin Pallas Athene eingefügt haben sollte, wie ein Siegel unter diesem Orakelspruch. Er liebte das Schiff, bevor es noch fertig im Hafen lag. Wie sich die Segel zum ersten Mal strafften, legte sich auch sein Herz zur heiligen tödlichen Fahrt vor den Wind. Die Menschen drehten sich in den Straßen nach ihm um. »Das ist der vermessene Kapitän.«

Er hatte aber das Ziel bei der Abfahrt schon fast vergessen. Er dachte gar nicht darüber nach. Er würde wahrscheinlich vorher stranden. Weil er das nicht verhindern konnte, schonte er weder sich noch das Schiff. Wenn sich die Mannschaft im Sturm bangte, bekämpfte er ihre Todesfurcht, indem er sie mit der Behauptung der Priester tröstete: Pallas Athene hätte selbst auf der Werft, ein weißer Schimmer in einer heiligen Nacht, mit fliegenden, silberdröhnenden Hammerschlägen den Bau der Argo vollendet. An einem solchen Schiff müssten die Stürme doch abprallen! Er selbst aber glaubte im Stillen, dass weder Mut noch Todesfurcht das Schicksal abwenden könnte; denn es war stärker als Götter und Menschen. Es drohte ihm nicht. Es lähmte ihn nicht. Es brachte nur Himmel und Meer mit seinem Innern in Einklang. Es war nichts anderes als das Gesetz seines Lebens und Sterbens. Es konnte schon bei diesem Sturm eingreifen und genauso gut erst beim nächsten.

Jason reckte sich auf der warmen Erde. War er auch tief vertraut mit dem Meer, mit seinen Tücken und Stürmen, es tat ihm auf einmal gut, nichts mehr von ihm zu sehen. Stattdessen beherbergte ihn die Erde schweigend und anspruchslos im stillen Nachmittagslicht – wie die Mutter, verglichen mit der Geliebten. Er nahm einen Halm von Zittergras zwischen zwei Finger, aber er wagte nicht, ihn zu knicken. Es rauschte stärker im Baum. Das unbestimmte Dröhnen vom Meer her ging ihn heute nicht das

Geringste an. Was sich dort auch für ein Unwetter zusammen-
ballte, das war seine Sache nicht. Er steckte den Halm zwischen
die Zähne.

Das Licht, das auf dem Meer vor dem Unwetter etwas tückisch
Grelles, etwas schlau Scharfes an sich hat, fiel mit dem sinkenden
Tag schräg und genau, aber sanft durch das Geäst, um noch einmal die geheimsten Winkel zu trösten. Die Blätter glänzten, die
ihm auf die bloße Brust gefallen waren, als könnte man das Goldene Vlies auch aus gewöhnlichen Stücken der besonnten Abend-
welt zusammenfügen.

Sie hatten damals auf ihrem Schiff Argo zahllose Irrfahrten
überstanden. Der Kiel, der jetzt sein Gesicht beschattete, hatte
manchmal so hoch in die Luft geragt, dass sie den Tod mit der
nächsten Welle erwarteten. Gebändigt, zum puren Sinnbild des
Seefahrergeistes gezähmt, schwankte die Argo leise an den mächtigen Ästen. Ihr morsches Holz knackte. Sie war sicher verankert.
Die Wurzel des Baumes reichte wohl bis ins Innere der Erde.

Sie hatten damals auf ihrem böse zugerichteten, aber immer
noch festen Schiff auf der anderen Seite des Meeres, an der sagen-
umwobenen Küste, Anker geworfen. Sie hatten auf einem fernen
Berg die Umrisse eines seltsamen Tempels erspäht. Der fahle
Abendschein über dem einsamen Land war ihnen wie ein Schimmer des Goldenen Vlieses vorgekommen, das dieser Tempel be-
hütete. Er hatte sich angeboten, dorthin allein als Kundschafter
aufzubrechen. Inzwischen sollten seine Gefährten die Argo bewachen. Sein Angebot schien tollkühn. Er hatte sich dabei nur gesagt: Ich kann ja doch erst auf der Heimfahrt mit meinem Schiff
zugrunde gehen. Der Tempel der fremden Götter war aus zahllosen Säulen gebaut, die so dicht und so dünn und so gleichmäßig
standen wie Schilfrohr und unerklärlich summten und silbern
vom Mondlicht beschlagen waren. Sie glichen in nichts den Säulen der eigenen Götter. Sie waren schwarz, aus Vulkanstein. Er
glaubte nicht, dass die Panther, die in den Höfen und Säulengän-
gen als einzige Lebewesen wie Priester umherschlichen, ihm etwas
anhaben könnten. Er war durch etwas anderes beunruhigt. Er
spürte längst einen Blick auf sich haften, bevor er wusste, wem er

gehörte. Die Priesterin dieses Tempels war ihm durch alle Säulengänge gefolgt. Sie glich einer schwarzen Blume, sie glich nichts, was er jemals gesehen hatte, sie glich nichts, worauf er jemals in Träumen verfallen war.

Sie hatte ihm dann bei allem, zu allem geholfen. Kein Mord und kein Zauber war ihr unausführbar erschienen, um ihm bei dem Raub zu helfen und dann sein Leben zu retten. Den eigenen Göttern war sie, aus Liebe zu ihm, dem Fremden, untreu geworden, ihm aber widerlich treu. Sie hatte ihm das Goldene Vlies verschafft, anstatt es zu hüten. Die Wellen bei ihrer gemeinsamen Flucht mit Kinderblut zu beschwichtigen, das war für sie nur ein Taschenspielerkunststück gewesen, nur eine Abart von Zauber.

Er hatte damals, den Vorsprung der Küste umsegelnd, sein Schiff, die Argo, erreichen wollen. Er hatte es scheinbar aus der Entfernung erkannt. Er hatte, erst näher kommend, gemerkt, dass das Schiff auf dem alten Landungsplatz gar nicht sein eigenes war. Die Argo war nach vergeblichem Warten abgefahren. Inzwischen hatten sich andere kühne Seefahrer hergewagt. Das Gerücht seines Missgeschicks hatte sie eher gereizt als abgeschreckt.

Seit ihn das geraubte Vlies vor Zeit und Unbill schützte, waren für ihn ein paar erregende Stunden, in Wirklichkeit Jahre vergangen. Er sah sich zum ersten Mal Medea, seine Geliebte, gründlich an. Die Liebe war zuerst zu rasend gewesen, der erste Anblick hatte ihn bis zu dieser Sekunde selbst verzaubert. Er stellte verwundert fest: Aus der kindlichen, beerenäugigen Zauberin war eine erwachsene Hexe geworden.

Als er auf einmal verstand, dass ihn das Schicksal sich selbst überließ wie die Argo, die ohne ihn weitergezogen war, da hörte er auf, an das Schicksal zu glauben. Er glaubte auch nicht mehr an die Götter. Und an die Menschen erst recht nicht mehr.

Wenn sich der Wind legte, summte sofort ein Schwarm Mücken um die Galionsfigur. Er konnte von der Erde aus sehen, wie sie von Luft und Regen verzehrt war. Wenn eine Wolke über die Sonne jagte, schien sie undeutlich und finster auf ihn herunterzusehen. Er hätte jetzt aufstehen müssen, um die Stadt vor Anbruch des Unwetters zu erreichen. Er war schläfrig wie ein Kind.

Er fühlte sich hier aller Seemannspflicht, aller Befehlsgewalt enthoben.

Sie hatten damals zur Heimfahrt ein schäbiges Fischerboot gestohlen. Sie hatten darin, seine Hexe und er, alle möglichen Fährnisse gut überstanden. Seine Mutter war tot. Sein Onkel war über die unerwartete Heimkehr erbost. Er musste, wie es das Volk verlangte, die einzige Tochter mit Jason vermählen. Jason war am Verzweifeln, als seine schwarze Hexe in ihrer Eifersucht alles vernichtete, das Fest, die Braut und die Gäste, sogar ihre eigenen Kinder und ihre eigene Würde und Ehre. Er war aber später auch über ihren Tod am Verzweifeln, wie bei der Rückkehr über den Tod seiner Mutter. So viele Opfer, wie ihm diese beiden Frauen gebracht hatten, waren unwiederholbar, unwiederbringlich. Das Übrige ließ sich aufholen, das hatte er längst verstanden. Das Goldene Vlies war seine zweite Haut geworden. Es war ihm nicht eingefallen, die Beute im eigenen Tempel niederzulegen, wie es sein Onkel den Priestern versprochen hatte. Das war ohnedies nur ein Vorwand gewesen, um seinen Neffen loszuwerden.

Die Argo hätte er gern noch einmal wiedergesehen. Was seine alte Mannschaft anging, die kühnen Gefährten seiner echten, seiner begrenzten Jugend, die waren immer von neuem durch ebenso kühne Gefährten zu ersetzen – seiner ewigen, unverkürzbaren Jugend.

Es war dabei kein Schicksal im Spiel und keine Vorsehung. Es war alles Zufall. Es gab dabei kein Gesetz. Es gab dabei keinen verborgenen Weg mit einem Ziel, das in den Sagen die klugen Menschen an einem Faden erreichen, den sie auch in der Verwirrung nicht aus der Hand lassen.

Jetzt schwankte die Argo, und ihr Schatten war kalt. Denn eine Wolke nach der anderen jagte über die Sonne. Es sprühte Schaum von Akazienblüten. Die Stricke ächzten wie Taue. Das morsche Schiffsholz knackte in allen Fugen, und auch das lebendige Holz des Baumes stöhnte. Jason dachte: Ich sollte mir eine Bleibe suchen, bevor der alte Wächter zurückkommt. Er dehnte sich aber und wickelte sich in sein Fell.

Es gab auf einmal viel mehr Vögel im Wald. Sie flüchteten sogar in die Spalte zwischen dem Schiffsrumpf und der Galionsfigur. Ein Ast schwang hoch, weil eins der Seile gerissen war, und gelbe Wogen von Blättern stoben über den Mann am Boden. Die Vögel stießen zuerst in die Baumkrone, dann verzogen sie sich so tief wie möglich, noch tiefer als vorher; sie duckten sich in ihrer Verstörtheit gegen den Menschen im Gras.

Vielleicht hätte Jason doch noch aufspringen können. Er verschränkte aber die Arme unter dem Kopf, und sein Gesicht war so kühn, wie es nur in seiner echten Jugend auf dem brüllenden Meer im Augenblick der höchsten Gefahr gewesen war. Der Sturm brach an. Er sprengte die letzten Seile mit einem Stoß, der ganze Schiffsrumpf krachte über Jason zusammen. Der ging mit seinem Schiff zugrunde, wie es das Volk seit langem in Liedern und Märchen erzählte.

Die drei Bäume

DER BAUM DES RITTERS

Holzfäller in den Argonnen fanden kürzlich, als sie die Axt an einen uralten Baumschlag legten, in einer hohlen Buche einen Ritter in voller Rüstung, kenntlich an seinem Wappen als ein Gefolgsmann Karls des Kühnen von Burgund. Dieser Ritter hatte sich auf der Flucht vor den Soldaten des Königs Ludwig des Elften in seiner Todesangst in den Baum gezwängt. Nach dem Abzug seiner Verfolger hatte er nicht mehr herausgefunden und war elend zugrunde gegangen in seiner Zuflucht. Aber der Baum, damals schon alt und mächtig, rauschte und grünte weiter, während der Ritter in ihm keuchte, weinte, betete, starb. Stark und makellos, bis auf die schmale, von dem Toten besetzte Höhlung, wuchs er weiter, setzte Ringe an, breitete sein Geäst, beherbergte Generationen von Vogelschwärmen, und er wäre noch weitergewachsen, wenn die Holzfäller nicht gekommen wären.

DER BAUM DES JESAIAS

Eine Überlieferung weiß von dem Tod des Propheten, dass er in einer Zeder zersägt wurde.

In seinem Leben hatte er sich vor nichts und niemand gefürchtet. Weder vor der Drohung der Mächtigen noch vor dem Spott von seinesgleichen. Weder vor den Häschern, die man ihm überall nachschickte, noch vor den Steinwürfen, die ihn gelegentlich aus der Menge trafen. Weder vor den Tränen seiner Familie, als die Stunde gekommen war, sie zu verlassen, noch vor der Leere der Wüste, noch vor dem mannigfachen verwirrenden Lärm der Volksmassen. Er hatte sich nicht gefürchtet, in trägen Zeiten zum Widerstand aufzufordern. Er hatte sich nicht gefürchtet, die Seinen in eine Schlacht zu führen, von der er wusste, dass sie verloren war. Er hatte sich nicht gefürchtet, mit den Seinen in dieser Schlacht zu fallen. Er war aber gar nicht gefallen. Sein Volk war erschlagen, und mit dem Volk verstummt war die erhabene Stimme, von der er gewohnt war, Weisungen zu empfangen. Da fing er an sich zu fürchten.

Die Hörner der Schildwachen bliesen am Rand der Schlucht. Sie suchten in den Bergen nach Flüchtlingen. Er kletterte einem Flüsschen nach, bis er an eine Rodung kam. Da lagen Stapel von Zederstämmen. Die Holzarbeiter waren wohl vor der Schlacht davongegangen. Er kroch in einen Holzstapel. Die Hörner der Schildwachen kamen näher, er fürchtete sich, er kroch in ein hohles Zedernholz. Die Hörner der Schildwachen zogen vorüber, es wurde Nacht, nur das Flüsschen rauschte. Er aber fürchtete sich, sein Versteck zu verlassen. Es wurde Morgen. Die Holzarbeiter kamen zurück, die Fäller und Flößer, mit ihrer Säge, mit Äxten und Stricken. Er hätte jetzt auf seine Füße springen müssen, er hätte die Flößer und Holzfäller ansprechen müssen, wie er gewohnt war, die Menschen anzusprechen. Er aber fürchtete sich vor den Holzarbeitern. Der Aufseher kam und ließ seine Leute das Holz an die Säge tragen. Er hätte jetzt noch herausspringen können, er fürchtete sich vor dem Aufseher der Holzarbeiter. Jetzt wurde ein Stamm nach dem anderen vor die Säge gelegt. Ihm blieb jetzt noch ein Augenblick, um sein Versteck zu verlassen. Er fürchtete sich, so dass er, wie man von ihm berichtet, in einer Zeder zersägt wurde.

DER BAUM DES ODYSSEUS

Sogar dieser Tag war zu Ende gegangen. Die toten Freier waren fortgetragen, die Pfeile eingesammelt, das Blut war aufgewaschen. Mann und Frau sitzen zum ersten Mal wieder am Feuer beisammen wie in den alten Zeiten. Noch einmal werfen die Götter auf dieses Paar einen letzten, schon gleichgültigen Blick. Alles ist ausgespielt worden, um diese Wiedervereinigung zu verhindern, alles, um sie endlich herbeizuführen. Alles Erdenkliche ist geschehen für und gegen die Heimkehr des Mannes. Und das Für hat gesiegt. Da ziehen sich die Götter zurück in ihre ewigen Wohnstätten und überlassen die beiden dem Schicksal.

Wie still das Haus ist. Jetzt verhallt alles in seinem Kopf. Die Musik auf der Hochzeit, als Achilleus gezeugt wurde, der auch schon lange vor Troja starb, der Streit der Göttinnen, die Hörner, die zum Krieg bliesen, die Schlachten vor Troja, das Gejammer in den Straßen der eroberten Stadt, der Gesang der Sirenen, das Gebrüll des Zyklopen, das Gegrunze der verzauberten Kameraden, die Saitenspiele der Phäaken und zu alledem in einem fort das bewegte Meer.

Wie schrecklich jetzt die Stille ist. Hat man auch furchtbare Götter gegen sich gehabt, so war man doch immer zusammen in einer Welt mit den Göttern. Jetzt ist alles verstummt. Und der Rauch auf Ithakas heimischen Hügeln ist ein gar blasses Wölkchen. Odysseus wäre nicht, der er ist, wenn er nicht wüsste, was jetzt die Frau denkt: Dieser Mann *kann* Odysseus sein. Er kann es auch nicht sein. Zehn Jahre Irrfahrten, zehn Jahre Troja, das ist eine lange Trennung. Zwar, die Freier hat er erschlagen. Aber vielleicht ist er nur noch frecher als der frechste Freier. Vielleicht gibt er sich nur als der Herr aus. Vielleicht ist er nur ein Pirat, und sein Boot liegt versteckt in einer der Buchten. Was sagt mir denn mein Herz? – Gar nichts.

Darauf sagte die Frau: »Du wirst müde sein. Ich will dir jetzt dein Bett ans Feuer tragen lassen.« Darauf sagte Odysseus: »Dieses Bett wirst du nicht hier aufstellen können. Als ich dich zu lieben begann, als ich um dich freite – damals, als keiner von uns nur ahnte, wo Troja lag –, suchte ich auf meiner Insel den Ort, der gut war für mein zukünftiges Haus. Ich fand diesen Platz und rodete. Nur einen einzigen starken Baum ließ ich stehen. Ihn bestimmte ich zum Mittelpunkt meines Hauses. Ich kuppte ihn nur, aber den mächtigen Stumpf ließ ich auf seinen Wurzeln stehen. In diesen Stumpf schnitt ich dann unser Bett. Übrigens weißt du das alles ja selbst.«

Der Ausflug der toten Mädchen

Nein, von viel weiter her. Aus Europa.« Der Mann sah mich lächelnd an, als ob ich erwidert hätte: »Vom Mond.« Er war der Wirt der Pulqueria am Ausgang des Dorfes. Er trat vom Tisch zurück und fing an, reglos an die Hauswand gelehnt, mich zu betrachten, als suche er Spuren meiner phantastischen Herkunft. Mir kam es plötzlich genauso phantastisch wie ihm vor, dass ich aus Europa nach Mexiko verschlagen war. – Das Dorf war festungsartig von Orgelkakteen umgeben wie von Palisaden. Ich konnte durch eine Ritze in die graubraunen Bergabfälle hineinsehen, die, kahl und wild wie ein Mondgebirge, durch ihren bloßen Anblick jeden Verdacht abwiesen, je etwas mit Leben zu tun gehabt zu haben. Zwei Pfefferbäume glühten am Rand einer völlig öden Schlucht. Auch diese Bäume schienen eher zu brennen als zu blühen. Der Wirt hatte sich auf den Boden gehockt, unter den riesigen Schatten seines Hutes. Er hatte aufgehört, mich zu betrachten, ihn lockten weder das Dorf noch die Berge, er starrte bewegungslos das Einzige an, was ihm unermessliche, unlösbare Rätsel aufgab: das vollkommene Nichts.

Ich lehnte mich gegen die Wand in den schmalen Schatten. Um Rettung genannt zu werden, dafür war die Zuflucht in diesem Land zu fragwürdig und zu ungewiss. Ich hatte Monate Krankheit gerade hinter mir, die mich hier erreicht hatte, obwohl mir die mannigfachen Gefahren des Krieges nichts hatten anhaben können. Wie es bisweilen zu gehen pflegt, die Rettungsversuche der Freunde hatten die offensichtlichen Unglücke von mir gebannt und versteckte Unglücke beschworen. – Ich konnte, obwohl mir die Augen vor Hitze und Müdigkeit brannten, den Teil des Weges verfolgen, der aus dem Dorf in die Wildnis führte. Der Weg war so weiß, dass er in die Innenseiten der Augenlider geritzt schien, sobald ich die Augen schloss. Ich sah auch am Rand der Schlucht den Winkel der weißen Mauer, die mir bereits vom Dach meiner

Herberge aus in dem großen, höher gelegenen Dorf, aus dem ich heruntergestiegen war, in den Augen gelegen hatte. Ich hatte sofort nach der Mauer und nach dem Rancho gefragt oder was es sonst war, mit seinem einzelnen, vom Nachthimmel gefallenen Licht, doch niemand hatte mir Auskunft geben können. Ich hatte mich auf den Weg gemacht. Trotz Schwäche und Müdigkeit, die mich schon hier zum Ausschnaufen zwangen, musste ich selbst herausfinden, was es mit dem Haus auf sich hatte. Die müßige Neugierde war nur der Restbestand meiner alten Reiselust, ein Antrieb aus gewohnheitsmäßigem Zwang. Ich würde, sobald sie befriedigt war, sofort zu dem vorgeschriebenen Obdach zurücksteigen. Die Bank, auf der ich ausruhte, war bis jetzt der letzte Punkt meiner Reise, sogar der äußerste westliche Punkt, an den ich jemals auf Erden geraten war. Die Lust auf absonderliche, ausschweifende Unternehmungen, die mich früher einmal beunruhigt hatte, war längst gestillt, bis zum Überdruss. Es gab nur noch eine einzige Unternehmung, die mich anspornen konnte: die Heimfahrt.

Das Rancho lag, wie die Berge selbst, in flimmrigem Dunst, von dem ich nicht wusste, ob er aus Sonnenstaub bestand oder aus eigener Müdigkeit, die alles vernebelte, sodass die Nähe entwich und die Ferne sich klärte wie eine Fata Morgana. Ich stand auf, da mir meine Müdigkeit schon zuwider war, wodurch der Dunst vor meinen Augen ein wenig verrauchte.

Ich ging durch den Einschnitt in der Palisade aus Kakteen und dann um den Hund herum, der wie ein Kadaver völlig reglos, mit Staub bedeckt, auf dem Weg schlief, mit abgestreckten Beinen. Es war kurz vor der Regenzeit. Die offenen Wurzeln kahler, verschlungener Bäume klammerten sich an den Abhang, im Begriff zu versteinern. Die weiße Mauer rückte näher. Die Wolke von Staub oder auch von Müdigkeit, die sich schon ein wenig gelichtet hatte, verdichtete sich, in den Bergeinschnitten nicht dunkel, wie Wolken sonst, sondern glänzend und flimmrig. Ich hätte an mein Fieber geglaubt, wenn nicht ein leichter heißer Windstoß die Wolken wie Nebelfetzen nach anderen Abhängen verweht hätte.

Es schimmerte grün hinter der langen weißen Mauer. Wahrscheinlich gab es einen Brunnen oder einen abgeleiteten Bach, der das Rancho mehr bewässerte als das Dorf. Dabei sah es unbewohnt aus mit dem niedrigen Haus, das auf der Wegseite fensterlos war. Das einzelne Licht gestern Abend hatte wahrscheinlich, wenn es keine Täuschung gewesen war, dem Hofhüter gehört. Das Gitterwerk war, längst überflüssig und morsch, aus dem Toreingang gebrochen. Doch gab es im Torbogen noch die Reste eines von unzähligen Regenzeiten verwaschenen Wappens. Die Reste des Wappens kamen mir bekannt vor wie die steinernen Muschelhälften, in denen es ruhte. Ich trat in das leere Tor. Ich hörte jetzt inwendig zu meinem Erstaunen ein leichtes, regelmäßiges Knarren. Ich ging noch einen Schritt weiter. Ich konnte das Grün im Garten jetzt riechen, das immer frischer und üppiger wurde, je länger ich hineinsah. Das Knarren wurde bald deutlicher, und ich sah in dem Gebüsch, das immer dichter und saftiger wurde, ein gleichmäßiges Auf und Ab von einer Schaukel oder von einem Wippbrett. Jetzt war meine Neugier wach, sodass ich durch das Tor lief, auf die Schaukel zu. Im selben Augenblick rief jemand: »Netty!«

Mit diesem Namen hatte mich seit der Schulzeit niemand mehr gerufen. Ich hatte gelernt, auf alle die guten und bösen Namen zu hören, mit denen mich Freunde und Feinde zu rufen pflegten, die Namen, die man mir in vielen Jahren in Straßen, Versammlungen, Festen, nächtlichen Zimmern, Polizeiverhören, Büchertiteln, Zeitungsberichten, Protokollen und Pässen beigelegt hatte. Ich hatte sogar, als ich krank und besinnungslos lag, manchmal auf jenen alten frühen Namen gehofft, doch der Name blieb verloren, von dem ich in Selbsttäuschung glaubte, er könnte mich wieder gesund machen, jung, lustig, bereit zu dem alten Leben mit den alten Gefährten, das unwiederbringlich verloren war. Beim Klang meines alten Namens packte ich vor Bestürzung, obwohl man mich immer in der Klasse wegen dieser Bewegung verspottet hatte, mit beiden Fäusten nach meinen Zöpfen. Ich wunderte mich, dass ich die zwei dicken Zöpfe anpacken konnte: Man hatte sie also doch nicht im Krankenhaus abgeschnitten.

Der Baumstumpf, auf den die Wippschaukel genagelt war,

schien auch zuerst in einer dicken Wolke zu stehen, doch teilte und klärte sich die Wolke sogleich in lauter Hagebuttenbüsche. Bald glänzten einzelne Butterblumen in dem Bodendunst, der aus der Erde durch das hohe und dichte Gras quoll, der Dunst verzog sich, bis Löwenzahn und Storchschnabel gesondert dastanden. Dazwischen gab es auch bräunlich-rosa Büschel von Zittergras, das schon beim Hinsehen bebte.

Auf jedem Ende der Schaukel ritt ein Mädchen, meine zwei besten Schulfreundinnen. Leni stemmte sich kräftig mit ihren großen Füßen ab, die in eckigen Knopfschuhen steckten. Mir fiel ein, dass sie immer die Schuhe eines älteren Bruders erbte. Der Bruder war freilich schon im Herbst 1914 im ersten Weltkrieg gefallen. Ich wunderte mich zugleich, wieso man Lenis Gesicht gar keine Spur von den grimmigen Vorfällen anmerkte, die ihr Leben verdorben hatten. Ihr Gesicht war so glatt und blank wie ein frischer Apfel, und nicht der geringste Rest war darin, nicht die geringste Narbe von den Schlägen, die ihr die Gestapo bei der Verhaftung versetzt hatte, als sie sich weigerte, über ihren Mann auszusagen. Ihr dicker Mozartzopf stand beim Schaukeln starr vom Nacken ab. Sie hatte mit zusammengezogenen dichten Brauen in ihrem runden Gesicht den entschlossenen, etwas energischen Ausdruck, den sie von klein auf bei allen schwierigen Unternehmungen annahm. Ich kannte die Falte in ihrer Stirn, in ihrem sonst spiegelglatten und runden Apfelgesicht, von allen Gelegenheiten, von schwierigen Ballspielen und Wettschwimmen und Klassenaufsätzen und später auch bei erregten Versammlungen und beim Flugblätterverteilen. Ich hatte dieselbe Falte zwischen ihren Brauen zuletzt gesehen, als ich zu Hitlers Zeit, kurz vor der endgültigen Flucht, in meiner Vaterstadt meine Freunde zum letzten Mal traf. Sie hatte sie früher auch in der Stirn gehabt, als ihr Mann zur vereinbarten Zeit nicht an den vereinbarten Ort kam, woraus sich ergab, dass er in der von den Nazis verbotenen Druckerei verhaftet worden war. Sie hatte auch sicher Brauen und Mund verzogen, als man sie gleich darauf selbst verhaftete. Die Falte in ihrer Stirn, die früher nur bei besonderen Gelegenheiten entstand, wurde zu einem ständigen Merkmal, als man sie im

Frauenkonzentrationslager im zweiten Winter dieses Krieges langsam, aber sicher an Hunger zugrunde gehen ließ. Ich wunderte mich, wieso ich ihren Kopf, der durch das breite Band um den Mozartzopf beschattet war, bisweilen vergessen konnte, wo ich doch sicher war, dass sie selbst im Tod ihr Apfelgesicht mit der eingekerbten Stirn behalten hatte.

Auf der anderen Schaukelseite hockte Marianne, das hübscheste Mädchen der Klasse, die hohen dünnen Beine vor sich auf dem Brett verschränkt. Sie hatte die aschblonden Zöpfe in Kringeln über die Ohren gesteckt. In ihrem Gesicht, so edel und regelmäßig geschnitten wie die Gesichter der steinernen Mädchenfiguren aus dem Mittelalter im Dom von Marburg, war nichts zu sehen als Heiterkeit und Anmut. Man sah ihr ebenso wenig wie einer Blume Zeichen von Herzlosigkeit an, von Verschulden oder Gewissenskälte. Ich selbst vergaß sofort alles, was ich über sie wusste, und freute mich ihres Anblicks. Durch ihren stracksen mageren Körper lief jedes Mal ein Ruck, wenn sie, ohne sich abzustoßen, den Schwung der Schaukel verstärkte. Sie sah aus, als ob sie auch mühelos abfliegen könnte, die Nelke zwischen den Zähnen, mit ihrer festen kleinen Brust in dem grünleinenen, verwachsenen Kittel.

Ich erkannte die Stimme der ältlichen Lehrerin, Fräulein Mees, auf der Suche nach uns, dicht hinter der niedrigen Mauer, die den Schaukelhof von der Kaffeeterrasse abtrennte. »Leni! Marianne! Netty!« Ich packte nicht mehr vor Erstaunen meine Zöpfe. Die Lehrerin hatte mich ja mit den anderen zusammen bei gar keinem anderen Namen rufen können. Marianne zog die Beine von der Schaukel und stellte, sobald das Brett nach Lenis Seite abwärtswippte, ihre Füße fest auf, damit Leni bequem absteigen konnte. Dann legte sie einen Arm um Lenis Hals und zupfte ihr behutsam Halme aus dem Haar. Mir kam jetzt alles unmöglich vor, was man mir über die beiden erzählt und geschrieben hatte. Wenn Marianne so vorsichtig die Schaukel für Leni festhielt und ihr mit so viel Freundschaft und so viel Behutsamkeit die Halme aus dem Haar zupfte und sogar ihren Arm um Lenis Hals schlang, dann konnte sie sich unmöglich mit kalten Worten später schroff weigern, Leni einen Freundschaftsdienst zu tun. Sie konnte unmöglich die Antwort über die Lippen bringen, sie kümmere sich nicht um ein Mädchen, das irgendwann, irgendwo einmal zufällig in ihre Klasse gegangen sei. Ein jeder Pfennig, an Leni und deren Familie gewandt, sei herausgeworfen, ein Betrug am Staat. Die Gestapobeamten, die nacheinander beide Eltern verhaftet hatten, erklärten vor den Nachbarn, das schutzlos zurückgebliebene Kind der Leni gehöre sofort in ein nationalsozialistisches Erziehungsheim. Darauf fingen Nachbarsfrauen das Kind am Spielplatz ab und hielten es versteckt, damit es nach Berlin zu Verwandten des Vaters fahren könnte. Sie liefen, um Reisegeld zu leihen, zu Marianne, die sie früher manchmal Arm in Arm mit Leni erblickt hatten. Doch Marianne weigerte sich und fügte hinzu, ihr eigener Mann sei ein hoher Nazibeamter und Leni samt ihrem Mann seien zu Recht arretiert, weil sie sich gegen Hitler vergangen hätten. Die Frauen fürchteten sich, sie würden noch selbst der Gestapo angezeigt.

Mir flog durch den Kopf, ob Lenis Töchterlein eine ähnlich eingekerbte Stirn gezeigt hatte wie ihre Mutter, als sie dann doch zur Zwangserziehung abgeholt wurde.

Jetzt zogen die beiden, Marianne und Leni, von denen eine ihres Kindes verlustig gegangen war durch das Verschulden der anderen, die Arme gegenseitig um die Hälse geschlungen, Schläfe an Schläfe gelehnt, aus dem Schaukelgärtchen. Ich wurde gerade ein wenig traurig, kam mir, wie es in der Schulzeit leicht geschah, ein wenig verbannt vor aus den gemeinsamen Spielen und herzlichen Freundschaften der anderen. Da blieben die beiden noch einmal stehen und nahmen mich in die Mitte.

Wir zogen wie drei Kücken hinter der Ente, hinter Fräulein Mees her auf die Kaffeeterrasse. Fräulein Mees hinkte ein wenig, was sie, zusammen mit ihrem großen Hintern, einer Ente noch ähnlicher machte. Auf ihrem Busen, im Blusenausschnitt, hing ein großes schwarzes Kreuz. Ich hätte ein Lächeln verbissen, wie Leni und Marianne, doch milderte sich die Belustigung über ihren komischen Anblick durch eine schwer damit zu vereinende Achtung: Sie hatte später das klobige schwarze Kreuz im Kleidausschnitt nie abgelegt. Sie war ganz freimütig furchtlos statt mit einem Hakenkreuz mit ebendiesem Kreuz nach dem verbotenen Gottesdienst der Bekenntniskirche herumgegangen.

Die Kaffeeterrasse am Rhein war mit Rosenstöcken bepflanzt. Sie schienen, mit den Mädchen verglichen, so regelrecht, so kerzengerade, so wohl behütet wie Gartenblumen neben Feldblumen. Durch den Geruch von Wasser und Garten drang verlockend Kaffeegeruch. Von den mit rot-weiß karierten Tüchern gedeckten Tischen vor dem langgestreckten niedrigen Gasthaus tönte das Gesumm junger Stimmen wie ein Bienenschwarm. Mich zog es zuerst dichter ans Ufer, damit ich die unbegrenzte sonnige Weite des Landes in mich einatmen konnte. Ich riss die zwei anderen, Leni und Marianne, zum Gartenzaun, wo wir in den Fluss sahen, der graublau und flimmrig an der Wirtschaft vorbeiströmte. Die Dörfer und Hügel auf dem gegenüberliegenden Ufer mit ihren Äckern und Wäldern spiegelten sich in einem Netz von Sonnenkringeln. Je mehr und je länger ich um mich sah, desto freier konnte ich atmen, desto rascher füllte sich mein Herz mit Heiterkeit. Denn fast unmerklich verflüchtigte sich der schwere Druck von Trübsinn, der auf jedem Atemzug gelegen hatte. Bei dem bloßen Anblick des weichen hügeligen Landes gedieh die Lebensfreude und Heiterkeit statt der Schwermut aus dem Blut selbst, wie ein bestimmtes Korn aus einer bestimmten Luft und Erde.

Ein holländischer Dampfer mit einer Kette von acht Schleppkähnen fuhr durch die im Wasser widergespiegelten Hügel. Sie fuhren Holz. Die Schiffersfrau, umtanzt von ihrem Hündchen, kehrte gerade das Verdeck. Wir Mädchen warteten, bis im Rhein die weiße Spur hinter dem Zug aus Holzschleppern verschwunden war und nichts mehr im Wasser zu sehen als der Abglanz des gegenüberliegenden Ufers, der mit dem Abglanz unseres diesseitigen Gartens zusammenstieß. Wir machten kehrt zu den Kaffeetischen, voran unser wackliges Fräulein Mees, die mir gar nicht mehr drollig vorkam, mit ihrem ebenfalls wackligen Brustkreuz, das für mich auf einmal bedeutsam und unumstößlich geworden war und feierlich wie ein Wahrzeichen.

Vielleicht gab es unter den Schulmädchen auch mürrische und schmierige: In ihren bunten Sommerkleidern, mit ihren hüpfenden Zöpfen und lustigen Kringeln sahen sie alle frisch und festlich aus. Weil die meisten Plätze besetzt waren, teilten sich Marianne und Leni Stuhl und Kaffeetasse. Eine kleine stupsnäsige Nora, mit dünnem Stimmchen, mit zwei um den Kopf gewundenen Zöpfen, in kariertem Kleidchen, schenkte selbstbewusst Kaffee ein und teilte Zucker aus, als sei sie selbst die Wirtin. Marianne, die sonst ihre ehemaligen Mitschülerinnen zu vergessen pflegte, erinnerte sich noch deutlich dieses Ausflugs, als Nora, die Leiterin der nationalsozialistischen Frauenschaft geworden war, sie dort als Volksgenossin und ehemalige Schulkameradin begrüßte.

Die blaue Wolke von Dunst, die aus dem Rhein kam oder immer noch aus meinen übermüdeten Augen, vernebelte über allen Mädchentischen, sodass ich die einzelnen Gesichter von Nora und Leni und Marianne und wie sie sonst hießen, nicht mehr deutlich unterschied, wie sich keine einzelne Dolde mehr abhebt in einem Gewirr wilder Blumen. Ich hörte eine Weile das Gestreite, wo die jüngere Lehrerin, Fräulein Sichel, die gerade aus dem Gasthaus trat, sich am besten setzen könnte. Die Dunstwolke verschwebte von meinen Augen, sodass ich Fräulein Sichel genau erkannte, die frisch und hell gekleidet einherkam wie ihre Schülerinnen.

Sie setzte sich dicht neben mich, die hurtige Nora schenkte ihr, der Lieblingslehrerin, Kaffee ein: In ihrer Gefälligkeit und Bereitschaft hatte sie Fräulein Sichels Platz sogar geschwind mit ein paar Jasminzweigen umwunden.

Das hätte die Nora sicher, wäre ihr Gedächtnis nicht ebenso dünn gewesen wie ihre Stimme, später bereut, als Leiterin der nationalsozialistischen Frauenschaft unserer Stadt. Jetzt sah sie mit Stolz und beinahe sogar mit Verliebtheit zu, wie Fräulein Sichel einen von diesen Jasminzweigen in das Knopfloch ihrer Jacke steckte. Im ersten Weltkrieg würde sie sich noch immer freuen, dass sie in einer Abteilung des Frauendienstes, der durchfahrende Soldaten tränkte und speiste, die gleiche Dienstzeit wie Fräulein Sichel hatte. Doch später sollte sie dieselbe Lehrerin, die dann schon greisenhaft zittrig geworden war, mit groben Worten von einer Bank am Rhein herunterjagen, weil sie auf einer judenfreien Bank sitzen wollte. Mich selbst durchfuhr plötzlich, da ich dicht neben ihr saß, wie ein schweres Versäumnis in meinem Gedächtnis, als ob ich die höhere Pflicht hätte, mir auch die winzigsten Einzelheiten für immer zu merken, dass das Haar von Fräulein Sichel keineswegs von jeher schneeweiß war, wie ich es in Erinnerung hatte, sondern in der Zeit unseres Schulausfluges duftig braun, bis auf ein paar weiße Strähnen an ihren Schläfen. Es waren ihrer jetzt noch so wenig weiße, dass man sie zählen konnte, doch mich bestürzten sie, als sei ich zum ersten Mal heute und hier auf eine Spur des Alters gestoßen. Alle übrigen Mädchen an unserem Tisch freuten sich mit Nora über die Nähe der jungen Lehrerin, ohne zu ahnen, dass sie später das Fräulein Sichel bespucken und Judensau verhöhnen würden.

Die Älteste von uns allen, Lore – sie trug Rock und Bluse und rötliches onduliertes Haar und hatte schon längst echte Liebschaften –, war inzwischen von einem Tisch zum anderen gegangen, um selbstgebackenen Kuchen zu verteilen. In diesem Mädchen wohnten allerlei kostbare häusliche Begabungen zusammen, die sich teils auf die Liebes-, teils auf die Kochkunst bezogen. Die Lore war immerzu überaus lustig und gefällig und zu drolligen Witzen und Streichen aufgelegt. Ihr ungewöhnlich frühzeitig begonnener, von den Lehrerinnen streng gerügter leichtfertiger Lebenswandel führte zu keiner Heirat und sogar zu keiner ernsthaften Liebesbeziehung, sodass sie, als die meisten längst würdige Mütter waren, noch immer wie heute aussah, als Mitschülerin, kurzröckig, mit großem, rotem, genäschigem Mund. Wie konnte es da mit ihr so ein finsteres Ende nehmen. Freiwilliges Sterben durch eine Röhre Schlafpulver. Ein verärgerter Naziliebhaber hatte sie, da ihre Untreue Rassenschande hieß, mit Konzentrationslager bedroht. Er hatte lange umsonst gelauert, sie endlich mit dem gesetzlich verbotenen Freund zu überraschen. Doch trotz seiner Eifersucht und Strafgier war ihm der Nachweis erst gelungen, als kurz vor diesem Krieg bei einer Fliegeralarmprobe der Luftwart alle Einwohner aus Zimmern und Betten in den Keller zwang, auch die Lore mit dem verfemten Liebsten.

Sie schenkte nun heimlich, was uns aber doch nicht entging, ein übriggebliebenes Zimtsternchen der ebenfalls auffällig hübschen, pfiffigen, mit zahllosen natürlichen Löckchen geputzten Ida. Sie war ihr in der Klasse die einzige Freundin, da Lore sonst wegen ihrer Belustigungen ziemlich schief angesehen wurde. Wir munkelten viel über die fidelen Verabredungen von Ida und Lore, auch über ihre gemeinsamen Besuche der Schwimmanstalten, wo sie gelenkige Gefährten zum Freischwimmen trafen. Ich weiß nur nicht, warum Ida, die heimlich das Zimtsternchen nagte, nie von der Feme der Mütter und Töchter getroffen wurde, vielleicht, weil sie eine Lehrerstochter war und Lore eine Friseurstochter. Ida machte beizeiten Schluss mit dem lockeren Leben, aber es kam auch bei ihr nicht zur Heirat, weil ihr Bräutigam vor Verdun fiel. Dieses Herzeleid trieb sie zur Krankenpflege, damit sie wenigstens den Verwundeten nützlich werden könnte. Da sie ihren Beruf mit dem Friedensschluss 1918 nicht aufgeben wollte, trat sie bei den Diakonissinnen ein. Ihre Lieblichkeit war schon ein wenig verwelkt, ihre Löckchen waren schon ein wenig grau, wie mit Asche bestreut, als sie Funktionärin bei den nationalsozialistischen Krankenschwestern wurde, und wenn sie auch in dem jetzigen Krieg keinen Bräutigam hatte, ihr Wunsch nach Rache, ihre Erbitterung waren immer noch wach. Sie prägte den jüngeren Pflegerinnen die staatlichen Anweisungen ein, die zur Vermeidung von Gesprächen und falschen Mitleidsdiensten bei der Pflege Kriegsgefangener mahnten. Doch ihre Anweisung, den frisch gekommenen Mull ausschließlich für Landsleute zu verwenden, nützte gar nichts. Denn an dem Ort ihrer neuen Tätigkeit, in das Spital weit hinter der Front, schlug eine Bombe ein, die Freunde und Feinde zerknallte und natürlich auch ihren Lockenkopf, über den jetzt noch einmal Lore fuhr mit fünf manikürten Fingern, wie nur sie allein in der Klasse welche hatte.

Gleichzeitig schlug Fräulein Mees mit dem Löffel an die Kaffeetasse und befahl uns, unseren Geldbeitrag zum Kaffee in den Zwiebelmusterteller zu werfen, den sie gerade mit ihrer Lieblingsschülerin um die Tische herumschickte. Genauso flink und beherzt hatte sie später für die von den Nazis verpönte Bekenntniskirche gesammelt, wo sie, an solche Ämter gewöhnt, zuletzt Kassiererin geworden war. Kein ungefährliches Amt, aber sie hatte ebenso frisch und natürlich das Scherflein gesammelt. Die Lieblingsschülerin Gerda klapperte heute lustig mit dem Sammelteller und trug ihn dann zur Wirtin. Gerda war, ohne schön zu sein, einnehmend und gewandt, mit einem stutenartigen Schädel, mit grobem zottigem Haar, starken Zähnen und schönen braunen, ebenfalls pferdeartigen, treuen und sanft gewölbten Augen. Sie jagte gleich darauf von der Wirtin zurück – auch darin glich sie einem Pferdchen, dass sie immer im Galopp war –, um die Erlaubnis zu erbitten, sich von der Klasse zu sondern und das nächste Schiff benutzen zu dürfen. Sie hatte im Gasthaus erfahren, dass das Kind der Besitzerin schwer erkrankt war. Da zu seiner Pflege sonst niemand da war, wollte Gerda die Kranke besorgen. Fräulein Mees beschwichtigte alle Einwände von Fräulein Sichel, und Gerda galoppierte zu ihrer Krankenpflege wie zu einem Fest. Sie war zur Krankenpflege und Menschenliebe geboren, zum Beruf einer Lehrerin in einem aus dem Bestand der Welt fast verschwundenen Sinn, als sei sie auserlesen, überall Kinder zu suchen, denen sie vonnöten war, und sie entdeckte auch immer und überall Hilfsbedürftige. Wenn auch ihr Leben zuletzt unbeachtet und sinnlos endete, so war darin doch nichts verloren, nicht die bescheidenste ihrer Hilfeleistungen. Ihr Leben selbst war leichter vertilgbar als die Spuren ihres Lebens, die im Gedächtnis von vielen sind, denen sie einmal zufällig geholfen hat. Wer aber war denn zur Stelle, ihr selbst zu helfen, als ihr eigener Mann, gegen ihr Verbot und gegen ihre Drohung, die Hakenkreuzfahne, wie es der neue Staat befahl, zum Ersten Mai heraushängte, weil man ihm sonst die Stelle gekündigt hätte? Niemand war da, um sie rechtzeitig zu beruhigen, als sie, vom Markt heimlaufend, die schauerlich geflaggte Wohnung erblickte, voll Scham und Verzweiflung heraufstürzte und den Gashahn aufdrehte. Niemand stand ihr bei. Sie blieb in dieser Stunde hoffnungslos allein, wie vielen sie selbst auch beigestanden hatte.

Ein Dampfer tutete vom Rhein her. Wir reckten unsere Köpfe. Auf seinem weißen Rumpf stand in goldener Schrift »Remagen«.

Obwohl er weitab trieb, konnte ich den Namen mit meinen kranken Augen glatt entziffern. Ich sah das Rauchgekräusel überm Schornstein und die Luken der Kajüte. Ich verfolgte die Fahrbahn des Dampfers, die sich in einem fort glättete und in einem fort neu entstand. Meine Augen hatten sich inzwischen in der gewohnten vertrauten Welt eingewöhnt, ich sah alles noch schärfer als bei der Durchfahrt des holländischen Schleppers. Es haftete diesem Dampferchen »Remagen« auf dem breiten stillen Strom, Dörfer streifend und Hügelketten und Wolkenzüge, eine durch nichts verlorene, durch nichts verlierbare Klarheit an, die durch nichts auf der Welt zu trüben war. Ich hatte auch bereits selbst auf dem Deck des Dampfers und in den Bullaugen die bekannten Gesichter festgestellt, die die Mädchen jetzt laut ausriefen: »Lehrer Schenk! Lehrer Reiß! Otto Helmholz! Eugen Lütgens! Fritz Müller!«

Alle Mädchen riefen miteinander: »Das ist das Realgymnasium! Das ist die Unterprima!« Ob diese Klasse, die wie wir ihren Ausflug machte, hier bei der nächsten Dampferstation halten würde? Fräulein Sichel und Fräulein Mees befahlen nach kurzer Beratung uns Mädchen das Aufstellen in Viererreihen, da sie auf jeden Fall das Zusammentreffen der beiden Klassen vermeiden wollten. Marianne, deren Zöpfe sich bei der Schaukelfahrt aufgelöst hatten, begann ihre Schnecken über den Ohren frisch aufzustecken, denn ihre Freundin Leni, mit der sie seit der gemeinsamen Schaukelei den Stuhl geteilt hatte, stellte mit besseren Augen fest, Otto Fresenius sei auch an Bord, Mariannes liebster Werber und Tänzer. Leni flüsterte ihr überdies zu: »Sie steigen hier aus; er zeigt mit der Hand.«

Fresenius, ein dunkelblonder schlaksiger Junge von siebzehn Jahren, der schon längst hartnäckig vom Schiff herwinkte, wäre auch zu uns herübergeschwommen, um mit seinem Mädchen vereint zu sein. Marianne hing den Arm fest um Lenis Hals, ihr war die Freundin, an die sie sich später überhaupt nicht mehr erinnern wollte, als man um ihre Hilfe bat, wie eine echte Schwester, in Freud und Not der Liebe eine gute Betreuerin, die gewissenhaft Briefe und heimliche Zusammentreffen vermittelte. Marianne, die immer ein schönes gesundes Mädchen war, wurde durch die bloße Nähe des Freundes ein solches Wunder an Zartheit und Anmut, dass sie wie ein sagenhaftes Kind von allen Schulmädchen abstach. Otto Fresenius hatte bereits daheim seiner Mutter, mit der er Geheimnisse teilte, seine Zuneigung verraten. Da die Mutter sich selbst an der glücklichen Wahl freute, meinte sie, dass einmal später, wenn man gebührend wartete, nichts einer Ehe im Wege stünde. Zum Verlobungsfest kam es dann auch, aber zur Hochzeit nie, denn der Bräutigam fiel ja schon 1914 in einem Studentenbataillon in den Argonnen.

Der Dampfer »Remagen« machte jetzt eine Drehung zum Landungssteg. Unsere zwei Lehrerinnen, die zur Heimfahrt der Mädchen das Schiff aus entgegengesetzter Richtung abwarten mussten, begannen sofort, uns abzuzählen. Leni und Marianne sahen gespannt dem Dampfer entgegen. Leni drehte so neugierig ihren Kopf, als ob sie ahne, dass auch ihre eigene Zukunft, der Ablauf ihres eigenen Schicksals, von der Vereinigung oder Trennung des Liebespaares abhänge. Wär es allein nach Leni gegangen statt nach Kaiser Wilhelms Mobilmachung und später nach den französischen Scharfschützen, die beiden wären sicher ein Paar geworden. Sie fühlte genau, wie gut die zwei jungen Leute an Herz und Körper zusammenpassten. Dann hätte sich Marianne später auch nie geweigert, für Lenis Kind zu sorgen. Otto Fresenius hätte vielleicht schon vorher Mittel gefunden, der Leni zur Flucht zu verhelfen. Er hätte wahrscheinlich dem zarten schönen Gesicht seiner Frau Marianne nach und nach einen solchen Zug von Rechtlichkeit, von gemeinsam geachteter Menschenwürde eingeprägt, der sie dann verhindert hätte, ihre Schulfreundin zu verleugnen.

Jetzt kam Otto Fresenius, dem ein Geschoss im ersten Weltkrieg den Bauch zerreißen sollte, von seiner Liebe angespornt, als Erster über den Landungssteg auf den Wirtsgarten zu. Marianne, die eine Hand nie von Lenis Schulter wegzog, gab ihm ihre freie Hand und überließ sie ihm. Nicht nur der Leni und mir, uns Kindern allen war es klar, dass diese zwei ein Liebespaar waren. Sie gaben uns zum ersten Mal, nicht geträumt, nicht gelesen aus Dichtungen oder Märchen oder aus klassischen Dramen, sondern echt und wirklich, den richtigen Begriff eines Liebespaares, wie es die Natur selbst geplant und zusammengefügt hat.

Einen Finger noch immer in seinen gehängt, zeigte Mariannes Gesicht einen Ausdruck völliger Ergebenheit, der jetzt zum Ausdruck ewiger Treue wurde, zu dem hohen, mageren, dunkelblonden Jungen, um den sie auch, wenn ihr Feldpostbrief mit dem Stempel »Gefallen« zurückkommt, wie eine Witwe in Schwarz trauern wird. In diesen schweren Tagen, in denen Marianne, die ich doch früher das Leben anbeten sah, mit seinen großen und kleinen Freuden, ob es um ihre Liebe ging oder um die Wippschaukel, am Leben schlechthin verzweifelte, würde die Freundin Leni, um die sie jetzt ihren Arm gelegt hielt, die Bekanntschaft des Urlaubers Fritz machen, aus einer Eisenbahnerfamilie unserer Stadt. Während Marianne lange Zeit von einer schwarzen Wolke umhüllt war, in verzweifelter Anmut, in tieftrauriger Lieblichkeit, war Leni der reifste, rosigste Apfel. Die beiden Freundinnen waren dadurch eine Zeitlang auf die gewöhnliche menschliche Weise entfremdet, mit der Leid und Glück entfremdet sind. Nach dem Ablauf der Trauerzeit würde sich Marianne nach verschiedenen Treffen in Kaffeewirtschaften am Rheinufer, mit ineinandergehakten Fingern wie jetzt und dem gleichen Ausdruck ewiger Treue wie jetzt auf dem länglichen sanften Gesicht, eine neue Verbindung mit einem gewissen Gustav Liebig wählen, der den ersten Weltkrieg heil überstanden hatte und der später in unserer Stadt SS-Sturmbannführer werden sollte. Das wäre Otto Fresenius, selbst wenn er gesund aus dem Kriege gekommen wäre, nie geworden, weder SS-Sturmbannführer noch Vertrauensmann der Gauleitung. Die Spur von Gerechtigkeit und Rechtlichkeit, die seinen Zügen schon jetzt im Knabengesicht unverkennbar innewohnte, machte ihn untauglich für eine solche Laufbahn und solchen Beruf. Leni war nur beruhigt, als sie erfuhr, dass ihre Klassengefährtin, an der sie damals noch hing wie an einer Schwester, sich in ein frisches, neue Freuden versprechendes Schicksal gefunden hatte. Sie war genau wie jetzt viel zu töricht, um zu ahnen, dass die Schicksale der Knaben und Mädchen zusammen das Schicksal der Heimat, das Schicksal des Volkes ausmachen, dass darum über kurz oder lang das Leid oder Glück ihrer Klassenfreundin sie selbst beschatten oder besonnen könnte. Mir entging jetzt genauso wenig wie Leni das lautlose unaustilgbare Gelöbnis im Gesicht Mariannes, das leicht, wie zufällig, an den Arm des Freundes gelehnt war, die Bürgschaft unzerstörbarer Zusammengehörigkeit. Leni atmete tief auf, als sei es für sie ein besonderes Glück, Zeuge solcher Liebe zu sein. Ehe sie, Leni und ihr Mann, von der Gestapo verhaftet sein würden, sollte Marianne von ihrem neuen Mann Liebig, dem sie auch ewige Treue gelobt hatte, so viel verächtliche Worte über den Mann ihrer Schulfreundin hören, dass ihr selbst bald die Freundschaft mit einem für so verächtlich gehaltenen Mädchen entglitt. Lenis Mann hatte sich mit allen Mitteln gesträubt, in die SA oder SS einzutreten. Mariannes Mann, der stolz auf Rang und Ordnung war, wäre dort in der SS sein Vorgesetzter geworden. Wie er merkte, dass Lenis Mann den von ihm für so ehrenvoll gehaltenen Eintritt verschmähte, machte er die Behörden der kleinen Stadt auf den nachlässigen Untertan aufmerksam.

Nach und nach war die ganze Knabenklasse mit ihren zwei Lehrern gelandet. Ein gewisser Herr Neeb, ein junger Lehrer mit blondem Schnurrbärtchen, ließ nach einer Verbeugung gegen die beiden Lehrerinnen seinen scharfen Blick über uns Mädchen gehen, wobei er feststellte, dass Gerda, die er unwillkürlich suchte, nicht dabei war. Gerda pflegte und wusch noch immer im Gasthaus das kranke Kind der Wirtin, ahnte nichts von dem Knabenzustrom draußen im Garten, auch nicht, dass sie der Lehrer Neeb bereits vermisste, dem sie schon bei anderen Gelegenheiten durch ihre braunen Augen und durch ihre Hilfsbereitschaft aufgefallen war. Erst nach 1918, nach dem Abschluss des ersten Weltkrieges, als die Gerda schon selbst Lehrerin war und schon beide die Schulverbesserungen der Weimarer Republik unterstützten, sollten sie sich endgültig in dem jüngst gegründeten »Bund entschiedener Schulreformer« treffen. Aber die Gerda blieb den alten Zielen und Wünschen treuer als er. Nachdem er endlich mit dem Mädchen verheiratet war, das er wegen ihrer Gesinnung gewählt hatte, achtete er bald ein Zusammenleben in Frieden und Wohlstand höher als die gemeinsame Gesinnung. Deshalb hing er auch die Hakenkreuzfahne aus seinem Wohnzimmerfenster, denn das Gesetz bedrohte ihn im Unterlassungsfall, seine Stellung und dadurch das Brot für seine Familie zu verlieren.

Nicht nur mir war Neebs Enttäuschung aufgefallen, weil er in unserer Schar das Mädchen Gerda nicht sah, die er später so sicher finden und zu der Seinen machen sollte, dass er dadurch ihren Tod mitverschuldete. Else war, glaube ich, die Jüngste von uns allen, ein dickzöpfiges rundes Mädchen mit einem runden, kirschenroten Mund. Sie äußerte scheinbar beiläufig, gleichmütig, dass noch eine von uns, Gerda, im Gasthaus geblieben sei, um ein erkranktes Kind zu versorgen. Else, die ich und alle bald vergaßen in ihrer Kleinheit und Unauffälligkeit, wie man eben an irgendeinem Strauch eine bestimmte dicke Knospe vergisst, hatte noch gar keine eigenen Liebesgeschichten, liebte es aber, die der anderen ausfindig zu machen und darin herumzustöbern. Jetzt belehrte sie das Aufglänzen in den Augen des Herrn Neeb, dass sie richtig geraten hatte, sie fügte scheinbar zufällig hinzu: »Das Krankenzimmer ist gleich hinter der Küche.« Während die Else solchermaßen ihre Schlauheit erprobte, und sie konnte mit ihren glitzernden Kinderaugen Neebs Gedanken viel besser entziffern als mit erwachsenen, durch Erfahrung getrübten Augen, sollte ihre eigene Liebe noch lange auf sich warten lassen. Denn ihr künftiger Mann, der Schreiner Ebi, ging erst noch in den Krieg. Er hatte schon damals Spitzbärtchen und Bäuchlein und war viel älter als sie. Als er die immer noch runde und stupsnäsige Else nach dem damaligen Friedensschluss zur Schreinermeisterin machte, kam es ihm im Geschäft gelegen, dass sie inzwischen Buchhaltung auf der Handelsschule gelernt hatte. Beiden war die Schreinerei wichtig und ihre drei Kinder. Der Schreiner pflegte später zu sagen, für ihn laufe sein Handwerk gleich, ob in Darmstadt, der Provinzialhauptstadt, großherzogliche oder sozialdemokratische Ministerräte säßen. Auch Hitlers Macht und den Ausbruch des neuen Krieges sah er wie eine Art böses Naturereignis an, wie ein Gewitter oder wie einen Schneesturm. Er war damals schon ziemlich gealtert. Auch in Elses buschigen Zöpfen gab es manche grauen

Strähnen. Seine Meinung zu ändern, fand er wohl auch keine Zeit, als bei dem englischen Fliegerangriff auf Mainz innerhalb fünf Minuten seine Frau Else, er selbst, seine Kinder und seine Gesellen das Leben verließen, mit seinem Haus und seiner Werkstatt in Staub und Fetzen verwandelt.

Während die Else, fest und rund wie ein Knödelchen, durch nichts anderes zu zersplittern als durch eine Bombe, in ihre Mädchenreihe hineinsprang, nahm Marianne ihren Platz in der äußersten Ecke der hintersten Reihe ein, wo Otto noch immer neben ihr stehen konnte, ihre Hand in seiner. Sie sahen über den Zaun weg ins Wasser, wo sich ihre Schatten mit den Spiegelbildern der Berge und Wolken vermischten und der weißen Mauer der Ausflugswirtschaft. Sie sprachen nichts miteinander, sie waren sich völlig gewiss, dass nichts sie trennen konnte, keine Viererreihen und keine Dampferabfahrt, nicht einmal später der gemeinsame Tod im geruhsamen Alter in einer Schar gemeinsam gezeugter und aufgezogener Kinder.

Der ältere Lehrer der Knabenklasse – er schlürfte dahin und räusperte sich, er hieß bei den Buben der »Greis« – kam über den Landungssteg in den Garten, von seinen Knaben umgeben. Sie setzten sich flink und gierig an den Tisch, den wir Mädchen eben verlassen hatten, und die Wirtin, die froh war, dass ihr krankes Kind noch immer von Gerda betreut wurde, brachte ihr frisches, blau-weißes Zwiebelmustergeschirr. Der Knabenklassenchef, Lehrer Reiß, fing seinen Kaffee zu schlecken an. Es klang, als schlürfe ein bärtiger Riese.

Umgekehrt, wie es sonst geschieht, erlebte der Lehrer das Absterben seiner jungen Schüler im folgenden und im jetzigen Krieg, in schwarz-weiß-roten und in Hakenkreuz-Regimentern. Er aber überlebte alles unbeschadet. Denn er wurde allmählich zu alt, nicht bloß für Kämpfe, sondern auch für auslegbare Äußerungen, die ihn hätten in Haft und Konzentrationslager bringen können.

Während die teils gesitteten, teils strolchigen Buben, die um den »Greis« herumbummelten, den Kobolden aus der Sage glichen, war der Mädchenschwarm drunten im Garten piepsig und elfig. Bei unserer Abzählung hatte man festgestellt, dass ein paar Mädchen fehlten. Lore saß in der Knabenklasse, denn sie blieb immer so lange wie möglich, heute sowohl wie ihr ganzes – übrigens durch Nazi-Eifersucht schlecht beendetes – Leben, in männlicher Gesellschaft. Neben ihr kicherte eine gewisse Elli, die ihren Tanzstundenfreund plötzlich entdeckt hatte, Walter, ein pausbäckiges Knäblein. Jetzt waren die zu seinem Kummer noch kurzen Höschen zu stramm über seinem festen Hintern, später würde er, ein zwar schon ältlicher, aber noch äußerst ansehnlicher SS-Mann, als Transportleiter Lenis verhafteten Mann für immer fortbringen. Leni stellte sich weiter sorgfältig schräg, damit Marianne die letzten Worte mit ihrem Liebsten wechseln konnte, ohne dass sie nur ahnen konnte, von wie viel künftigen Feindschaften sie hier im Garten umgeben war. Ida, die künftige Diakonissin, trottete pfeifend mit drolligen Tanzschritten zu uns herunter: die runden Kulleraugen der kleinen Burschen und die schrägen, behaglichen des alten Kaffeeschlürfers von Lehrer lagen erfreut auf ihrem Lockenkopf, um den ein Samtband gedreht war. Einmal im russischen Winter 1943, wenn ihr Spital unerwartet unter dem Bombardement liegt, wird sie genauso klar wie ich jetzt an das Samtbändchen in ihrem Haar denken und an das weiße, sonnige Wirtshaus und den Garten am Rhein und an die ankommenden Knaben und die abfahrenden Mädchen.

Marianne hatte die Hand ihres Otto Fresenius losgelassen. Sie hatte auch ihren Arm nicht mehr auf Lenis Schulter, sie stand in ihrer Mädchenreihe allein und verlassen im Nachdenken der Liebe. Trotz dieser irdischsten aller Gesinnungen stach sie jetzt von den anderen Mädchen durch eine beinahe überirdische Schönheit ab. Otto Fresenius kehrte zu dem Knabentisch zurück, Seite an Seite mit dem jungen Lehrer Neeb. Der betrug sich ohne Spott und Fragen wie ein guter Kamerad, weil er ja in derselben Klasse ein Mädchen suchte und weil er auch bei den Allerjüngsten Liebesunternehmungen achtete. Da diesen Jungen, den Otto, so viel rascher als den älteren Lehrer der Tod von seiner Liebsten reißen würde, blieb ihm im kurzen Leben Treue für immer gewährt und alles Böse erspart, alle Versuchungen, alle Gemeinheit und Schande, denen der ältere Mann zum Opfer fiel, als er für sich und Gerda eine staatlich bezahlte Stelle retten wollte.

Fräulein Mees, mit dem mächtigen, unzerstörbaren Kreuz auf dem Busen, bewachte sorgfältig uns Mädchen, damit keines vor der Ankunft des Dampfers zu ihrem Tanzstundenfreund durchbrannte. Fräulein Sichel war auf die Suche nach einer gewissen Sophie Meier gegangen, fand sie auch schließlich auf der Wippschaukel mit einem Jungen, Herbert Becker, zusammen, der genau wie sie selbst schmächtig und bebrillt war, sodass sie eher Geschwistern glichen als einem Liebespaar. Herbert Becker jagte beim Anblick der Lehrerin davon. Ich sah ihn noch oft durch unsere Stadt jagen, grinsend und Grimassen schneidend. Er hatte noch immer das gleiche bebrillte pfiffige Bubengesicht, als ich ihn vor wenigen Jahren in Frankreich wiedertraf, da er gerade aus dem spanischen Bürgerkrieg kam. Sophie wurde von Fräulein Sichel wegen ihrer Rumtreiberei ausgescholten, sodass sie ihre von Tränen feucht gewordene Brille putzen musste. Nicht nur das Haar der Lehrerin, in dem ich auch jetzt wieder verwundert ein Gemisch grauer Strähnen feststellte, auch das Haar der Schülerin Sophie, jetzt noch so schwarz wie Ebenholz, wie das Haar Schneewittchens, sollte über und über weiß sein, als sie zusammen im vollgepferchten, plombierten Waggon von den Nazis nach Polen deportiert wurden. Sophie war sogar völlig verhutzelt und veraltert, als sie in den Armen von Fräulein Sichel wie eine gleichaltrige Schwester überraschend abstarb.

Wir trösteten Sophie und putzten ihre Brillengläser, als Fräulein Mees in die Hände klatschte zum Abzug an die Dampferstation. Wir schämten uns, weil die Knabenklasse beobachtete, wie man uns aufmarschieren ließ, und weil sich alle über den schiefen wackligen Entengang unserer Lehrerin belustigten. Nur bei mir milderte sich der Spott durch die Achtung vor ihrer immer gleich gebliebenen Haltung, der auch die Vorladung vor das von Hitler in Szene gesetzte Volksgericht mit Androhung von Gefängnis nichts anhaben konnte. Wir warteten alle zusammen auf dem Landungssteg, bis unser Dampfer sein Seil auswarf. Mir erschien das Auffangen des Seiles durch den Bootsmann, das Winden des

Seiles um den Pflock, das Aufstellen der Schiffsbrücke ungemein behende, der Willkomm einer neuen Welt, die Bürgschaft unserer Wasserfahrt, sodass alle Reisen über unendliche Meere von einem Kontinent zum anderen verblassten und abenteuerlich wurden wie Kinderträume. Sie waren bei weitem nicht so erregend, so wirklichkeitstreu im Geruch von Holz und Wasser, im leichten Geschwank der Schiffsbrücke, im Knirschen der Seile wie der Antritt der zwanzig Minuten langen Rheinfahrt nach meiner Vaterstadt.

Ich sprang aufs Verdeck, um nahe am Steuerrad zu sitzen. Das Schiffsglöckchen läutete, das Seil wurde eingeholt, der Dampfer drehte. Sein weißer glitzernder Bogen von Schaum grub sich in den Fluss ein. Mir fielen alle weißen Schaumritzen ein, die alle möglichen Schiffe unter allen möglichen Breitengraden in die Meere gefurcht hatten. Die Flüchtigkeit und die Unverrückbarkeit einer Fahrt, die Bodenlosigkeit und die Erreichbarkeit des Wassers hatten sich mir nie mehr so stark einprägen können. Da stellte sich plötzlich Fräulein Sichel vor mich. Sie sah in der Sonne sehr jung aus in ihrem getupften Kleid mit ihrer festen kleinen Brust. Sie sagte zu mir mit blanken grauen Augen, weil ich gern fahre und weil ich gern Aufsätze schreibe, sollte ich für die nächste Deutschstunde eine Beschreibung des Schulausfluges machen.

Alle Mädchen der Schulklasse, die das Verdeck der Kajüte vorzogen, kamen um mich herum herauf auf die Bänke gestürzt. Aus dem Garten winkten und pfiffen die Knaben. Lore pfiff schrill zurück, sie wurde dafür heftig von Fräulein Mees ausgescholten, derweil die drüben im selben Takt fortfuhren zu pfeifen, Marianne beugte sich weit über das Geländer und ließ den Otto nicht aus den Augen, als könne schon diese Trennung für immer sein wie später die im Krieg 1914. Als sie ihren Freund nicht mehr erkennen konnte, legte sie einen Arm um mich und einen um Leni. Ich spürte zugleich mit der Zärtlichkeit ihres mageren bloßen Armes den Aufglanz der Sonne auf meinem Nacken. Ich sah jetzt auch zu Otto Fresenius zurück, der immer noch seinem Mädchen nachstarrte, als könne er sie im Auge behalten und, da sie jetzt ihren Kopf an Leni lehnte, für immer an unverbrüchliche Freundschaft erinnern.

Wir drei sahen eng umarmt stromaufwärts. Die schräge Nachmittagssonne auf den Hügeln und Weinbergen plusterte da und dort die weißen und rosa Obstblütenbäume. Im späten Sonnenschein glänzten ein paar Fenster wie in einer Feuersbrunst. Die Dörfer schienen zu wachsen, je näher man kam, und, wenn man sie kaum gestreift hatte, zusammenzuschrumpfen. Das war der angeborene Wunsch nach Fahrt, den man nie stillen kann, weil man alles nur im Vorbeifahren streift. Wir fuhren unter der Rheinbrücke durch, über die bald im ersten Weltkrieg Militärzüge fahren sollten mit all den Knaben, die jetzt im Garten ihren Kaffee tranken, und mit den Schülern aller Schulen. Als dieser Krieg endete, rückten die Soldaten der Alliierten über die gleiche Brücke und später Hitler mit seiner blutjungen Armee, die das gesperrte Rheinland wieder besetzte, bis die neuen Militärzüge zum neuen Weltkrieg alle Knaben des Volkes zum Sterben rollten. Unser Dampfer fuhr an der Petersau vorbei, auf der einer der Brückenpfeiler ruhte. Wir winkten alle zu den drei weißen Häuschen, die uns von klein auf vertraut waren wie aus Bilderbüchern mit Hexenmärchen. Die Häuschen und ein Angler spiegelten sich im Wasser, dazu das Dorf auf der anderen Seite, das mit seinen Raps- und Kornfeldern über einen Saum rosa Apfelbäume in einem ineinandergeduckten Schwarm von Giebeldächern bis zu dem Kirchturmsspitzlein auf dem Bergabfall in einem gotischen Dreieck anstieg.

Das späte Licht schien bald in eine Tallücke mit einer Eisenbahnspur, bald gegen eine entlegene Kapelle, und alles lugte rasch noch einmal aus dem Rhein, bevor es in der Dämmerung verschwand.

Wir waren alle im stillen Licht still geworden, sodass man das Krächzen von ein paar Vögeln hörte und das Fabriksgeheul aus Amöneburg. Sogar Lore war völlig verstummt. Marianne und Leni und ich, wir hatten alle drei unsere Arme ineinander verschränkt in einer Verbundenheit, die einfach zu der großen Verbundenheit alles Irdischen unter der Sonne gehörte: Marianne hatte noch immer den Kopf an Lenis Kopf gelehnt. Wie konnte dann später ein Betrug, ein Wahn in ihre Gedanken eindringen, dass sie und ihr Mann allein die Liebe zu diesem Land gepachtet hätten und deshalb mit gutem Recht das Mädchen, an das sie sich jetzt lehnte, verachteten und anzeigten. Nie hat uns jemand, als noch Zeit dazu war, an diese gemeinsame Fahrt erinnert. Wie viele Aufsätze auch noch geschrieben wurden über die Heimat und die Geschichte der Heimat und die Liebe zur Heimat, nie wurde erwähnt, dass vornehmlich unser Schwarm aneinandergelehnter Mädchen, stromaufwärts im schrägen Nachmittagslicht, zur Heimat gehörte.

Ein Flussarm zweigte schon ab zum Floßhafen, aus dem frisch gefälltes, geschnittenes und geflößtes Holz nach Holland gebracht wurde. Die Stadt schien mir noch entfernt genug zu liegen, als könnte sie mich nie zum Aussteigen und Bleiben zwingen, obwohl mir ihr Floßhafen, die Platanenreihen und Warenspeicher am Ufer viel vertrauter waren als jegliche Einfahrt in fremde Städte, die mich zum Bleiben gezwungen haben. Ich erkannte nach und nach schon vertraute Straßenzüge und Dachfirste und Kirchtürme unversehrt und vertraut, gleich längst untergegangenen Orten in Märchen und Liedern. Der eine Tag Schulausflug schien mir alles zugleich entfernt und zurückgeschenkt zu haben.

Als jetzt der Dampfer seinen Anlegebogen machte und Kinder und Strolche sich müßig zu unserer Ankunft drängten, schienen wir nicht nach dem Ausflug, sondern nach jahrelanger Reise heimzukehren. Kein Loch, kein Brandschaden haftete dieser vertrauten winkligen, wimmligen Stadt an, sodass sich meine Beunruhigung legte und ich mich daheim fühlte.

Die Lotte verabschiedete sich zuerst, kaum waren die Seile ausgeworfen. Sie wollte zur Abendmesse in den Dom, der schon bis zur Schiffsbrücke läutete. Die Lotte endete später im Kloster auf der Rheininsel Nonnenwerth, von wo man sie mit einem Trupp Schwestern über die holländische Grenze schaffte, aber das Schicksal kam ihnen nach. – Die Klasse verabschiedete sich von den Lehrerinnen. Fräulein Sichel erinnerte mich noch einmal an den Schulaufsatz, ihre grauen Augen blinkten wie fein gescheuerte Kieselsteine. Dann teilte sich unsere Klasse nach den verschiedenen Wohnrichtungen in einzelne Schwärme auf.

Leni und Marianne gingen eingehängt auf die Rheinstraße. Marianne hatte noch immer eine rote Nelke zwischen den Zähnen. Sie hatte die gleiche Nelke in das Band von Lenis Mozartzopf gesteckt. Ich sehe Marianne immer weiter mit ihrer roten Nelke zwischen den Zähnen, auch wie sie den Nachbarinnen der Leni bösartige Antworten gibt, auch wie sie mit halb verkohltem Körper, in rauchenden Kleiderfetzen in der Asche ihres Elternhauses liegt. Denn die Feuerwehr kam zu spät, um Marianne zu retten, als das Feuer des Bombardements von den unmittelbar getroffenen Häusern auf die Rheinstraße übergriff, wo sie gerade bei ihren Eltern zu Gast war. Sie hatte keinen leichteren Tod als die von ihr verleugnete Leni, die von Hunger und Krankheiten im Konzentrationslager abstarb. Doch durch die Verleugnung überlebte das Kind Lenis das Bombardement. Denn es wurde von der Gestapo in ein abgelegenes Nazi-Erziehungsheim gebracht.

Ich trottete mit ein paar Schülerinnen Richtung Christhofstraße. Zuerst war mir bang. Wie wir vom Rhein her in die Innenstadt einbogen, da legte sich's hart auf mein Herz, als ob mir etwas Unsinniges, etwas Böses bevorstünde, vielleicht eine heillose Nachricht oder ein Unheil, das ich über dem sonnigen Ausflug leichtfertig vergessen hatte. Dann verstand ich klar, die Christhofskirche konnte unmöglich bei einem nächtlichen Fliegerangriff zerstört worden sein, denn wir hörten ihr Abendläuten. Ich hatte mich überhaupt umsonst gegraut, auf diesem Weg heimzugehen, weil sich mir im Gedächtnis festgehakt hatte, dieser mittlere Stadtstreifen sei völlig von Bomben zerstört. Es ging mir auch durch den Kopf, dass jene Zeitungsfotografie sich geirrt haben möchte, auf der alle Gassen und Plätze abrasiert oder zerstört waren. Ich dachte zuerst, man hätte vielleicht auf Goebbels' Befehl, um über das Ausmaß des Angriffs zu täuschen, eine Scheinstadt mit äußerster Geschwindigkeit aufgebaut, in der kein Stein mehr wie früher auf dem anderen stand, die aber immerhin ganz kompakt und ansehnlich anmutete. Wir waren ja alle längst gewöhnt an solche Art Vorspiegelung und Betrug, nicht nur bei

Bombenangriffen, sondern auch bei anderen Vorkommnissen, die schwer zu durchschauen waren.

Doch die Häuser, die Treppen, der Brunnen standen wie immer. Auch Brauns Tapetengeschäft, das mit der Familie in diesem Krieg verbrannt sein sollte, nachdem ihm im ersten Krieg durch ein Fliegerabwehrgeschoss nur die Schaufenster zertrümmert worden waren, zeigte die geblümten und gestreiften Tapetenauslagen, sodass die Marie Braun, die zuletzt neben mir gegangen war, rasch in das Geschäft ihres Vaters ging. Die nächste unter uns Heimkehrerinnen, Katharina, lief zu ihrer winzig kleinen Schwester Toni, die unter den Platanen auf einer steinernen Stufe vor dem Brunnen spielte. Der Brunnen und alle Platanen waren ja wohl längst zerschmettert, doch die Kinder vermissten gar nichts zum Spielen, denn auch ihre letzte Stunde hatte geschlagen in den Kellern der umstehenden Häuser. Dabei kam auch die kleine Toni in dem Haus um, das sie von ihrem Vater geerbt hatte, mit einem Töchterlein, winzig wie sie heute, die das Wasser aus dicken Backen blies. Auch Katharina, die große Schwester, die sie jetzt am Schopf packte, und die Mutter und die Tante in der offenen Haustür, die beide mit Küssen begrüßten, sie sollten alle noch miteinander im Keller des väterlichen Hauses umkommen. Katharinas Mann, Tapezierer, Nachfolger des Vaters, half währenddessen Frankreich besetzen. Er hielt sich mit seinem kurzen Schnurrbart, seinem Tapeziererdaumen für den Angehörigen eines Volkes, das stärker ist als die anderen Völker – bis ihn die Nachricht ereilte, dass sein Haus und seine Familie zermalmt worden waren. Die kleine Schwester drehte sich noch einmal um und spritzte auch mich mit dem letzten Wasser, das sie noch in der Backe aufgespeichert hatte. Ich lief den Rest des Weges allein. In der Flachsmarktstraße traf ich die bleiche Liese Möbius, auch ein Mädchen aus meiner Klasse, die wegen einer Lungenentzündung seit zwei Monaten keine Ausflüge mitmachen konnte. Jetzt hatte das Abendläuten der Christhofskirche sie von daheim weggelockt. Sie rannte an mir vorbei mit ihren zwei baumelnden, langen braunen Zöpfen, einen Zwicker in ihrem kleinen Gesicht, behänd, als renne sie auf einen Spielplatz statt zur Abendmesse. Sie bettelte später bei ihren Eltern, mit Lotte auf Nonnenwerth ins Kloster eintreten zu dürfen. Als Lotte allein die Erlaubnis bekam, wurde Liese Lehrerin in einer Volksschule unserer Stadt. Ich sah sie noch manchmal zur Messe laufen mit ihrem bleichen, spitzen Gesichtlein, wie heute den Zwicker vorgeklemmt. Sie wurde von der Nazibehörde geringschätzig behandelt wegen ihrer Glaubenstreue, doch auch die Versetzung in eine geringe Schule für Schwachbegabte störte sie gar nicht, weil sie durch ihren Glauben an Verfolgungen aller Art gewöhnt war. Auch wurden die rabiatesten Naziweiber, die tückischsten, spöttischsten Nachbarn überaus sanft und mild, als sie beim Fliegerangriff um Liese herum im Keller saßen. Den Älteren kam dabei in den Kopf, dass sie schon einmal mit derselben Nachbarin Liese im selben Kellerloch gehockt hatten, als im ersten Krieg die ersten Geschosse krachten. Sie rückten jetzt dicht an die verachtete kleine Lehrerin, als ob die durch ihren Glauben und ihre Ruhe schon einmal den Tod beschwichtigt hätte. Die Frechsten und Spottlustigsten waren sogar geneigt, etwas von dem Glauben der kleinen Lehrerin Liese abzubekommen, die immer in ihren Augen verschüchtert und ängstlich gewesen war, doch jetzt wieder getröstet und zuversichtlich unter all den grauweißen Fratzen im künstlichen Kellerlicht hockte bei dem Bombenabwurf, der diesmal die Stadt fast gänzlich zerstörte, auch sie selbst und ihre gläubig-ungläubigen Nachbarinnen.

Die Läden waren gerade geschlossen worden. Ich lief durch die Flachsmarktstraße durch ein Gewimmel heimkehrender Menschen. Sie freuten sich, dass der Tag zu Ende war und eine geruhsame Nacht bevorstand. Wie ihre Häuser noch unversehrt waren von Geschossen, von der ersten großen Probe 1914 bis 18 sowie von den jüngsten Haupttreffern, so waren auch ihre behaglichen, durch und durch vertrauten, mageren und dicklichen, schnurr- und vollbärtigen, warzigen und glatten Gesichter unversehrt von der Schuld ihrer Kinder und von dem Wissen dieser Schuld und Zusehen und Dulden dieser Schuld aus Feigheit vor der Macht des Staates. Dabei sollten sie doch bald genug bekommen an aufgeblähter Staatsmacht, an großspurigen Befehlen. Oder hatten sie gar Geschmack daran gefunden, dieser Bäcker mit dem gezwirbelten Schnurrbart und dem runden Bäuchlein, Ecke Flachs-markt, wo wir immer den Streuselkuchen kauften, oder der Tram-bahnschaffner, der eben an uns vorbeibimmelte? Oder hatte der Friede dieses Abends mit den hastigen Schritten der Heimkehren-den, mit Glockengeläut, mit Feierabendtuten entlegener Fabriken, die bescheidene Behaglichkeit des alltäglichen Werktags, die ich jetzt wie ein Labsal genoss, für alle die Kinder etwas Widriges an sich, sodass sie bald die Kriegsberichte ihrer Väter begierig einso-gen, sich aus dem bemehlten oder bestaubten Arbeitskittel in Uni-formen hineinsehnten?

Ich hatte wieder einen Anflug von Angst, in meine eigene Straße zu biegen, als ob ich ahnen würde, dass sie zerstört war. Die Ahnung verflog bald. Denn schon in der letzten Strecke der Bauhofstraße konnte ich wie immer meinen Lieblingsweg heim-gehen, unter den beiden großen Eschen, die sich von der rechten und linken Seite der Straße wie ein Triumphbogen spannten, sich gegenseitig berührend, unzerstört, unzerstörbar. Ich sah auch schon die weißen, roten und blauen Kreisrunde von Blumenbee-ten aus Geranien und Begonien in den Rasen, die meine Straße durchkreuzten. Wie ich hinzutrat, wehte ein Abendwind, wie ich so stark noch keinen auf meinen Schläfen gespürt hatte, aus den Rotdornbäumen eine Wolke von Blättern, die mir zuerst von der Sonne beglänzt schienen, in Wirklichkeit aber sonnenrot gefärbt waren. Es war mir wie immer nach Tagesausflügen zumute, als hätte ich schon geraume Zeit nicht mehr das Sausen des Windes vom Rhein her, in meiner eigenen Straße eingefangen, angehört. Ich war durch und durch müde, sodass ich froh war, endlich vor dem Haus zu stehen. Nur kam es mir unerträglich schwer vor, die Treppe hinaufzusteigen. Ich sah bis zum zweiten Stock hinauf, in dem unsere Wohnung lag. Meine Mutter stand schon auf der klei-nen, mit Geranienkästen verzierten Veranda über der Straße. Sie wartete schon auf mich. Wie jung sie doch aussah, die Mutter, viel jünger als ich. Wie dunkel ihr glattes Haar war, mit meinem ver-glichen. Meins wurde ja schon bald grau, während durch ihres noch keine sichtbaren grauen Strähnen liefen. Sie stand vergnügt und aufrecht da, bestimmt zu arbeitsreichem Familienleben, mit den gewöhnlichen Freuden und Lasten des Alltags, nicht zu einem qualvollen, grausamen Ende in einem abgelegenen Dorf, wohin sie von Hitler verbannt worden war. Jetzt erkannte sie mich und winkte, als sei ich verreist gewesen. So lachte und winkte sie immer nach Ausflügen. Ich lief so schnell ich nur konnte ins Treppenhaus.

Ich stutzte vor dem ersten Treppenabsatz. Ich war plötzlich viel zu müde, rasch hochzusteigen, wie ich noch eben gewollt hatte. Der graublaue Nebel von Müdigkeit hüllte alles ein. Dabei war es um mich herum hell und heiß, nicht dämmrig wie sonst in Treppenhäusern. Ich zwang mich zu meiner Mutter hinauf, die Treppe, vor Dunst unübersehbar, erschien mir unerreichbar hoch, unbezwingbar steil, als steige sie eine Bergwand hinauf. Vielleicht war meine Mutter schon in den Flur gegangen und wartete an der Treppentür. Doch mir versagten die Beine. Ich hatte nur als ganz kleines Kind eine ähnliche Bangnis gespürt, ein Verhängnis könnte mich am Wiedersehen hindern. Ich stellte mir vor, wie sie umsonst auf mich wartete, nur ein paar Stufen getrennt. Dann fiel mir zum Trost ein, falls ich hier aus Erschöpfung zusammenbreche, mein Vater könnte mich doch sofort finden. Er war gar nicht tot, denn er kam gleich heim, es war ja Feierabend. Er liebte nur länger, als meiner Mutter lieb war, an den Straßenecken mit seinen Nachbarn herumzuschwatzen.

Man klapperte schon mit den Tellern zum Abendessen. Ich hörte hinter sämtlichen Türen das Klatschen von Händen auf Teig in vertrautem Rhythmus, dass man auf diese Art Pfannkuchen buk, befremdete mich: die zähe Masse, statt sie auszurollen, zwischen zwei Händen platt zu schlagen. Ich hörte zugleich vom Hof her das zügellose Schreien von Truthähnen und wunderte mich, wieso man plötzlich im Hof Truthähne züchtete. Ich wollte mich umsehen, doch blendete mich zuerst das überaus starke Licht aus den Hoffenstern. Die Stufen waren verschwommen von Dunst, das Treppenhaus weitete sich überall in einer unbezwingbaren Tiefe wie ein Abgrund. Dann ballten sich in Fensternischen Wolken zusammen, die ziemlich schnell den Abgrund ausfüllten. Ich dachte noch schwach, wie schade, ich hätte mich gar zu gern von der Mutter umarmen lassen. Wenn ich zu müd bin, heraufzusteigen, wo nehme ich da die Kräfte her, um mein höher gelegenes Ursprungsdorf zu erreichen, in dem man mich zur Nacht erwartet? Die Sonne brannte noch immer stark, ihr Licht brannte nie schneidender, als wenn es schräg gerichtet war. Mir war es wie immer fremd, dass es hier keine Dämmerung gibt, sondern immer nur jähen Übergang von Tag zu Nacht. Ich nahm mich zusammen und schritt jetzt kräftiger aus, obwohl der Anstieg in einem unbezwinglichen Abgrund verloren war. Das Treppengeländer drehte und wölbte sich zu einem mächtigen, pfähleartigen Zaun aus Orgelkakteen. Ich konnte nicht mehr unterscheiden, was Bergkämme und was Wolkenzüge waren. Ich fand den Weg zu der Kneipe, wo ich nach dem Abstieg aus dem höher gelegenen Dorf gesessen hatte. Der Hund war weggelaufen. Zwei Truthähne, die vorhin noch nicht da gewesen waren, weideten jetzt auf dem Weg. Mein Wirt hockte noch immer vor dem Haus, und neben ihm hockte ein Freund oder ein Verwandter, genau wie er, erstarrt von Nachdenken oder von gar nichts. Zu ihren Füßen hockten einträchtig die Schatten ihrer Hüte. Mein Wirt machte keine Bewegung, als ich zurückkam, ich war es nicht wert, ich war schon in die gewöhnlichen Sinneseindrücke eingereiht. Ich war jetzt zu müde, nur noch einen Schritt zu machen, ich setzte mich vor meinen alten Tisch. Ich wollte in die Berge zurück, sobald ich ein wenig ausgeschnauft hatte. Ich fragte mich, wie ich die Zeit verbringen sollte, heute und morgen, hier und dort, denn ich spürte jetzt einen unermesslichen Strom von Zeit, unbezwingbar wie die Luft. Man hat uns nun einmal von klein auf angewöhnt, statt uns der Zeit demütig zu ergeben, sie auf irgendeine Weise zu bewältigen. Plötzlich fiel mir der Auftrag meiner Lehrerin wieder ein, den Schulausflug sorgfältig zu beschreiben. Ich wollte gleich morgen oder noch heute Abend, wenn meine Müdigkeit vergangen war, die befohlene Aufgabe machen.

Post ins Gelobte Land

Im letzten Jahrzehnt des vorigen Jahrhunderts, als fast die ganze jüdische Einwohnerschaft des polnischen Städtchens L. bei einem Pogrom von den Kosaken erschlagen worden war, floh der Rest einer Familie Grünbaum nach Wien zu der mit einem Kürschner verheirateten ältesten Tochter. Nachdem die übrigen Kinder zu Grunde gegangen, bestand die Familie noch aus dem Schwiegersohn Nathan Levi, dem Enkel und den Schwiegereltern. Die junge Frau Levi, die zweite Tochter Grünbaum, war nicht durch Tritte oder Schläge in dem Pogrom selbst umgekommen, sondern an den Folgen einer Frühgeburt, da sie die Ermordung der eigenen Brüder, in einem Keller versteckt, durch eine Luke mit angesehen hatte. Sie war die Lieblingstochter gewesen. Die ältere, zu der man jetzt fuhr, hatte früher als ungefällig und unleidlich gegolten; man hätte vielleicht sonst nicht ihre Heirat weit weg, wenn auch in eine der Stadt entstammende Familie, gebilligt. Sie hatte in ihrem länglichen, etwas schiefen Gesicht ziemlich uneinnehmende, verdrießliche Züge, wobei man nicht sagen konnte, ob ihr verdrossenes Gemüt an dem Aussehen schuld war oder erst das Aussehen ihr Gemüt bedrückt hatte.

Als sie ihre Leute am Wiener Ostbahnhof abholte, da konnte sich die Mutter in aller Verzweiflung nicht von der Empfindung befreien, wie tot, wie schmählich gestorben die sanfte, die jüngere Tochter war und wie unverändert grämlich und schiefmäulig die ältere lebte. Denn die Verzweiflung, statt zu mildern, schärft unermüdlich die Erinnerung an die Toten und den Anblick der Lebenden. Wie die Tochter, so der Schwiegersohn. Ob sie sich in ihrer Grämlichkeit gefunden oder später angesteckt hatten, er war nachtragend und missgünstig. Die Kinder des Kürschners waren gar nicht erfreut über den kleinen Vetter, der Essen und Kammer teilte. Die Enge der Wohnung machte den Großen das Unbehagen noch lästiger. Man hätte vielleicht nach so viel Leid über jeden

Zuschlupf froh sein müssen. Doch konnte man, weil man dem Tod entronnen war, dem Leben nicht schlechthin danken, nur weil es da war, doch grau, freudlos, öde.

Der Schwiegersohn Levi half sofort in der Kürschnerei. Er saß am liebsten abseits in einem Winkel, seinen kleinen Sohn auf den Knien. Er war ein Fremdling in der Familie der toten Frau. Die Schwiegereltern hatten ihn in L. als Waisenkind ohne Anhang aufgenommen. Er hatte mit den zwei Söhnen, die jetzt auch umgekommen waren, in der Kürschnerei Grünbaum das Handwerk gelernt. Er hatte sehr rasch als Schwiegersohn gegolten. Die alten Grünbaums pries man für diesen Entschluss, und ihre Wohltaten galten dadurch belohnt, dass der junge Levi fleißig und ehrenhaft war. Er hatte die jüngste Tochter von klein auf als seine Braut angesehen. Er war auch jetzt noch, trotz seines beträchtlichen Bartes, im Herzen gar jung, gar wenig gewillt, sich auf die neuen Darbietungen des Lebens einzulassen; er hatte auch jetzt noch so knabenhaft wenig Bewusstsein von der Länge und Mannigfalt des Lebens, dass er nur eine lästige Zwischenzeit zu überstehen glaubte, nach der er wieder mit seiner Frau vereint sein würde. Die Schwiegermutter dagegen trug sich schnell mit Umzugsgedanken. Sie wusste, dass man im Leid ein unfreundliches Dasein nicht gleichgültig aufnimmt, sondern schmerzlicher und bedürftiger. Ein Brief ihrer eigenen Schwester aus Schlesien brachte sie auf den Ausweg. Die jetzt schon betagte Frau Löb war einstmals mit ihrem Mann, dem Altkleiderhändler, nach Kattowitz zu einer Messe gefahren. Sie waren dort hängen geblieben, weniger durch Wohlstand festgehalten als durch die lebhafte Hoffnung auf Wohlstand. Jetzt schrieb sie, wie froh sie sei über die Unterkunft ihrer Schwester. Sie hätte ja sonst auch bei ihr Obdach gefunden. Frau Grünbaum antwortete sofort, mit ihrer Unterkunft sei es leider schlecht bestellt, sie zögen alle die Weiterfahrt nach Schlesien vor. Ihr Mann und ihr Schwiegersohn könnten dem Schwager dort an die Hand gehen.

Sie wickelte daraufhin das Enkelkind in viele Tücher. Der Schwiegersohn, der klein gewachsen war, nahm es meistens auf seine Knie. Er gab es nur ungern den Großeltern rechts und links von ihm ab in jener Nacht, in der sie nach Deutschland fuhren. Der Wiener Familie kam die Abfahrt verwunderlich, doch nicht ungeschickt. Sie trug sich nur mit allerlei Nebengedanken über das Reisegeld, das plötzlich zur Verfügung war. Der Familie Löb kam die Ankunft überraschend und nicht sonderlich beglückend. Sie war arm und die Wohnung eng. Grünbaum und Schwiegersohn suchten Kürschnerarbeit, da der Kleiderhandel nicht mehr als zwei Hände brauchte. Sie fanden wenig Beschäftigung, denn die Werkstätten waren überfüllt. Der junge Levi grämte sich mit den Großeltern um den Jungen, an dem ihre Herzen hingen, weil er vor Schwäche still war. Frau Grünbaum, von Natur eher heiter und unternehmend, wäre trotzdem nach und nach mit den Ihren der Trostlosigkeit des täglichen Lebens anheimgefallen, wenn nicht ein unerwarteter Zwischenfall plötzlich alle aufgerüttelt hätte.

Der Schwiegersohn Nathan Levi hatte einen Bruder gehabt, der längst allen aus dem Gedächtnis entschwunden war. Er hatte vor langer Zeit, wenn man zufällig seiner noch einmal erwähnte, als Taugenichts gegolten. Er war, als die Eltern Levi noch lebten, auch in der Kürschnerei angelernt worden, wobei er Gelegenheit gefunden hatte, irgendeinen ausländischen Händler auf einer Reise zu begleiten, da er – so hatte man damals behauptet – in seiner Unbeständigkeit auf Reiserei erpicht war. Er war jedenfalls schon damals auf eine jetzt nicht mehr erklärbare Weise nach Paris geraten und von dort nie mehr heimgefahren, aus Angst vor den Folgen einer Unterschlagung, wie das Gerücht rasch aufkam, weil man sonst für die absurde Umsiedlung keinen Grund wusste. Jetzt kam von der Hand dieses verschollenen Bruders, durch die Hilfe und Findigkeit vieler jüdischer Gemeinden, ein langer Brief, in dem er den jungen Levi um Auskunft bat, wie es ihm und den Seinen bei dem Pogrom ergangen sei, von dem er in den Zeitungen gelesen hatte. Der junge Levi schrieb sofort zurück. Die folgenden Tage verliefen für alle höchst aufgemuntert im Briefabwarten, da sich auch der ödeste Zeitabschnitt durch das bloße Warten belebt.

Zuerst kam eine Sendung Geld durch ein Telegramm auf die

Bank, das erstaunlichste Ereignis für die Familie. Dann kam das Telegramm, das die Ankunft des älteren Levi ankündigte, der ihrem Lebensablauf also nicht entschwunden war wie ihrem Gedächtnis. Frau Grünbaum benutzte den Rest ihrer eigenen Ersparnisse – um keinen Preis das eben geschenkte Geld –, um zum Empfang alle möglichen Speisen zu kaufen, Geflügel und Fisch und Wein, und alle Zutaten, um den besten Kuchen zu backen. Zum ersten Mal seit dem Unglück zog sie sich und den Enkel sorgfältig an, sie bürstete und bügelte die Hosen für den Mann und den Schwiegersohn.

Der jüngere Bruder ging den älteren an der Bahn abholen. Man hatte inzwischen die ganze Wohnung so weit verschönt, wie man eine Stube und eine Küche auffrischen kann, ohne die Wände zu verschieben. Der Gast, Salomon Levi, war höher gewachsen als sein Bruder. Sein Gesicht sah nackt aus, weil es rasiert war, bis auf den Schnurrbart auf der Oberlippe. Dadurch sah der Ältere wie der Sohn des Bärtigen aus. Er trug einen steifen Hut, einen engen, aber neuen Mantel, Handschuhe und eine kleine lederne Reisetasche. Frau Grünbaum wäre sowohl durch das Aussehen wie durch die Sprache verstört gewesen, wenn nicht ihre durch das Unglück im Guten und im Schlechten geschärften Sinne sofort gemerkt hätten, wie gut und wie mitleidig seine Augen waren. Wenn er auch bisweilen noch jiddisch sprach, es zischte fremd, oder es kam ungewohnt aus der Nase statt aus der Kehle, und wenn er dabei die Hände bewegte, dann drehte er zu den fremden Lauten fremde Kurven in die Luft. Er setzte erschrocken den steifen Hut auf, als man zu Tisch ging, weil alle schon den Kopf bedeckt hatten. Die Grünbaums ärgerten sich über gar nichts und trugen ihm gar nichts nach, weil er das Kind nicht nur lobte, sondern auf den Armen hochschwang, vor allem aber, weil er von dem Pogrom nie genug hören konnte: Alle übrigen Menschen waren ja inzwischen längst der Schilderungen müde geworden, sodass sie jene Erinnerung in sich vergraben hatten, wo sie dann freilich das Herz abdrückte. Er ließ sich gern solche Begebenheiten, von denen man seine Brust am liebsten befreite, immerzu wiederholen. Er merkte genau alles Gute, was man ihm antat. Er lobte die Klöße in der

Suppe, und er pries den Fisch und die Füllung des Fisches und sogar ein gehäckeltes Kraut in der Sauce, und als ihm auf der Zunge der Apfelstrudel zerging, krümmte er sich zusammen und kniff die Augen zu. Wie viele Fehler er auch machte, die Gebete beim Händewaschen, über dem Brot und über dem Wein und auch das Tischgebet selbst verloren ihre Einförmigkeit und ihre achtlose Gewöhnung und wurden frisch in ihrem Klang und sonderbar in vielen Wendungen, nur weil er ungeschickt mitbrummte und den Oberkörper dazu schaukelte.

Nachts auf dem Heimweg ins Hotel erzählte er seinem Bruder, er sei niemals wegen Geldunterschlagung in Paris geblieben, sondern weil ihm die Stadt überaus gut gefiel. Er sei zudem reich genug geworden, um alle etwaigen früheren Schulden leicht abzutragen. Er machte jetzt den Vorschlag, die ganze Familie fahre mit ihm nach Frankreich. Der alte Grünbaum und der Bruder könnten in seiner eigenen großen Kürschnerei, in der es Verkäufer, Buchhalter und Handwerker gab, nach Verlangen unterkommen. Vor allem könnte der kleine Junge ordentlich gepflegt werden, und er könnte eine ordentliche Schule besuchen.

Die Folge aller Erwägungen war der dritte Umzug der Flüchtlinge, diesmal mit allerlei Zuwendungen an Mann und Frau Löb und sogar mit einer Geldsendung an die Kürschnerfamilie in Wien. Denn nachträglich wurde Frau Grünbaum auch dieser Tochter gerecht, die, wie sie jetzt einsah, an ihren äußeren und inneren Unzulänglichkeiten so unschuldig war wie an einem Gebrechen.

Der Bruder Salomon Levi wohnte am rechten Seine-Ufer, wo das Viertel St. Paul an den Kai stößt. Er mietete dort schon am ersten Tag für die Ankömmlinge eine Wohnung und kaufte mit Frau Grünbaum die nötigen Möbel in den Warenhäusern. Frau Grünbaum war benommen von der Wildnis der Stadt. Niemand behandelte die Fremde mit Neugierde oder mit Geringschätzung. Sie stieß in den Straßen und in den Geschäften auf fremdere Fremde, auf Gelbe und auf Schwarze, und manchmal stieß sie auf ihresgleichen. Doch ließ man sie alle ungeschoren, wie sie auch der Stadt keinen Abbruch taten, so wenig wie sonderbare Pflanzen einer Wildnis Abbruch tun. Frau Grünbaum fühlte sich hier an dem äußersten Punkt der ihr bekannten Welt fast so gut wie daheim.

Die Grünbaums lebten ungeschoren fort, als hätten sie nach St. Paul ihr Heimatstädtchen mitgeschleift, sogar den Bäcker und den Fleischer. Es stellte sich heraus, dass durch irgendwelche Zufälle auch die Schwester ihrer ehemaligen Schneiderin hierhergeraten war. Der alte Grünbaum galt bald als eine Art Aufseher in der Kürschnerei, in der der Schwiegersohn Nathan Levi eine Art Werkmeister wurde, denn er wollte durchaus beim Handwerk bleiben. Der Junge lernte zunächst hebräisch lesen und schreiben bei dem Schwager der heimischen Schneiderin, der eine Vorschule für die Kinder eröffnet hatte.

Die Synagoge befand sich unweit der Wohnung in einem Gemäuer, das, wie der ältere Bruder Levi wusste, der Turm des Palastes war, den König Heinrich IV. vor vielen Jahrhunderten erbaut hatte. Jetzt war er teilweise verfallen, die Reste seiner Gemäuer waren von allerlei Volk bewohnt. In der Gasse lagen die Keller der Lumpensammler, deren Staub die Luft noch dämmeriger machte. Der Hof der Synagoge steckte voll von dem Gerümpel eines Schreiners, der zugleich Synagogendiener war. Die Bretter lehnten in den Spitzbögen gegen die abgeschabten Säulen. Das Schreinermännchen, verwachsen und bärtig, war schon vor langem aus einer Nachbarstadt von L. zugezogen. Es gab noch Reste von Wappen an der zertretenen Wendeltreppe, die sich zur Frauenabteilung hinaufdrehte. Der Türrahmen war abgegriffen. Beim Eintreten küssten die Frauen ihre zwei Fingerspitzen, um damit die Gebetskapsel zu berühren.

Wie glimmten drunten, wo die Männer beteten, die Kerzen, die an den Jahrzeittagen für alle toten Verwandten brannten!

Frau Grünbaum erkannte von oben die eigene Kerze oder glaubte sie zu erkennen; sie suchte sie zärtlich, als sei sie die Tochter selbst. Sie zeigte sie auch dem Kleinen, den sie herauf in den Frauenraum genommen hatte, bevor er endgültig mit den Männern zum Gebet ging.

Sie hatten sich rasch in ihrem Quartier eingelebt: das winzige

L. in der unbekannten Stadt, mit vertrauten Gesichtern, mit den gewohnten Läden, um ein paar heimische Gassen und Plätze. Nathan Levi sprach bald ganz geläufig französisch. Der Sohn sprach es noch besser, obwohl an ihm ein paar russische und ein paar polnische Worte hängen geblieben waren, und etwas Hebräisch und Jiddisch. Der ältere Levi drängte den jüngeren, wieder zu heiraten. Der widersetzte sich lächelnd in seiner sanften Art. Er lief aus der Werkstatt täglich rasch heim, um mit dem Kind zu schwatzen und zu erfahren, was es gelernt hatte; wenn es einmal krank war, kam er noch früher und noch rascher und verbrachte die Nacht am Bett. Er lehnte auch jeden Heiratsvorschlag ab, als die Schwiegereltern starben, viel früher, als man erwartete, und kurz nacheinander. Nach all den Plagen, die sie ruhig überstanden hatten, war ihnen offenbar endlich erlaubt gewesen, vom Leben erschöpft zu sein. Doch nach ihrem Tod gelang es dem Bruder Salomon Levi, da seine Heiratsvermittlungen fehlschlugen, mit einem ganz anderen, auch schon lange umsonst vorgebrachten Vorschlag durchzudringen. Der Neffe gehöre jetzt in eine vernünftige Schule. Es sei höchste Zeit. Französisch müsse er lernen und überhaupt alle Kenntnisse, die Knaben hierzuland geboten wurden. Er drang schließlich durch. Er brachte das Kind in das Lycée Charlemagne, die höhere Schule von St. Paul. Vom nächsten Morgen ab führte der Vater den Jungen selbst in die Schule, er holte ihn mittags ab, damit er nicht in Versuchung gebracht werde, an den verbotenen Schulmahlzeiten teilzunehmen.

Der Junge war bald viel zufriedener in der Schule, als sein Vater erwartet hatte. Er wurde von seinen Lehrern und Mitschülern nicht gequält und nicht geschlagen. Er wurde nur verspottet, wenn er schlecht französisch sprach. Er gab sich von selbst Mühe, auf den Klang zu kommen, der ihm gefiel, weil ihm auch die Worte gefielen. Er glaubte des Sinnes habhaft zu werden, wenn er sich den Klang einprägte. Er schloss sich bald einem pfiffigen, rauflustigen Jungen an, dem Sohn eines Wagenkontrolleurs im Viertel, der brachte ihm nach und nach allerlei Spiele und Verse bei und mit der Freundschaft die Sprache.

Er war jetzt in seiner schwarzen Ärmelschürze, flink, mager, klugäugig, einer von den hunderttausenden Schulbuben von Paris. Er schloss sich am Vorabend jedes 14. Juli der Familie des Schulfreundes an, der Wagenkontrolleurfamilie. Er steckte viele Stunden in dem Gewühl auf der Place de la Bastille. Er vergaß sein Tischgebet, wenn er mit dieser Familie aß und trank, er tanzte mit den Töchtern in dem gemeinsamen Tanz der Straße.

Er war bald viel lieber in der Schule als daheim. Das bloße Dasein der Großeltern hatte früher alle besänftigt. Der Vater und der Onkel stritten jetzt gern. Der Lehrer Rosenzweig, der Schwager der Schneiderin aus L., war beim Essen und Streiten dabei. Es ging um die Ereignisse, die die eigene Gemeinde und alle Gemeinden der Welt seit vielen Jahren in Aufregung brachten. Ein Jude in Wien, der jetzt schon geraume Zeit tot war, war auf den Gedanken gekommen, das Gelobte Land, das Gott versprochen hatte, sofort für das jüdische Volk zu fordern. Es sollte aus allen Ländern der Welt, in denen es verfolgt wurde, in seine Heimat nach Palästina zurückkehren.

Der Bruder Salomon Levi trat heiß für die neue Lehre ein. Der Lehrer Rosenzweig wog das Für und Wider so heftig, als ob zwei Seelen in seiner Brust kämpften, nach Art von Menschen, die unschlüssig zwischen zwei Grundsätzen stehen. Der Vater Levi mischte sich nicht ein; er hörte lächelnd zu. Von klein auf war es sein heimlicher, sein inbrünstiger Wunsch gewesen, vor seinem Tod mit eigenen Augen das Gelobte Land zu sehen. Doch dieser Wunsch hatte keine politischen Grenzen, er war nur von Gott erfüllbar. Seine Wurzel war der Glaube, nicht ein Landstreifen in Vorderasien. Man lebte in der Verbannung, ob man in Paris oder in L. lebte, in Amerika oder in Wien, in der Verbannung, die Gott verhängt hatte.

Er zürnte auch nicht, er lächelte, als sein Bruder plötzlich Herzls Fotografie über seinem Schreibtisch in der Kürschnerei aufhängte. Dasselbe dem Wesen des Bruders eigentümliche Gesetz, das ihn als Jungen mit allen Vorstellungen seiner Familie hatte brechen lassen, zwang ihn jetzt zum zweiten Mal, als alter Mann, mit den früheren Vorstellungen zu brechen und die Protokolle der zionistischen Kongresse begierig zu verfolgen.

Der Junge saß während all dem Streit vergnügt kauend am Tisch bei den drei Alten. Sein Vater versuchte manchmal heimlich, sein Haar oder wenigstens seine Hand zu berühren. Der Junge horchte weniger auf die Gespräche, die ihm gleichgültig waren, als auf den Lärm der Straße, bis er den Pfiff des Schulfreundes erkannte.

Nur an den Festtagen war er mit Leib und Seele daheim, als ob ihn das sanfte Kerzenlicht fester schmiede als alle Streite und Meinungen, aber auch fester als alle Rufe und Pfiffe. Der Vater, am Sederabend auf seinem Ehrenplatz in den roten Kissen, sah zaghaft und kindlich aus, trotz seines Bartes. Er nickte dem Kleinen zu, damit er aufspringe und nach dem Brauch die Tür öffne, denn der Messias konnte in dieser Nacht durch alle Türen in allen Häusern der Welt unversehens eintreten, um sein Volk aus der Verbannung heimzuführen. Ein schwacher Hauch dieses Glaubens, der sich nicht lehren und nicht übertragen lässt, wehte den Jungen bei jedem Türöffnen an, die verstohlene Frage: »Wie, wenn er jetzt bei uns eintritt?« Obwohl er, der schlauer war als sein Vater, genau wusste, dass sie ganz sinnlos war.

Um diese Zeit, um sein dreizehntes Jahr, war sein alter Lehrer, Herr Rosenzweig, äußerst stolz, weil man wieder auf ihn zurückgriff. Er sollte das Kind auf den Festtag vorbereiten, an dem es in der Gemeinde unter die Männer aufgenommen wurde. Die drei Alten führten es zu dritt in die Synagoge in dem Palastturm Heinrichs IV. Sie glänzten vor Stolz, als die junge Stimme anhob, vertraut, fremdartig allein und feierlich ängstlich. Man weiß von alters her, dass die Köpfe der Knaben in diesem Jahr am wachsten und offensten sind. Darum kamen mit den überlieferten uralten Glaubenssätzen auch Gedanken hinein, von denen sich sein Vater nie hatte träumen lassen. Sie quälten ihn nicht; sie legten sich über die alten Gedanken, wie sich zwei Rinden übereinander um einen jungen Baum legen. Er ging noch immer mit seiner Schulfreundfamilie den 14. Juli feiern. Er war jetzt nicht mehr bloß vergnügt, weil getanzt und getrunken wurde. Sein Herz klopfte nicht bloß vor Freude über das Feuerwerk und den Schwung der Fahnen. Sein Lehrer im Lycée Charlemagne hätte selber nicht geahnt, dass seine herkömmlichen Worte den fremden, kleinen, mageren Jungen aufgewühlt hatten. Der Abend des 14. Juli sei ein Fest für alle Völker. Es gäbe bei diesem Fest keine eingeladenen Gäste, hier in Paris sei jeder an diesem Tag sein eigener Gastgeber auf der Place de la Bastille. An diesem Tage hätte das Volk von Paris für die ganze Welt das Mittelalter gesprengt. Er war ein Lehrer, der jeden Schüler mit seinen Augen packte, dass jeder glaubte, allein von den Augen gepackt zu werden.

Sie merkten gar nicht daheim, dass der Kleine am Sederabend nur notgedrungen die für den Jüngsten bestimmten Worte aus der Haggada vorlas, weil ihn sein Vater verliebt betrachtete und weil er selbst sanft und höflich wie sein Vater war.

Er wuchs so schnell, dass er bald die drei Alten überragte. Kam das Jahr 1914; kam der Mord in Sarajewo; kam eine Kriegserklärung nach der anderen. Die Deutschen, die Belgien geschluckt hatten, drangen bis zur Marne vor. Die Gesichter wurden finster. Der kleine Levi trat überraschend früh zum Examen an. Der Vater erfuhr erst hinterher, dass nur die Schüler zugelassen waren, die sich bei der Armee freiwillig gestellt hatten. Beim Anblick der runden Mütze mit der roten Quaste auf dem Kopf seines Sohnes geriet er in einer Weise ins Zittern, dass seine Hände über den ganzen Krieg weg zitterten. Der Sohn war froh. Er war jetzt mit Leib und Seele, nicht bloß mit der luftigen, ungewissen Seele, dem Volk verpflichtet, dem er sich längst verbunden fühlte, dessen Sprache und dessen Gedanken längst in ihn gedrungen waren, vom Bastillesturz bis zum Dreyfusprozess. Der Vater und der Onkel standen weinend am Bahnhof unter den abschiednehmenden Eltern.

Als er auf Urlaub heimfuhr, erschien ihm der Vater noch winziger und noch kindlicher. Er selbst war der Starke, der Väterliche. Er hörte sich in der Kürschnerei die Sorgen von Vater und Onkel wie die Sorgen von zwei Söhnen an. Er hatte in einem Kriegswinter, in der Todesnähe, in der Kameradschaft, einen Weg zurückgelegt in Einschmelzung und in Erfahrung, den sonst Generationen brauchen. Als er im Argonnerwald schwer verwundet wurde, kam ihm die Erde erworben vor, in die er hineinblutete. Der Vater bekam die Nachricht von der Verwundung mit einer vom Sohn selbst gekritzelten Botschaft, die schlimmste Gefahr sei vorbei.

Er kam nach dem Waffenstillstand auf Krücken heim. Das häusliche Leben wäre ihm jetzt zuwider geworden, wenn ihn nicht eine völlig neue Idee beherrscht hätte. Sein liebster Kamerad war von schwerer, zuerst aussichtsloser Augenverwundung geheilt worden. Er hatte im Lazarett alle Phasen zwischen Hoffnung und Verzweiflung miterlebt, bis ein Augenarzt die Sehkraft gerettet hatte. Eine Neigung zur Medizin, die ihn dann und wann in den höheren Schulklassen überkommen hatte, hatte sich durch die Erfahrungen im Kriege noch verstärkt und auf ein besonderes Ziel geheftet: die Heilung der Augen. Der Vater, der einen Kürschner oder einen Kaufmann oder einen schlauen Juristen erwartet hatte, war zuerst über die Berufswahl verwundert. Dann sagte er sich, dass der Sohn durch Gottes Willen gerettet sei, und auch der Entschluss des Geretteten sei dann Gottes Wille.

Die Alliierten besetzten das Rheinland. Wilson kämpfte um den Frieden. Der Sohn Levi setzte mühselig durch, dass ihm der Vater ein eigenes Studierzimmer dicht bei der Klinik mietete. Nathan Levi war jetzt allein, viel mehr als je in seinem Leben, das immer in einer Familie verlaufen war. Er war jetzt nicht nur von dem Sohn, sondern auch von dem älteren Bruder überraschend schnell verlassen worden. Der englische Außenminister Balfour hatte den Juden Palästina als Heimat versprochen. Der Bruder Salomon Levi nahm sich plötzlich vor, das Gelobte Land mit eigenen Augen zu sehen, bevor er sich endgültig entschloss, die Balfour-Deklaration auf sich selbst anzuwenden. Er dachte sich diese Reise zunächst als ein Ferienunternehmen von höchstens drei Monaten. Er lud auch den Bruder zur Reisegesellschaft ein. Der machte ihm aber klar, dass er der Kürschnerei vorstehen müsste. Der Zurückgebliebene wurde bald durch Post von dem Mittelmeerdampfer beunruhigt, in der sich der Reisende kränklich und unfroh zeigte. Die Ferienfahrt wurde in einem Spital in Haifa unterbrochen und endigte mit der ewigen Ansiedlung im Heiligen Land auf dem Friedhof von Haifa.

Als die Todesnachricht nach Paris kam, ließ der Bruder Nathan

Levi, der den Ältesten nur mit düsterem Vorgefühl und mit versteckten Zweifel hatte abziehen sehen, das Kaddisch in derselben Synagoge in dem Palastturm sagen, in dem man schon Kaddisch für die Schwiegereltern sagte und für seine eigene in L. umgekommene junge Frau. Er lief jedes Jahr zu ihrer Todesfeier durch die Gassen und Höfe von St. Paul, durch die ineinandergeschobenen Tore, durch den Nebeneingang des verwitterten Palastes, als laufe er zu einem Wiedersehen mit der Frau. Der Sohn, der ihn begleitete, kannte nicht mehr von der Mutter als die weiße, kurz züngelnde Jahrzeitkerze. Er kam jedes Mal für das Kaddisch nach St. Paul aus dem Lateinischen Viertel. Die schmale, aus den Abfallkellern der Lumpensammler verstaubte Gasse, gesäumt von den Schlosszinnen, war von dem schmalen Licht angeglänzt, das durch das hohe, fast unbemerkte Fenster des Frauenstockwerks herunterdrang. Die Schreinerei war noch immer im Hof. Die Schreinersleute betreuten noch immer die Synagoge, jetzt schon in gebücktem Gang.

Es gab eine neu eröffnete Kneipe zwischen den Lumpenkellern. Die Gasse war von neuen jüdischen Zuzüglern bewohnt. Sie waren nach dem Kriegsende gekommen, weil ihnen daheim ihr Rabbiner versichert hatte, man könnte in dem neuen Staat Sowjetrussland die Kinder nicht fromm erziehen. Die gleiche Furcht vor der gleichen Revolution hatte noch eine andere Gruppe von Flüchtlingen angetrieben, die diese jüdischen Gesichter aus der Ukraine nur ungern wiedersahen: die Offiziere aus der Armee des Hetmans Petljura und alle ihre Kumpane, die noch vor kurzem viele Juden abgewürgt hatten, bis ihnen die eigene Heimat vergällt war, da Lenin sein Plakat anschlug: »Gegen die Schwarzen Hundertschaften und gegen die Pogrome.« Jetzt hatte die französische Polizei die Sorge, die weißen Zaristen von den jüdischen Emigranten getrennt zu halten. Sie konnte gleichwohl die Kugel nicht abfangen, mit der der Uhrmacher Schwarzbart aus St. Paul den Hetman der Ukraine, Petljura, abknallte; der hatte ihm in dem letzten Pogrom daheim seine ganze Familie ermordet.

Der junge Levi besuchte den Vater jeden Freitagabend. Nathan Levi dankte Gott, weil sein Sohn kein gewöhnlicher Kürschner geworden war, sondern ein auserwählter Mensch, der seinen Kranken ergeben war wie ein guter Lehrer seinen Schülern. Die Augenklinik war nicht nur für den Sohn, sie war auch für den Vater heiliger Boden. Der Vater ließ sich von dem Sohn Lehrbücher mit den Schemata des menschlichen Auges zeigen, über das offenbar sein Junge am meisten grübelte unter allen Organen, die Gott geschaffen hat. Er wunderte sich gar nicht, dass alle Professoren auf seinen Sohn bald aufmerksam wurden. Man ahnte auch schon in St. Paul vor dem Examen, dass der kleine Levi ein großer Augenarzt wurde. Den Vater grämte bloß eins. Er selbst war in dem Alter des Sohnes Vater gewesen, die Liebe hatte sein Leben bis auf den heutigen Tag erhellt.

Er sprach über diesen Kummer mit seinem Nachbarn, dem Löb Mirsky. Der war jetzt sein Freund. Denn die plötzliche, zuerst unerträgliche Vereinsamung durch den Tod des Bruders und den Wegzug des Sohnes hatte die gute Folge, dass sich seine Augen auch für die Mitmenschen öffneten. Er hatte Anschluss an den Nachbarn gefunden, der schon längst vor dem Krieg, nach dem Ritualmordprozess in Odessa und der daraus entstandenen Judenverfolgung, nach Paris verschlagen worden war. Er hatte, wie Levi, die Frau verloren und das Kind gerettet, eine Tochter, die ihm später den Haushalt führte, bis sie das Lernen mehr liebte, als es, wie ihr Vater glaubte, ihrem schönen Wuchs und ihrem ebenso schönen Angesicht zutunlich war. Die beiden Väter waren sich klar, dass ihre Kinder ein gutes Paar abgeben würden, wenn sie sich nicht den Plänen der Eltern durch die Einwirkung neuer Bräuche in dem neuen Land hartnäckig widersetzten. Der alte Levi, dem das schöne, störrische Mädchen überaus für den Sohn behagte, riet dem Nachbarn, endlich die Erlaubnis zu geben, dass die Tochter aller häuslichen Pflicht ledig werde und täglich zum Lernen auf das linke Seine-Ufer nach der Sorbonne gehe. Es fügte sich dort, dass das Lernen die beiden jungen Leute ebenso sicher zusammenfügte wie der schlaueste Heiratsvermittler. Der junge Levi bemerkte schnell das dunkelbraune Haar, die sanften Augen, die durchsichtige Haut, den stillen Schritt. Die beiden Väter feierten nach dem Examen die ersehnte, die endlich geglückte Heirat.

Jakob Levi, der jetzt der Doktor Jacques Levi hieß, war noch längst nicht in dem Alter, in dem der Ruf eines Mannes sonst feststeht, als ihm zuerst in der Klinik seines Lehrers, dann in der eigenen Klinik an der Place de Sèvres der Zustrom der Kranken einen Namen machte. Der Vater freute sich, war aber erst glücklich, als er einen Enkel bekam, ein wenig später, als er gehofft hatte. Er hatte sich umso ungeduldiger Nachkommenschaft gewünscht, da er, genau wie dereinst seine Schwiegereltern, sich schwächer und älter fühlte, sobald er Frieden und Ruhe dazu hatte. Er saß oft in dem Sprechzimmer des Sohnes, wo er die Klagen und Lobpreisungen der Augenkranken anhörte. Dann fuhr er mit dem Sohn heim, um ein wenig mit dem Enkel zu spielen, und später, um die Schulhefte zu betrachten, wie er ehemals die des Sohnes betrachtet hatte.

Er trat eines Tages zu ungewohnter Zeit in die Klinik an der Place de Sèvres, als die Sprechstunde gerade beendet wurde. Er bedeutete dem erstaunten Sohn, er sei absichtlich gekommen, um mit ihm allein zu sprechen. Der Sohn hätte jetzt seine eigene Familie, sein eigenes Heim, sein Kind, seinen Beruf. Der Vater betrachtete darum das Gebot erfüllt und die Zukunft seiner Nachkommenschaft gesichert. Der Doktor Jacques Levi wunderte sich, was sein Vater mit dem Besuch bezweckte. Er war noch erstaunter, als der Alte fortfuhr, in viel gewichtigerem, feierlicherem Ton, als er sonst zu sprechen pflegte. Gottes Wege seien unergründlich. Man bedenke, wie er nach dem Pogrom von L. zuerst nach Wien, dann von Wien nach Kattowitz, von Kattowitz nach Paris geflohen sei, den Sohn auf den Knien, und wie die Familie in dem Sohn gewachsen sei. Er sprach, als hätte er schon vergessen, dass der Sohn im weißen Arztkittel ihm gegenübersaß. Er wünschte wohl noch ein wenig der Hauptsache auszuweichen, die ihm endlich aus dem Mund kam.

Er sei nicht älter als jetzt sein Enkel gewesen, da hätte die ganze Stadt L. einen alten Mann an die Bahn begleitet, der abgefahren sei, um im Gelobten Land zu sterben. Das Reiseziel sei ihm schon damals als das verlockendste vorgekommen, das sich ein Mensch ausdenken könnte. Er könnte sich auch heute noch gut an den Abschied erinnern, als hätte er gestern stattgefunden. Damals sei der gewaltige Wunsch in sein Herz gepflanzt worden, auf demselben Fleck sterben zu dürfen, wenn er so alt sei wie der Alte. Er habe den Wunsch auch nie vergessen, nur tief in sich verborgen. Er habe bereits im Geheimen das nötige Geld für die Reise gesammelt, auch für den letzten Aufenthalt in dem Altersheim in Jerusalem. Er hätte die Auflösung der Kürschnerei bereits dem Nachbarn übertragen, sodass nichts überstürzt werde.

Der junge Levi staunte über den Bericht des Vaters, der von mehr Entschlusskraft zeugte, als er dem sachten, weichen Mann je zugetraut hätte. Und diese Entschlusskraft bezog sich nicht auf die Lebensumstände, sondern auf das Sterben. Er staunte auch, dass der alte Mann, der sonst anschmiegsam und sehr offen war, den Plan wie ein Geheimnis verborgen hatte, sowohl in der letzten Zeit, als die Verwirklichung möglich wurde, wie durch sein ganzes früheres Leben, da der Plan nur ein Traum war. Er stellte dem alten Levi vor, dass ihm schon sein Umzug aus St. Paul nach dem Quartier Latin einen Schmerz bedeutet hätte, obwohl man doch keine halbe Stunde brauchte, um über die Brücke zu gehen. Er las aber in den glänzenden Augen des Alten, bevor er noch seine Warnung beendigt hatte, die Antwort: »Gewiss, wenn man stirbt, geht man einen weiteren Weg, als man je im Leben für möglich gehalten hat.« Der Sohn brach ab. Er verstand, dass es keinen Zweck hatte, seinen Vater abzuhalten. Es war im Gegenteil seine Pflicht, die Abreise zu erleichtern, damit der alte Mann seinen Tod ruhig erwarten konnte.

Der Vater, dem jede Trennung fast das Herz gebrochen hatte, bereitete sich selbst fliegend auf die Abreise vor. Er lud seine Kinder nach St. Paul zum Abschiedsessen ein, das so heiter wurde wie ein Feiertagsabend. Sein Sohn musste ihm beim Abschied versprechen, regelmäßig zu schreiben. Er konnte sich ruhig auf den Tod vorbereiten in dem Land seiner Väter, wenn alles, was hinter ihm lag, besorgt war. Der Sohn schrieb seinen ersten Brief, bevor er den alten Mann an den Hafen brachte. Der Vater meldete in seinem ersten Brief zugleich seine glückliche Ankunft und den Dank für die Post, die er schon empfangen hatte.

Man fühlte an diesem Dank, dass der Alte beruhigt war, weil sein Anteil am Leben erfüllt war. Er dankte Gott, der ihm erlaubt hatte, in das Gelobte Land zurückzukehren, aus dem ihn nun nichts mehr wegbringen konnte. Er fühlte bei jedem Schritt, dass er jetzt auf der Erde ging, in der begraben zu liegen er sich von jeher gesehnt hatte. Er dachte zuerst überhaupt kaum mehr an das Leben, das er verlassen hatte. Er hatte zunächst nicht einmal Sehnsucht nach seinem Sohn oder nach seinem Enkel. Er dachte höchstens an seine tote Frau, die in seinen Träumen so sanft und so still wie er selbst war, die jüngste und lieblichste Tote. Er merkte kaum, dass das Heilige Land viel heißer war als all die Länder, die er bis jetzt auf Erden durchquert hatte. Er gab nicht auf die fremden Gesichter acht und die sonderbaren Gepflogenheiten und die Streitigkeiten um ihn herum, die nicht minder heftig wurden als in St. Paul. Weil man nicht wissen konnte, wie viel Zeit noch verging, bis man ihn ins Grab legte, ging er sehr vorsichtig mit seiner Barschaft um. Er wohnte in dem Asyl, das von alten, einsamen Männern bewohnt war, die gleich ihm aus allen Teilen der Welt gekommen waren, um hier im Gelobten Land zu sterben in einem kleinen Zimmer wie seins, das er mit einem Bewohner teilte. Er selbst war sanft und still, sein Zimmergenosse war grobknochig und ein wenig bösartig. Während Nathan Levi gern für sich allein nachdachte und lernte und betete, geriet der andere gern in Händel und in die heftigsten Auseinandersetzungen nicht nur mit diesem und jenem Hausgenossen, auch in der Gemeinde, sogar mit Gott selbst; er war für die Schlauheit berühmt, mit der er Erklärungen und Einwände einstreute, während Levi, früh gealtert, für ein wenig töricht galt.

Der alte Levi wurde sich nach und nach erst darüber klar, dass er immerhin noch auf Erden lebte, in alle Misshelligkeiten des irdischen Lebens verstrickt. Indem er sich darüber klar wurde, fühlte er auch die Last des eigenen Alters. Er dachte weniger an die Tote, die er liebte, und desto mehr an die Lebenden, die er gleichfalls liebte. Er schrieb besorgt an den Sohn, den Doktor Levi in Paris. Er wartete aufgeregt auf Antwort. Er fühlte sich eine Zeitlang ruhiger, wenn ihn die Post über das Wohl der Familie beschwichtigte, die er daheim gelassen hatte. Vor seiner Abfahrt hatte er das Land, in dem er sich jetzt befand, für »Daheim« gehalten.

Der Arzt Levi schrieb viel leichter und heiterer, als er früher mit dem Vater hatte sprechen können. Die leise Unruhe entging ihm nicht, die erst nach und nach aus den Briefen des Alten klang, so wenig wie einem Vater die Unruhe in den Briefen des Sohnes entgeht. Als ihm der Alte einmal schrieb, er könne jetzt seinen Sohn gut brauchen, weil seine Augen schwächer würden, schrieb ihm der Sohn beinah streng zurück: »Du hast Gott bei der Ankunft gedankt, dass Du endlich angekommen bist. Es gibt überall gute Ärzte, besonders da, wo Du bist. Die Heilkunst ist nicht auf ein einzelnes Land beschränkt und erst recht nicht auf einen einzigen Menschen. Ich kann jetzt nicht zu Dir fahren, weil ich meine Hilfe vielen versprochen habe.« Der Vater setzte sich mit dem Brief an die hellste Stelle des kleinen Zimmers, an das Fenster, das auf den Garten ging. Es war kein üppiger Garten, ein paar junge Bäume umschlossen das Herz des Gartens, das Stückchen Rasen. Die Bäume waren von der Gemeinde gestiftet und gepflanzt worden. Ihr kleiner kreisrunder Schatten reichte gerade aus für eine zusammengerückte Gruppe von Greisen. Der alte Levi fühlte sich durch den Brief getröstet und auch ein klein wenig beschämt. Er nahm sich vor, von jetzt an seine Leiden und Schwächen zu verschweigen. Sein Sohn schrieb fortwährend fröhlich und beinahe aufmunternd, als ob er ahnte, dass sein Vater gerade solcher Briefe bedürfte. Er fragte nicht einmal mehr nach der Augenkrankheit, sodass der alte Mann sich beruhigte, der Sohn hätte seine kurze Klage vergessen.

Der Arzt hatte aber gar nichts vergessen. Er fragte nur deshalb nicht mehr, weil er wusste, dass er dem Alten ohnedies nie mehr würde helfen können. Er schrieb immer weiter leicht und froh, auch als sein eigenes Glück unversehens zerstört war. Auf einmal war ihm, der mitten in der Arbeit stand, der Tod viel näher als seinem Vater, der weggefahren war, um zu sterben.

Er hatte längst den Ruf eines großen Augenarztes, zu dem auch Kranke aus fremden Ländern fuhren. Er selbst sah in dem Erfolg nur ein zufälliges Zubehör seines Berufes, den er treu erfüllt hatte, Tag und Nacht, ohne sich von Müdigkeit oder von Zweifel irremachen zu lassen oder von Fehlschlägen oder von Klagen. Er war nicht stolz auf den Erfolg. Er war nur den Kranken dankbar, dass sie zu ihm kamen, weil sie bei ihm auf Heilung hofften.

Die junge Frau hatte immer verstanden, dass zwischen Daheim und Spital keine Trennung war. Sie hatte ihm von der ersten Stunde an beigestanden, damals, als sie im Hörsaal aufeinandergestoßen waren, ohne zu wissen, dass sie einen Plan ihrer Väter erfüllten. Sie hatte immer danach verlangt, aus dem engen Heim herauszukommen, in dem es nur eine Art Pflichten gab, die ihr dürftig und kleinlich vorkamen. Jetzt hatte sie ernste, schwerwiegende Pflichten in ihrem Haus, in dem die Kranken zur Familie zählten, an den Betten der Kranken, bei der Erziehung des kleinen Sohnes, die nur ein Teil ihrer Pflichten war. Die Eltern freuten sich, dass ihr Sohn in dem Land aufwachsen konnte, in dem sie erst Wurzel hatten schlagen müssen, dass er nicht erst in der Schule Französisch lernte, sondern schon vorher so gut wie sein Lehrer sprach. Wenn sie den Jungen vom Fenster riefen, dann freuten sie sich, wenn er mit den Gassenbuben spielte, sodass er gar nicht von dem Knäuel sich balgender Buben zu trennen war, anstatt, wie früher sein Vater, verlegen, in seltsamen Kleidungsstücken aus der Haustür dem Spiel zuzusehen. Sie teilten Sorgen und Freuden in ihrem gemeinsamen Leben, wie immer in ihren Familien die Väter und Mütter Sorgen und Freuden geteilt hatten, nur waren es andere Sorgen und andere Freuden gewesen.

Der Arzt merkte frühzeitig, als sein äußeres Glück beneidet wurde, dass sein Glück von innen heraus bedroht war. Er täuschte sich nicht über die Art seiner Krankheit, die ihn zuerst nur gelegentlich plagte. Er konnte selbst seinen Todestag beinahe festsetzen, als alle Heilversuche fehlgeschlagen waren. Er nutzte die Zeit, in der er noch kräftig und ruhig war. Sein Vater brauchte nie zu erfahren, dass er vor ihm hatte sterben müssen. Er schrieb darum, obwohl ihn die Schmerzen schon hinderten, mit Aufbietung seiner letzten Kräfte so viel Briefe, wie sein Vater in den vereinbarten Abständen zu empfangen gewöhnt war. Er gab das Bündel vorbereiteter Post seiner Frau und nahm ihr ebenso feierlich, wie ihn sein Vater zum Schreiben verpflichtet hatte, das Versprechen ab, nach seinem Tod einen Brief nach dem andern abzuschicken. Wenn er sich, von Schmerzen gepackt, zum Schreiben zwang, dann fragte sie lächelnd, als sei damit die Gewissheit weggeschoben, wie er denn für die kommenden Jahre Dinge vorausbeschreiben könne. Ihr Mann erwiderte, dass es Dinge genug zu beschreiben gäbe, die nichts auf der Welt veränderte.

Er schickte selbst einen Patienten nach dem anderen zu fremden Ärzten, von denen jeder, wie er beteuerte, ebenso viel wie er selbst verstand. Er machte sich klar, was er gesund nie geglaubt hätte, dass seiner nicht länger bedurft wurde und dass die Gesunden und Kranken ohne ihn auskommen mussten, da die Heilkunst nicht auf einen Menschen beschränkt war, genau wie er seinem Vater gesagt hatte.

Die junge Frau glaubte selbst dann noch nicht an seinen Tod, als er das Kind nicht mehr erkannte. Selbst als er schon auf dem Totenbett lag, konnte sie sich das Kind nicht als Waisenkind vorstellen. Bei dem Begräbnis waren die ehemaligen Nachbarn noch einmal stolz auf den jungen Levi, der es so weit gebracht hatte. Denn viele Ärzte mit großem Namen kamen zu seiner Beerdigung und kleine bärtige Landsleute, sogar der immer noch rüstige Lehrer Rosenzweig. Es kam auch der Lehrer vom Lycée Charlemagne. Ein jeder von beiden dachte bei sich, dass er den Toten zu dem gemacht hatte, was er im Leben gewesen war.

Die Frau schickte pünktlich den ersten Brief an den alten Levi aus dem Vermächtnis des Toten, das ihr wie ein Auftrag des Lebenden vorkam. »Du wunderst Dich vielleicht«, stand in dem Brief, »dass ich nicht sofort zu Dir gereist bin, als Du mir zu verstehen gegeben hast, dass Du krank bist. Du hast mich selbst beim Abschied gelehrt, dass es eine noch höhere Verpflichtung gibt. Du bist von Deiner Familie weggefahren, um Deinen brennendsten Wunsch zu erfüllen. Ich habe damals sofort verstanden, dass nicht Deine Liebe zu mir sehr klein war, sondern Dein Wunsch sehr groß.«

Die Frau besorgte dem Toten Brief nach Brief, so wie sie ihm lebend jede Last abgenommen hatte. Ein jeder Brief fügte ihr gemeinsam gelebtes, jäh gespaltenes Leben wieder zusammen. Der alte Levi freute sich, wenn er einen Brief bekam, dass er so klug gewesen war, die zwei widerspenstigen jungen Leute, die sich keinen Befehlen gefügt hätten, mit einer List zusammenzubringen. Der Sohn schien auch jetzt zu bereuen, dass er den alten Mann nie hatte an seinem Glück genug teilnehmen lassen. Er fand jetzt auch Worte, um ihm begreiflich zu machen, was ihn mit der Frau verband, als ob er sich früher geschämt hätte, etwas zu rühmen, was der Alte nicht begriffen hätte. Der alte Levi konnte das Bild der jungen Frau nicht recht erkennen, das manchem Brief beigefügt war. Er labte sich an den lobenden Ausrufen seiner Freunde. Er dachte aber, dass keine Frau der Welt, sie mochte sein, wie sie wollte, es je mit seiner eigenen hätte aufnehmen können.

»Ich brauche Dir, lieber Vater, nicht erst zu beschreiben, wie wir drei den Feiertag ohne Dich verbracht haben. Wir lassen den Sessel für Dich frei, als seiest Du nur eben aus dem Zimmer gegangen.« Der alte Levi versuchte, den Brief selbst zu lesen, erreichte aber bald nicht mehr, als das Papier zwischen seinen Fingern zu befühlen. Sein Zimmergefährte, der selbst keine Post bekam und daher mit Neugierde diese Briefe erwartete, kam rasch herbei, um sie langsam und gründlich vorzulesen. Der Alte diktierte ihm auch bald seine Antworten, damit den Sohn seine zittrige Schrift nicht beunruhige. Allmählich gewöhnten sich auch die übrigen Greise im Altersheim, mit ihm auf die Post aus Paris zu warten und ihn zu trösten, wenn er zu lange warten musste.

Die junge Frau in Paris genoss die väterlich einförmige Antwort an den weit weg lebenden Sohn, als sei durch diesen Briefwechsel der Tod selbst überlistet. An Festtagen sperrte sie sich in ihr dunkles Zimmer, wo sie am besten des Schimmers verlorener Feste habhaft wurde. Sie machte sich die Absendung der von dem Mann hinterlassenen Briefe zu einer abergläubisch genauen Pflicht. Die neuen Bewohner des Hauses hatten ihr eine Zuflucht gelassen. Sie hießen Dumesnil, der Mann, ein Augenarzt, war der Freund des Toten gewesen. Er hatte eine junge Frau, so alt wie die Witwe, sie waren in alten Tagen in Freuden und Sorgen zwei gute Paare gewesen. Jetzt war von der alten Freundschaft nichts übrig als der kleine magere Junge und die schweigsame, über die Trauerzeit hinaus dunkelgekleidete Frau, die sich durch nichts bewegen ließ, an ihren Freuden teilzunehmen. Sie schien sich immer nur zu wundern, wie leicht und wie schnell sie den Toten vergessen hatten. Der alte Mann allein wartete sehnsüchtig auf die Briefe. Für ihn war der Mann lebendig wie für sie selbst.

Der alte Levi spürte jetzt immer deutlicher, dass er noch mit einem Fuß auf der Erde stand. Die Erde ließ ihn so leicht nicht fort, wie er geglaubt hatte. Die alten Männer saßen jetzt oft in großer Unruhe beisammen. Das Land ihrer Väter war genauso wie alle Länder der Welt von Unruhe aufgewühlt und von den düsteren Nachrichten, die wie Schwärme von Todesvögeln dem Krieg vorauszogen. Was Hitler beging, war nur ein Nachspiel von alten berühmten Untaten, die ihnen geläufiger waren als alles, was heute geschah, und ihnen traumhaft und zeitlos vorkamen. Der Aufschub des Krieges war einer der ohnmächtigen Versuche, dem Unvermeidlichen zu entgehen. Der Ausbruch des Krieges war das häufig erlebte Vorspiel des unvermeidlichen Endes. Wenn ihre eigene Erinnerung versagte, fanden sie immer noch in der Bibel Vergleiche mit ungeheurem Gemetzel, mit Einkerkerungen und Hinrichtungen und auch mit unwahrscheinlichen Heldentaten. Dort fanden sie Beispiele aus den Zeiten der Richter und der Könige von scheinbar aussichtslosen Wagnissen um des Glaubens willen, auch von todesmutigen Rückzugsgefechten einer kleinen Schar. Und giftige Pfeilregen waren über die Städte gegangen, so tödlich wie heute die Bomben auf London. Sie saßen eng um den alten Levi herum, der an Wuchs unter ihnen der kleinste Greis war, in dem kleinen runden Schatten, der ihnen allen am Garten am besten behagte. Sie steckten auf diesem Rasenplätzchen die Köpfe zusammen, als wüchsen die starren Bärte aus einer einzigen Dolde.

Der Vater Levi merkte an ihrem fortwährenden Trost, wie schlimm es jetzt in Europa stand und welche Gefahren sein Fleisch und Blut bedrohten. Fast jeder Trost hat ja die Wirkung, dass man an seiner Maßlosigkeit die Gefahr am besten ahnt. Die Jugendtage waren ihm selbst im Alter nur noch klarer geworden. Die

Tritte der Kosaken waren ihm nie verhallt. Das weiße, im Sterben glänzende Gesicht seiner Frau war ihm jung und weiß geblieben. Der Kranz von seidigen und von struppigen Bärten zuckte und zitterte um seinen eigenen Bart herum, der gar nicht klein und fein wie er selbst war, sondern greisenhaft wuchtig. »Lieber Vater, unsere Gedanken bleiben bei Dir. Der eine von uns wird weit gerufen, der andere darf nicht von dem Platz weggehen, auf den er einmal gestellt worden ist.« Der alte Levi schloss sich schon längst nicht mehr mit seinen Briefen ein; da er ohnedies auf die Hilfe aller seiner Gefährten angewiesen war, teilte er nicht bloß die Wege mit ihnen, da er nicht mehr allein gehen konnte, die Handgriffe beim Anziehen, die zahllosen Befürchtungen und Mutmaßungen. Er hatte sich auch daran gewöhnt, das Beste mit ihnen zu teilen: die Briefe des Sohnes und den Trost, der ihm aus ihnen kam. »Lieber Vater, was auch geschieht, meine Arbeit bleibt immer dieselbe. Was auch der Tag für Ereignisse bringt, mein Tagewerk ist mir vorgeschrieben. Was auch die Menschen für Wege einschlagen müssen, ich gehe jeden Morgen denselben Weg, von meinem Haus zu meinen Kranken. Was sich auch jetzt auf der Welt ereignet, die aufregendsten und geheimnisvollsten Ereignisse vollziehen sich für mich in dem Augenspiegel. Ich danke Dir Tag und Nacht, lieber Vater, dass Du mir damals keinen Widerstand entgegengesetzt, sondern mich immer nur bestärkt hast in dem Beruf, den ich mir gewählt habe.« Die weißen und grauen Zotteln kitzelten Levis Gesicht, wenn ihre Köpfe sich über den Brief beugten. Er ließ ihn nicht gern aus der Hand, selbst wenn er ihn nicht entziffern konnte.

Die Witwe in Paris hatte den Ausbruch des Krieges mit all der Ruhe und Gleichmäßigkeit erlebt, die Menschen aufbringen, die an Leid gewöhnt sind. Sie konnte den anderen zeigen, wie man sich in schweren Tagen verhält, die ihr geläufiger waren als jenen, die immer nur gute erlebt hatten. Sie war früher beinah ein Hemmnis geworden, weil es ihr nie gelungen war, sich in die Lustigkeiten und Festlichkeiten zu fügen. Die Doktorsleute freuten sich jetzt, wenn sie eintrat, gewappnet gegen Kummer. Sie wunderten sich, weil sie an ihrem Geburtsland hing, in dem sie als

Kind nur Schlechtes erlebt hatte. Seit Polen verbrannt und verwüstet war, besann sie sich nur auf die guten Stunden. Sie sprach von den Bauersleuten, die ihr einen Apfel geschenkt hatten, damals, als man ihre Mutter erschlug. Das ganze gequälte Volk setzte sich jetzt für sie aus dieser Art Bauersleuten zusammen. Der dicke Rock der Bäuerin, in den sie sich einmal hatte ausweinen können, verdeckte damals und heute das Schlechte.

Der alte Mann wartete desto ungeduldiger auf Post, je dringlicher ihn seine Freunde trösteten.

»Lieber Vater, Du darfst nicht verzweifeln, wenn die Post von mir manchmal eine kurze Zeit ausbleibt. Was auch kommen mag, ich bin immer auf meinem Posten. Meine Pflichten verändern sich nie. Du kannst Dir an jeder Stunde am Tag vorstellen, was ich gerade tue. Für mich gibt es keine Zerstreuung und keine Ablenkung mehr. Ich stehe auf, sobald mich ein Kranker braucht.« Gewiss, den Sohn hielt im Krieg die Pflicht erst recht bei den Kranken fest. Das Glück über den Brief fiel mit dem Segen des kleinen Schattens zusammen, da ihm die Sonne sonst weh tat. Soweit man sich aus dem Gelobten Land in ein schlechtes sehnen kann, hatte er manchmal geheime, sich selbst nicht eingestandene Sehnsucht nach Kälte, die einem die Backen zerbiss, nach der vor Frost gesprungenen Erde, nach unbändigem Schneegestöber. Er labte sich, bis ein neuer Brief kam, an dem Geknister des alten, den er heimlich, statt mit dem Blick mit den Fingerspitzen genoss. Er bat manchmal seine Hausgefährten, den alten Brief zu wiederholen. Sie folgten ihm gerne, weil solche Briefe auch sie trösteten.

Die Witwe des Arztes rüstete schon in Paris ihr Gepäck, um abzufahren. Man sagte sich in der Stadt, dass Hitler die Maginotlinie umgangen hätte und jede Stunde näher rücke. Die Flüchtlinge übernachteten auf den Straßen und in Bahnhöfen. Die Autos schleppten seltsame Lasten durch die Tore: Statuen des Louvre, Kisten voller Banknoten, Instrumente von Spitälern, bunte Glasfenster aus den Kirchen. Die junge Frau sah den bepackten Postautos mit dem Gedanken nach, ob jetzt ein Brief ihres Mannes vor dem Einmarsch der Nazis das Schiff erreichen konnte.

Der Fall von Paris war schon zu den Ohren des alten Levi gekommen, als er den Brief in der Hand hatte, auf den er diesmal
in einer Verzweiflung hatte warten müssen, die nur durch das
Alter gemildert war und durch die Nähe des Todes, der alles
dämpft und mildert.

Der älteste Greis, dem merkwürdig scharfe Augen geblieben
waren, wie auch sein Verstand scharf und klar war, las allen genau
und eindringlich vor: »Mir hat heute Morgen ein Kranker einen
Traum erzählt, ein junger Mensch, der kürzlich ein Auge verlor.
Wir sind noch um sein zweites Auge besorgt. Ich fürchte, ich kann
es nicht mehr retten, obwohl ich bemüht bin, ihm das Gegenteil
zu versichern. Mir träumte, erzählte er, mein zweites Auge sei
gleichfalls verloren. Ich war verzweifelt. Man nimmt mir meinen
Verband ab. Auf einmal sehe ich alles mit beiden Augen, sogar mit
dem Auge, das gar nicht mehr da ist; ich sehe Sie, ich sehe das
Licht; ich sehe den ganzen Krankensaal. – Ein andrer erzählt mir
im Spital, er liebe die Nacht am meisten, denn wenn ihm auch
tagsüber alles dunkel sei, bei Nacht im Traume erkenne er seine
Frau wieder, die Gesichter seiner Kinder.«

Dem Vater dünkte, der Sohn, der sich stets vorm Wortemachen
gescheut hatte, fände jetzt erst im Schreiben seine verborgene Be-
redsamkeit. Er hätte jetzt erst Lust, die kleinen Begebenheiten zu
schildern, die er früher bei Fragen gern übergangen hatte.

»Mir wird oft bang, wenn mich die Kranken drängen, ihnen
die ganze Wahrheit zu sagen. Sie sagen zwar, ganze Wahrheit,
doch was sie meinen, ist Hoffnung. Ich weiß aber schon durch
einen Blick, ob ihre Krankheit heilbar ist oder ob nur der Tod sie
heilen kann.«

Der alte Levi fühlte, dass solche Worte auch auf ihn selbst ge-
münzt waren. Er stellte sich unter dem Ewigen Licht eine milde
Klarheit vor, die ihm kein Arzt mehr verschaffen konnte, und wäre
er selbst dem Sohn überlegen.

Die Witwe des Arztes hatte inzwischen mit ihrem Kind den
Ausgang aus Paris angetreten. Sie gehörten zu den Verdammten,
die das Jüngste Gericht in der teuflischen Juniwoche von Sonntag bis Mittwoch über die Route d'Orléans gegen die Loire jagte.

Sie drückte in dem Auto der Arztfreunde ihr Kind hart an sich. Sie kamen ruckweise vorwärts in dem Wirbel und in den Stockungen des Menschenstroms. Am Straßenrand lagen die Trümmer verunglückter und von Fliegern zerstörter Autos in Klumpen von Toten und von Verwundeten. In dem Unglück, dem das Herz nicht mehr gewachsen war, erschien selbst der Tod nur ein unvermeidlicher Zwischenfall. Auf vielen Bäumen hatten Mütter die Namen der plötzlich im Gewühl verloren gegangenen Kinder angeschrieben. Die Witwe des Arztes hatte nicht mehr das Bewusstsein, ihr Mann sei tot, viel eher, er sei in dem Wust verloren gegangen. Die tiefe Gleichgültigkeit der Frau, ihr Unbewegtsein von Todesgefahr, das ihr die Verzweiflung eingab, erschien ihren Reisegefährten als Mut. Sie krochen alle zusammen unter das Auto, wenn ein Fliegergeschwader am Himmel heransurrte. Sie hörten jedes Mal um sich herum in Splittern und Trümmern das Geheul von Menschen. Sie hatten das Glück, dass ihr Wagen heil blieb. Sie merkten erst im Weiterfahren, dass das Kind gestreift worden war. Weil es viel zu verstört war, um zu klagen, bemerkten sie seine Wunde erst, als sein Kittel von Blut trätschte. Sie fuhren das Ufer der Loire entlang auf der Suche nach einer Brücke, die noch nicht gesprengt war. Die Menschen schrien, zwischen Pfeilern baumelnd, in ihren zerbrochenen Wagen. Das Kind lag auf den Knien der Mutter, betäubt oder in krankem Schlaf. Es schlief auch noch auf der rechten Loire-Seite, als sie nachts in ein Gehöft krochen. Sie rasteten, bis sich der Junge erholt hatte. Dann fuhren sie rasch gegen Süden. Obwohl die Frau ihr ganzes Gepäck bei der Reise eingebüßt hatte, trug sie das Päckchen von ihrem Mann hinterlassener Briefe noch unversehrt in der Tasche. Es war ihr ein ebenso teures Gut wie dem alten Vater, die Bürgschaft des Lebens. Sie setzte das Kind am Bahnhof von Toulouse in den Schoß der Freundin, um den nächsten Brief einzuwerfen.

Sie fanden Zuflucht in einem Dorf an der Rhône, das von Flüchtlingen vollgestopft war. Die Dumesnil waren ihrer Untätigkeit bald müde. Sie trauten dem Waffenstillstand so wenig wie den neuen Herren in Vichy, die ihn unterschrieben hatten. Sie rüsteten sich, von Marseille nach Algier zu fahren, weil dort ihre Kraft gebraucht werden konnte. Sie drangen umsonst in die Frau Levi ein, sich mit dem Kind ihnen anzuschließen. Doch eben das Kind, das immer noch schwach und kränklich herumlag, wurde der Frau zum Anlass, ihre Reise hinauszuschieben; ein Anlass, der eher ein Vorwand war, ihre restlichen, viel zu geringen Kräfte nicht länger gegen ein Schicksal aufzulehnen, in das sie von vornherein ergeben war, weil sie keinen Widerstand mehr aufbrachte. Sodass die Dumesnil nicht mehr aus Freundespflicht bei ihr aushalten konnten, sondern sich auf ihre eigene Kraft und auf ihr eigenes Schicksal verließen. Frau Levi gab den Freunden den letzten Brief des Toten, da sie ihrem Schicksal schon selbst misstraute, nach Afrika mit, damit er sicher befördert wurde. Das Bild des alten Vaters hatte zwar seine Leuchtkraft eingebüßt wie alle Erinnerungen, das Bild des Toten war aber klarer geworden.

Als der alte Levi den Brief bekam, den die Frau noch selbst in Toulouse eingeworfen hatte, da rückten die Greise dicht um ihn herum. Der greiseste Greis, dem der Brief nur noch schimmerte, las ihm in die Augen und Ohren. »Das Kind fragt uns oft, wann Du wieder zurückkommst. Es kann nicht verstehen, dass Du fort bist. Ich denke manchmal, wie schlau die Kinder sind, dass sie den Tod nicht wahrhaben wollen. Sie halten das Sterben für einen von den sonderbaren Einfällen, die wir Erwachsenen manchmal haben.«

Obwohl der alte Levi schon längst nicht mehr lesen konnte, setzte er sich in seiner freien Zeit allein mit dem Brief an den gewohnten schattigen Platz. Man hätte von weitem glauben können, er sei noch ein junger, gesunder, scharfsichtiger Mensch, wenn man ihn beobachtete, weil er den Bogen immer wieder entfaltete und das Couvert glättete und, immer wieder die Lippen bewegend, über die Zeilen flog, deren bloßer Schimmer ihm vertraut war. Er war viele Wochen mit dem Brief ruhig. Dann fing er an, auf einen neuen zu warten, zuerst im Geheimen, immer noch von dem alten getröstet, dann seufzend und nach Post fragend und schließlich laut unruhig und sichtbar gequält. Die Mitbewohner trösteten ihn, so gut sie konnten. Doch konnten sie nicht verhindern, dass er stets nach der Ankunft des Postboten horchte und manchmal tappend und tastend dem Briefträger entgegenging, nur um zu erfahren, dass sein Sohn noch nicht geschrieben hatte. Der Älteste, der helläugige Greis, der auch der Schlaueste war, kam auf den Gedanken, selbst einen Brief zu verfassen, denn der alte Levi könnte den echten ja nicht mehr lesen. Die Hausgefährten weigerten sich. Ein solcher Betrug erschien ihnen sündhaft. Wenn schon ein Unglück bestimmt sei, dann müsse es ertragen werden.

Inzwischen wartete jene Arztfamilie Dumesnil an ihrem Bestimmungsort in Algier auf die Ankunft der jungen Frau mit dem Knaben. Statt ihrer kam nur die Nachricht, der Sohn sei noch zu krank, um abzufahren. Sie drängten, weil die Nazibesetzung Frankreichs von Tag zu Tag drohte. Die Witwe begann zwar endlich, ihre Überfahrt anzuordnen, die immer verschoben wurde, wie es vielen ging, durch die Beschaffung all der Zulassungspapiere. Die Frau des französischen Arztes erinnerte sich unterdessen ihres festen Versprechens, den anvertrauten Brief an den alten Levi zu besorgen. Sie verstand, dass die Absendung dieses Briefes ein Gelöbnis war, das ihre Freundin unverbrüchlich ernst nahm.

Der alte Levi war von Krankheit und vor Verzweiflung winzig zusammengeschrumpft. Genau das war eingetreten, was der Sohn verhindern wollte. Statt Friede im Land seiner Väter zu finden, war er in Gedanken im Land seiner Kinder, in dem es blutig und wild herging. Er malte sich alle Leiden aus, die den Sohn betroffen haben konnten. Es deuchte ihn jetzt, er hätte ihn im Stich gelassen.

Er saß an seinem gewohnten Platz, den letzten Brief in einem fort mit den Fingern zerknitternd, als sein Nachbar herankeuchte, der neue Brief sei gekommen. Man rief den Helläugigen; um zuzuhören, drängten die anderen Hausgenossen um den Greis.

»Mein lieber Vater, ich habe in der Nacht geträumt, ich ginge durch die Höfe und Gänge von St. Paul, ich war ein kleiner Junge, ich ging gar nicht an Deiner Hand, sondern an Großvaters Hand. Wir gingen die Wendeltreppe hinauf in den ersten Stock der Synagoge. Die Großmutter zeigte mir von oben herunter die Jahrzeitkerze, die für die Mutter angesteckt wurde. Ich sah auf das Flämmchen begierig hinunter.«

Der alte Levi drehte sein Gesicht, das vom Weinen schnell nass war. Er fühlte wieder einen Anflug von Sehnsucht nach seiner irdischen Heimat. Wie merkwürdig diese Sehnsucht nach einem elenden Land, in dem man nichts anderes erlebte als Schmach und Leiden. Die unklaren Gesichter sämtlicher alten Männer, die inzwischen alle herbeigekommen waren, durch die Neuigkeit von dem Brief in den Garten gelockt, verschwammen mit den Gesichtern noch viel älterer Männer, die die Zeit verwaschen hatte. Der alte Levi wunderte sich, weil auch sein Schwiegervater mit dem fransigen dünnen Bärtchen hierhergefahren war. Der Lehrer Rosenzweig war auch gekommen, er fuchtelte streitsüchtig mit den Händen. Der Bruder der Schneiderin, der seinem kleinen Jungen in Paris die hebräische Schrift beigebracht hatte, als niemand noch ahnte, was für Ruhm der Junge erwerben sollte. Der Ruhm war dem Vater selbst unfassbar geworden, nicht als ob er schon vergangen sei, sondern als ob er noch gar nicht begonnen hätte. Jetzt drängte sich jener Schreiner in den Kreis, der seine Werkstatt in dem Hof der Synagoge in St. Paul hatte. Er war ein spindeldürres Männchen, verwachsen, mit einer weißen Flocke von Bärtchen. Sie fingen alle miteinander an, sich aus dem Brief vorzumurmeln. Die schmale, schmutzige, ewig schattige Gasse war über ihnen von den Türmen und Zinnen des verfallenen Palastes gerändert.

Er trat unsicher in den Hof. Das krumme Männchen mit seiner weißen Flocke von Bärtchen nahm ihm die Kerze ab, die er vorsichtig in der Hand trug. Er steckte sie in ein freies Loch in der zinnernen Platte, in der es schon etliche Kerzen gab. Der Schwiegervater sprach das Gebet, und er zündete die Kerze an. Das glänzend bleiche, zarte Gesicht seiner Frau, die bei dem Pogrom im Keller gestorben war, glimmte in dem Flämmchen auf. Es war so lieblich, dass das Gesicht seiner Schwiegertochter nicht damit zu vergleichen war. Sie war so fein und dünn wie die Kerze, und alles, was nachkam, war vergänglich und unfassbar wie die paar Wachstropfen, die auch zerschmolzen.

Die junge Witwe war nicht rechtzeitig abgefahren. Die Naziarmee besetzte ganz Frankreich. Die französischen Freunde in Algier liefen umsonst von einem Schiff zum andern. Sie bekamen nach einiger Zeit nur die Nachricht, die Frau mit dem kranken Kind sei irgendwohin verschleppt worden. Sie hatte, wie es zu gehen pflegt, die Abfahrt verschoben, um das Kind zu schonen, und dadurch nur den Untergang vorbereitet. Die Freunde hofften auf kein Wiedersehen mehr. Sie sprachen nur manchmal davon, Mann und Frau, die beiden Franzosen, ob man nicht einen Brief an den alten Levi verfassen müsste. Sie fanden auch einen Flüchtling, der imstande war, einen Brief zu verfassen, der ungefähr den Briefen entsprechen mochte, an die der alte Mann gewöhnt war. Da der alte Levi in dieser Zeit schon beerdigt war, erfuhr man nicht mehr, ob der Brief völlig gelungen war. Er befriedigte jedenfalls nicht die übrigen Hausbewohner. Sie waren bereits so stark an die Ankunft der Briefe gewöhnt, dass sie auch jetzt nach Levis Tod diesen Brief auf dem gewohnten Platz miteinander lasen. Vielleicht war nur die Abwesenheit des Empfängers daran schuld, dass sie sich nicht ganz so beruhigt und erquickt wie früher fühlten.

Die Unschuldigen

Nachdem mit der Niederlage der große Krieg endlich beendet war, der weite Strecken Europas in Wüste verwandelt und mehr als dreißig Millionen Tote gekostet hatte, fuhr eine Abordnung von Offizieren nach Deutschland zur Verhaftung und zum Verhör der Kriegsschuldigen. Die Offiziere kamen zuerst in ein Dorf. Der Bürgermeister hatte noch im vergangenen Herbst auf seinem Dorfplatz gefangene Männer und Frauen zu Zwangsarbeit ausgeboten. Er sagte:

»Meine Herren, warum sind Sie denn gerade auf mich verfallen? Gerade auf mich, der nie Nazi war. Ich musste ja darum auf der Hut sein. Bei jeder Gelegenheit versuchte man mir eins auszuwischen. Man drohte mir mit dem KZ. Ich musste diesen Winter für soundso viel Hektar garantieren zur Verpflegung der Armee. Dafür musste mein Dorf aufkommen. Man hätte sonst nicht nur mich, man hätte sonst jeden einzelnen Bauern verhaftet. Ich konnte nichts anderes tun, als diese Männer und Frauen zu verdingen, die wir zur Wintersaat brauchten.«

Da sahen sich die Offiziere in die Augen. Sie fuhren im Auto zur nächsten Stadt. Man wies ihnen Zimmer an in dem einzigen Haus, das die Bomben nicht zerstört hatten. Erkundigungen ergaben: Ein gewisser Fabrikant Hähnisch sei der wichtigste Mann der Stadt. Er habe in seiner Kunstseidenfabrik die ganze Arbeiterschaft beschäftigt. Er hatte auf bestem Fuß mit den obersten SS-Kommandeuren gestanden. Man hatte auf seine Angaben nicht nur in der Fabrik selbst, sondern in allen Arbeiterstraßen die Razzien durchgeführt. Die Offiziere wollten den Mann bereits suchen lassen, da klopfte es an die Tür.

Ein junger, gediegen gekleideter Herr, die Hacken zusammenschlagend, sagte: »Gestatten die Herren, dass ich Sie selbst in meiner Stadt begrüße, sogar im eigenen Haus. Der Stab Ihres Regimentes hat es beschlagnahmt. Nichts für ungut. Ich bin nur froh, geehrte Gäste begrüßen zu können.« – »Wie meinen die Herren? Warum ich die Armee Adolf Hitlers mit Kunstseide beliefert habe, aus der Fallschirme hergestellt wurden und anderes Kriegsmaterial? Aber, meine Herren, ich bin Laie. Ich bin nicht erfahren in der Anwendung der modernen Wissenschaft. Ich habe die Kunstseide ausschließlich zu Strümpfen und Bekleidungsmaterial hergestellt. Ich soll der SS in die Hände gearbeitet haben? Aber, meine Herren, wie hätte ich Menschen in meinem Büro begegnen sollen, die mir staatliche Ausweise vorwiesen. Mein Fabriktor ihnen schließen? Das hätte bedeutet, die ganze Arbeiterschaft der Stadt brotlos zu machen. Ich habe bei jeder Razzia gezittert, dass man nicht einen Anlass findet, der uns alle belastet. Man hätte ja ahnen können, dass ich im Geheimen, im tiefsten Herzen von jeher gegen den Nazistaat eingestellt war.«

Da schwiegen die Offiziere. Sie fuhren sofort in die große Stadt vor das bereits militärisch bewachte Haus des berüchtigsten Munitionsfabrikanten.

Er war ein alter Mann. Er hockte allein und traurig. »Verzeihen Sie einem alten Mann, wenn ich Sie nicht gebührend begrüßen kann. Ihr Kommen freut mich herzlich. Meine ganzen Anstrengungen sind seit geraumer Zeit darauf gerichtet, von meinem eigenen Vermögen unserer guten Arbeiterschaft eine Unterstützung zu sichern, damit sie nicht über Gebühr unter der bösen Zeit zu leiden braucht. Ich brauche Ihre Beratung. Es gibt ja hierzulande nach der Hitler'schen Unzeit so wenig demokratische Geister, die einen aufrichtig in sozialen Fragen beraten können. Ich setze meine einzige Hoffnung auf Ihre Ankunft, damit Sie bei Ihrer Regierung durchsetzen, dass meine bewährte Fabrik endlich doch noch für die Herstellung wichtiger Gebrauchsartikel verwandt wird. Es wäre ja sonst ein Jammer, die wichtigen Teile des Betriebs, die nicht zerstört worden sind, brachliegen zu lassen. Ich habe schon früher einmal versucht, meine eigenen Ingenieure an der Herstellung preiswerter Nähmaschinen zu interessieren. Man hat zu meinem großen Verdruss, ja zu meiner Verzweiflung meinen Betrieb immer wieder missbraucht zur Herstellung von Kriegsmaterial. Ich war und bin von ganzem Herzen gegen eine

Regierung eingestellt, die auf diese Weise fortgesetzt die besten Kräfte des Volkes missbraucht hat.«

Dann fuhren die Offiziere in die Nachbarstadt, in der man gerade den General verhaftet hatte, der kommandierender General in der Provinz gewesen war, in der die berüchtigten Konzentrationslager gelegen hatten.

Der General sprang erregt auf die Füße. »Sie haben als Offiziere Ihrer siegreichen Armeen gewiss mehr Gelegenheit als ich, direkt zu meinem besiegten Volk zu sprechen. Ich bitte Sie, klären Sie doch mein Volk auf, dass es sich nicht gemeinmachen soll mit den Henkersknechten, von denen ich selbst mich mit Empörung und Abscheu abwende. Gewiss, ich ahnte längst, was in diesen sogenannten Todeslagern vorging. Ich roch ja bis zu dem Schloss, das der Sitz des Obersten Kommandos war, Tag und Nacht den süßlichen Leichengestank. Doch wenn ich Befehl gab, an Ort und Stelle die Ursache zu ergründen, dann wurde mir barsch Bescheid, das falle nicht unter mein Kommando, das sei die Angelegenheit der Zivilverwaltung. Ich protestiere gegen diese Auffassung einer Trennung von Pflichten zwischen Zivil- und Militärgewalt. Diese Auffassung hat sich mit der Niederlage bezahlt gemacht. Ich habe längst gegen diese Auffassung opponiert. Ich sehe in ihr den Hauptgrund für den Zerfall des Hitlerregimes, mit dem ich mich nie, nie, nie identisch erklärte.«

Worauf die Offiziere befahlen, den Kommandanten des Todeslagers vorzuführen. Er hatte zu ihrer Überraschung durchaus nicht das Aussehen eines Büttels; er war ein gesetzter, sorgfältig rasierter Mann in mittleren Jahren.

»Meine Herren«, sagte er, »ich war zwar der Kommandant dieses Lagers, doch können die jüngst von Ihnen befreiten Gefangenen nicht glücklicher über die Auflösung dieses Lagers sein, als ich es bin. Auf Befehl des Führers wurde mir monatlich eine große Anzahl Gefangener zugewiesen, deren Liquidierung mir zufiel. Ich brauche Ihnen nicht zu erklären, dass jedes andere Amt mir willkommener gewesen wäre. Doch da mir nun einmal diese missliche Aufgabe zugefallen war, war ich der Wissenschaft von Herzen dankbar, dass sie mir Mittel bot, dem von der Naziregierung aufgedrungenen Befehl gerecht zu werden. Hätte ich dem Befehl nicht gehorcht, man hätte, von den Folgen für meine eigene Person zu schweigen, einen anderen beauftragt, der den Tod der Unglücklichen nur durch ungeahnte Leiden verzögert hätte. Und da sie schon einmal tot waren, sah ich keinen anderen Gewinn aus dem Tod, über dessen Veranlassung mir kein Urteil zustand, als die geringe Hinterlassenschaft dieser Unglücklichen wenigstens unseren eigenen notleidenden Kindern zukommen zu lassen. Gewiss, jeder dieser Befehle von oben war mir verhasst, verhasst waren mir die Befehle dieser gewissenlosen Nazibande. Daran zweifeln Sie nicht.«

Darauf fuhren die Offiziere in die Festung, wo man den Höchstkommandierenden der Generalgouvernement genannten Provinz verwahrt hielt, in der die Lager errichtet worden waren. Er war ein schöner, noch junger Mann, aber bleich und erregt durch die Haft.

»Gott sei Dank, meine Herren, dass Sie endlich zu mir kommen. Endlich kann ich mein Herz erleichtern, endlich von Mann zu Mann sprechen. Dieser Posten des Generalgouverneurs dieser teuflischen Provinz ist mir von meinem sogenannten Führer als sogenannte Auszeichnung gegeben worden. Just in meiner Provinz hat man die berüchtigten Lager aufgemacht. Just in meiner Provinz, dicht hinter der Front, hat man diese Nester der Empörung gelegt, diese Brutstätten wilder Verzweiflung, just in die einzige Zone, die durchaus gesichertes, ruhiges Hinterland darstellen sollte. Mir aber gibt man die Verantwortung für Aufläufe, für Zornesausbrüche der Bevölkerung, für Massen-Fluchtversuche. Sie werden mir glauben, dass ich von Herzen gegen eine Regierung eingenommen war, die mir als Auszeichnung nur eine unerträgliche Verantwortung übertrug. Wenn Sie sich als Offiziere diese Gewissenlosigkeit vergegenwärtigen, werden Sie verstehen, warum ich längst vor Ihrer Ankunft durchaus von dem Naziregime abgerückt bin.«

Darauf erreichte die Offiziere die Nachricht von einem wichtigen Fang. Man hatte Hand auf einen Reichsminister gelegt. Man hatte ihn in das Palais selbst gebracht, das dem Generalstab gehörte. Nicht nur, dass das Palais selbst zerniert war, auf jedem Treppenabsatz standen Doppelposten. Der Saal war so scharf bewacht, dass man gleich merkte, ein hoher Würdenträger wartet darin. Die Offiziere traten vor den Gefangenen. Er stand nachlässig auf. »Ich weiß, wer heute ganz glücklich wäre, wenn er noch erfahren könnte, dass ich diese Nacht endlich Deutschland verlassen werde: Mein Führer, wie ich diesen Mann nennen musste. Er hat mich jedes Mal argwöhnisch angeblickt, ob ich ihn nicht verspotte, er sann Jahr um Jahr andere Mittel, um mich jenseits der Grenze zu bringen. Da wurden einfache Jagdeinladungen ersonnen, diplomatische Missionen. Es fehlte auch nicht an groben Anschuldigungen. Unter vier Augen, verzeihen Sie, unter acht Augen, meine Kollegen, gewisse Anschuldigungen waren sogar wahr. Sie können mir glauben, ich ließ es nicht an Versuchen fehlen, diese Regierung, die mir ein Dorn im Auge war, zum Schwanken zu bringen. Aber Hitler war zäh wie Juchten. Er war weder Anspielungen zugänglich noch Vorhaltungen noch klug verbreiteten Gerüchten. Noch einmal unter acht Augen, er war nicht einmal Attentaten zugänglich. Ich war es, der sich zuletzt auf die Socken machen musste. Sie können mir glauben, das letzte Jahr war für mich eine einzige Flucht, die reine Emigration, allerdings innerhalb Deutschlands. Ich war ihm zuletzt so verdächtig, dass er eines Nachts mein Jagdhaus von SS umstellen ließ. Ich hatte aber verwegene Freunde unter der SS. Die verhalfen mir zur Flucht. Man schickte noch unterwegs die Häscher hinter mir her. Ich kann von Glück sagen, dass ich hierher in Ihr Palais kam. Hier bin ich endlich sicher, im Herzen Ihres Generalstabs.«

Da schwiegen die Offiziere. Sie wurden aus ihrem Grübeln durch einen dringenden Anruf gerissen. Man hätte in einer Stadt des Reiches den Hitler selbst gefunden. Sie rasten in ihren Autos zur Stelle.

Der kleine wirrsträhnige Mann, der inmitten eisiger Wachen aufgeregt gestikulierte, war ohne Zweifel Hitler. Die Leiche, die man bis dahin als toten Hitler ausgab, war also nur ein Betrug. Der wahre Hitler hatte sich unterdessen in einem Keller unter den wenigen ihrer Deportation entgangenen Juden versteckt gehalten.

Er hatte sich Bartschläfen angeklebt und einen Bart und eine ungeheuer gekrümmte Nase. Den Juden aber war er verdächtig geworden, weil sie die Herkunft des Fremden nicht enträtseln konnten und weil man solche Rassemerkmale seit Streichers Tagen selbst auf Abbildungen nie mehr gesehen hatte. Er fuchtelte mit den Händen und schrie:

»Wie kommen Sie nur dazu, gerade mich zu beschuldigen?! Ich habe nie etwas anderes im Sinn gehabt als den Frieden dieser Welt. Ich habe höchstens in Betracht ziehen lassen, dass etwas mehr Raum uns doch wohl anstehen könnte als einem gesunden überaus dicht gesiedelten Volk. Mein Friedensverlangen scheiterte an dem Ehrgeiz der ausländischen Generalstäbe und an dem Ehrgeiz meines eigenen Generalstabs. Ich aber, ich habe nichts mit Generalstäben zu tun, da ich ja, wie Sie gehört haben mögen, immer nur darauf stolz war, dass ich es auch in dem ersten Weltkrieg nie weiter in der deutschen Armee gebracht habe als bis zum einfachen Gefreiten. Mir sind die kriegerischen Gepflogenheiten, die seit Jahrhunderten tief in dem deutschen Volk verwurzelt sind, von Natur aus durchaus fremd. Ich bin ja selbst gar kein Deutscher. Ein kleiner unbedeutender Staat, Braunschweig, hat mir erst vor verhältnismäßig kurzer Zeit, nur um den Gesetzen Genüge zu tun, die deutsche Staatsangehörigkeit verliehen. Wie kommen Sie also, meine Herren, zu dem Unterfangen, mich als den Kriegsschuldigen No. 1 zu bezeichnen? Ich hätte, wenn es allein nach mir gegangen wäre und nach meiner knabenhaften Sehnsucht, niemals eine Waffe angerührt. Das Sinnen und Trachten meiner Jugend stand ausschließlich nach der Kunst. Ich brannte sogar aus dem Elternhaus durch, um in der Kunstakademie in Wien die Malerei zu erlernen. Der Hunger zwang mich alsbald, entgegen meinen inneren Wünschen, zu einem viel bescheideneren Handwerk. Zudem – mein Name ist gar nicht Hitler. Mein wahrer Familienname ist Schicklgruber. Ich weise entschieden Ihre Beschuldigungen zurück, da ich durchaus keine Gemeinschaft mit dem von Ihnen als Hitler bezeichneten und als solchem gesuchten Individuum habe.«

Wiedereinführung der Sklaverei in Guadeloupe

I

Die Gäste bezwangen ihren Hunger, um zuerst alles zu loben. Sie waren früh in die Berge geritten, um rechtzeitig am Versammlungsort anzukommen.

Die Nacht war still. Das Meer war hinter der Hütte nicht zu sehen und nicht zu hören. Das flache Stück Mulde lag wie ein See im Mondlicht und die Hütte an seinem Rand wie ein Boot. Es war von den Schatten einzelner, bis in die Wipfel kahler Palmen gestreift. So schwach der Wind war, er brachte ein sonderbares Geräusch zustande, indem er die Spitzen der Palmen strich: Es glich dem Knistern eines geheimen Brandes.

Manon, die Negerin, brachte den Kokosschnaps, den sie gebraut hatte. Ihr Gesicht sah im Mondlicht versilbert aus. Die beiden Männer am Tisch waren fahler bis auf die Metallstücke ihrer Uniformen. Beauvais glänzte unmerklich aus seinem weißen Gesicht. Berenger, der Mulattenkommandant, war beinahe gesichtslos, wenn er sich ins Dunkle zurücklehnte. Wenn er sich vorbeugte, schimmerte eine Gesichtshälfte wie polierte Bronze. Ihre drei Schatten waren alle gleich, stumpf und dicht.

Manons Familie, Große und Kleine, brachten noch viele Speisen. Reis und süße Kartoffeln, Schweinefleisch, Fisch und Gemüse. Manon drängte alle vom Tisch weg. Sie waren ungefähr fünfzehn, Mann und Kinder, Schwiegersöhne und Enkel. Sie sahen befriedigt zu, wie es den Gästen schmeckte. Manon sagte: »Ich dachte gleich, als meine Jungens die Fische brachten: Der da wird für euch der richtige sein. Wenn ihr wirklich bei uns vorbeikommt. Ich legte ihn auf, als ich eure Pferde hörte. Warum ist Paul Rohan nicht abgestiegen?«

»Er ist voraus«, sagte Beauvais, »um die Leute zusammenzurufen.«

Die Aufhebung der Sklaverei war durch die Nationalversammlung schon lange beschlossen worden. Der Konvent hatte sie als Gesetz erlassen. Er hatte vor bald drei Jahren den Kommissar Hugues nach Guadeloupe geschickt, um die Trikolore auch hier zu pflanzen. Der bloße Anblick von Blau-Weiß-Rot erregte alle Menschen auf den Antillen. Die Inseln lagen im Karibischen Meer durcheinandergemengt, mit englischen, spanischen, französischen, holländischen, portugiesischen Fahnen, wie sie Piraten und Abenteurer auf dem Weg nach Amerika entdeckt und besiedelt hatten. Unerschöpfliche schwarze Menschenmassen aus Afrika hatten eine Schiffsladung Arbeitskraft nach der anderen abgegeben, nachdem die Urbevölkerung in den Bergwerken und in den Mühlen zugrunde gegangen war. Seit der Französischen Revolution drehten die Sklaven ihre Köpfe in verzweifelter Hoffnung nach der vorüberziehenden neuen Fahne. Mit Spott sahen ihr die Plantagenbesitzer auf den Veranden der Villen nach und ihre Frauen und Töchter aus Hängematten.

Der Kommissar Hugues war noch auf See, als er erfuhr, dass Guadeloupe schon von den Engländern besetzt worden war. Die Aristokraten hatten sie zur Hilfe gerufen, weil sie lieber ihre Plantagen unter fremder Fahne weiter durch schwarze Sklaven bebauen ließen, als das Lilienbanner gegen die Trikolore zu tauschen. Hugues setzte die Landung durch. Er vertrieb die Engländer. Die Neger halfen ihm, wie ihre Brüder auf dem benachbarten Haiti, der jungen Republik eine Insel mehr zu erhalten. Nur diese Republik bekämpfte Sklavenhalter und Gutsbesitzer, auch wenn ihre Haut weiß war.

Manon drängte ihre Familie immer wieder vom Tisch weg.

Die beiden Gäste sprachen erregt zusammen, als hätten sie sich soeben getroffen.

Sie hatten sich schon auf dem Schiff, als sie mit Hugues unterwegs waren, miteinander befreundet. Berenger war in Paris auf der Militärschule ausgebildet. Er hatte nie zu den Mulatten gehört, die ihre Gleichberechtigung ungern mit den Schwarzen teilten. In ihm waren beide, Schwarze und Weiße. Die Republik war für beide. Er stand bei der Landung und bei den folgenden Kämpfen dafür ein. Er war im letzten Jahr zum Kommandanten des Forts von Guadeloupe ernannt worden.

Er war sich lange mit seinem Freund einig gewesen in einer fast grenzenlosen Liebe zu Hugues, ihrem Kommissar. Als Hugues nach allerlei Zwistigkeiten zur Verantwortung vor den Konvent gerufen wurde, blieb Beauvais zurück bis zur Ankunft des Nachfolgers.

Beauvais rief: »Rohan ist oben!« – Der Reiter war in einer Lichtung auf dem Hügelkamm aufgetaucht. Er drehte unter dem Mond sein Pferd und sah sich um. Ein schwarzer Zentaur. Berenger sagte: »Bis Rohan hinuntergeritten ist und die Leute zusammengetrommelt hat, werden drei Stunden vergehen. Wir haben so lange Zeit. Rohan kann uns dann wieder vorausreiten, während wir alle anhören. Bis Ende des Monats haben wir die Insel durch. Dann lassen wir etwas Zeit vergehen, bis alles verdaut ist.« Beauvais sagte: »Die Landverteilung wird durchgeführt, bevor der Neue ankommt.«

Manon stand hinter dem Tisch und hörte aufmerksam zu. Die Familie wartete jetzt zwischen Tisch und Hütte. Sie schlug keinen Lärm, damit Manon verstehen konnte, was ihre Gäste sprachen.

Beauvais fuhr fort: »Man hat zwar Hugues gut aufgenommen. Das Direktorium hat ihn bestätigt. Aber der neue Kommissar wird berichten, ob er die Insel in dem Zustand gefunden hat, für den man Hugues Schuld gab.« Berenger sagte: »Wir können nicht in zwei Wochen ändern, was man in zwei Jahren hätte ändern sollen.«

Beauvais sagte: »Du wirst die Insel noch einmal mit mir durchreiten. An jedem Ort neben mir sprechen. Du sagst ihnen jedes Mal: ›Ihr kennt mich. Ich bin der Kommandant eures Forts. Ich schütze die Felder, die von jetzt ab eure sind. Um euch das zu sagen, darum bin ich heute nicht auf dem Fort, sondern unter euch.‹«

Manon sagte: »Das versteht jeder; auch ich.«

»Wir lassen bei unserem zweiten Rundritt unser neues Gesetz über Landverteilung, Arbeitszeit, Landflucht, Lohn vor jeder Versammlung verlesen. Damit wird ein Fest verbunden sein. Der Arbeitsbeginn muss ein Fest sein. Zum ersten Mal Arbeit, nicht als Sklaven, sondern auf eigenem Feld. Es muss ein Fest werden, das kein Kind im Leben vergisst. Es muss seinen Enkeln erzählen: ›Ich war dabei, als ich so alt war wie du. Es wäre niemals gefeiert worden, wenn uns nicht die Republik einen Kommissar geschickt hätte, der Hugues hieß. Er hat unsere Sklaven befreit. Sein Adjutant las von der Tribüne vor, dass niemand mehr uns die Felder wegnehmen darf. Berenger, der Mulatte, der mit uns kämpfte, stand auch dabei. Auch Rohan, der vorher ein Sklave war. Du hast noch nie einen solchen Gesang wie unseren auf dem Fest gehört, noch nie einen Tanz gesehen wie unseren auf diesem Fest.‹«

Die ganze Familie horchte. Sie bewegte die Knie. Manon sagte: »Sie machen dir gern dein Fest mit. Ob sie nachher deine Arbeit mitmachen? Sie sind daran gewöhnt, herumzuvagabundieren, und nicht einmal meinen Gemüsegarten wollen sie jäten und nicht mal zur rechten Zeit fischen, als spränge einem der Fisch geschuppt aus dem Meer aufs Feuer.«

Baptiste, ihr Mann, trat an den Tisch. Er sagte: »Unser Fisch war immer berühmt. Die Gäste der Noailles, bevor sie aufs Gut fuhren, kehrten dafür bei uns ein.« – »Das ist bekannt«, sagte Manon, »alle wissen das längst.«

Berenger starrte auf den Gebirgskamm. Er sagte: »Rohan wartet lange.« Der schwarze Zentaur da oben kreiselte immer noch auf derselben Stelle. Der Pferdekopf und der Männerkopf wandten sich immer wieder nach einer Richtung. Man sah im Mondlicht, wie Rohan ein Zeichen gab. Dann verschwand er im Wald. Sie hörten die Hufe bald näher. Die zwei am Tisch sahen sich an. Warum kommt er zurück? Die Frau sagte: »Auf jeden Fall esst und trinkt!«

Das Pferd brach aus dem Wald hervor. Paul Rohan löste sich von ihm, sein Schatten vom Schatten des Pferdes. Rohans Bewegungen zeigten, dass er sich seiner Kraft und seiner Schönheit bewusst war. In seinem Gesicht lag bisweilen ein Ausdruck von Trauer, als hätte er beides vergessen. Er sagte im Näherkommen: »Das Schiff, das ich eben sah, wird morgen hier landen. Es war in

Haiti. Es kommt aus Frankreich. Das wird für dich, Bürger Berenger, heißen: Gäste empfangen. Da wirst du, Beauvais, allein mit mir reiten müssen. Wir werden den Schmied Jean Rohan – wir waren beide auf der Plantage Rohan – dazu bestimmen, an meiner Stelle von Ort zu Ort zu reiten. Er hat auch sicher schon die Menschen zusammengerufen. Er hat mich aus seinem Tal gesehen. Er wird verstehen, warum ich kehrtgemacht habe. Du, Beauvais, der Schmied und ich, wir können in diesem Monat unsere Kampagne durchführen. Der Kommissar, der auf diesem Schiff aus Paris kommt, muss bereits alles vorfinden.«

Er sah von einem zum andern. Sie dachten dieselbe Gedankenfolge, als wälzten sie zur selben Zeit einen Stein. Manon merkte, dass in den drei Männern etwas Schwieriges vor sich ging. Sie sagte beunruhigt, aber lustig: »Ein Glück, Paul Rohan, dass du doch meinen Fisch versuchst.« Sie ahnte stärker als ihr Mann, der äußerlich flinker und innerlich stumpfer war, dass alles, was diese drei Männer quälte, auf irgendeine unbegreifliche Weise mit ihr selbst zu tun hatte. Das Herz war ihr schwer. Sie sagte aber wie vorher: »Es ist ein Glück, Paul, dass du gekommen bist.«

Beauvais dachte: Das kann mein letzter Weg mit ihm sein.

Sie hatten sich bald nach der Landung an ihn gewandt, weil sie ihn brauchten. Denn ein großer Haufen Neger lief mit ihm, und es war kein Besserer als Paul da. Die Neger waren mit ihm gelaufen, weil sie ihn brauchten. Sie liefen ihren Herren weg, und es war kein Besserer als Paul da. Paul Rohan hatte im Laufe der Kämpfe so oft seinen Mann stehen müssen, er hatte so viel dazugelernt, dass er bald genau der war, den alle brauchten, und sie hätten keinen Besseren finden können.

Beauvais dachte: Berenger wird auf der Insel bleiben. Einer kann dem anderen ein Halt sein. – Berenger stieg auf. Man hörte sein Pferd noch eine Weile bergab. Rohan saß jetzt auf Berengers Platz. Er aß den frisch gebratenen Fisch, den Manon vor ihn gestellt hatte. Beauvais dachte: Das Schiff hat mir sicher Post gebracht. Claudine wartet täglich auf meine Heimkehr. Sie war schon enttäuscht, weil ich nicht mit Hugues zurückfuhr, aber mit diesem Schiff werde ich zu ihr fahren.

Das war kein Grund, den Ritt durch die Insel abzukürzen. Sie würden aufbrechen, wenn Rohan die Mahlzeit beendet hatte. Beauvais hatte all die Zeit über verzweifelt auf Nachricht gewartet. Das Schiff brachte sicher einen Brief, und es war ihm bang. Er hatte selbst fest geglaubt, er bleibe nur notgedrungen zurück, weil seine Pflicht es verlangte.

Auf einmal verstand er, dass er nicht nur aus Pflicht blieb und keineswegs notgedrungen. Was auf der Insel geschah, war verworren und unklar, und es ließ ihn nicht locker. Was ihn hier festhielt, war ebenso stark wie das, was ihn heimzog. Er wurde sich darüber erst an diesem Tisch klar, im Mondlicht, das sonst mehr dämpft und versilbert als klärt.

II

Beauvais und Berenger hatten sich oft im letzten Jahr über die Zweifel ausgesprochen, die sie im Geheimen quälten. Beauvais hatte sich am längsten dagegen gewehrt, das Bild des Mannes könnte beschädigt werden, dem ihre Liebe gehörte.

Der Kommissar Hugues war vor den Konvent gerufen worden, als die Klagen, die gegen ihn einliefen, heftig und deutlich wurden.

Hugues war selbst ein Mensch von den Antillen. Er hatte seine Jugend auf Haiti verbracht. Sein Onkel, ein Bäcker, hatte das Brot für die frischgelandeten Republikaner gebacken. Deshalb war er von den königstreuen Soldaten samt seinen Söhnen ermordet worden. Hugues kam nach solchen Erlebnissen heim in die Revolution. Er stieg zum Kommissar. Er hatte Mut und Kühnheit genug, um nach einer tapferen Landung die Insel zurückzuerobern.

Die erste Zeit der Freiheit in Guadeloupe war wild und glühend gewesen. Sie hatten alle zusammen freudig, mit so viel Blut, wie verlangt wurde, den Eintritt zu dem großen Befreiungsfest bezahlt. Nach den Bränden die Freudenfeuer. Solcher Jubel, als ob die Lieder und Tänze nie enden sollten, wie die eben angebrochene neue Zeit. Die Neger zogen von einer Plantage zur anderen, auf denen sie gestern noch Sklaven gewesen waren.

In Haiti formte der Negerchef Toussaint eine große Armee aus den Banden entlaufener Sklaven. Er brach den Widerstand der Aristokraten, der Engländer und der Spanier und der aufständischen Mulatten. Als Friede war, zwang er seine Neger, die niedergebrannten Plantagen neu zu bepflanzen.

Der Kommissar Hugues baute seine kleine Insel zu einem Stützpunkt für allerhand kühne und seltsame Unternehmungen aus. Es gab Beutezüge wie in den alten Zeiten, als die Freibeuter im Karibischen Meer einander Inseln und Schiffe wie Münzen abgeluchst hatten. Er überfiel vorüberziehende Schiffe, auf denen fliehende Aristokraten ihre Juwelen nach Kuba oder Jamaika brachten. Er hielt Spione in den Häfen. Er wusste über die Routen Bescheid. Jede Heimkehr wurde ein Fest.

Der Gouverneur berichtete dem Konvent, die Insel sei ein Piratennest. Hugues wurde heimgerufen. Er wurde mit seinen Anklägern fertig, wie er auch sonst mit seinen Gegnern fertig geworden war. Er drehte vor dem Gericht seine Taschen um. Er rief: »Sie sind leer. Wem ist mein Fang zugutegekommen? Mir? Den Königen? Ihren Lakaien? Er ist der Republik zugutegekommen.« Das Gericht endete mit seinem Triumph. Er wurde aber nicht nach Guadeloupe zurückgeschickt. Beauvais und Berenger, auf seinen Nachfolger wartend, blieben allein mit dem Bild des Mannes, das fast ein paar Schäden bekommen hätte.

Berenger kam atemlos, aber rechtzeitig an. Er gab alle Befehle heraus, um den neuen Kommissar zu empfangen. An der Mole und am Kai klebten wie schwarzbeerige Trauben noch mehr Menschen als sonst. Viele waren aus den Bergen heruntergekommen, als sie die Fahne erkannt hatten. Manche hatten Weib und Kind mitgebracht, Blumen und Obst, gebratene Ferkel und Hühner. Manche sprangen ins Meer und schwammen dem Schiff ein Stück entgegen, durch die Flaggenzeichen erregt, die Salutschüsse und durch den Aufmarsch der republikanischen Garde.

Was für ein Mann war der Kommissar auf dem Schiff? Berenger hatte sich darüber mit seinem Freund oft den Kopf zerbrochen. Er war der Erste, den man ihnen nach dem Sturz Robespierres schickte. Nach außen war nicht so viel verändert, wie man in London gehofft hatte. Der Krieg gegen die große Koalition ging weiter. Die Befehle und die Erlasse waren vom Direktorium statt vom Konvent gestempelt. Unter den neuen Namen fehlten gerade die, die im Ausland besonders verhasst waren. Ein paar tauchten wieder auf, die auch im Konvent eine Rolle gespielt hatten. Berenger, über die spärlichen Nachrichten grübelnd, waren die Kopf- und Handbewegungen eingefallen, Stirnrunzeln und Räuspern, die zu diesen Namen gehörten. Wann hat sich der Neue, der jetzt in den Hafen einfuhr, geräuspert? Wann hat er die Stirn zusammengezogen? Die Neger schrien und winkten und schwammen der Trikolore entgegen. Winde und Regen des Ozeans hatten sie ausgewaschen, nicht die Gedanken und Gefühle der Mannschaft.

Die mit Spannung und Zweifel erwartete Ankunft wurde durch eine unerwartete andere gedämpft. Seine Frau, Lucienne, hatte sich nicht mehr von ihrer Familie zurückhalten lassen, da ihn seine Ernennung zum Kommandanten des Forts in Guadeloupe festhielt. Steif vor Freude und Willkommensangst, schob sie ihr kleines Mädchen vor sich her gegen den Mann. Sie kam aus einer Mulattenfamilie wie er, war in Paris erzogen. An Haut und Haaren war sie aus Gold. Das Kind war eins von den Geschöpfen, die es hier gab, halb Vogel, halb Blume. Mit einem Zweig verwachsen, pfeift es plötzlich und fliegt ab, oder es starrt aus seinem schwarzen Kelch. Berenger umarmte die Frau und das Kind, die sich ineinander und gegen ihn duckten. Ihre Lieblichkeit kam ihm so eindringlich und so sonderbar vor wie in den Träumen aus den Jahren der Trennung. Dadurch wurden die Träume erst recht eindringlich, und die Wirklichkeit wurde noch sonderbarer. Seine Freude schlug in Bestürzung um und dann in Trauer. Trauer weshalb? Dass er allzu beharrlich von etwas geträumt hatte, bis es Gestalt annahm? In einer ungebührlichen, viel zu aufdringlichen Wirklichkeit, die es über kurz oder lang zerdrücken musste? Besser, es würde sich schleunigst wieder verflüchtigen.

Kommissar Vigneron lachte und rief: »Wir, die dürftigen Federn an Ihrem Wundervogel –« Berenger wandte sich um. Beide gingen zu den üblichen Umarmungen über. Einer der Ankömmlinge sagte: »Ich habe immer geahnt, dass die Seekrankheit pure Einbildung ist. Jetzt haben wir gelernt: das beste Heilmittel ist eine noch stärkere Einbildung.« Lucienne war während der Fahrt mit ihrer Freude aufs Wiedersehen wie der Wind in den Segeln gewesen. Wenn sie ihr Kind zu Tisch gebracht hatte, waren die Streitigkeiten verstummt.

Berenger fiel ein, wo er dem Neuen schon in Paris begegnet war. In der »Gesellschaft der Freunde der Schwarzen«. Robespierre hatte damals im Präsidium gesessen. Alle, alle waren tief gerührt gewesen von dem Vorschlag, Freiheit und Gleichheit den Menschen jeder Farbe zu bringen. Robespierre, ja, dachte Berenger, aber dein Kopf, Bürger Vigneron, reckt sich vergnügt und stolz aus deinem Kragen.

Vigneron ließ den einmal ausgebrochenen Redestrom nicht so schnell enden. Noch ein und noch ein Schwarm von Begrüßungsworten. Freiheit hin, Freiheit her. Bürger hin, Bürger her. Rundherum guckten die Neger lachend den Fremden zu, deren Uniformen und Hüte seltsam und rätselhaft, deren Gesichter wie gefältelte oder zerknitterte Stoffstücke waren. Lucienne stand auf demselben Fleck, ihren Kopf noch dahin gebeugt, wo sie ihn vorher an ihren Mann gelehnt hatte. Berenger schwatzte jetzt unter den anderen. Vigneron nannte den Namen Hugues, seines Vorgängers, unbefangener, als sich's Berenger vorgestellt hatte. Hugues war längst wieder in Ehren eingesetzt. War zum Kommissar in Guayana ernannt. Vigneron tat es leid, dass der ehemalige Adjutant, Beauvais, auf einer Dienstreise abwesend war. Seinen eigenen hatte er krank in Haiti zurückgelassen. Berenger dachte: Vielleicht wird daraus ein Grund, dass mein Freund länger hierbleibt.

Später, bei der gemeinsamen Mahlzeit im Hause des Militärgouverneurs, kamen keine zu ernsten Worte auf. Der Empfang war zugleich der Abschied von Lucienne und der Tochter, die noch einmal zu Tisch saßen wie auf dem Schiff. Berenger brachte sie auf das Fort, in die Zimmer, die man inzwischen gerichtet hatte.

Das Fort hing an einem Hügel über dem Hafen. Aber die Zimmer, die Lucienne bewohnte, sahen nicht auf das Meer. Sie gingen auf einen kleinen Innenhof. Er war schattig und bunt und ein wenig verwildert. Berenger hörte die hellen, freudigen Schreie des Kindes, hörte die halbzahmen Vögel, die in der Brunnenschale wohnten, mit den gleichen Schreien erwidern. Die schwarze Dienerin fing das Kind auf, das unter den Kolonnaden um den Hof herumrannte. Sie hatte die Reise mitgemacht. Sie hatte schon seine Mutter großgezogen.

Berenger war es zumute, als ob er sich dieser alten Kinderfrau besonders deutlich erinnerte. Wie sie die Kleider und Haare ihrer Zöglinge in Ordnung brachte, halb im Ernst, halb im Spaß gehorsam, wie man im Spiel auf einen kindischen Vorschlag eingeht. Auch die Schreie des Kindes, auch der Brunnen, der so beharrlich plätscherte, dass man das Meer nicht hörte, alles war wie eine Erinnerung oder wie ein lebhafter Traum oder wie die Erinnerung an einen lebhaften Traum. Lucienne sah ihn unsicher an. Er hätte sich selbst nicht die Frage beantworten können, auf die sie nicht einmal in Gedanken kam. Warum ihn ihre Ankunft bedrückte?

III

Manon brachte allerlei Speisen, alten und neuen Rum und Schnäpse auf den Platz vor ihrer Hütte, auf dem sie vor ein paar Nächten die Franzosen bewirtet hatte.

Es war früher Nachmittag, hell und heiß. Es war kurz vor Beginn der Regenzeit. Luft und Menschen hätten noch mehr Hitze und noch mehr Helligkeit nicht viel länger ertragen können. Die Gäste drückten sich vor der Hütte zusammen. Die langen und dünnen Kokospalmen spendeten nicht einmal genug Schatten für Vögel. Trotz des klaren, reglosen, glühenden Himmels hörte man jetzt die Brandung bis herauf. Als ob ein geheimes, den Menschen unerklärliches Unwetter in der Tiefe des Karibischen Meeres brütete.

Ein paar Neger hatten nach alter Gewohnheit Taschentücher

um die Köpfe geknotet. Zwei trugen Trikoloren quer über ihre blanken Rümpfe. Nach der drei Jahre alten Gewohnheit, seit Hugues sie zu Ortsvorstehern ernannt hatte.

Ismael, ein alter pfiffiger Neger, mit dem lichten, aber genauen Blick, den überall die Gärtner haben, sagte: »Beauvais und Paul Rohan haben sich gestern bei uns die Zungen aus dem Hals geredet.« Einer der jüngeren Brüder des Schmiedes Jean Rohan sagte: »Nachts sind sie endlich weitergeritten. Wenn sie so lange reden wollten, bis wir alle mit ihnen einer Meinung sind, könnten sie Wurzeln schlagen. Jean ist ihnen wieder vorausgeritten, um die Leute zusammenzutrommeln. So viel Zungen haben die zwei gar nicht, wie sie brauchten, um rund um die Insel herum zu reden.«

Christophe knüpfte wie immer an seinen Freund Ismael an: »Ja, es hat länger gedauert, als sie glaubten. Ja, unsere sind nicht so dumm.« Er war Koch auf dem Gut der Noailles gewesen. Er hatte im Einvernehmen mit Ismael, dem Kräutergärtner, gelebt. Ismael hatte ihm die besonderen Zutaten für die besonderen Speisen gebracht, hatte dafür auch etwas zu schlecken bekommen. Sie waren beide auch schon damals in ihrer Freizeit manchmal zu Manon gelaufen. Hatten Rezepte und Zutaten, Neuigkeiten und Tratsch mit ihr ausgetauscht; hatten mit ihr im Küchenhof oder im Kräutergarten gehockt, wenn sie zu einem Gastmahl für ihre berühmte Fischsuppe auf das Gutshaus bestellt worden war.

Bastien Rohan, der jüngere Bruder des Schmiedes Jean Rohan, fuhr fort: »Landverteilung! Wie die sich das vorstellen. Wollen uns gleich den Spaß an der Freiheit versalzen.« Sein älterer Bruder, Christian, sagte: »Hat uns dafür der Kommissar Hugues geholfen? Dass wir wieder wie Sklaven arbeiten müssen, sobald er von der Insel weg ist?« Ein besonders groß gewachsener Neger, der zwei Brandzeichen trug, weil er als Feldsklave zweimal durchgebrannt war, auch die Striemen der Hiebe, die ihm dafür aufgezählt worden waren, schüttelte sich vor Lachen und schrie: »Meinen Rum trink ich weiter bei Manon, auch meinen Kokosschnaps. Wozu soll ich denn Zuckerrohr schneiden, wenn andere den Rum trinken? Uns genügen unsere Kartoffeln und unser Mais. Für mich brauchen sie keine Landverteilung zu machen.« – »Was für ein Unsinn«, sagte ein anderer, der so dünn und so sprunghaft wie eine Spirale war, »damit wir wieder Schiffe von all dem Zeug, Kaffee, Kakao und Zucker, nach Frankreich schicken. Nicht als Sklaven, behaupten sie, wir bekämen dafür bezahlt. Wozu bezahlt? Für eine Uniform vielleicht? Mit Litzen und Knöpfen? Oder Geräte, damit ich noch mehr arbeiten muss?« – »Ich geh weg von der Insel«, sagte Julien, der Schwiegersohn Manons, »wenn man mich zwingen will, wie früher an demselben Ort mein Lebtag zu arbeiten.« Manon erstickte vor Wut. Sie schrie: »Auf deinem eigenen Feld will man, dass du dein Lebtag arbeitest.« Ihr jüngster Sohn, der ein Freund von Paul Rohan war, sagte: »Dazu hat Hugues uns frei gemacht, dass uns unsere Arbeit was nützt. Was sie jetzt ohne ihn tun, das hätte er selbst getan, wenn er länger geblieben wäre.« – »Dass du nachplapperst, was dir ein weißer Mann einredet –« Die ganze Gesellschaft hatte inzwischen viel getrunken. Es hieß von allen Seiten: »Bring uns noch, Manon.« Manons jüngerer Sohn fuhr fort: »Wenn ich verkaufe, was ich nicht brauche, dann kann ich mir etwas kaufen. Du fragst: Wozu? Kannst du dich noch an das Boot erinnern, das der Verwalter Lamartine hatte? Wenn er zum Markt über die Bucht fuhr? Wie eine Kutsche war es, nicht wie ein Boot, als gäbe es Pferde auf dem Meer. Mit einem Dach gegen die Sonne. Meine Mutter und meine kleinen Geschwister, alle würden darin Platz haben.« Jeder Schluck, den er trank, brachte ihn auf einen anderen Einfall. Ismael sagte: »Ich war mein Lebtag Gärtner. Soll ich auf meine alten Tage Feldsklave werden, weil man mir eine Parzelle zuteilt? Nennt ihr das die Befreiung?« Nun wurden alle zornig, bis auf Christophe. »Alle Güter müssen unter uns aufgeteilt werden, das war richtig; kannst dir ja, wenn du Lust danach hast, auf deiner ganzen Parzelle Petersilie und Pimpernelle ziehen statt Mais.« Christophe war listiger als sein Freund. Zwar, er hatte auch nicht die geringste Lust, Bauer statt Koch zu spielen, er wusste aber, es war am klügsten, das Gespräch abzubiegen.

»Nun, und du, Manon«, sagte er, »wirst du auf deiner Parzelle Fischsuppe ziehen? Oder hat man dich schon in das Gouvernementspalais bestellt, wo der neue Volkskommissar wohnt, um ihm deine Fischsuppe zu kochen?« – »Noch nicht. Aber vielleicht demnächst«, sagte Manon wütend und kalt. »Übrigens schmeckt sie dir auch nicht schlecht. Wenn du deiner Frau so viel Kinder gemacht hättest wie mir mein Baptiste, hättest du keine Sorgen, wer dir dein Land bestellt. Uns morschen Knochen ist auf jeden Fall etwas Ruhe zu gönnen.« Christophe knurrte: »Deine sind vielleicht morsch.« Baptiste, der wie gewöhnlich stumm dabeistand, platzte auf einmal los: »Ihr habt die alte Zeit vergessen. Nur eure Kräutchen und Süppchen sind euch noch im Gedächtnis. Auf den Gastmählern, wenn die Noailles, das Weibsstück, aus Paris hierherkam.«

Christophe rief: »Dieser Paul Rohan hat euch den Kopf verdreht. Seit er bei den Jakobinern zu Ehren kam und an dem Kommissar geklebt hat und an dem Beauvais und an diesem Mulatten.« Bastien Rohan rief: »Wie sich dieser Mulatte aufgebläht hat! ›Mein Fort beschützt eure Felder, ich beschütze euer Land!‹ So einer will uns Neger beschützen!« – »Halt dein Maul«, sagte Manon, »du aber auch, Baptiste, denn du verstehst überhaupt nicht mit diesem Pack zu reden. Ich nenne Pack, was von Hugues spricht, wie es Lamartine tat, der Verwalter seligen Angedenkens. Habt ihr Sehnsucht nach ihm? Habt ihr Sehnsucht nach seinem Hund? Nach seinem Käfig vielleicht, in dem der alte Demian vor unseren Augen verreckt ist? Du vielleicht, Bastien Rohan, sag's! Man kann dich sicher hinüber nach Martinique schicken, dort kannst du deine Noailles noch genießen, denn dort haben sie fertiggebracht, was Hugues ihnen bei uns versalzen hat. Die Neger schwitzen dort weiter. Der Engländer sitzt im Fort, kein Mulatte. Damit unsere Neger weiter Blut schwitzen können.«

Manon war heiser. Ihre Augäpfel rollten vor Wut. Die Gesellschaft war still, bis Bastien sagte: »Dich hätte Beauvais mitnehmen sollen statt Paul.« Ein anderer sagte: »Manon, du musst aber zugeben, es waren andere Zeiten, solange Hugues noch hier war. Wir waren richtig frei. Wir hatten etwas davon.« Ein Bursche erwiderte noch, bevor Manon dazu kam: »Wir sind jetzt frei. Wir haben etwas davon. Wenn es wächst, haben wir noch mehr. Das Unkraut hat zuerst ausgerupft werden müssen.« Er war ein

Mensch, der selten etwas sagte. Wenn er es einmal tat, sagte er nichts Besonderes. Das Besondere war höchstens, dass die anderen ihr Geschwätz unterbrachen. Die zwei Alten, Ismael und Christophe, gingen bald miteinander heim, ohne dass man darauf achtgab.

Sie gestanden sich ein, sobald sie allein waren, in der Sklavenzeit sei ihr Leben schöner gewesen.

IV

Beauvais, nach seiner Rückkehr, besuchte den Kommissar. Er gab ihm unverblümt seinen Bericht, um an der Wirkung zu sehen, was für ein Mann der Neue war. Vigneron war aber nicht der Mann, auf den irgendwelcher Bericht eine sichtbare oder geheime Wirkung ausüben konnte. Er war prall voll von sich selbst, als ob er schon im Voraus jeden Bericht übertöne.

Paul Rohan, der mit Berenger kam, betrachtete Vigneron schweigend. Der war nach einer seltsamen Mode sorgfältig gekleidet. Beauvais stellte Rohan vor, seinen unentbehrlichen schwarzen Freund.

Vigneron umarmte ihn mit einer breiten Geste, dem großangelegten Symbol eines Willkomms. Er war unsicher durch den ihm unerklärlichen Ausdruck in dem jungen Gesicht. Eine Art Schönheit, die er sich nicht vorgestellt hatte, vermischt mit einer Art Strenge, die er sich auch nicht vorgestellt hatte. Paul Rohan war kalt. Er dachte mit Schreck an Beauvais' Abfahrt. Er horchte auf, als Vigneron sagte: »Ein Glück, Beauvais, dass Sie endlich zurück sind. Mein junger Freund, mein Begleiter, blieb krank in einem Spital in Haiti. Wollen Sie mir ihn bitte einstweilen ersetzen.«

Vigneron fuhr aber fort: »Also, ich bitte Sie, sich noch ein wenig mit uns zu gedulden. Das wird Ihnen der Brief erst recht schwer machen, den ich Ihnen hier mitgebracht habe. Eine magere Überraschung, mit der verglichen, die für Berenger bestimmt war. Ich glaube, Sie sind dafür bald reichlich entschädigt. Sie sind der Glückspilz. Sie fahren zuerst heim.«

Er brachte lächelnd den Brief zum Vorschein, an den Beauvais gedacht hatte, seit er an das Schiff dachte. Die letzten Tage hatten ihn noch mehr mit der Insel verknüpft. Der bloße Anblick der Schrift machte ihn bang, als wäre er zwischen zwei Seile gespannt.

Paul ging zu seiner Familie. Sie waren alle zusammen, nachdem sie die Sklavenquartiere auf dem Gut Rohan verlassen hatten, an den Stadtrand gezogen. Die Schwiegereltern, die Frau, die Kinder, die jüngeren Geschwister der Frau. Er hatte in den letzten Jahren der Sklaverei Claire nicht heiraten können. Sie waren alle Feldsklaven bei den Rohans gewesen. Der Verwalter war geldgierig und tausch- und geschäftstüchtig. Seine Frau, eine spöttische Schönheit, trat gern als Vorsehung auf. Sie liebte es, Ehen zu stiften und Liebespaare zu trennen. Ein Zufall brachte sie auf die Liebschaft. Sie legte ihrem Mann den Gedanken nahe, das Mädchen günstig gegen ein anderes auf dem Gut Noailles zu tauschen.

Obwohl die Geliebte Rohans, Claire, mit ihrer ganzen Familie plötzlich verpflanzt worden war, getauscht gegen eine andere Familie, mit Aufzahlung einer gewissen Summe an den Verwalter, weil der Tausch für das Gut Rohan vorteilhaft war, nahm sie dort keinen anderen Freund. Paul Rohan gab sie nicht auf; man fing auch gerade in dieser Zeit an, von der Befreiung zu sprechen. Zuerst nur, wie man von einem Traum spricht. Dann brachten die französischen Schiffe Nachrichten von den Bauernrevolten, vom dritten Stand, der die Bürger vertritt. Die Nationalversammlung hob die Leibeigenschaft auf. – Es gab auch auf Guadeloupe kleine und mittlere Bürger. Sie hatten Werkstätten, Ämter, Geschäfte. Jetzt steckten sie die Kokarden an, die ihnen französische Seeleute brachten. Sie nannten sich Patrioten. Die Aristokraten weigerten sich, von ihrer Macht ein Tüpfelchen abzugeben. Sie weigerten sich, die Sklaven freizulassen. Und alle Kämpfe gingen dem Rohan tief ins Blut. Die Freiheit auf Generationen, das war für ihn zusammengeschmolzen mit dem Mädchen, das der Verwalter vom Gut Rohan an das Gut Noailles verkauft hatte.

Paul Rohan lachte an diesem Abend und spielte mit seiner

Frau und seinen drei kleinen Kindern. Die ganze Familie war lustig bis auf Suzanne, die jüngere Schwester. Sie schwieg, weil Beauvais, der weiße Franzose, nicht mit ihrem Schwager gekommen war.

Beauvais war auf das Fort geritten. Sobald er allein war, las er den Brief, den ihm Vigneron mitgebracht hatte. Die Ankunft des Kommissars, sein Ritt durch die Insel, alles, was damit zusammenhing, war von dem Brief zugedeckt.

Er hatte in einer kleinen Stadt an der Oise, nicht weit von Paris, die Heirat für den Tag seiner Rückkehr ausgemacht. Er sah das Mädchen so vor sich, wie er sie zuletzt an der Poststation erblickt hatte, bevor ihn die Kutsche zum Hafen brachte. In einem Schwarm abschiednehmender Frauen. So winzig klein wie ein Kind, das von Erwachsenen zerdrückt wird. Sie hatte, als er schon im Wagen saß, noch ein paarmal den Arm gehoben und wieder fallen lassen, bevor es zum Winken gekommen war. Sie hatte zuletzt mit hängenden Armen auf der Straße gestanden. Er hatte auch nachher gefühlt, dass sie noch immer der Ecke nachsah, hinter der der Wagen verschwunden war, als könnte sie es nicht fassen, dass ihr Freund endgültig fort war. Wie dieser zum Winken erhobene und wieder abgeglittene Arm waren auch ihre Bewegungen, ihre Schritte, selbst ihre Stimme brüchig gewesen wie reines, ganz leicht versehrtes Glas. Er hatte sich gleich das erste Mal tief gewundert, dass sie ihn geduldig erwartet hatte und dann, dass sie bei ihm geblieben war, als hätte sie sich noch im letzten Augenblick verflüchtigen können.

Das Mädchen war deutlicher in seinen Träumen geworden, als es je im Leben gewesen war. Die Schrift, die dünn und geknickt wie ein feines Gras war, kam ihm weniger zweifelhaft vor, weniger flüchtig; solange er diesen Brief las, glaubte er selbst, sein wirkliches Leben stecke darin. Er malte sich das Gartenhaus aus, das die Braut für ihn einrichtete. Er rechnete sogar aus, auf wie viel Wochen er seine Rückkehr im schlimmsten Fall verschieben müsste. Als er nach zwanzig Minuten bei Berenger saß und wie ein Dritter seinen eigenen Bericht anhörte, war ihm wieder zumute, als reite er von einer Negerversammlung zur anderen, als stecke er wieder in ihrem Tumult. Wie er das Für und Wider in Berengers Augen glimmen sah, kam es ihm unbegreiflich vor, dass er in wenigen Wochen nicht mehr hier sein sollte. Berenger rief, was er noch nicht zu denken gewagt hatte: »Vigneron kann noch nicht ohne dich auskommen. Vielleicht kannst du bleiben.«

Dann gestand Berenger, seine Frau sei zurückgekommen. Er brachte ihn in den kleinen Hof. Lucienne hatte sich unterdes eingenistet. Braune und graue Tauben vergnügten sich aus ihren offenen Käfigen mit den wilden Vögeln im Brunnenbecken, mit denen sie sonst im Freien nicht spielten. Allerlei Pflanzen machten sich, noch gefräßiger als die Vögel, über jeden Fleck Erde her und über jede Ritze im Stein. Lucienne begleitete ihren Mann nur ungern auf einem Gang oder Ritt. Die Ankömmlinge waren enttäuscht, wenn sie gehofft hatten, ihre Reisebekanntschaft könnte in Guadeloupe andauern.

Beauvais nahm das Kind auf sein Knie. Die Frau kam ihm kostbar und sonderbar wie ihre Pflanzen und Tiere vor, aber unwünschbar und unbesitzbar.

Berenger sagte: »Wenn du zugibst, es sei günstig, dass Vigneron selbst dich bittet, länger bei uns zu bleiben, warum lässt du dann deine Braut nicht herkommen?« Beauvais antwortete: »Nein. Unser Haus ist schon gerichtet.«

Berenger sagte: »In unserer Zeit sind oft Häuser gerichtet worden, in die niemand einzog.«

Beauvais wusste von selbst, seine Antwort war sinnlos. Claudine kam ihm plötzlich zäher und härter vor. Sie würde ihr Leben nie in einem Innenhof dahingehen lassen mit noch so viel Blumen und Vögeln. Sie war auch nicht ewig auf der Poststation stehen geblieben, klein und bleich mit hängenden Armen. Sie hatte einmal heimgehen müssen, sie hatte einmal die Arme recken müssen; sie war sicher bald auf die Märkte und in die Geschäfte gelaufen, um zahllose nützliche Dinge für ihr gemeinsames Haus zu kaufen. Ihre Hände waren inzwischen so wenig müßig gewesen wie ihre Gedanken.

V

So sah der Anfang des langen Kampfes aus, den Beauvais die nächste Zeit in seinem Innern führte. Der Brief lag auf der einen Seite, die Insel auf der anderen. Das Schiff brachte statt Beauvais den Adjutanten krank nach Hause zurück, der sein Nachfolger hätte werden sollen.

Vigneron ließ sich ganz gern ein gut Teil Arbeit von Beauvais abnehmen. Der ritt, Woche für Woche, von Paul Rohan oder dem Schmied Jean Rohan begleitet, die Insel von Ort zu Ort ab. Er brauchte die ganze Gewalt seiner Überzeugung, auch seine ganze physische Kraft, um die Haufen zerstreuter Neger zusammenzulocken.

Sie waren durch bald zehn Jahre Krieg und Verwirrung aufgestört, sie waren an Abenteuer gewöhnt. Sie hassten die gewöhnliche, harte Arbeit auf einem Fleck. Der Schmied Jean Rohan wurde von seinen eigenen Brüdern gehasst, weil er ihnen drohte und sie zur Arbeit zusammenhielt. Sie glaubten ihm nicht, wenn er sagte: »Wir sind nur in der Republik frei. Die Republik braucht unseren Kaffee und unseren Zucker. Sie kauft dafür Schiffe und Kanonen.«

Das nächste Schiff brachte Beauvais noch nicht zu seiner Braut. Er faltete ihren alten Brief klein zusammen und steckte ihn in den Stiefel wie eine Konterbande. Der ferne, friedliche Teil des Lebens hatte ihn auf seine Seite geschmuggelt. Auf einmal kam es ihm wie ein Verrat vor, nach der anderen Seite herüberzuwechseln.

Paul Rohan war glücklich, dass Beauvais einstweilen blieb. Er hatte Vertrauen zu ihm, er saugte gierig aus ihm heraus, was es Lernbares gab. Er hatte Beauvais versprochen, lesen und schreiben zu lernen.

Er stieg oft hinauf zu Manon. Er kannte sie seit seiner Kindheit. Da war sie manchmal in seine Sklavenbaracke gekommen, um jemand zu besuchen. Er selbst, er hatte keine Familie. Er hatte früh seine Mutter verloren, vielleicht schon bei seiner Geburt. Sie hatte ihn vielleicht in der Baracke zurücklassen müssen. Darüber hatte er manchmal als Kind verschiedene Gerüchte gehört, doch keine der Sklavenfamilien, in denen er aufwuchs, hatte Genaueres gewusst. An welchen Brüsten hatte er Milch bekommen? Wer war sein Vater, der zu der Frau gehört hatte, die bei einer Seuche verendet war oder bei einem Erdbeben vor zwanzig Jahren, das von einer Springflut begleitet gewesen war? Er war sich als Kind ganz langsam seines Daseins bewusst geworden. Eines Daseins zwischen Baracke und Kaffeestauden und später zwischen Baracke und Zuckerrohr, als er Kraft genug hatte, eine Machete zu schwingen. Des Daseins eines Sklaven. In einer Welt, die so war, wie sie war. Mit Herren, die weiß, mit Sklaven, die schwarz waren. Das unaufhörliche Lied bei der Arbeit, das Schnurren der Peitsche. Dazwischen auch Spritzer von Glück. Das Feuer abends im Quartier und Tänze bis in die Nacht und heiße oder traurige Lieder. Er hatte lange gebraucht, sich abzuheben als einer, der in dem gemeinsamen Leid ein besonderes Leid hatte und ein eigenes Glück, für sich allein, und eine besondere eigene Liebe, die ihn allein etwas anging. Blutsverwandte hatte er nicht gekannt. Dafür hatten einzelne fremde Menschen, die gut zu ihm waren, ihr Blick, ihr Lächeln, ihr Streicheln einen gewaltigen Eindruck auf ihn gemacht.

Manon hatte er darum so wenig vergessen wie andere die Mutter oder die Patin. Er hatte durch sie zum ersten Mal irgendwann gespürt, wie der Druck einer fremden Hand auf dem Kopf tut, grundlos, nur aus Güte. Sie hatte ihm vielleicht schon einmal, viel früher, Gott weiß wann, ihre Brust geliehen, als sie nicht gerade von einem eigenen Kind besetzt war. Und später zweimal Nachricht von seiner Geliebten auf dem Gut Noailles nach dem Gut Rohan gebracht. Sie hatte immer ein Bruchteil mehr Freiheit als die Feldsklaven besessen. Sie hatte miterlebt, wie sich Paul sein Mädchen zurückholte. Es tat ihr wohl, dass Paul zu Ansehen und Ehren gekommen war.

Er stieg bei ihr ab, wenn er durch die Berge in den unteren Teil der Insel ritt. Sie schwatzten. Manon beklagte sich über ihren Mann. Er kümmerte sich kaum um das Feld, er hockte lieber mit seinem Schwiegersohn im Fischerboot auf dem Meer. Zwei ihrer

Söhne lagen ihr auch immer in den Ohren, sie hätten gar keine Lust, sich abzurackern. Sie hätten an den Fischen genug, an den Hühnern, am Schwein und an dem kleinen Gemüsegarten. Dazu der Kokosschnaps, den die Mutter braute. Der Rum, den man gegen überflüssigen Kokosschnaps tauschte.

Da war noch ihr Sohn am entgegengesetzten Zipfel der Insel. Baptiste war nicht sein Vater, sondern ein Sklave von Maria Galante. Der hatte Manon als ganz junges Ding genommen. Bei einer Ernte, zu der ihn sein Herr, der zusätzliche Sklaven brauchte, von der Nachbarinsel verfrachtet hatte. Der Sohn war aber der beste und stärkste ihrer Söhne. Er hatte immer so viel wie drei andere geleistet. Ein Wunder an Kraft und Geschicklichkeit. Er sei jetzt, erzählte Manon, überraschend schnell mit seinem eigenen Stück Land fertig geworden. Bei ihm sei etwas anderes schief. Er sei von klein auf an ungeheuer viel Arbeit gewöhnt. Ein Nachbar, einer von Ismaels Sorte, ein Schlappschwanz und Faulpelz, hätte sich mit ihm geeinigt. Der Jüngere sorge gegen ein kleines Entgelt, denn frei ist frei, auch für die Felder des Nachbarn. Bei dieser Regelung könnte auch nichts Gutes herauskommen. Ismael hätte sich nur einen Garten angelegt. Der sei für richtige Arbeit nicht zu haben.

Paul Rohan erklärte ihr, was ihm Beauvais erklärt hatte: Die Neger kämpften seit dreihundert Jahren um so viel Freizeit, als sie brauchten, um ihren eigenen kleinen Garten zu bestellen, damit sie ihre Familie ernähren konnten. Das Höchste, was ihnen die Könige zugestanden, waren ebendiese paar Stunden Arbeit auf diesem Stück Gartenerde. Auch dieses Zugeständnis hatten die Gutsbesitzer umgangen. So dass es kein Wunder war, wenn sie sich freuten, nichts anderes als eben das zu tun.

Das Fest, das Beauvais einmal veranstalten wollte, war nicht zustande gekommen. Die Arbeit hatte nicht plötzlich wieder beginnen können. Der Widerstand war zu zäh gewesen. Es hatte ihm damals vorgeschwebt, die niedergebrannten Plantagen müssten sofort gerodet werden, nachdem sie gerecht verteilt worden waren. Jeder würde auf seinem Stück zu pflanzen beginnen und bei der

ersten Ernte in Freiheit so schnell wie nie das Zuckerrohr schneiden. Inzwischen war es noch schwerer geworden, der Wildnis wieder abzuverlangen, was sie sich genommen hatte. Sie wucherte
überall hinein, wo ein Stück Erde unbewacht war. Der Urwald
hatte von jeher gelockt mit seiner maßlosen, manchmal tödlichen
Freiheit, trotz furchtbarer Strafen. Er lockte erst recht, wo es kein
Verbot mehr gab und keine Strafen.

Es gab aber auch schon einzelne Pflanzungen, die wieder instand gesetzt worden waren. Die neuen Besitzer wurden zuerst
verspottet und ausgelacht; dann wurde ihr Beispiel nachgeahmt.
Die erste Ernte säte schon eine zweite reichere im selben Jahr. Es
gab wieder einzelne volle Märkte.

Der Adjutant, der Beauvais ersetzen sollte, war angekündigt.
Beauvais schrieb seiner Braut, die Heimreise stünde jetzt fest.
Claudine hatte all die Jahre bald enttäuscht und verzweifelt, bald
geduldig und traurig erwidert. Sie spottete jetzt zum ersten Mal,
sie traue nur seiner Heimkehr, wenn sie ihn vor sich sehe.

Beauvais hatte sich vorgestellt, sein Aufenthalt reiche nicht
mehr aus, ihre Antwort in Guadeloupe abzuwarten. Anfang De-
zember 1799 brachte ein Schiff das Gerücht, bei seiner Ausfahrt
aus dem französischen Hafen sei eine Nachricht verbreitet worden, die auch nicht viel mehr als ein Gerücht war.

Der General Bonaparte sei überraschend aus Ägypten zurückgekommen. Er sei sofort nach Paris gefahren. Was später daraus
geworden war, wussten die Schiffer nicht. Nur, dass die Menschen
auf ein Ereignis gewartet hatten. Sie waren hungrig und unzufrieden. Sie waren durch die letzten Gesetze besonders gegen das Direktorium eingenommen. Bonaparte war der junge Offizier, der
die Revolutionsarmee von einem Sieg zum anderen geführt hatte.
Der Zeitpunkt war gut gewählt. Zehn Jahre nach Ausbruch der
Revolution.

Die ersten Verordnungen, die nach Guadeloupe kamen, hatten
nichts Freiheitsfunkelndes in sich. Den alten Ortsvorstehern in
Stadt und Land wurde gekündigt. Sie waren aus der Bevölkerung
gewählt. Sie sollten ihre Geschäfte weiterführen, bis die Regierung neue ernenne. Berenger wurde bestätigt. Er wurde daran er-

innert, er habe in keinem Falle die Befugnis, einer zivilen Behörde zu folgen. – Wahrscheinlich dachten viele daheim, was Vigneron sagte: »Wir haben seit 1789 genug erreicht. Man muss jetzt sichern, was wir erreicht haben.«

Berenger hatte einen Adjutanten, der wie er selbst Mulatte war. Der sprach in der Art von arglosen Jungen: »Für uns Mulatten ist nichts zu befürchten. Mit den Negern ist es etwas anderes.« Berenger fragte: »Was willst du damit sagen?« – »Dass Bonaparte sie nie leiden konnte. Dass er sich immer geärgert hat, wenn einer von ihnen zu etwas ernannt wurde oder befördert.« Berenger hörte aufmerksam zu. Er ließ den Jungen dahinreden. »Wie viele von uns Mulatten haben sich ausgerechnet, der schwarze Bestandteil ihrer Haut sei kaum mehr der Rede wert. Wir haben geradezu darunter gelitten, nicht wie die Weißen behandelt zu werden. Es hat ihnen nicht in ihren Kram gepasst, dass man den Schwarzen genauso viel Rechte wie ihnen gab. Es kam ihnen dabei vor, sie würden wieder einmal wie die Neger behandelt. Das weiß der Konsul. Das nutzt er –« Berenger hörte kaum mehr zu. Das war bis jetzt alles Gefasel. Er grübelte über die Verordnungen nach, die auf dem Papier vor ihm lagen. ›Die Anweisungen der letzten Regierung sind bis auf weiteres ungültig.‹ Dann eine Aufzählung aller Ausnahmen. Zum Beispiel, was sein Kommando anging, so war es nicht ungültig geworden. Es gab vermutlich Leute genug in Paris, die sich für ihn eingesetzt hatten. Er hörte in allen Ämtern die Stimmen mit den Papieren rascheln, auf denen sie neue Namenslisten zusammenstellten. Ein ausgezeichneter Offizier. Bei uns auf der Militärschule ausgebildet. Hat sich bei der Landung ausgezeichnet. Hat sich im Kampf gegen die Engländer mehrmals ausgezeichnet.

Es gab einen Zusatz zu den Verordnungen, der ihn auf einmal beunruhigte: ›Sind bis auf weiteres ungültig. Die Maßnahmen sind in Vorbereitung, die die Veränderung eines Zustandes bezwecken, der für die Nation untragbar geworden ist.‹

Berenger machte seinen Abendrundgang. Er wurde gegrüßt und grüßte. Er nahm die Meldungen an. Er gab Befehle. Der Abschluss des soldatischen Tages. Die Hornsignale, auf die die Dunkelheit wie auf Kommando fiel, so plötzlich, wie sie in dieser Zone fiel. Er hörte bei seinem Rundgang in einem fort über Insel und Meer seine eigene Stimme, als töne sie hinter ihm her, über die eigene Schulter:

›Ich werde eure Arbeit beschützen, ich bin mit Beauvais heute zu euch gekommen, um euch zu versprechen: Mein Fort wird eure Felder beschützen.‹ – Er schleifte die horchende Masse wie einen Schatten neben sich her. Der bloße Klang seiner Stimme bändigt die Menschen. Die Aufregung legt sich. Die Zähne schimmern in vieler Art Lächeln. Die vordersten Gesichter sind ernst und feierlich. Dahinten in einer Ecke wird einer unruhig. Aus Misstrauen oder aus Spott. Berenger spürt es, weil er die Menge kennt. Er kennt sogar diesen Menschen. Er zwingt ihn mit seiner Stimme. So dass er die Versammlung nicht stört und sich ruhig verhält. Nur seine Augäpfel lässt er rollen, während Berenger noch einmal alles von vorn erklärt. Seit wann seid ihr frei? Wer hat euch geholfen? Warum seid ihr nicht mehr Sklaven?

Er kehrte durch viele Laufgänge, Kasematten und Treppen in seine Wohnung zurück. Der Himmel in den Gucklöchern und in den Toren war rot, blasste schnell ab, wenn er darauf zukam. Die Sterne glänzten schon, als er in tiefen Gedanken, ohne auf Frau und Kind zu achten, durch den letzten Innenhof lief.

Die schwarze Dienerin Jacqueline schloss seine Tür. Sie spannte die Fliegennetze, zündete Kerzen an. Dann ging sie hinaus, nahm Mutter und Kind an den Händen, führte sie in ihr Zimmer und kleidete sie für den Abend um. Lucienne fragte: »Er ist nicht froh?« Die Dienerin sagte: »Nein.« Lucienne war das Herz so schwer wie die Luft, seit der Mann zurück war. Ihr Kind spürte es auch. Es hüpfte nicht, schrie nicht und pfiff nicht. Jacqueline sagte: »Macht keine Scherze, wenn ihr zu ihm hineingeht, lacht nicht, seid auch nicht traurig. Fragt nichts.«

Jacqueline ging wieder hinüber. Sie stellte die Gläser zurecht. Sie rückte die Stühle. Sie war ihrem Herrn zu fremd, um ihn durch ein schiefes Wort enttäuschen zu können. Sie war ihm so tief vertraut, dass sie keine Scheu hatte. Sie fragte ihn: »Was fehlt dem Herrn? Keine Krankheit? Ein Arzt kann ihm nicht helfen. Er sollte sich mit dem Pater Dumerque aussprechen. Das taten früher die meisten Herren und viele noch jetzt.« Berenger erwiderte sanft: »Gewiss, Jacqueline, das würde ich wirklich tun, wenn ich es nicht schon getan hätte.« Jacqueline war erstaunt, weil Berenger so etwas von selbst getan und weil es offenbar nichts genützt hatte.

Die Jesuiten hatten den Pater Dumerque vor vierzig Jahren hierhergeschickt. Sein kühler, von Bibliotheken umgebener Garten war während des Aufstandes eine friedliche kleine Insel inmitten der großen geblieben, die einem brennenden Schiff glich. Er hatte niemals an Weggehen gedacht, auch nicht als die Gutsbesitzer auf den letzten englischen Schiffen flohen. Der Untergang der Aristokraten, die er als Bibliothekar und Lehrer durch und durch kannte, erschien ihm längst unvermeidlich. Er hatte, solange er hier war, versucht, den Negern klarzumachen, dass Geldgier, Vergnügungssucht, Machtsucht und Grausamkeit kein Merkmal der Christen weißer Farbe zu sein braucht. Sogar sein Orden hatte die Sklaven freigegeben, die eine Anzahl Jahre im Kloster beschäftigt gewesen waren. Sein Gärtner war ein freigelassener Sklave.

Er war unter Büchern und Blumen und Negerschülern, denen er das Lesen beibrachte, ein Greis geworden. Er war vertraut mit den überraschendsten Wendungen. Der Konsul hatte gefragt, wie viel der Staat aus den Antillen seit der Negerbefreiung gewinne. Berenger hatte mit ihm über diesen Bericht gesprochen. Was konnte man Gutes von einem Mann erwarten, der an dem Gold, das die Schiffsladungen Kaffee und Zucker wert waren, den Wert der Freiheit abmaß?

Berenger trank das Glas leer, das Jacqueline vor ihn gestellt hatte. Lucienne kam mit dem Kind. Sie war gelassen und heiter, sie hatte sich hinter das Ohr eine Blume gesteckt. Es wurde ihm leichter bei ihrem Anblick. Er breitete seine Arme aus.

VI

Die Neger, die auf den Bergen wohnten, hatten das Schiff zuerst erkannt. Als sie zum Hafen hinunterstiegen, nahmen sie Frauen und Kinder mit und Körbe mit Obst und gebratenem Fleisch und Fisch. Die Neger in den tiefer gelegenen Dörfern schlossen sich ihnen an.

Als das Schiff in den Hafen einfuhr, hingen Trauben von schwarzem Volk an der Mole wie bei jeder Ankunft. Die Trikolore war auch dieselbe Fahne wie die, die der Kommissar Hugues, von Kugeln empfangen, in Guadeloupe gepflanzt hatte.

Die Offiziere und Beamten an Bord betrachteten lächelnd die gleichfalls lächelnden Neger, die zur Begrüßung heranschwammen.

Die erste Schaluppe brachte die wichtigsten Ankömmlinge vom Schiff an Land. Vigneron umarmte den Mann, der sein Nachfolger werden sollte. Sie wechselten die bei solchen Gelegenheiten üblichen Willkommensworte. So tat Beauvais mit dem Adjutanten. Die Neger drängten sich um sie herum, von dem Empfang belustigt, der unterhaltsam wie jeder Empfang war. Vigneron erklärte genau, warum Beauvais, der schon der Adjutant Hugues' gewesen war, bis heute geblieben sei. Der neue Beamte hörte sich höflich diese Erklärungen an, die ihm bekannt oder langweilig waren. Er, Boisseret, sei nur Spezialbeauftragter seiner Regierung auf eine befristete Periode. Hier, Fabien, sein Sekretär und Vertreter, früher sein Adjutant im italienischen Feldzug. Das glaubte man Fabien eher als Boisseret. Der war im Krieg zwar nicht ganz, aber halb erwachsen geworden. Für Boisseret waren die Kriegszüge den gefährlichen Reisen ähnlich gewesen, auf denen die Söhne angesehener Kaufmannsfamilien zu leben lernen. Er warf sich am selben Tag mit Fabien in die Besprechungen und Berichte, die ihm Vigneron vorlegen konnte. Beauvais ließ Paul Rohan holen und stellte ihn vor. Fabien und Boisseret begrüßten ihn höflich. Beauvais war sogar ruhiger als vorher, weil er nicht den geringsten Anlass zu seinem Argwohn fand.

Paul Rohan war nicht ruhiger. Er sagte auch später zu Beauvais nichts darüber, warum sich sein Argwohn nicht im Geringsten vermindert hatte. Der Grund war ohnedies nicht erklärbar: das winzige Stutzen, als Beauvais den Neger vorgestellt hatte, der seine Angaben ergänzen sollte. Dann, bei der Umarmung, in beiden

Gesichtern eine Spur von Belustigung. Er konnte daraus die geheime Order erraten, die sie auf den Weg bekommen hatten: Zuerst alles beim Alten lassen, sich von jedem Urteil zurückhalten. Paul Rohan wusste, mit welcher Befürchtung Beauvais und Berenger die Ankömmlinge erwartet hatten. Soweit sie laut davon sprachen, ging es um eine Einschränkung der Freiheit der Neger. Begrenzung der Bürgerrechte. Was für Ereignisse sich auch im Osten in dem Land abspielten, das ihm unbekannt war, wie die Ereignisse auch verschieden erklärt wurden, für ihn war es leicht, sich ein Urteil zu bilden. Viel leichter, als es für die war, die mitten darin steckten. Was auch geschah, es mochte noch so verzwickt und unklar sein, kam für ihn auf eine Frage heraus: Behalte ich meine Freiheit? Kann es je wieder möglich werden, dass mich ein Aufseher mit der Peitsche zur Arbeit treibt, mir, wenn ich ihm nicht gehorche, ein eisernes Band um den Hals legt?

So viel befürchteten seine weißen Freunde vielleicht noch nicht. So weit ging ihre Einbildung nicht. Paul Rohan hatte schon als Kind gemerkt, dass weiße Männer, wenn sie die Macht dazu hatten, geradezu alles fertigbrachten, wozu sie Lust hatten.

Er ging am Abend zu Dumerque, um lesen und schreiben zu lernen, wie er es Beauvais versprochen hatte. Dumerque fragte nichts. Rohan erzählte ihm nichts. Sie hatten sich einer des anderen durch einen Blick versichert. Rohan genoss die Kühle und Stille, die Streifen des letzten Sonnenlichtes. Er freute sich, wenn ihn der Pater lobte. Er war auch endlich beim Lernen um die schwerste Klippe gekommen: die einzelnen Buchstaben, die er längst kannte, zu Wörtern zusammenzuziehen. Sie lernten angestrengter denn je. Wenn sie einen Augenblick aussetzten, fiel die Zukunft wie ein Gewicht auf beide.

VII

Fabien, der Sekretär Boisserets, hatte Beauvais einen Brief seiner Braut aus Frankreich mitgebracht. Beauvais lud ihn zum Abendessen an denselben Ort ein, an dem er in der Nacht vor der Ankunft Vignerons mit Berenger gesessen hatte.

Fabien, das hatte Beauvais rasch beobachtet, war Herz und Seele mit seinem Chef. An Abenteuer gewöhnt wie an Pfeffer, war er auf ein Absonderliches erpicht. Der Mond schien wieder so hell, dass Beauvais die lustigen Pünktchen von Neugierde in den Augen seines Begleiters erkannte. Er hatte ein wenig zu hastig nach dem ihm bestimmten Brief gegriffen. Sein Herz zog sich bei den ersten Buchstaben zusammen, bevor sein Kopf den Inhalt begriff, als stecke in der Schrift selbst etwas Unfassbares, Kaltes, vor dem er wie vor einer Drohung auswich. »Ich soll Dich, mein lieber Beauvais, in drei Monaten wiedersehen. Du weißt, schon zweimal war alles zu unserer Hochzeit gerichtet. Ich weiß nicht, warum Du dann noch nicht gekommen bist. Ich habe niemals verstanden, was Du mir über die Gründe schriebst. Ich habe, sei nicht böse, auch nie an diese Gründe geglaubt. Der Kommissar soll seine Aufgabe ohne Dich nicht bewältigen können? So etwas ungefähr hast Du doch geschrieben. Und bist freiwillig geblieben. Ich war zu verzweifelt, um zu weinen. Ich weiß nicht, was dort solche Macht über Dich hat.«

Fabien sah mit Spottlust, nach außen bekümmert, zu, wie sich Beauvais' Gesicht immer mehr im Lesen verfinsterte. Aus vielen sanften und weichen Worten, die er einzeln auf dem Papier hätte streicheln können, stachen die spitzen Buchstaben ihrer Entscheidung.

Sie sei nicht länger bereit, auf einen Geliebten zu warten, der jede Gelegenheit auslieξ, zu ihr zurückzukommen. Das Leben an der Seite von einem Herrn Philippe Dumesnil würde sicher bei weitem nicht das sein, was sie sich zusammen mit Beauvais unter dem Leben vorgestellt hatte. Aber, ein Leben, immerhin, sei es, und fruchtloses Warten sei keins. Bei Gott, sie schreibe den Namen des Freiers nur mit Verzweiflung nieder, es sei ihr nicht nach einer Drohung zumute, auch dieser Brief sei nur eine Beschwörung, nicht alles aufs Spiel zu setzen, was ihr gemeinsames Glück sei. – Und wofür aufs Spiel zu setzen? Was es auch sei, es würde wie Rauch vergehen, wenn er erst einmal auf französischem Boden stünde.

Sein Herz zog sich zusammen, als hätte es wieder begriffen, bevor sein Verstand zu einem Entschluss gekommen war: Er würde auch jetzt nicht heimfahren. – Wenn er sich vorstellte, wie ihn die Frau empfing, wie er das geliebte Gesicht in seine Hände nahm, dann kam es ihm vor, dieser Brief hätte recht behalten. Dann war schon, was um ihn herum vor sich ging, wie Rauch vergangen. Wie sie es selber beschrieb in diesem verfluchten Brief. Denn sicher, er war verflucht. Die Wahl war verflucht zwischen dem, was man Glück nennt: ein junges, schneeflockenweißes Ding, das wie reines Glas war mit einem Sprung in jeder Bewegung, selbst im Klang seiner Stimme, das zufällig Claudine hieß! Und zwischen dem, was mit Glück nicht das Geringste zu tun hat: eine Insel im Karibischen Meer, die zufällig Guadeloupe hieß, von nicht zehntausend Negern bewohnt, die vor sechs Jahren mit seinem Beistand ihre Freiheit errungen hatten und dieses Jahr wieder Sklaven sein sollten. Er gebrauchte sogar in Gedanken zum ersten Mal dieses Wort. Die Insel konnte so wenig vergehen wie irgendein Stern. Weit eher Claudine. Das war wohl das Los allen irdischen Glücks, wie Rauch zu vergehen.

Der Mond war so hell, dass Beauvais den Brief ohne Schwierigkeiten hatte lesen können. Er faltete ihn ganz klein. Fabien fragte behutsam, neugierig: »Schlechte Nachrichten?« Zu seinem Erstaunen und zu seiner Enttäuschung erwiderte Beauvais: »Nein, meine Braut ist ungeduldig.« Er nahm sich gleichzeitig vor, niemand zu verraten, dass er bleiben wollte.

Manon brachte ihren Kokosschnaps. Fabien trank rasch und viel, und Beauvais warnte ihn nicht. »Sie fahren jetzt heim und heiraten, lieber Freund«, sagte Fabien, »und das ist gut, und ich gratuliere. Es ist auch höchste Zeit, dass Sie fahren.« – »Warum höchste Zeit?« – »Das fragen Sie noch? Natürlich für Ihre Hochzeit. Für Ihre Hochzeit und außerdem, überhaupt. Was wollen Sie auch noch hier? Sie sind schon lange im Amt. Auf dieser verdammten Insel. Ihr habt mit unseren braven Soldaten die Engländer weggejagt. Ihr habt Flinten an die Neger gegeben, damit sie wie auf Haiti euch helfen, die Engländer wegzujagen. Ihr hattet ihnen zur Belohnung die Freiheit versprochen. Das war vernünftig von euch. Die Neger auf Haiti haben sich eingebildet, nachdem sie einmal die Freiheit gekostet hatten, die rein und süß schmeckt, man könnte sie auch allein süffeln, auch ohne uns, die Franzosen. Ein schlauer Hund, dieser Toussaint. Der hat es verstanden, sein Inselchen in Ordnung zu bringen. Sogar ein bisschen zu gut. Der hat es besser als ihr hier verstanden, die Neger zur Arbeit anzuhalten, dass wieder Zucker und Kaffee herauskam; nur, dass er geglaubt hat, er könnte sich eine kleine private Republik züchten: darum ist er jetzt auch eingesperrt, damit er begreift, was er der Republik verdankt, und seine private kleine Republik wird ihm zusammengeschossen.«

Beauvais fragte: »Hat sie sich schon ergeben?« Fabien lachte. »Seit wann macht man einen Friedensvertrag mit Schwarzen? Ihr Häuptling ist unter Dach und Fach. Das Lied ist aus.« Er wurde plötzlich wütend. Er sprang auf. Er drohte gegen die Hütte. »Wenn ihr euch einredet, dass ihr es ebenso treibt, dann seid ihr schief gewickelt. Ihr kennt unseren General Bonaparte nicht. Der kann euch rechtzeitig etwas anderes schicken.«

»Beruhigen Sie sich«, sagte Beauvais. Er drückte ihn auf den Stuhl. Fabien fuhr friedlicher fort: »Die Burschen zur Arbeit zu bringen, das haben Sie nicht verstanden.« Beauvais sagte: »So schwer es war, es ging die letzte Zeit besser. Es wird in einigen Jahren gehen.« Fabien erwiderte ruhig, obwohl er immerzu weitertrank: »Sie haben jetzt dazu keine Zeit mehr.« Er war punktweise pedantisch nach Art gewisser, höchst betrunkener Menschen. »Was hätte es auch den Negern genützt, wenn sie gearbeitet hätten. Vielleicht wäre einem der Kamm geschwollen, wie es auf Haiti passiert ist. Wenn sich die Leute einmal an Arbeit gewöhnt haben, dann kommt dabei manch ein komischer Ehrgeiz heraus. Auch manch ein komischer Kopf, eben wie dieser Toussaint. Sie Glücklicher, Sie.« – »Warum Glücklicher?« – »Weil Sie nach Frankreich zurückfahren. Sie haben das Vaterland in all dem Wirrwarr verlassen. Sie ahnen gar nicht, was Sie erwartet. Was für ein Mann das ist, Bonaparte. Er hat ein Ende gemacht mit dem Geschwätz.

Er macht uns ein neues Vaterland. Nicht aus Revolutionsgeschwätz, sondern aus Ruhm und Ehre.« – »Das hatten wir auch«, sagte Beauvais, »als wir nach Holland gezogen sind, die Revolutionsarmee, zerlumpt, ohne Schuhe, nur mit der Marseillaise.« – »Das war einmal«, sagte Fabien, »jetzt werden wir reich und groß, jetzt werden wir Schuhe haben, nicht nur die Marseillaise, jetzt brauchen wir Kolonien. Wir brauchen Kaffee und Zucker. Dazu brauchen wir Sklaven.«

Beauvais machte Manon ein Zeichen, immerzu einzugießen. Manon brachte ein feines, noch warmes Gebäck aus gesalzenen Mandeln, mit dem es sich leichter trank. Beauvais dachte: Der Schnaps hat ihn gleich an der richtigen Stelle geritzt. Er hätte ihn ebenso gut an einer verkehrten Stelle ritzen können, dass er mir nichts als Weibergeschichten erzählt. Er sagte: »Doch wohl mit einem anderen Namen, nach einem anderen Gesetz?« – »Hören Sie mal«, sagte Fabien, er kratzte mit einem spitzen Nagel das Salz, das er für Zucker gehalten hatte, von seinen Mandeln weg. »Der Zucker ist unter Bonaparte genau derselbe, wie er unter Ludwig XVI. war, genau derselbe, Beauvais. Der Unterschied liegt in Frankreich, nicht im Zucker. Er hat unser Vaterland reich gemacht, beneidet und reich. Fragt sich nur, was für ein Frankreich, beneidet und reich. Sehen Sie mal, nur Schwarze können Zuckerrohr schneiden. Darum gehören dieselben Gesetze zu denselben Schwarzen. Der Unterschied ist: Für wen sind es Sklaven? Es ist ein Unterschied, ob der Sklave das Zuckerrohr für Ludwig XVI. schneidet oder für Napoleon.« – »Glauben Sie, dass es ein Unterschied für die Sklaven ist?« – »Für die nicht, aber für uns. Mein Gott, das hysterische Gleichberechtigungsgebrüll, als sie sich vor der Nationalversammlung als Brüder umarmten und um ihre schwarzen Bäuche die Trikolore zu binden begannen. War damals nützlich. Der Engländer ist unser Feind. Wir müssen ihn schlagen. Wenn er mit seinen Sklaven mehr Zucker produzieren kann als wir mit unserem Gleichberechtigungsgebrüll, dann heißt das: Fertig mit dem Gefasel. Ihr Neger pariert. Drapiert euch weiter mit einer Trikolore, wenn es euch Spaß macht. Sie werden hier noch etwas erleben, mein Junge – ach nein, Sie werden ja nichts mehr erleben. Sie fahren ja weg. Sie werden höchstens morgen unsere Proklamation erleben.« –

Manon stand immer noch reglos zwischen Tisch und Tür. Sie hatte an Nase und Backenknochen silbrige Stellen wie ein Baumstumpf im Mond. Sie horchte angestrengt, weil sie wusste, dass Fabien jetzt etwas von großer Tragweite erzählte. Sie verstand die leise Bewegung, mit der Beauvais sie hieß, seinem Begleiter einzuschenken und einmal etwas Gesalzenes, einmal etwas Gezuckertes aufzutragen. Er riss aber dann an der verkehrten Stelle, wie Beauvais es anfangs befürchtet hatte. Er fing diesmal in einem Anfall von Heimweh an, von einer Geraldine zu erzählen, die in den Cafés rund um das Palais Royal herumgestrolcht war. Dann legte er seinen Kopf auf den Tisch.

VIII

Die Neger sprachen am nächsten Tag überall von der Proklamation, die auch in solchen Orten angeschlagen war, wo niemand lesen konnte: sie betraf die Deportation des Toussaint von Haiti. An einigen Orten lasen sie uniformierte Beamte vor, an anderen Leute, die Briefschreiber von Beruf waren und sich auf die Kunst verstanden, die vielen Weißen, aber nur wenigen Schwarzen bekannt war.

›Der General Toussaint Louverture hat sich eingebildet, er könnte die Republik betrügen. Er wähnte in seinem Ehrgeiz, er könnte die Insel Haiti unabhängig erklären und dann als Despot und Tyrann seinen schwarzen Brüdern, ohne die Aufsicht der Republik, das Joch der Sklaverei wieder aufzwingen. Der General Bonaparte hat ihn durchschaut. Er befindet sich bereits als Gefangener auf unserem Kriegsschiff. Es lebe die Republik!‹

Beauvais war nachts, nachdem er sich von dem betrunkenen Fabien getrennt hatte, zu Paul Rohan gegangen. Sie hatten sich vorbereitet auf das, was jetzt gekommen war.

Die Neger sagten zu Paul Rohan: »Jetzt siehst du, was es bedeutete, uns zur Arbeit zu zwingen. Es war Verrat an der Republik.

Du aber, du, du hast uns immer die Neger von Haiti als Beispiel hingestellt.« Paul Rohan erwiderte: »Ihr Narren, merkt ihr denn nicht, was das bedeutet? Man will uns die Erinnerung an Toussaint vergiften. Man will uns in kurzer Zeit zur Arbeit zwingen unter dem Vorwand, es sei für die Republik.«

Die Neger sagten: »Du selbst bist der Narr. Du hast uns ja selbst gesagt: es sei für die Re-pu-blik. Das hast du damals gesagt, solange es sich für dich lohnte, der Liebling eines dieser Weißen, des Beauvais, zu sein. Jetzt lohnt es sich aber nicht mehr für dich. Vielleicht bleibt dein Beauvais gar nicht mehr hier. Da willst du auch dieses Dingsda, die Re-pu-blik, nicht mehr in den Mund nehmen.«

Rohan versuchte so sanft zu bleiben, wie Beauvais es ihm eingeprägt hatte. Die Ohren sausten ihm vor Wut: »Warum knallt es denn immer noch in Haiti? Warum haben denn dort die Franzosen die Städte in Brand geschossen? Warum verfolgen sie denn die Neger dort in den Wald hinein? Warum geben die Neger auch jetzt noch nicht Ruhe, obwohl der General Toussaint, von dem man behauptet, dass er sie hinter das Licht geführt hat, gefangen ist?«

Ein alter Neger, auf dessen Kopf das Haar stand wie gekräuselter Schaum, sagte streng: »Die Weißen schießen gern, weil sie viele Kugeln haben. Sie verstehen sich ausgezeichnet auf Krieg. Sie haben uns Kugeln geschickt, um uns gegen die schlechten Weißen zu helfen. Es gab damals in Guadeloupe auch Neger, die Kugeln von den schlechten weißen Herren bekamen. Sie haben damit auf die guten Weißen geschossen. In Haiti gibt es jetzt auch solche Dummköpfe.« – »Der Bonaparte, der hier unter dem Aufruf steht, bedeutet nicht mehr die Republik. Er will uns wieder zu Sklaven machen.« – »Du willst uns einreden, du hättest lesen gelernt, mein Sohn hat aber zum Glück auch lesen gelernt. Sag, Sohn, steht hier etwas anderes als das, was man uns vorlas?« – »Dasselbe.« – »Also, die Weißen verstehen es, ihre Worte aufzuschreiben und später wieder zu lesen. Auch Worte, die für uns schon längst verflogen sind. Warum soll dasselbe Wort nicht mehr dasselbe Wort bedeuten?« – Paul Rohan erwiderte schnell und heiser, er zuckte am ganzen Körper: »Das ist doch auch dir schon einmal geschehen. Es ist etwas anders geworden. Man nennt es weiter, wie man es früher genannt hat. Du trinkst Rum bei der Manon, sie gibt dir einen Dreck, sie sagt dir dazu: Das ist der Rum, den du verlangt hast. Du wirst sie dann prügeln. Es ist der Geschmack, woran du es merkst.«

Beauvais ging abends zu Paul. Es kam ihm vor, die Wände seien zusammengerückt und in den Wänden die Menschen. Die Zeit war enger geworden, sie drückte auf Schultern und Kehlen. Das Essen schmeckte wie Sand. Beauvais schwieg, an die Wand gelehnt. In den Blicken war Angst, als sause ein Hurrikan auf die Insel zu. Wenn Claire ein Kind schimpfte oder beruhigte, dann hieß es mit ihren Worten: Du wirst bald ein anderes Kind sein. Ich werde bald anders sein. Suzanne, ihre jüngere Schwester, kam oft zwischen Tür und Wand an Beauvais vorbei. Sie brachte die Hand so oft wie möglich mit dem Stoff seiner Uniform in Berührung. Ihre Augen waren aufgerissen vor Angst, aber auch vor Freude, weil Beauvais gerade jetzt wiedergekommen war. Wenn jemand den Kopf hineinstreckte, kam es ihm vor, in dieser Familie sei etwas Arges geschehen. Er zog seinen Kopf zurück und fragte draußen, was denn Rohans geschehen sei. Der Gedanke kam ihm noch nicht, dasselbe könnte auch ihm geschehen sein.

Der Pater Dumerque trat ein. Er hatte Beauvais gesucht. Er umarmte ihn. Sein Orden hatte ihn heimbefohlen. Er glaubte, Beauvais würde mit ihm zusammen reisen. Beauvais widersprach ihm nicht. Er hatte schon mit Claire ausgemacht, dass sie in sein Essen das Mittel mische, das ihn durch den Ausbruch einer Krankheit am Abreisen hindere. Während er seinen Teller leer aß, wandte sich der Pater an die Familie. Er dankte Paul, dass er ihn in der schwersten Zeit beschützt und den Negern klargemacht hatte, Dumerque sei ihr Freund. Würde noch einmal eine schwere Zeit kommen, sagte Pater Dumerque, und er könnte sie nicht mit ihnen verbringen, dann läge es nicht an ihm selbst. – Sie sahen sich an. Sie wussten, Dumerque begriff, was bevorstand.

Als er gegangen war, kamen viele von draußen herein. Der Abend wurde zu einem gewöhnlichen Abend. Es war vielleicht doch nichts Besonderes bei den Rohans geschehen. Auch Beauvais war von ungefähr da, wie er öfters da war. Claire bewirtete alle. Suzanne half ihr. Sie kam so oft wie möglich mit ihrer Brust und ihrem Arm an Beauvais vorbei. Er gab darauf nicht acht. Er dachte jetzt nur an daheim. Er dachte an seine Braut, die schon geahnt hatte, dass er auch mit diesem Schiff nicht zurückkam. Es wurde ihm bitter und kalt. Sie redeten alle durcheinander um ihn herum. Das stockte nur, wenn draußen ein Posten vorbeiging. Denn dass es um diesen Posten anders bestellt war als sonst, das spürten sie in dem Augenblick, in dem sein Schatten hereinfiel. Sie sprachen auch wieder von dem Aufruf, der Toussaint betraf. Der Sohn jenes alten Negers, der morgens mit seinem Vater einig gewesen war, stimmte jetzt Rohan zu, die alten Plantagen müssten endlich gerodet werden. Ein anderer brachte aus seinem Gedächtnis die Gründe zutage, die Beauvais und Berenger in den Versammlungen aufgezählt hatten. »Wir brauchen das Geld für Kanonen. Sie schützen uns vor den Engländern. Die Engländer, wenn sie kommen, machen uns wieder zu Sklaven.« Ein junger Neger schrie lauter als alle: »Wenn wir so hart arbeiten müssen wie früher, wo ist dann der Unterschied?« Der Vater von Mado und Suzanne schrie nicht, weil er der Einzige war, auf den ohnedies immer hörte. »Du warst vor sechs Jahren noch so klein, dass du dich gar nicht mehr daran erinnerst, wie das war, als Sklave zu arbeiten. Ich kann mich sehr gut daran erinnern. Ich war in meinem Leben viel kürzer frei als Sklave. Ich kann mich daran erinnern, wie man mir eine Kette anlegte. Sie war so leicht, dass sie mich nicht am Arbeiten hindern konnte. Sie war so schwer, dass sie mich am Weglaufen hindern konnte.« – Der Junge lachte, aber nur mit den Zähnen. Sie sprachen auch von der Abfahrt des Paters. Von Beauvais' Abfahrt, der auf demselben Schiff reiste. Das gefiel ihnen nicht. Solange Hugues bei ihnen gewesen war, hatte sein Glanz auf Beauvais abgefärbt. Sie hatten später an Beauvais ihren Groll ausgelassen. Sie hatten geknurrt: Der Alte hätte es anders gemacht. Jetzt war ihnen unbehaglich zumute, als lasse sie Beauvais allein. »Wir werden nichts zulassen, ohne dass unser Mann im Rat sitzt. Du, Rohan, wer sonst?« Sie sahen ihn an. Es wurde still. Dann schlugen die Stimmen wieder in Wenns und Obs durcheinander. Es gab einen Lärm, dass die Hütte geplatzt wäre, wenn sich die Stimmen nicht aufeinander geeinigt hätten. Es wurde ein Lied daraus. Es wurde auch draußen gesungen. Man hätte auf einmal glauben können, die Ankunft des neuen Schiffes würde gefeiert.

Französische Offiziere sagten, als sie den Gesang aus der Ferne hörten: »Der Anfang geht besser, als wir hofften.«

Beauvais blieb an der Wand stehen, als alle gegangen waren. Suzanne brachte ihm ein Glas. Er sagte: »Lasst mich. Ich will mich legen. Mein Haar ist nass geschwitzt.« Man half ihm beim Auskleiden. Man holte die Negerin aus der Nachbarschaft, die alle Krankheiten kannte. Sie gab ihm gute und schlechte Ratschläge, Kräuter und Amulette, Tränke und Sprüche.

Als Beauvais sich nicht zur Abfahrt des Schiffes meldete, kam ein französischer Militärarzt. Der bekam Angst. Es war nicht zu leugnen, dass Beauvais die Passagiere gefährde, um bei der Ankunft schließlich in einer Quarantäne hängenzubleiben. Da war es besser, er blieb, wo er war.

»Geschieht ihm recht«, sagte ein gewisser Moulin. Sie hörten im Offizierskasino dem Arzt zu. »Warum?«, fragte Fabien, »seine Braut wartet auf ihn. Er hat nach der Heimkehr heiraten wollen.« – »Warum? Weil er schon zu lange hier ist. Soll er mit seinen Negern verrecken.« – Ein anderer sagte: »Er kam schon mit dem Kommissar Hugues.« – »Sie hatten damals gewürfelt, wer auf dem Schiff zurückbleibt und wer die Landung mitmacht.« – »Sie haben es fertiggebracht, die Engländer von einem Fort zum anderen zu treiben.« – »Sie haben zwölf Franzosen vor den Augen der Schwarzen an die Wand gestellt.« – »So hat die Befreiung angefangen.« – »Weil diese Edelleute die Insel lieber den Engländern überließen als unseren Jakobinern.« – »Weil die Jakobiner alle Plantagen den Negern schenkten.« – »Was hätte da Hugues anderes tun sollen?« – »Das ist ein altes Lied, das schon oft gespielt worden ist.« – »Der Konsul will ihnen die Plantagen wiedergeben.« – »Nur schade, dass man nicht sechs Jahre tot sein kann und dann wieder Zuckerrohr anbauen.« – »Man kann nach sechs Jahren wieder Sklave werden, aber nicht mehr lebendig.«

Beauvais lag krank bei den Rohans. Er schluckte den Trank, den ihm Suzanne zu seiner Heilung brachte. Er schluckte den Trank, den ihm Claire brachte, um das Fieber zu treiben. Paul erzählte ihm jeden Abend, was sich zutrug. Zunächst war nicht viel verändert. Die Neger wurden aufgefordert, die ihnen zugewiesenen Felder zu bebauen. Das war oft in den letzten Jahren geschehen. Jetzt fanden sich immer mehr und mehr zur Arbeit ein. Auch Rohan ging mit seinen Geschwistern und Schwiegereltern zur Feldarbeit. Die neue Verwaltung war provisorisch eingesetzt. Es gab darin keine Neger. Man ließ sich darüber weniger aus, als dass man sich darüber aufhielt, dass Paul nicht mehr mit den weißen Beamten herumritt, um Verordnungen zu erklären und durchzuführen. Man rechnete nach, wie viel Schwünge er jetzt noch mit der Machete fertigbrächte.

IX

Zuerst hatte Beauvais stets an daheim gedacht, ob sein Fieber stieg oder nachließ. Dann hatten sich seine Träume, wach und im Fieber, mit seiner Umgebung verflochten. Sie waren allmählich abgeblasst, die Wirklichkeit war so dicht und fest, dass sie die Träume verzehrte. Suzanne saß neben ihm, wenn er schlief und wenn er sich schlafend stellte. Sie war zuerst die allerflüchtigste Wirklichkeit, zwar greifbar, aber verblasst wie ein Traum, wenn er nur an eine Bewegung, nur an einen Ton aus seinen geliebtesten Träumen dachte. Dann hatte sich beides vermischt, das eine zum Greifen nahe, aber nicht brauchbar zum Träumen, das andere, das in Gedanken stundenlang vorhielt, aber nicht greifbar war. Auf einmal fiel die Erinnerung von ihm ab. Er strengte sich an, etwas Blondes und Weißes festzuhalten; dann war es in die Dunkelheit wie in ein Wasser abgeglitten, in eine Zeit, die nicht mehr seine war. Suzanne blieb hart und blank zurück wie der Kern der Frucht, die sie ihm schälte. Die Früchte des Landes. Rot, gelb, violett und grün, bisweilen mit schwarzen Kernen. Er liebte die rosa Innenfläche ihrer Hände mehr als den blonden und weißen Rauch. Es war ein Bestandteil von etwas, was litt und bedroht war und mehr Liebe brauchte, als ein Mensch aufbringen kann. Was ihn bisher gequält hatte, wurde ihm gleichgültig. Suzanne war froh, dass er sie fortwährend betrachtete.

Französische Offiziere besuchten ihn nie. Vigneron kam kurz vor der Abfahrt des Schiffes, das sie beide hätte heimbringen sollen. Er setzte sich unter das Vordach und sprach von diesem gesicherten Ort aus: »Da liegen Sie nun, ein Weißer, allein, anstatt mit mir zu gehen.« Da Beauvais nichts sagte, sondern ihn nur aufmerksam ansah, fuhr er fort: »Wir werden oft an die Zeit zurückdenken, die wir gemeinsam in Guadeloupe verbracht haben.« Er rückte im Sprechen seinen Stuhl um einige Fußbreit zurück. »Es war keine leichte Zeit. Ich habe mich oft gefragt, wie man hier mit so wenig Härte wie möglich unsere erhabenen Grundsätze anwenden könnte.« Er sprach jetzt sehr laut. Er wandte sich nicht eigentlich mehr an Beauvais. Er hielt ihn für zu krank, um ihm zu folgen. Er sprach zu sich selbst oder auf einer Tribüne zu einer unbestimmten, allgemeinen Zuhörerschaft. Er bewegte sogar die Arme, als ob er die nicht vorhandenen Zeugen mitreißen wollte. Dann schob er erschrocken seinen Stuhl noch einen Fußbreit zurück. Er hätte es nicht übers Herz gebracht, diese erhabenen Grundprinzipien mit Maßnahmen durchzusetzen, die durch ihre Härte den Grundprinzipien zuwiderliefen. Beauvais hörte ihn mit geschlossenen Augen belustigt an. Er gab noch mehrere Redensarten, gemeine und platte, zum Besten. Die Grundprinzipien zu ändern, dazu sei er nicht der Mann. – Er machte, ohne den Kranken zu berühren, eine große Abschiedsgeste.

Er stand schon hinter dem Stuhl, da fiel ihm doch noch was ein. »Ihr Kommissar Hugues, mein Vorgänger, ist, wie ich höre, nach seinem Bestimmungsort, nach Guayana, abgereist.« Beauvais öffnete endlich die Augen. Vigneron fügte hinzu: »Bei all dem Regierungswechsel hat der Mann abwarten wollen, bis ihn der Konsul bestätigt. Obwohl er schon über ein Jahr seine Ernennung hat. Das ist eine Vorsicht, die ich vernünftig nenne. Wenn man bedenkt, dass er vom Konvent ernannt worden ist. Bestätigt vom Direktorium. Da ist es doch klar, dass es noch einmal schwarz auf weiß vom Konsul unterschrieben sein muss.« Er wandte sich endgültig ab, da Beauvais stumm blieb. Die weit aufgerissenen, brennenden Augen, das bleiche Gesicht – er schrieb das alles dem Fieber zu. Er hatte auch keineswegs den Kranken mit seiner Mitteilung erregen wollen; er ahnte nicht, dass er Beauvais beim Abschied das Kostbarste zerstört hatte: das geliebte Bild. Er ging mit gerecktem Hals zum Hafen hinunter. Beauvais grübelte auf seinem Lager. So sah es also daheim aus. Ein Mensch wie Hugues gab klein bei. Er tat das Vernünftige, wie es Vigneron nannte. Er ließ sich vom Konsul bestätigen. Er wollte sein Amt nicht verlieren. Er wollte die Macht nicht einbüßen. Er wollte Abenteuer und Ruhm. Er wollte die Erregungen seiner Jugend weiterschlecken. Er wollte nicht unbeachtet in einem stillen Winkel verrosten. Er wollte nicht von der Liste der Amtsanwärter gestrichen werden, wer diese Liste auch unterschrieb. Jetzt fühlte sich Beauvais erst richtig allein. Er hätte mit niemandem tauschen wollen, aber er war verteufelt allein.

Die Arbeit begann nach der Regenzeit verhältnismäßig glatt, ohne Stockungen. Die Straßen wimmelten von Soldaten. Wenn das eine Drohung bedeuten sollte, dann war sie zwecklos. Der Militärgouverneur hätte nicht den geringsten Anlass zum Eingreifen finden können. Er suchte scheinbar auch keinen. Er ließ die Menschen unbehelligt, die nicht an die Arbeit gingen oder rasch wieder aufhörten. Zuerst waren mehr als sonst gekommen aus einer unbestimmten Angst vor unausgesprochenen Folgen. Als diese ausblieben, blieb die Angst auch aus. Das gab dann wieder Verwirrungen und Streit. Der Gouverneur dachte nicht daran, einzugreifen. Er überließ alles sich selbst. Dann befahl er, alle sollten mit ihren Familien an ihren ehemaligen Arbeitsplätzen antreten. Die Erlasse der letzten Regierung seien für ungültig erklärt.

X

Lucienne klopfte in ihrem Hof die Samen aus seltenen Blumen. Das Kind setzte die Körner reihenweise in schwarze, grüne und gelbe Häuflein. Es hüpfte auf seinen Vater zu. Es prallte zurück. Doch Berenger hatte es weder gestoßen noch umarmt. Sein Gesicht war die letzte Zeit immer kalt gewesen. Es war jetzt ein solches Gesicht, dass sich Luciennes Gesicht bei seinem Anblick entleerte. Sie dachte: Solange ich hier bin, war er nie froh. Sie dachte auch: Er war nicht einmal bei meiner Ankunft froh. Ich hatte damals gehofft, er würde strahlen vor Glück. Er war aber nicht glücklich. So schlecht wie heute war ihm noch nie zumute.

Sie hatte manchmal gewagt, ihn zu fragen, trotz Jacquelines Warnung. Ihre Fragen waren auch nutzlos gewesen. Er hatte gelacht. Er hatte den Kopf geschüttelt. Sicher, er hatte sich nur nach einem gesehnt: Daheim aller Fragen enthoben zu sein.

Jacqueline kam hinter ihm her durch den Hof. Sie dachte bei Luciennes Anblick: Die Frau sieht jetzt ihrer Mutter ähnlich. Sie sah sonst aus wie ein goldener Engel. Warum sieht sie plötzlich wie eine alte Mulattin aus? Auch für unser Kind wäre es besser gewesen, wenn es einen Weißen zum Vater bekommen hätte. In Paris hätte die Frau nur zu wählen brauchen. Sie hätte den Grafen Lafayette sofort bekommen.

Sie folgte dem Herrn ins Zimmer. Sie stellte ein kaltes Getränk vor ihn auf den Tisch. Sie erschrak. Der Herr sah ihr ins Gesicht, als sei ihr festes schwarzes Gesicht aus Glas, und was es dahinter zu sehen gab, sei unerträglich. Der Herr sah aus, als hätte er einen Entschluss gefasst, der aller Entschlüsse spotte. Sie hätte nicht einmal sagen können, ob sein Gesicht nach Verzweiflung aussah oder nach einem Triumph.

Auf jeden Fall, es gefiel ihr nicht. Sie blieb ein paar Schritte von ihm entfernt stehen. Sie sah es noch eine Weile an, ohne klüger daraus zu werden.

Er dauerte sie, sie sagte: »Der Herr soll an etwas anderes denken.« Er sah sie an, als merke er erst an ihrer Stimme, dass er nicht mehr allein war. Er antwortete: »An was?« – »An unsere Frau oder an unser Kind. An Freunde oder an Pferde. Der Herr denkt immer an Dinge, die er nicht ändern kann.« – »Man kann sie nicht ändern«, sagte Berenger, »aber man braucht sie nicht mitzumachen.« Jacqueline zuckte die Achseln. »Mein lieber Herr, ach, mein lieber Sohn, da hast du recht. Man braucht sie nicht mitzumachen. Ich weiß, was in deinem Kopf herumgeht. Wir hier auf der Insel sprechen von nichts anderem mehr. Warum kannst du aber wenigstens nicht an etwas anderes denken? Du bist ein sehr guter Mensch. Darum. Du machst dir aber viel zu viel Sorgen um uns Neger. Was auch mit uns geschieht, es hat mit dir überhaupt nichts zu tun. Mit dir nichts, mit deiner Frau nichts, mit deinem Kind nichts. Es kommt überhaupt nicht in dein Haus.« Er hörte ihr angestrengt zu. – Sein Gesicht war sehr traurig. Was sie beinahe für einen Triumph gehalten hätte, war, wie sie auch gleich vermutet hatte, keine Spur von Triumph. Es war dann also Verzweiflung.

Er tat ihr leid, weil er viel zu gut war. Sie erklärte ihm sanft: »Ich kann mir gar nicht vorstellen, was für ein Negergesetz hier im Haus irgendetwas verändern könnte. Ich weiß, dass du zu mir sein wirst, wie du vorher warst. Was soll sich dann also für mich verändern? Und glaubst du, ich könnte anders zu deiner Frau sein? Ich bin von Martinique nach Paris mit ihrer Mutter gekommen, als sie schwanger mit dem Kind war, das jetzt deine Frau ist –. Ich war immer gut zu deiner Frau, denn ich hatte sie immer lieb, so lieb, wie ich jetzt auch deine Tochter habe. War etwas anders, früher, als ich als Sklavin in ihrer Familie diente? Ist etwas anders geworden in den sechs Jahren, in denen wir frei waren? War ich als Freie weniger treu? Wirst du weniger gut zu mir sein, wenn morgen ein Gesetz herauskommt, dass ich wieder deine Sklavin bin? Da lächelst du endlich. Du sagst es ja selbst, man braucht es nicht mitzumachen. Und weil man es gar nicht mitmacht, verändert sich gar nichts. Zwischen dir und mir verändert sich nichts.«

Sie wartete auf eine Antwort, die nicht kam. Berenger horchte auf den Brunnen, als hätte er einmal in alten Zeiten in einem Hof gewohnt, in dem der Brunnen das Meer übertönte.

»Ich bitte dich, Herr, gib diese Gedanken auf. Denn was du auch tust, es nützt nichts. Der neue Herr, den ihr jetzt habt, der alle Gesetze macht und alle Befehle gibt, das ist, wie sie sagen, ein sehr mächtiger Herr. Was kannst du gegen ihn tun, ein Einzelner, hier auf der Insel? Ich war mit euch in Paris, da weiß ich so gut, wie du es weißt, was niemand hier für möglich hält: Kein Mensch in Paris weiß, wo Guadeloupe liegt. Vielleicht ein paar, die etwas damit zu tun haben. Ein paar Soldaten. Ein paar Seeleute. Ein paar Kaufleute. Die meisten wissen nicht einmal genau, wo Martinique liegt, das viel größer ist. Sag selbst, was du hier auch tust, es ist vergessen, sobald es getan ist. Kein Mensch wird je davon hören. Ich habe erst in Paris erfahren, als ich nicht mehr jung war, wie viel Weiße es gibt. Die Neger hier können sich davon überhaupt kein Bild machen. Dabei ist unsere Insel so winzig, dass sie überhaupt nicht für euren mächtigen Herrn in Betracht kommt. Was ist ihm eine Insel mehr oder weniger?«

XI

Jean Rohan, der Schmied, erfuhr durch den gewaltigen Knall, mit dem das Fort in die Luft gesprengt wurde, dass die Sklaverei in Guadeloupe durch Gesetz wieder eingeführt worden war. Er hatte Berenger seit Jahren gekannt. Berenger hatte in der letzten Zeit seine Gepflogenheit wieder aufgenommen, auf der Insel herumzureiten und mit den Menschen zu sprechen. Sie hatten zusammen bei der Manon getrunken. Sie hatten sich ihre Befürchtungen mitgeteilt. Jean Rohan hatte einmal gefragt, was er zu tun gedächte, allein, von der militärischen Macht erdrückt, auf der winzigen Insel, falls es zum Schlimmsten käme. Sogar ohne Rückhalt an den Negern. Berenger hatte erwidert: »Das wirst du merken.«

Er hatte es also gemerkt. Der Knall war auf der ganzen Insel hörbar. Das Echo dröhnte ein paarmal in abgelegenen Bergspalten. Die Luft bebte lange. Dann war es still. – Soweit Jean Rohan darüber Bescheid wusste, gab es jetzt im Meer keine Insel mehr, wo die Sklaverei nicht bestanden hätte. Sie war nur auf den französischen Inseln durch die Revolution abgeschafft worden. Das hatte er oft erklären hören. Wenn sie jetzt doch wieder eingeführt wurde, gab es überhaupt keine solche Insel mehr. Berenger hatte die Nachricht als Kommandant des Forts frühzeitig bekommen. Er hatte sie so verstanden, wie sie Jean Rohan verstand. Er hatte danach gehandelt, und Jean Rohan beschloss, jetzt auch zu handeln.

Er hatte mehr Erfahrungen als ein Feldsklave. Er hatte auf seiner Schmiede, die zu dem Gut Rohan gehört hatte, bis in sein hohes Mannesalter Umgang mit allerlei Menschen und mit metallenen Dingen gehabt. Er war geschickt in seinem Beruf gewesen, auf allerlei Kunststücke aus. Er hatte nicht die Art Verstand, die sein viel jüngerer Vetter Paul besaß, den kühnen und wilden Verstand, der selten, aber dann verzweifelt zurückschreckt, wenn in der begrenzten Welt die Ausführung seiner unbegrenzten Erfindung unmöglich gemacht wird.

Er war nicht daheim, als das Fort explodierte. Er war zunächst in seiner neuen Schmiede geblieben, als viele Nachbarn und Brüder der Aufforderung gefolgt waren, sich an den ehemaligen Arbeitsstätten zu melden. Er war so lange als möglich geblieben, auch als die Patrouillen kamen, um zu kontrollieren, wer der Aufforderung nicht gefolgt war. Er hatte in der vergangenen Nacht endgültig aufbrechen müssen. Er hatte sich bis zu einer entlegenen Schlucht durchgeschlagen, zu einer Siedlung, die dort vor zwei Jahren entstanden war. Es gab dort Neger mit Weibern und Kindern. Die hatten sich niemals eingefügt. Sie lebten dort, wie sie dachten, weiter in Freiheit. Sie lebten von Jagd und von Früchten und manchmal von Tausch und manchmal von Raub. Sie hatten schon drei- oder viermal einen schmalen Streifen anzubauen begonnen, aber, obwohl ihre Saat rascher gewachsen war als ihr Kind im Mutterschoß, war ihnen selbst dieser Ertrag entbehrlich erschienen. Sie hatten auch schnell Streit bekommen.

Als Jean Rohan erschöpft bei ihnen ankam und erzählte, was dieser Knall zu bedeuten hatte, brachen sie in Gelächter aus. »Nun kommst du auch bei uns an, wir haben es gleich richtig gemacht.« Jean Rohan sagte: »Nein.« Was er vorauswusste, geschah: Die Patrouillen waren am nächsten Tag angelangt. Sie taten ihnen nicht viel zuleide. Sie wagten sich kaum in die Nähe. Der neue, scharfe, findige Kommandant, der die Insel planmäßig durchstreifen ließ, würde gleich nach dem Bericht der Patrouille mit einer berittenen Abteilung anrücken. Es war auch klar, dass der Zeitpunkt vernünftig angesetzt war, mit Spielraum vor Anbruch der Regenzeit. Und ferner klar, dass die Soldaten mit Pferden und Hunden die flüchtigen Neger schnell erreichten.

Jean Rohan schloss sich ihnen nicht an, als sie die Hütten sich selbst überließen und in das innerste Innere aufbrachen. Er suchte sich seinen Weg allein. Er wusste, es gab vor der Sklaverei keine Rettung mehr. Er hätte genauso gut vor der Luft selbst flüchten können. Er wusste, solche Männer wie sein Vetter taten sich da und dort zusammen und wehrten sich bis zum letzten Augenblick. Er hoffte wenigstens, dass sie es taten. Er hoffte, dass sich wenigstens da und dort noch Gruppen von seinesgleichen fänden, die Zeit hatten, sich gemeinsam zu wehren. Das könnte zwar auch nicht verhindern, dass sie zugrunde gingen. Es war aber ohne Zweifel die richtige Art, zugrunde zu gehen. Es war ein Aufschub immerhin, aber ein Aufschub solcher Art, dass sie sich sagen konnten, sie waren – einmal frei – nie mehr wieder Sklaven geworden. Sie hatten sich einmal befreit, und sie waren bis zum Tod frei geblieben. Das wollte er auch. Aber er musste es jetzt allein tun. Mit allen zusammen, das würde ein ebenso blutiges Fest sein wie das Fest, das sie mit dem Volkskommissar Hugues gefeiert hatten, und es würde auch ein Fest aus demselben Anlass sein, für die Freiheit, nur, wenn er dazu zu trommeln hätte, er müsste ganz andersartig trommeln. Für einen allein gibt es keine Trommel; für einen allein gibt es kein Fest. Er war aber dagegen gewesen, sich mit den andern zusammen an dem befohlenen Ort zu der befohlenen Zeit einzufinden, weil er den Befehl gehasst hatte.

Er war in den Wald eingedrungen. Die Wurzeln drehten sich wie verknorpelte Hexen aus der Erde bis in die Äste hinauf. Die Äste wuchsen in den Erdboden zurück, und alles war verfilzt und vermoost und von Lianen verwickelt. Er brauchte nicht mehr zu kriechen. Der Wald saugte ihn auf. Er wurde von dem Getier angeschwirrt und manchmal angeglotzt und gekitzelt. Er war so allein, dass er sich nicht mehr allein fühlte. Er gab es auf, sich in dem Gewimmel allein zu fühlen. Er gab es auf, sich in so viel Leben als ein besonderes Leben zu fühlen, das vor etwas Angst hatte. Wenn er in der heißen, pfeifenden Finsternis noch auf Gedanken gekommen wäre, dann hätte er gedacht, dass er lieber auf tausend Arten zugrunde ginge, als von dem zugrunde gerichtet zu werden, vor dem er flüchtete.

Er sollte aber gerade dadurch zugrunde gerichtet werden. Er war noch gar nicht tief eingedrungen. Detachements hatten längst nach ihren genauen Plänen die ehemalige Siedlung erreicht. Sie hetzten jetzt ihre Meute in den Wald, denn allzu weit war das Pack noch gar nicht gekommen. Die auf die Neger abgerichteten schwarzen Hunde waren auf den Antillen berüchtigt. Sie hatten von jeher die Neger aufgespürt, die ihren Herren entflohen waren.

Die Offiziere hatten sich jetzt ganze Rudel dieser berüchtigten Hunde zugelegt. Dass sie schwarz waren wie die Beute, das verschärfte die Jagd. Als Rohan sie anschlagen hörte, fing er an aufwärtszuklettern statt seitwärts. Er hatte schon weiße Struppeln auf seiner schwarzen Brust. Er war aber geschmeidig und schlau. Sein Haar war wie ein Lammfell. Er war auf der Flucht ganz weiß geworden. Es gab aber niemand darauf acht. Es gab auch niemand, der darauf achtgab, ob schwarze Hunde Neger verfolgten, die sich nichts aus der Bebauung von eigener Erde machten, oder einen Neger wie den Koch, der lieber ein angesehener Sklave war als ein Feldarbeiter, oder den Neger Jean Rohan, der alles sofort verstanden hatte. Er wählte sein Versteck so gut und verhielt sich so ruhig, dass die Hunde unter ihm jaulten und nicht gleich spürten, wo er war.

Dass etwas Menschenhaftes hier steckte, das schnupperten sie. Sie fingen auch plötzlich an, so rasend zu jaulen, dass es rundherum knackte von aufgeschrecktem Getier. Die Hunde sprangen, sie prallten ab oder rissen sich und starrten und heulten.

Jean Rohan wusste, dass es zu Ende ging. Es wäre besser gewesen, durch eine Schlange zugrunde zu gehen. Besser durch einen Skorpion. Besser durch einen Jaguar. – Es wäre besser, ein Jaguar als ein Spürhund zu sein. Wäre es besser, ein Sklave zu sein als ein

Hund? Es war für einen Neger nur möglich, als ein Sklave oder gar nicht zu leben.

Die Hunde hatten inzwischen die Patrouille herbeigelockt. Die Patrouille war von Negern begleitet, die ihr den Weg mit Macheten schlugen. Wäre Rohan noch auf Gedanken gekommen, dann hätte er gedacht: Es ist nicht besser, als Sklave zu leben, es ist besser, nicht zu leben.

Die Hunde gerieten noch einmal in rasende Aufregung. Die Patrouille hätte sonst nicht das Dunkle vom Dunklen unterschieden, nicht die zwei weißen Punkte entdeckt, die dazu gehörten. Sie legte die Köpfe zurück und brüllte und pfiff und schrie. Dann legte sie an und schoss. Der Tote überschlug sich zuerst – dann kam er im Gleitflug herunter. Die Patrouille zog auf dem Pfad ab, den die Neger mit der Machete geschlagen hatten, nachdem sie – denn die Jagdzeit war kurz – die gierigen Hunde von ihrer Beute gerissen hatte. In ihrem Rücken stürzte sich eine Völkerwanderung von Insekten auf den Rest von Fleisch; dann kam kleines Getier mit Zähnen und Schnäbeln. Zuletzt kam, die ersten verscheuchend, ein großes, buschiges Raubtier mit seinem Jungen, gelassen und schwer, die Mutter hungrig, das Junge hungrig.

XII

Christophe, der ehemalige Küchensklave, und Ismael, der ehemalige Gärtnersklave, saßen zusammen unter dem Vordach der Hütte. Sie waren daran gewöhnt, miteinander die Abende zu verbringen. So hatten sie es als Sklaven auf dem Gut Noailles gehalten, so in den Jahren der Freiheit. So hielten sie es wieder als Sklaven auf dem Gut Noailles.

Das Gut hatte vor der Revolution nicht mehr den Noailles gehört, wenn es auch gewohnheitsmäßig weiter nach ihnen genannt worden war. Es war durch Erbschaft an einen Grafen Bechamel gefallen. Der war nur selten und zuletzt gar nicht mehr nach Paris gefahren. Er hatte ein Leiden, dem das französische Klima schadete, während die Tropen sein Leben verlängerten. Das erwies sich auch insofern als wahr, als er beim Ausbruch der Revolution bei einem berühmten Arzt auf einer portugiesischen Insel war. Wie sich die Dinge weiterentwickelten, blieb er dort. Da er trotz seiner Krankheit gern lebte, hatte er seine Geliebte, eine Mulattin, und deren Kinder bei sich. Eins davon, ein ausnehmend schönes, fast weißes Mädchen, war zur Erbin seiner Besitzungen in Guadeloupe bestimmt. Seine Frau hatte von ihm getrennt in Paris gelebt, später in London. Dort ging es ihr auch in der Emigration nicht gar zu schlecht.

Ismael und Christophe schwatzten, was aus all diesen Menschen geworden sein mochte, in deren Diensten sie Jahrzehnte gestanden hatten. Die Mulattin war unter den Sklaven als launisch und grausam verschrien gewesen. Ihr Geliebter hatte ihr jeden, selbst den unsinnigsten Wunsch erfüllt. Auch darüber schwatzten und lachten die beiden Alten. Die Frau hatte ziemlich viel von ihrer beider Berufen verstanden, der Gärtnerei und der Küche. Ihre Festmähler waren berühmt gewesen. Sie hatte den Gärtner Ismael angewiesen, einen Kräutergarten zu ziehen, der dem Kräutergarten des Klosters weit überlegen war. Christophe hatte sich dort alles Nötige für seine besonderen Gerichte gesichert. Er hatte für Ismael immer die Reste vorzüglich gelungener Speisen aufbewahrt. Die beiden Alten hatten sich oft eingestanden, dass sie sich nach den alten Zeiten zurücksehnten. Obwohl es aussah, als sollte bald alles wieder so werden, wie es gewesen war, ließ sich die Zeit, die nun mal ins Rollen geraten war, doch nicht mehr zurückstellen. Wie viel die beiden Alten auch schwatzten, es kam nichts Gescheites dabei heraus. Dafür war die Welt zu wirr. Aus solcher Wirrnis kam nur Gerede heraus, kein saftiger Tratsch.

Es war genug in den letzten Wochen geschehen, es fehlte den Ereignissen nicht an Klarheit. Sie waren so nackt und so einfach wie möglich. Man brauchte nicht von ihnen zu reden, sie redeten für sich selbst. Sie waren auch für die beiden Alten nicht zum Tratschen geeignet. Sie waren zum Schweigen. So dass man, hörte man nur diesen beiden zu, sich hätte einbilden können, es wäre nichts Besonderes geschehen. Wenn sie bis ins Kleinste alles durchhechelten, womit sie zu tun hatten, dann stockten sie von Zeit zu

Zeit einen Augenblick, von dem überwältigt, womit sie nichts zu tun haben wollten. Dann knirschten ihre Zähne, dann zitterte ihre welke schwarze Haut, dann drehten sich ihre Augäpfel, als bekämen sie Krämpfe, dann klopften ihre Herzen. Sie fingen schnell wieder ihr Gerede an. Dann stockten sie wieder, es dröhnte wieder mit Hammerschlägen in ihren Rippen:

Das Fort, das Berenger in die Luft gesprengt hatte. Was sonst noch auf dieses Signal in die Luft flog. Ein Militärdepot, ein Kasino. Die Schüsse, die da und dort auf Patrouillen fielen. Manon, die plötzlich einem betrunkenen Offizier, der sie angeherrscht hatte, mit ihrem Fleischmesser an die Kehle ging. Die ganze Familie lief entsetzt auseinander. Man trieb sie mit Hunden zusammen, man verbrannte die Hütte. –

Was hätte man darüber reden sollen? Es war auch am besten, über Paul Rohan zu schweigen. Man hatte ihm gleich nicht getraut, als er, wenn auch mit Frau und Kindern, auf das Gut Rohan zurückkehrte. Auch Beauvais nicht, als er krank zurückblieb. Wahrscheinlich hatte Paul Rohan etwas im Sinn, was man am besten auch in Gedanken vermied.

Die beiden schwatzten so schnell wie möglich von den gewöhnlichsten Dingen. Es gibt ja schließlich genug in Guadeloupe, was sich nicht verändert. Es gibt auf eine besondere Art gewürztes Schweinefleisch. Es gibt grobe Zungen, die das Gewürz nicht herausschmecken. Zwar nicht auf den großen Gastmählern, nach denen man sich zurücksehnt. Es gibt stattdessen ein Kommen und ein Gehen von allerlei Leuten, die der Graf Bechamel früher nicht an seine Tafel gelassen hätte. Sie aßen auch nicht zu einer bestimmten Stunde; man wird nicht richtig aus ihnen klug. Beamte und Offiziere und Angestellte. Sie messen und stochern im Land herum. Es gibt aber auch unter ihnen Feinschmecker. Einer bestellte sich dreimal hintereinander dieselbe Fischsoße. Man kann nicht einmal eine Fischsoße erwähnen, ohne dabei an Manon zu denken. Und weil man von Manon nicht sprechen kann, ist es besser, auch über Fischsoße zu schweigen.

XIII

Cantal, der früher Verwalter auf dem Gut Rohan gewesen war, wagte sich nach Guadeloupe zurück. Er ritt bewaffnet unter militärischem Schutz in die Berge. Er war ein kleiner, unansehnlicher Mann, aber fest und beherrscht. Er ließ die Neger vor sich zusammentreiben. Er sagte aber nur lächelnd: »Nun, meine Kinder, da wären wir wieder zusammen.« Er sagte später ein paarmal: »Ihr habt ja hier eine schöne Bescherung angerichtet.«

Er hatte zunächst nur feststellen wollen, ob man überhaupt noch einen Profit aus den Ländereien herausschlagen konnte, mit wie viel Kredit, mit wie viel staatlicher Unterstützung, mit wie viel Veräußerung.

Sein Herr war nie nach Guadeloupe gekommen. Er hatte Versailles vorgezogen. Er war zufrieden gewesen, wenn sein Verwalter ihm pünktlich genügend Geld geschickt hatte. Cantal hatte ihm immer pünktlich genügend Geld geschickt. So pünktlich und so genügend, dass Herr und Verwalter auf ihre Kosten kamen. Der Herr war in Paris auf der Guillotine geendet. Da er ohne Kopf so wenig wie mit Kopf nach Guadeloupe fuhr, hatte sein Tod die Folgen aller vertrackten Todesfälle. Nachdem das vergossene Blut getrocknet war, kam die Tinte in Fluss. Unsichere Familienmitglieder meldeten sich, als sie erfuhren, die neue Regierung mache es nicht unmöglich, etwas zu erben. Die meisten Aussichten hatte ein außerordentlich schäbiger Edelmann, der die Revolution an den Rouletten von Havanna überstanden hatte. Er war auf den Antillen hängengeblieben, weil ihn schon längst eine unklare Verwandtschaft seiner Frau mit einem dort fundierten Vermögen dazu veranlasst hatte, sein Glück in der westlichen Hemisphäre zu suchen. Der Verwalter hatte ihn einmal durch ein paar kräftige Neger aus dem Tor befördert. Unter dem Wappen der Familie, das einen Mohrenkopf enthielt: als Zeichen, dass ihr Stammbaum bis auf die Kreuzzüge zurückging. Cantal stieß in den Spielsälen wieder auf den ihm bekannten Edelmann. Sie trugen sich beide nichts nach, denn der Verwalter wäre keiner gewesen, wenn er sich nicht auf Nutzen verstanden hätte. Der angeheiratete, außergewöhnlich schäbige Edelmann war jetzt nützlich. Cantal versprach dem Edelmann, aus dem er sich vielleicht einen neuen Herrn ziehen könnte, den fraglichen Anspruch persönlich und schriftlich für ihn zu erledigen und, wenn er ihm wenigstens einen Rest brauchbaren Landes ergatterte, genügend Geld ans Roulett zu schicken. Frau Cantal war jene spöttische Schönheit gewesen, die ihren unbezähmbaren Ehrgeiz, der sich von Toilette und Küche bis auf die Allmacht Gottes erstreckte, auch auf das Schicksal der Sklaven angewandt hatte. Sie war es, die ihren Mann veranlasst hatte, den Feldsklaven Paul Rohan, durch einen Verkauf nach dem Gut Noailles, von seiner Geliebten zu trennen.

Der Verwalter wusste noch nicht, ob er überhaupt die Plantagen, die er besichtigte, wieder anbauen könnte. Es lohnte sich vielleicht gar nicht, die Sklaven roden zu lassen, die auf dem Papier zunächst einmal zu ihm gehörten. Er verstand es zwar, seine Neger anzutreiben. Er besaß aber nicht mehr die unbändige Kraft der ersten Ansiedler, die einst das Land der Wildnis entrungen hatten.

Er wollte sich aber auf jeden Fall so sicher wie möglich zeigen, bevor er sich über die Zukunft klar war. Er ließ ein paar Neger, die durchgebrannt waren, von Hunden stellen. Er ließ ihnen so viel Hiebe aufzählen, wie er es in solchen Fällen gewohnt war. Er drohte ihnen mit einer Brandmarkung als Kennzeichen bei einer zweiten Flucht. Das waren die Strafen aus dem Schwarzengesetz der Könige. Als er feststellte, dass der Schmied Jean Rohan fehlte, ließ er dessen Familie zusammentreiben. Er ließ sogar seinen Schwager verhören, der als freigelassener Gärtner im Klostergut arbeitete. Er ließ ihn in Ketten legen, denn das Gesetz sah vor, dass freigelassene Neger, die einen entlaufenen Sklaven versteckten, ihre Freiheit wieder verloren.

Der Militärgouverneur tat manches, um solche Maßnahmen einzudämmen. Er ließ sogar diesem Neger die Ketten abnehmen, als sich seine Unschuld herausgestellt hatte.

Cantal hatte dabei erfahren, dass der Vetter des Schmiedes, Paul Rohan, ein Hauptaufwiegler gewesen war. Es kam ihm sonderbar vor, dass dieser Mann nicht geflüchtet war. Er hatte sich sogar eingefunden mit seiner Frau, die man nicht mehr von ihm trennen konnte. Cantal erinnerte sich noch ungefähr an den Vorfall, bei dem seine eigene Frau eine Rolle gespielt hatte. Er fand keinen Grund, etwas gegen Paul zu unternehmen. Es war, als hätte sich Paul in das Unvermeidbare gefügt.

In manchen Stunden sah es an manchen Flecken der Insel aus wie in alten Zeiten. Der Rauch stieg von abgesengten Landstreifen hoch. Die Kopftücher schimmerten in breiten Abständen. Die Lieder waren so schwermütig und so eintönig, dass sie länger vorhielten als die Peitschen und Schreie und die schrillen Preisangebote auf den Negerauktionen.

Es war Cantal leid, ein paarmal hinauf- und herunterzureiten. Er ließ sich ein neues Verwalterhaus richten. Er ließ so viel Erde ausstechen und in der Sonne trocknen, als könnte er nicht Lehmziegel genug für das neue Haus haben, in dem er mit seiner Frau, seinen Kindern und Enkeln zu wohnen gedachte.

Der Gouverneur tat sein Bestes, den Einfall dieses Verwalters zu unterstützen. Er stationierte ein starkes Kontingent von Soldaten auf dem Gut.

Cantal wurde von einer Gewehrsalve empfangen. Kein Mensch mehr hätte geahnt, dass irgendwo Waffen versteckt sein könnten. Man hatte auch nur die Spur eines Widerstandes für unmöglich gehalten. Auch diese Spur wurde sofort erstickt. Und als sie bereits erstickt war, drang ihre Nachricht in alle Teile der Insel.

Als Schuldige und Verdächtige grausam bestraft worden waren, begriffen die Neger, dass sie ihr Joch nicht abschütteln konnten. Die Neger in Haiti, die sich noch immer im Urwald verschanzten, erfuhren, die Sklaverei sei in Guadeloupe wiederhergestellt worden. Sie verstanden endlich, was ihnen blühte, wenn sie sich ergaben. Das gelbe Fieber kam ihnen zu Hilfe und siebte die Besatzung.

XIV

Nach einer gewissen Zeit kam ein junger Mensch, der Louis Sampigny hieß, nach Guadeloupe, um dort sein Glück zu versuchen.

256

Er war der Sohn einer wohlhabenden Familie aus Martinique. Die hatte Mühlen und Destillationen besessen, aber oft in Streit mit den Plantagenverwaltern gelegen; denn nur die Aristokraten besaßen Erde. Nun lag es dem jungen Sampigny im Sinn, sich eines Stücks Landes zu versichern, um Zuckerrohr anzubauen. Er fing auch gleich an, alles Nötige zu erwerben: verschiedene Einrichtungen, die er wieder instand setzen ließ, eine neumodische englische Maschine, durch die er Esel oder Pferde ersetzen konnte, allerlei verwahrloste Gerätschaften, Sklaven, Fässer und anderes Material aus Holz und Glas, Hanf, Baumwolle und Leinwand. Er wurde bei der Besichtigung weder mit Jubel noch mit Gewehrsalven empfangen.

Um diese Zeit fand in einem Haus in der Stadt eine Auktion statt. Versteigert wurden: verschiedene von den erwähnten Gegenständen, ein komplettes Service, Möbel, Sattelzeug und zwei Sklavinnen.

Die Sklavinnen waren Suzanne und ihre Mutter. Sie ließen sich stumpf von allen Seiten besehen. Sie ließen sich stumpf von den Käufern wegführen. Die Alte galt bei ihren neuen Herrschaften für geschwätzig und hinterlistig. Suzanne galt für trotzig und faul.

XV

Seit diesen Ereignissen waren viele Jahre vergangen. Der erste Konsul Bonaparte war Kaiser Napoleon geworden. Er hatte halb Europa erobert. Er stand kurz vor dem Marsch nach Russland. Was sich zu Beginn des Jahrhunderts auf einer Insel im Karibischen Meer ereignet hatte, war den Köpfen der Menschen entglitten. Sie wurden von wichtigeren Ereignissen ausgefüllt, von glänzenderen Namen. Höchstens erwähnte einmal ein Leutnant oder ein Hauptmann den Namen der Insel, auf die ihn sein wildes Soldatenleben geworfen hatte.

Der Oberst Boyer verbrachte den Urlaub auf dem Landhaus seiner Schwiegereltern, nicht weit von der Schweizer Grenze. Die ganze Familie drängte sich um den Gast und wurde nicht müde, ihn erzählen zu hören. Denn während der Oberst schon in der Revolutionsarmee unter Bonaparte gekämpft hatte, vor Marengo und unter den Pyramiden, in Mitteleuropa und in verschiedenen Kolonien, war diese Familie in ihrem stillen Haus mit Haushalt und Garten, mit Lederhandel und mit Aufzucht der Kinder beschäftigt gewesen. Jetzt standen alle die Mäuler offen, die Nasenflügel waren gebläht vor Erregung. Die Frauen ließen die Stickereien in ihre Röcke fallen bei ganz unglaublichen Vorkommnissen. Die Kinder vergaßen Gebäck zu kauen, sie verkrümelten es vor Aufregung. Der Schwiegergroßvater nagte an seinem Schnurrbart. Der Schwiegervater trank mehr Schnäpse denn je, denn all die erzählten Gefahren machten ihn durstig. Die Schnäpse waren ordentlich aufgereiht auf dem goldflüssigen Mahagonitisch vor dem Kamin. Boyers Gesicht war rot im Kaminschein, als säße er wieder am Biwakfeuer. Sein jüngster, spätgeborener, erst zwölfjähriger Bruder starrte ihn unverwandt an. Alphonse war ein blonder, dünnhäutiger Junge, der Mutter nachgeschlagen, die bei seiner Geburt gestorben war. Und dieses Unglück schien den schmalen, aber gelenken Knaben, der immer noch über das eben Gehörte grübelte, während die ganze Familie über das nächste Erlebnis staunte, mit einem Anflug von Schwermut beschattet zu haben.

Der Oberst Boyer geriet immer mehr ins Erzählen. Er fühlte sich glücklich, weil er so viel erlebt hatte und jetzt auf Urlaub daheim war und nicht für immer. Es war ein Abend, an dem es schien, er hätte so viel Gefahren bestanden, nur um den Seinen davon zu erzählen. Er hatte nicht nur im Mittelmeer und in Ägypten Abenteuer erlebt, sondern auch im Karibischen Meer. Er erzählte, wie sie auf einer Insel, die Guadeloupe hieß, die Sklaverei wieder hatten einführen müssen. Die Insel sei in den paar Jahren verludert, in denen die Neger nicht mehr gezwungen wurden, Zucker und Kaffee zu ziehen.

Es war kein Zufall, dass ihm sein kurzer, aber erregender Aufenthalt in Guadeloupe gerade hier und gerade jetzt einfiel. Ein Kamerad hatte ihm morgens erzählt, der damals berühmte Toussaint sei in den benachbarten Bergen in einer Festung verreckt. »Was du nicht sagst! Hat der noch gelebt?« – »Jawohl. In der Nachbarschaft war er eingesperrt. Die Neger hatten noch nicht einmal beigegeben, als wir ihn schon deportiert hatten. Die spielen sogar noch jetzt weiter Krieg.«

»Die Insel Guadeloupe«, erzählte der Oberst, »war so stark besetzt, dass sich kein Neger mehr gerührt hat. Nur ein Mulatte, der zufällig dort Kommandant war, hat sein Fort in die Luft gehen heißen. Warum? Das habe ich mich damals auch gefragt. Man weiß nie, was in einem Mulatten vorgeht. Er kann einen noch so hohen Rang haben. Er kann noch so weiß aussehen. Ich glaube, der Mensch war inwendig schwärzer, als man ihm ansah, sonst wäre er nicht auf solch einen Wahnsinn verfallen, nur weil den Negern etwas missfiel. Es kam sonst zu keinem besonderen Zwischenfall. Nur einmal, als ein Verwalter auf seine alte Plantage ziehen wollte. Das Haus war gerade fertig eingerichtet. Wir hatten ihm zu seinem Schutz eine Abteilung Soldaten mitgegeben. Wie sie anrückten, wurden sie aus dem Haus mit Gewehren empfangen. Ich bin dann sofort mit einer Verstärkung heraufgeritten. Die Neger waren noch einmal ganz außer Rand und Band. Sie hatten schon unterwegs aus verschiedenen Löchern auf uns geknallt. Die Bande war sicher von ihrem geheimen Häuptling angestachelt worden. Wir haben ihn dann selbst erwischt. Zerschossen, aber noch lebend. Wir haben ihn öffentlich absterben lassen, einen Ring um den Hals. Da hat er gehangen wie ein verendender Vogel. Das Beispiel war nötig, um ein für allemal Schluss zu machen. Da sieht man, was dabei herauskommt, wenn man solche Gedanken wie Freiheit und Gleichheit in solche Köpfe pflanzt. Die Negerinnen waren womöglich noch schlimmer. Es gab eine kleine schwarze Teufelin in derselben Bande. Die haben wir erst –« Boyer warf einen Blick auf seine Frau. Er brach ab, seine Augen lachten, sein Schwiegergroßvater kaute an seinem Schnurrbart.

Was er eigentlich hätte erzählen wollen. Das Sonderbarste an dieser Geschichte. Sie hätten damals die toten Neger auf einen Haufen geworfen. Da hätte plötzlich jemand geschrien, der ist ja weiß! Man soll sich nur ihr Erstaunen vorstellen. Ein einzelner weißer Mann in der ganzen schwarzen Masse. Soll man ihn herausziehen? Ihn gesondert begraben? Ach, Unsinn, hatte sein

Freund gesagt, soll er die Auferstehung mit ihnen feiern. – Er hätte selbst den Rapport nicht mehr miterlebt. Was noch war nur an jenem Tag geschehen? Abkommandiert? Wohin?

Die Schwiegergroßmutter klapperte mit den Nadeln. Sie ließ ihr Strickzeug nie in den Schoß sinken, weil sie nie derart erregt war. Ihr Nadelgeklapper brachte den Gast zu immer neuen Einfällen. Er fing auch gleich an, etwas von Toulon zu erzählen.

An Beauvais hätte sich nie mehr ein Mensch erinnert, wenn unter den Zuhörern nicht dieser Knabe gesessen hätte. Was er eben gehört hatte, regte ihn auf bis ins tiefe Herz. Ein Kommandant, der sein eigenes Fort in die Luft sprengt. Warum? Der Oberst hatte es selbst nicht gewusst. Er sprengt es ohne Befehl in die Luft, und selbst der Oberst weiß nicht warum. Es platzt und es dröhnt und es hört nicht zu dröhnen auf, bis man den Grund versteht. Was aber den größten Eindruck auf den Knaben machte, das waren die letzten paar Sätze: der weiße Mann in dem Haufen von toten Negern. Der Knabe hörte nicht weiter zu. Er grübelte. Die Ahnung von einer ihm unbekannten Welt machte ihn frösteln. Das war eine Welt, die von seiner eigenen vertrauten wie durch einen Vorhang getrennt war. Es gab also noch eine andere Welt. Dort wurde nach anderen Gesetzen gehandelt. Der fremde Mann hatte sein Leben für etwas geopfert, was nichts mit dem Ruhm zu tun hatte, von dem man hier las und sprach. Der Ruhm, der rundherum die jungen Leute berauschte. Der Ruhm aus Triumphbögen und aus Orden, der Ruhm aus Trommelwirbel und über den grabgesenkten Fahnen. Der Ruhm des fremden Mannes bestand nur aus einem Frösteln, das über den Rücken eines Knaben rieselte.

Der gerechte Richter
(Fragment)

Nach dem Krieg lebte Jan eine Zeitlang allein mit seiner Mutter. Der Vater war früh gestorben. Der älteste Bruder kehrte aus der deutschen Gefangenschaft nicht zurück, er war im Lager verhungert. Der mittlere war im Widerstandskampf in den Bergen gefallen. Olga, die einzige Schwester, war mit ihrem Mann, dem Arzt, der Tropenkrankheiten studierte, in ferne Länder gefahren, nach China, nach Burma, nach Indien.

Zuerst schrieb sie oft, dann immer seltener. Sie schickte ein Bild ihres Kindes, das inzwischen geboren war. Die Mutter bräuchte sich nicht zu sorgen, sie lebten in Bombay in einer kühlen geräumigen Wohnung, mit Diener, mit Kinderfrau. –

Zu zweit – die alte Frau und der Sohn – hätte es trüb sein können. Doch Jan bekam andauernd Besuch von Kollegen und Freunden. Nie stockten Gespräche, scharfe und lustige Streitigkeiten; die Mutter horchte, sie lachte mit, sie bewirtete alle.

Die Stadt war nicht groß; ihre Hochschule war bekannt seit Jahrhunderten. Jan hatte hier vor dem Krieg Jura studiert. Dann war er Soldat geworden, sein Studium hatte er lange unterbrochen. Jetzt stürzte er sich aufs Lernen, Rechtswissenschaft erschien ihm ein großes Ziel: durch seinen Beruf Recht und Gerechtigkeit durchzusetzen, nach einer Zeit voll Gewalt und Gemeinheit.

Er hatte zwei Freunde, die ihm besonders nahestanden. Sie ersetzten ihm fast die Brüder. Beide waren älter als er, auch ihr Studium hatte der Krieg unterbrochen. Für Andreas hatte sein Beruf die gleiche Bedeutung wie für Jan, doch hatte er sich ein andres Gebiet erwählt: Arbeitsrecht. Er sang gern Lieder in vielen Sprachen, manchmal bis in die Nacht hinein. Darin lag ein Gegensatz zu seinem wortkargen Wesen. Stefan war Volkswirtschaftler; er war schon im Spanischen Bürgerkrieg Offizier gewesen. Aufs Singen verstand er sich nicht. Oft bat er Andreas, ihm dieses und jenes spanische Lied vorzusingen. Aufs Erzählen verstand er sich wie kein anderer. Stundenlang hörte Jan ihm zu, daheim und auf langen Wegen.

Die drei Freunde wurden sehr schnell getrennt. Stefan siedelte in die Hauptstadt über, er bekam dort eine gute Stelle in einem Verlag. Andreas bekam zuerst ein Amt in der Nachbarschaft. Jans Mutter hörte ihn noch drei-, viermal unter dem Fenster singen, und sie strahlte auf und deckte den Tisch. Als auch Andreas in die Hauptstadt gezogen war, versuchte Jan allein zu singen, mit seiner zwar sicheren, doch ziemlich unschönen Stimme. Stefans Erlebnisse erzählte er neuen Bekannten, wenn ihm der Sinn danach stand. – Doch kam es ihm vor, er könne mit diesen nicht so unumwunden, so offen sprechen wie mit Andreas und Stefan.

Er brachte bald die Frau, die er liebte, nach Hause. Sie hieß Marie. Sie wollte Lehrerin werden. Ihr Vater, ein Eisenbahner, war in derselben Widerstandsgruppe umgekommen wie Jans mittlerer Bruder.

Die neue kleine Familie wuchs rasch zusammen. Ein Schimmer Erinnerung an die Zeit, die sie hinter sich hatten, lag ständig auf ihrem Tun und Denken, nicht scharf, nicht wühlend, vielmehr ein gleiches Gefühl, ein gleiches Urteil bei allerlei Anlässen, das unnütze Worte sparte.

Stets hingen viele Menschen an Jan, weil er freimütig war und hilfsbereit und Rat erteilte nach Recht und Gesetz. Seine Mutter war still, gastlich. Nie verriet sie, ob sie sich grämte um Olga, die in der Fremde fast ganz verstummt war. Sie pflegte bald froh das Kind, das Marie geboren hatte.

Jan war jetzt Untersuchungsrichter. Er galt als erfahren und zuverlässig über seine Jahre hinaus. Jeder seiner Berichte erfasste den Hauptpunkt, vermied gewohnheitsmäßige unnütze Sätze. So jung er noch war, es hieß, wenn sein Name in einem Prozess vorkam: »Der kennt sich aus, dem macht man kein X für ein U vor. Der ist gerecht.«

Eines Abends kam er froh erregt nach Hause: Er sollte in die Hauptstadt versetzt werden; auf seinem neuen Posten würde er sicher der Jüngste sein. Da Marie ihr zweites Kind erwartete und zudem vor der letzten Prüfung stand, beschloss man, den gemeinsamen Umzug hinauszuschieben. Jan war die Woche über allein in der Hauptstadt, auf Sonntag fuhr er heim.

Er war so rasch eingearbeitet, wie man es von ihm erwartet hatte. Bei seiner Ankunft hatte er weder Andreas noch Stefan angetroffen; der eine war auf Urlaub, der andere auf einer Dienstreise. Was ihnen vor kurzem eine Freundschaft gewesen war, so stark, dass man nicht leben konnte, ohne sich immerfort zu treffen, war jetzt eine Freundschaft, die es vertrug, gerade weil sie so stark war, dass man sich selten sah. Und Jan war Tag und Nacht bei der Arbeit, die Fahrten aufs Wochenend nahmen ihm Zeit weg.

An einem späten Nachmittag kam Stefan, der Volkswirtschaftler, der jetzt Redakteur einer Fachzeitschrift war, selbst in Jans Büro, schalt den Freund für seine Zurückgezogenheit und nahm ihn mit nach Hause zum Abendessen. Dabei stellte sich zu Jans Erstaunen heraus, dass Stefan eine lustige kleine Studentin geheiratet hatte, die daheim in der Jugend, besonders beim Sport, eine Rolle gespielt hatte. Sie war jetzt eine überaus eifrige Hausfrau. Ein Kind erwartend, kam sie Jan trotz ihrer Stupsnase und ihrer kleinen Haarkringel völlig verändert vor. Auch Stefan kam ihm verändert vor. Sie lachten zwar viel über alte Begebenheiten; alt war, was sich zugetragen hatte in ihrer Studienzeit. Aus dem Spanischen Krieg brauchte Stefan nichts zu erzählen, seine Frau und sein Freund waren längst im Bild. Andreas, erwähnte er, sei bald nach dem Urlaub wieder weg, auf eine lange Dienstreise, von einer Stadt zur anderen.

Im Ablauf des Jahres traf Jan keinen der beiden Freunde mehr. Der alte Professor Kalam lud ihn oft ein. Der hatte vor zwei Jahren bei einem umstrittenen Rechtsfall das Gutachten des jungen Richters in die Hand bekommen, denn der Angeklagte war in Verbindung mit einem Werk, das in Jans Amtsbereich lag. Der klare Standpunkt, die Schlussfolgerungen, die Gründlichkeit der Untersuchung gefielen Kalam. Er dachte: Das sind die Richter, die wir jetzt brauchen. Er hatte dann mehrmals Jans Berichte angefordert, er hatte auf die Versetzung gedrungen. Jetzt ließ er sich gern, im Laufe einer wichtigen Untersuchung, aus Jans Mund den

Eindruck beschreiben, den die betreffenden Menschen auf Jan gemacht hatten.

Kalam war alt. Seine Augen waren manchmal warm und gütig, manchmal glänzten sie wie Eis. Wenn ihn ihr Blick traf, erriet Jan Kalams Gedanken, ehe er dessen Meinung gehört hatte.

Marie hatte eine schwere Geburt. Das zweite Kind, ein Mädchen, war etwas kränklich. Der Umzug wurde abermals verschoben. Darum glaubten Mutter und Frau, an Jans Übermüdung und Schweigsamkeit seien die vielen Fahrten schuld, die er oft nachts unternehmen musste, um pünktlich im Amt zu sein. Kam er daheim an, küsste er schnell die Frauen, schwang den Jungen hoch in die Luft, bückte sich über das Bett des Mädchens. Dabei entstand in seinem Gesicht, das man immer nur froh und ruhig gekannt hatte, ein Ausdruck von Mitleid und Hilflosigkeit. Es war, als hätte er etwas in der Welt entdeckt, das man weder mit klarem Verstand noch mit ärztlicher Kunst verändern kann. Marie sagte unruhig: »Es geht ihm viel besser. Der Arzt ist zufrieden.«

Jan sagte: »Ja? Wirklich?«

Er schloss sich oft in sein Zimmer ein. Er sprach daheim nie über seinen Beruf. Marie stellte ihm keine Fragen, da er Fragen nicht liebte. Er sagte nur einmal, als sie ihm klopfte, es sei an der Zeit abzufahren: »Ach ja. Hier war es leichter.«

Sie sah ihn aufmerksam an, und sie sagte: »Man hat dir ein großes Vertrauen geschenkt.« Worauf er sagte: »Das ist es eben.«

Was ihn beunruhigte, hieß am Gerichtshof »Der Fall Viktor Gasko«. So wurde seit dem Spanischen Bürgerkrieg ein Mann genannt, der bald vierzig Jahre alt war, mit starken dunklen Brauen und dunklem Haar, von aufrechter, stolzer Haltung. Man konnte glauben, die spanischen Menschen hätten gewirkt auf sein Aussehen. Plötzlich war er verhaftet worden, zur Bestürzung der Freunde, die etwas davon erfahren hatten. Denn bekannt war der Vorfall noch nicht, aus verschiedenen Gründen. Die meisten glaubten an einen sinnlosen Irrtum, der sich schnell klären müsse. Manche glaubten an die Verleumdung einer böswilligen, neidischen Person. Vielleicht war dieser und jener auch bange, er könne als Gaskos Freund in die undurchsichtige Sache hineingezogen werden.

Gasko hatte kürzere Zeit in Jans Vaterstadt als Assistent in einem großen biologischen Institut gearbeitet, »um mich wieder einzuarbeiten«, wie er sagte. Denn er war nach dem Spanischen Krieg in Frankreich interniert worden und bei der Besetzung Frankreichs in ein deutsches Lager geraten, und Ende des zweiten Weltkrieges war er, ein Knochengerüst, so dünn wie sein Schatten, nach hundertmal überstandenem Tod, in die Heimat zurückgekehrt. Stefan hatte ihn manchmal zu Jan heraufgebracht. Mit ihren Vorräten, mit ihrem warmen Herzen hatte ihn Jans Mutter gestärkt. Andreas gefiel ihm sofort, weil er selbst gern sang. Ihr Zusammensein in Jans Wohnung war stets gut und froh.

Jetzt hieß es, Gasko hätte seit Jahr und Tag Berichte ins Ausland geliefert. Jan studierte die Anklageakte. Am Montag der nächsten Woche sollte ihm Gasko vorgeführt werden. Jan suchte Sonntag auf Montag den Professor Kalam auf. Der arbeitete die halbe Nacht. Als er selbst öffnete, Mitternacht war schon vorbei, wurde der Eisglanz seiner Augen gütig und freudig bei Jans Anblick. Er sagte sofort: »Du kommst wegen dem Gasko!«

»Ja«, sagte Jan, »die Unterlagen reichen nicht aus. Sie kommen mir bis jetzt vor wie willkürliche Verdächtigungen. Ich kenne den Mann, ich weiß nicht, ob Sie das wissen? Ich bin noch nicht überzeugt von seiner Schuld.«

»Ich weiß, dass du ihn kennst«, erwiderte Kalam. Und seine Augen waren auf einmal eishell. »Gerade deshalb bist du geeignet, den Fall Gasko durchzuführen. Du wirst ja nicht das erste Mal mit ihm sprechen. Wenn du's ihm zugetraut hättest, gleich bei eurer Bekanntschaft, dann hätte er nie ausführen können, was er ausgeführt hat. Jetzt weißt du's. Darum bist du gewappnet. Was man dem Gasko vorwirft, kommt von einer Seite, die über jeden Zweifel erhaben ist. An der Beschuldigung, darüber musst du dir klar sein, von vornherein, ist gar kein Zweifel möglich. Darauf stell dich ein, wenn du mit dem Mann sprichst. Ein paar Dokumente will ich dir erst morgen Abend zeigen. Geh du jetzt heim. In deinem Alter muss man ordentlich schlafen. Und morgen früh sieh dir den Gasko an. Du wirst ihm, was er dir auch vorspielt, gewachsen sein.«

Jan ging in sein Zimmer. Er schlief nicht. Auf die Minute saß er im Amt. Er schalt sich, weil sein Herz schlug, als ob er eine andere Art von Angeklagten erwarte, als die, die ihm in seinem Beruf seit Jahren vorgeführt wurde.

Viktor Gasko sah genauso aus, wie Jan ihn gekannt hatte. Vielleicht war er in den letzten Wochen abermals abgemagert. Er drehte sofort sein langes indianerhaftes Gesicht mit dunklen Augen Jan zu. Es schien, dass er ihn nicht wiedererkannte. Er rief: »Wenn ihr mich totmachen wollt, gerade mich, ich weiß zwar nicht warum, dann erschießt mich oder hängt mich auf oder lasst mich irgendwo verrecken, ohne Papier und Tinte zu vergeuden. Ihr werdet mich nie zwingen, etwas auszusagen, was nicht stimmt. Ihr könnt mich verhören, solange ihr wollt. Es gibt keinen Grund für mich, hört ihr, keinen wie gearteten Grund, dass ich etwas aussage, was nicht stimmt. Ihr könnt tun mit mir, was ihr wollt.«

Jan sagte: »Beruhigen Sie sich, Sie sollen hier nichts aussagen, was nicht stimmt. Ich will heute nur von Ihnen wissen, warum Sie während der Konferenz in Uppsala mit dem Professor Schapiro zweimal nach Göteborg fuhren. Warum sahen Sie ihn dann noch einmal im Oktober 1949 und dann im Mai 50 in Stockholm wieder?«

»Ach so«, sagte Gasko, »das hat jemand nicht in den Kram gepasst. Man hätte mich gleich danach fragen sollen. Dann hätte ich gleich gesagt, was ich Ihnen jetzt sage: Mich hat mein Professor Berg, Sie kennen ihn dem Namen nach, dringend darum gebeten. Er hat mich gebeten, den Schapiro für eine Mitarbeit zu gewinnen. Es sei wohl möglich, dachte Berg, er käme für unsere Zeitschrift in Betracht, ja auch für eine Vortragsserie. Er hielt gerade mich für geeignet, darüber mit dem Schapiro zu sprechen, denn wir waren zusammen in Spanien.«

»Und bei den Zusammentreffen«, sagte Jan, »haben Sie diesen Schapiro über verschiedene Versuche unterrichtet, die bei uns gemacht werden?«

Gasko erwiderte grob: »Lasst mich damit in Ruhe! Ich habe ihm keine Geheimnisse anvertraut. Wir haben von Untersuchungen gesprochen, die unser Institut macht und seins. Sie können sich höchstens mit einem Engel über die reine Ewigkeit unterhalten. Für irdische Gespräche brauchen Sie einen Gesprächsstoff. Ich hab ihm gesagt, was mir mein Professor auftrug.«

Am Nachmittag ging Jan zu Kalam. Der begann seine Arbeit etwa um fünf Uhr. Er wurde mürrisch, wenn man ihn früher störte. Er hörte sich Jans Bericht an. Er sagte schließlich: »Was Ihnen da Gasko erzählt, hat nur einen Fehler: Dieser Professor Berg, auf den er sich beruft, ist tot. Er ist letztes Jahr verunglückt. Und falls er sich morgen auf Fischer beruft, der Bergs Assistent war, der ist ins Ausland geflohen.«

Er schwieg, und auch Jan dachte nach. Kalam nahm das Gespräch wieder auf: »Gasko und Berg haben also darauf bestanden, einen Professor Schapiro, der jetzt in Kanada liest, in Montreal, zu uns zu Gast zu laden. Hier ist ein Brief, den Gasko an Schapiro geschrieben hat, die beiden waren mal in den Internationalen Brigaden, das hat er Ihnen schon erklärt. Und auch, dass er Schapiro schrieb im Auftrag von Berg. ›Mir geht es nicht gut und nicht schlecht. Du hast inzwischen geheiratet. Äußerst praktisch. Ich glaube, ihr beide könntet uns hier bald besuchen.‹«

Kalam gab Jan verschiedene Schriftstücke, Briefe und Zeitungsausschnitte. Er sagte: »Lies sie aufmerksam durch.«

Jan las in der Nacht, er grübelte. Aus den Papieren ergab sich, dass Schapiro mit seiner Frau auf Gaskos Drängen wirklich gekommen war. Er hatte danach wahrhaft giftige Reiseberichte verfasst. Mit Einzelheiten, Personen und Versuche betreffend, die er vielleicht allein nicht hätte feststellen können. Es war aber möglich, dass eine kalte, von vornherein auf Mängel erpichte Beobachtung zu demselben Ergebnis gekommen wäre. – Jan fand in den Unterlagen keinen wirklichen Schuldbeweis.

Bei der nächsten Vernehmung rief Gasko: »Ich möchte wissen, wer mir an den Kragen will und warum!«

Darauf erwiderte Jan: »Ich weiß nicht, wer Ihnen an den Kragen will und warum, wenn Sie unschuldig sind. Das letzte Mal haben Sie mir erklärt, dass Sie während der Konferenz in Uppsala mit Schapiro nach Göteborg fuhren und ihn später in Stockholm trafen. –«

Gasko unterbrach ihn: »Ja, ja, zum Teufel. Und es hat doch nichts genützt. Er kam zwar auf Besuch, doch dieser Besuch verlief nicht gut. Ist euch so was noch nie passiert?«

Jan dachte, obwohl er sich vorgenommen hatte, Gaskos Ausbrüche ruhig anzuhören, was heißt das, euch? Wir sind immer wir, und ich bin stolz dazuzugehören; er sagte rasch: »Nur, Ihre Mitteilung, Gasko, hat einen Haken. Der Professor Berg, auf den Sie sich ständig berufen, ist seit mehreren Monaten tot.«

Gasko wurde weiß im Gesicht. Er starrte Jan an. Der dachte: Er ist überrascht. Das ist keine Verstellung. Er sagte: »Ein Autounglück. Haben Sie nichts davon erfahren?«

»Nein«, sagte Gasko tonlos, »er war verreist, als ich verhaftet wurde, und als ich versuchte, ihn zu erreichen, kam keine Antwort. Ich glaubte, mein Brief sei nicht befördert worden oder man enthalte mir die Antwort vor. Warum hat man mir nichts gesagt?«

»Noch jemand muss außer Berg gewusst haben«, sagte Jan, ohne die Frage zu beachten, »dass Sie sich mit Schapiro in Verbindung setzen sollten.«

Gasko war betäubt von der Todesnachricht, und Jan fuhr fort: »Irgendjemand war sicher im Bild bei der Vorbereitung der Reise, denken Sie nach!«

Jetzt gab Gasko, wie es Kalam vorausgesagt hatte, zur Antwort: »Ja, Fischer, Bergs Assistent. Der war oft in Bergs Zimmer, auch bei dieser Besprechung.«

»Nur leider«, sagte Jan, »ist dieser Fischer abgehauen. Er sitzt jetzt in Wien.«

»Was, Fischer?«, fragte Gasko bestürzt. Dann brach es aus ihm heraus: »Das muss nach meiner Verhaftung geschehen sein. Wenn ich mit ihm gesprochen hätte, dann wär er nie und nimmer weg. Sein Lehrer, sein bester Freund, war umgekommen, und ich, ich war plötzlich grundlos verhaftet. Es ist nicht jedermanns Sache, sich grundlos verhaften zu lassen. Da hat er die Gelegenheit benutzt, sein Visum war noch gültig. Er ist fort. Durch euch, durch eure Schuld!«

»Beherrschen Sie sich!«, rief Jan.

Als dieses Verhör beendet war, raffte sich Gasko noch einmal auf.

Er stieß heraus: »Unsre Idee ist die beste, die Menschen sich jemals ausgedacht haben. Was macht ihr aus dieser Idee, ihr? Sie waren auch noch ein anderer vor drei Jahren! Bei Ihnen ist es doch nicht die Angst. Hat denn das bisschen Macht Sie so schnell verdorben? Hat man Ihnen befohlen, mich schuldig zu finden? Was hat man aus Ihnen gemacht, in drei Jahren! Wollen Sie Ihren Posten nicht verlieren?« Er war abgeführt worden.

Jan hatte die Absicht, aufs Wochenende heimzufahren, obwohl es ihm nicht leichter geworden wäre, unter dem Blick der Frau. Doch Kalam ließ ihn in seine Wohnung kommen, befahl es ihm mehr, als dass er ihn einlud. Er sagte, seine Stimme war nüchtern, sein Blick war weder warm noch kalt: »Wir haben Ihnen den Fall Viktor Gasko anvertraut, weil wir sicher zu sein glaubten, der Fall könne von keinem so klar und einwandfrei geführt werden wie von Ihnen. Wir waren der Meinung, gerade der Umstand, dass Ihnen Viktor Gasko bekannt war, würde es Ihnen erleichtern, den Mann zu durchschauen, sozusagen gefeit zu sein gegen seine Mätzchen, diese Ausbrüche, diese zornigen Unschuldsbeteuerungen, die er gern vom Stapel lässt. Wir waren der Meinung, als wir Ihnen die Angelegenheit übergaben, die Voruntersuchung sei bis zum heutigen Tag längst abgeschlossen, der Gerichtshof zusammengerufen, die Anklage erhoben, das Urteil erfolgt. Ich habe aber den Eindruck aus Ihren Worten und auch aus Ihren schriftlichen Anmerkungen zu den Protokollen, die Ihnen vorgelegt wurden, dass für Sie die Schuld dieses Gasko noch immer nicht einwandfrei feststeht.« –

Keine Spur Güte war mehr in Kalams Gesicht. Jan tat es weh, ihm in die gelblich-eisigen Augen zu sehen, er senkte die Lider und dachte nach: Ja, er hat recht, ich war nie überzeugt von Gaskos Schuld.

Kalam fuhr fort: »Ich hätte ja nie gedacht, dass gerade bei Ihnen etwas wirkt, was jedes gerechte Urteil ausschließt: Die vorgefasste Meinung.« –

Jan machte eine Bewegung. Er fand nicht gleich die Worte, um Kalam zu entgegnen. Bisher war Kalam sein Lehrer gewesen, fast sein Freund.

»Hier sind die Papiere, die man bei dem verunglückten Berg gefunden hat.«

Kalam nahm etwas aus seiner Schreibtischschublade, und er drehte sich zugleich halb um, und er wechselte ein paar Worte, die Jan aber nicht verstand, mit einem Dritten, der schräg hinter ihm saß, mit dem Rücken gegen die Bücherregale, und dem Gespräch gefolgt war. Es war freilich mehr eine lange Äußerung Kalams gewesen als Rede und Gegenrede. Das Zimmer war dunkel trotz des sommerlich langen Nachmittags, bis auf den engen Lichtkreis der Lampe. Die Vorhänge waren stets heruntergelassen, sobald die Lampe schien, und sie schien, wenn Kalam seine Arbeit begann.

Jetzt stellte Kalam Jan dem Fremden vor, dessen Namen zu nennen vergaß er oder vermied er. Und Jan, ein wenig erstaunt über die Anwesenheit einer dritten Person, stellte fest, soweit etwas außerhalb des Lichtscheins erkennbar war, dass dieser Fremde trotz der Jahreszeit einen Mantel trug; er war vielleicht kränklich oder erschöpft – dann fröstelt man, dachte Jan flüchtig unter dem Anstrom verschiedener weit stärkerer Gedanken. Das blasse Gesicht mit dem Brillengeschimmer, das erst zum Vorschein kam, als es sich etwas zu Kalam beugte, hatte nichts Einprägsames an sich.

Jan, auf seinem Platz hinter dem großen Schreibtisch, an dem er, sich mit Kalam beredend, gewöhnlich saß, begann die Papiere durchzusehen. Sie enthielten mehrmals den Namen Schapiro, auch verschiedene Notizen, wer mit ihm sprechen und was man ihm zeigen sollte, vielleicht für den Fall, dass Berg zufällig bei dem Besuch nicht im Land sei.

Kalam belauerte Jans Gesicht, als sei die Veränderung, die beim Lesen darin entstehen könnte, eine Beute, die er sich sichern müsse. Er sagte: »Das darf nicht aus dem Zimmer heraus. Das Angedenken Bergs darf nicht geschmälert werden. Der Mann galt in seinem Fach als einer der Besten und soll es auch weiter gelten.« Er streckte schon die Hand aus nach den Notizen, aber Jan hielt sie fest und sagte: »Die sind einem Notizblock entnommen, den der Tote bei sich getragen hat?«

»Ja«, sagte Kalam, »im Auto.«

»Er hat die Verhaftung nicht miterlebt?«

»Nein. Und?«, fragte Kalam mit einer leichten Ungeduld.

Jan dachte nach. Den Fremden vergaß er dabei, er vergaß sogar Kalam. Dann sagte er: »Gasko ist so rasch nach dem Unfall verhaftet worden, dass er davon nichts mehr erfuhr.«

»Wieso kommen Sie darauf?«

»Der Angeklagte hat erst bei dem Verhör von dem Unglück erfahren.«

»Statt sich darüber den Kopf zu zerbrechen, lesen Sie mal«, sagte Kalam, »was ein Gast des Instituts, ein Dr. Lapski, über seine Gespräche mit Gasko gemeldet hat. Denn in Lapskis Person hat Gasko sich offenbar schwer getäuscht.«

Lapski hatte – bei seinem eigenen Verhör – den Hauptteil dieser Gespräche in klaren Worten wiedergegeben: Viele spöttische, ja verächtliche, zweifellos schädliche Äußerungen, die Gasko gemacht hatte.

»Nun, gehen Sie jetzt heim, Jan. Stecken Sie dieses Papier ruhig ein. Denken Sie nach«, sagte Kalam, nicht so warm wie früher, doch etwas weniger hart als kurz zuvor. – Über dem echten Protokoll war eine Spur des erwarteten Zweifels in Jans Gesicht entstanden.

In diesen Minuten hatte der fremde Gast Jan unausgesetzt beobachtet. Jan hatte ihn nicht mehr beachtet. Er war verzehrt von der Frage: Ist es doch möglich, dass Gasko schuldig sein kann? Es kann sein, falls er wirklich die Äußerungen tat, die dieser Lapski bezeugt. – Er stand ganz in Gedanken auf. Er war schon in der Tür, als er sich noch einmal umwandt, um den Fremden zu grüßen. Der hatte bereits seinen Stuhl gerückt, sein Gesicht war recht lebhaft geworden, sein Mund sah im Lampenlicht röter, geschwollener aus. –

Jan ging in das Zimmer, das er sich hier in der Stadt gemietet hatte. Als er das Protokoll noch einmal Satz für Satz studierte, gab er fast Kalam recht: Er ist schuldig, wenn er das wirklich sagte. Ich aber, ich hab von der ersten Minute an an seiner Schuld gezweifelt. Doch hab ich auch nur den geringsten Grund, an Kalams Urteil zu zweifeln? An diesem alten, treuen, ergebenen Mann? Der zehn Jahre und länger in faschistischen Kerkern gesessen hat? – Warum bin ich meinen Zweifel niemals ganz losgeworden, obwohl Kalam mir sagte, Gaskos Schuld steht unwiderlegbar fest? Und hier dieses Protokoll! Die Aussage dieses Lapski, schwarz auf weiß. –

Weil er das Alleinsein plötzlich nicht mehr ertragen konnte, beschloss er, zu seinem Studienfreund Stefan zu fahren. Als Jan vor einigen Wochen Andreas aufsuchen wollte, war ihm der Bescheid geworden: Der wohnt nicht mehr hier. Stefan wusste sicher, wo Andreas zu finden war.

Er stand abends vor Stefans Wohnung. Es roch gut nach Braten. Dabei fiel es Jan ein, dass er Hunger hatte und seit seinem Morgenkaffee nichts verzehrt.

Der kleinen Frau, die ihm öffnete, sah man an, dass es nicht mehr weit bis zu ihrer Niederkunft war. In ihrem Gesicht mit der lustigen Stupsnase und den Haarkringeln war aber nichts Mütterliches. Sie schien betroffen von Jans Erscheinen. Sie rief nicht: »Jan ist da!« Sie ging ins Nebenzimmer und besprach etwas leise mit ihrem Mann. Der kam dann allein durch die Tür, begrüßte Jan mit flüchtiger Hand. Er sagte: »Mein Lieber, du kommst ganz unerwartet, wir müssen in drei Minuten fortgehen.«

»Schon gut«, sagte Jan. »Ich kam nur, um nach Andreas' neuer Adresse zu fragen.«

Jetzt sah ihn Stefan scharf an. Dann sagte er: »Mein Lieber, da fragst du mich zu viel. Ich hab keine Ahnung.«

Jan fühlte ein starkes Unbehagen, obgleich er den Sinn der Antwort noch nicht erfasste. Er sagte, immer noch stehend, da Stefan ihm keinen Stuhl anbot: »Es war mir darum zu tun, mit euch beiden zu sprechen, denn ich hab nie solche Freunde gehabt wie euch. Im Grunde genommen, Stefan, ist mir sogar deine Meinung in dieser Sache wichtiger als Andreas' Meinung. Du hast vor einigen Jahren einen gewissen Viktor Gasko zu uns hinaufgebracht, erinnerst du dich? Ihr wart zusammen im Spanischen Bürgerkrieg –.«

Stefan unterbrach ihn: »Ich weiß nicht mehr, wer ihn zu euch gebracht hat, wahrscheinlich Andreas. Ich traf zwar den Viktor Gasko ein paarmal in Spanien, aber nur kurz; denn wie du weißt, war ich zweimal schwer verwundet. Ich war dann jedes Mal auf Genesungsurlaub. Dann wurde ich auf einem anderen Punkt eingesetzt, so dass ich nicht mehr mit ihm in Berührung kam. Nein. Wenn du Auskunft willst über diesen Gasko, dann bist du hier an den Falschen geraten. –«

Er dämpfte die Stimme, ihr Klang war auf einmal streng, ja böse: »Du weißt doch, in welchem Zustand meine Frau jetzt ist, sie kann jeden Tag niederkommen. Ich will nicht, dass sie durch solche Sachen beunruhigt wird. Man hat uns zum Glück bis jetzt in Ruhe gelassen, da kommst du an und wirbelst den alten Staub auf. –« Die Frau rief aus dem Nebenzimmer, ungeduldig, mit heller Stimme: »Stefan! Stefan!«

Jan, während sich Widerwillen und Gram in seinem Herzen zusammenballten, sah an Stefans Gesicht vorbei auf ein Bild an der Wand, ein Aquarell, eine Stadtansicht, die ihm stark missfiel. Es hatte schon bei seinem ersten Besuch an dieser Stelle gehangen, doch damals war sein Missfallen im Vergleich zur Wiedersehensfreude unbedeutend gewesen. Eher eine Belustigung, dass seinem klugen Stefan so ein Kitsch gefiel. Er machte eine Bewegung, um fortzugehen für jetzt und immer, er konnte sich aber nicht enthalten, Stefan ins Gesicht zu sagen: »Verstehst du unter ›altem Staub‹ das Stück deiner Vergangenheit, um das ich dich immer beneidet habe?«

»Ich weiß nicht«, sagte Stefan, »worum du mich beneidet hast. Nun geh schon, wenn du's so eilig hast.«

Jan lief in der nächtlichen Stadt herum. Auf einmal war sein Durst unerträglich. Er machte vor einer Bude halt, schüttete eine Flasche Limonade hinunter. Dann stürzte er weiter, die Fragen jagten ihn. Was ist mit Andreas los? Ist er auch verhaftet? Warum? Wovor hat Stefan Angst? – Dann ging er langsam, und er dachte auch langsam nach. Der alte Kalam ist überzeugt von Viktors Schuld. Wer will nur, dass der alte, zähe Mann überzeugt ist von Viktors Schuld? Warum? – Damit er mich überzeugt? Weil man weiß, dass ich ihm vertraue? Damit hat man gerechnet. Wer kann nur wollen, dass ich dem Kalam ohne Schwanken vertraue? Bestimmt kein Freund. –

Den Rest der Nacht schlief er besser als in den vorangegangenen Nächten. Er wusste, dass ihn nichts in der Welt beirren könnte. Gerade weil er ahnte, dass auch Andreas verhaftet sei, der klare, reine Andreas, hielt er es für seine Pflicht, die Schuld Gaskos zu prüfen und wieder zu prüfen.

Tags darauf ging er zu dem Professor Kalam, um das Protokoll zurückzubringen. Er sagte: »Die Glaubwürdigkeit dieses Lapski, der selbst angeklagt war in einer Sache, die mir unklar vorkommt, muss sorgfältig geprüft werden. Man muss ihn verhören.«

»Das ist geschehen«, sagte Kalam. »Sie scheinen sich da ein seltsames Bild von unserer Arbeit zu machen. Sie, junger Freund –«, setzte er mit einem unguten Lächeln hinzu, das seinen des Lächelns ungewohnten Mund verzog, »in was sind Sie denn hineingerannt? Wie oft hab ich Ihnen schon versichert, dass die Schuldfrage feststeht durch die Einsicht einiger Menschen, die so hoch über mir stehen, wie ––« Er suchte einen Vergleich, darum kam ihm Jan zuvor. »Wie Sie über mir.«

Kalam zuckte die Achsel. Als Jan wegging, nickte er kurz, er sah ihn gleichgültig an wie eine Straßenbegegnung.

Ein älterer Advokat, mit dem er bisher wenig gesprochen hatte, höchstens in beruflichen Dingen, trat mittags unschlüssig an ihn heran, er fühle sich sozusagen verpflichtet, ihm einen Rat zu geben, keinen richtigen Rat, das würde er gar nicht wagen, vielmehr ihn etwas zu fragen. »Ja, was denn? Ja, bitte!«, sagte Jan.

»Es handelt sich«, sagte der andere leise, so dass ihm Jan unwillkürlich in eine Nische des Korridors folgte, »um den Prozess, mit dem Sie jetzt zu tun haben. Seien Sie bitte nicht ärgerlich, wenn ich Ihnen dazu etwas sage. – Nein, nicht meine Meinung über die Angelegenheit«, fügte er schnell hinzu, da Jan ihn erstaunt ansah, »die kenn ich gar nicht. Ich habe nur den Eindruck, verzeihen Sie – Sie sind, soll ich sagen leider, soll ich Gott sei Dank sagen, beträchtlich jünger als ich –, Sie steigen da tief ein. Es ist mir nicht recht begreiflich, warum Sie sich so sehr um etwas kümmern, um das Sie sich gar nicht zu kümmern bräuchten. Warum tun Sie das? Verzeihen Sie, ich hab vielleicht gar nicht das Recht, Ihnen etwas zu sagen. Und sehen Sie, Sie kommen mir gar jung vor. Ich seh

Sie mir an. Sie sind so ein offener, aufrechter, froher Mensch, ich höre, was man auf einmal da und dort über diesen Prozess sagt und über Sie selbst. Verzeihen Sie bitte, ich wollte Ihnen gar nicht mehr sagen. Vielleicht war es schon zu viel, was ich sagte, und Sie verstehen mich gar nicht. –«

»Nein«, sagte Jan, »ich verstehe Sie wirklich nicht.«

»Vergessen Sie's bitte, vergessen Sie's«, sagte der andere, und so schnell war er weg, dass Jan die Begegnung spukhaft vorkam.

Beim nächsten Verhör fragte Jan den Gasko, ob er einen mit Namen Lapski kenne. Gasko antwortete nicht sogleich, er dachte nach, und dann, zu Jans Erstaunen, lachte er auf. Er sagte: »Ja, ich erinnere mich. Er hat ein Examen abgelegt bei Berg. Auch ich saß am Prüfungstisch. Und dieser Lapski, ein ganz begabter Bursche, wir zweifelten nicht im Geringsten daran, dass er die Prüfung bestehen würde, hielt sich plötzlich am Tisch fest, er hat später gesagt, es sei ihm schwarz vor den Augen geworden, er fiel beinahe in Ohnmacht, vor Angst, vor Erregung, weiß ich warum. Vielleicht aus Ehrgeiz, weil er Gefahr lief, nicht mit der bestmöglichsten Note abzuschließen; ich rief ihm etwas hart zu: ›Um Gottes willen, beruhigen Sie sich!‹ Mehr hab ich wohl im Leben nicht mit ihm gesprochen, außer berufliche Dinge. Er kam noch öfters ins Institut.«

»Was führt Sie denn heute her?«, fragte Kalam am Abend, als Jan wieder vor ihm stand, unaufgefordert und unerwartet. Jan sagte, er müsse darauf bestehen, den Lapski selbst zu verhören. Darauf erwiderte Kalam: »Hier ist kein Amt, wie Sie wissen, hier ist kein Gerichtshof. Wenden Sie sich an die Stelle, die zuständig ist.«

Jan entschuldigte sich für die Störung. Er war bereits in der Tür, als Kalam rief: »Halt! Warten Sie mal!«

Jan kehrte um. Kalam machte ihm jetzt ein Zeichen, sich auf seinen alten Platz hinter dem Schreibtisch zu setzen. Er sagte: »Sie kommen sich wahrscheinlich nach Art sehr junger Leute besonders mutig vor. Sie haben, so glauben Sie, die Gerechtigkeit gepachtet. Großartig erscheint Ihnen so ein Ausspruch: ›Ich bin noch nicht von der Schuld überzeugt.‹ Vielleicht fehlt wirklich im Protokoll ein Tüpfelchen –.« Und jetzt sprach er hart, seine Augen waren eiskalt. »Und Sie mögen im Recht sein, was das Tüpfelchen anbelangt. Die Zukunft soll also aufgehalten werden. Ein Verrat soll ungestört geschehen sein, damit Sie sich für gerecht halten können. Ich habe Sie überschätzt, entschuldigen Sie.«

Sein Ton war verächtlich. Doch Jan sah unbetroffen, nur nachdenklich auf den gebeugten, halbkahlen, weißfransigen Schädel. Er wartete einen Augenblick, ob Kalam den Kopf noch einmal heben würde. Dann ging er weg.

Leicht wog Kalams Verachtung nicht. Besonders nicht in der ersten Zeit. Er ist überzeugt, sagte sich Jan, ich halte aus Rechthaberei an einem Irrtum fest, der mit Gerechtigkeit nichts zu tun hat. Statt unbeirrt zuzugreifen, verfange ich mich in Rechtsspielereien. – Er grübelte immer noch Tag und Nacht, auch als die ganze Angelegenheit einem anderen, einem älteren Untersuchungsrichter übertragen war. Darüber war Jan durchaus nicht erstaunt. Er war noch nicht erleichtert. Er erlebte noch oft, was er in jener Nacht nach seinem Besuch bei Stefan durchgemacht hatte. Er schlug sich mit Zweifeln herum.

Dann stand Gasko in seinen Gedanken vor ihm, und er forderte ihn heraus, er versicherte seine Unschuld, und Kalam, als sei er der Untersuchungsrichter an Jans Stelle, zerpflückte ihm diese fadenscheinige Unschuld. Und Jan, auf einmal hineingekrochen in Viktor Gasko, selbst angeklagt, duckte sich. Unter Kalams eisigem Blick entstand ein Schuldbewusstsein in seinem Herzen; wer hat noch nie ein Schuldbewusstsein gekannt?

Doch diese Verhöre in seinem Innern endeten immer so, dass Gasko plötzlich aus seiner Erschöpfung erwachte und die Anklage abschüttelte und jedes Gefühl von schlaffer, gegenstandsloser Reue. Seine kranken, vom Polizeilicht versengten Augen blitzten. Lasst mich endlich in Ruhe! Ich bin unschuldig!

Jan schrieb seiner Frau, er käme nicht nur aufs Wochenende, ein längerer Urlaub sei ihm bewilligt.

Er stieß noch einmal auf jenen älteren, fremden Anwalt, im selben Korridor, in dem ihn der Mann das erste Mal angesprochen hatte. Jetzt kam es zu keinem Gespräch. Sie gingen stumm aneinander vorbei. Der andere sah ihn nur kurz an; in seinem Blick lag der Ausdruck: Jetzt weißt du, wohin es führt. –

Bei der Ankunft sah er dem Gesicht seiner Frau an, dass etwas nicht stimmte. Die Mutter sei mehrmals vorgeladen worden, sagte Marie, jetzt sei sie schwer krank. Bestürzt war Jan, er dachte unwillkürlich an einen Zusammenhang mit seiner eigenen Angelegenheit. War die Mutter etwa nach Gaskos Besuchen in vergangenen Jahren ausgefragt worden?

»Nein«, sagte Marie, »nach deiner Schwester Olga. Die Mutter fuhr manchmal zu einer Kusine, um zu hören, was Olga geschrieben hatte. Sie war des Glaubens, für dich sei es besser, jede Beziehung mit diesem Teil der Familie aufzugeben. Und was inzwischen geschehen ist, beweist, dass sie recht hat. Denn Olgas Mann, der Arzt, hat eine Stellung in Kanada angenommen.« – Nur dem Klang nach fiel Jan der Name des Landes ein, das am Rande von Gaskos Verhör genannt worden war.

»Kanada?«

»In Montreal«, sagte Marie.

Da Jan vor sich hin starrte, packte sie ihn am Schopf. »Komm, der Junge wartet auf dich. Und unser Mädel hast du dir noch nicht angesehen. Es ist gesund, vollkommen gesund.«

Jan sprang plötzlich auf die Füße, er schwang den Jungen in die Luft, er bückte sich über das Kinderbett, nicht mitleidig, sondern froh und zärtlich.

Sie verlebten eine vergnügte Woche. Auch die Mutter erholte sich. Es war ihr ein Trost, dass Jan offenbar die Sache mit Olga nicht wichtig nahm.

Die ersten Tage stieg er mit seiner Frau und dem Jungen im Wald herum. Er fing langsam an sich zu wundern, dass aus der Hauptstadt keine Art Nachricht eintraf. Er hatte sogar den Gedanken, jenen älteren Anwalt zu fragen, wie die Sache Gasko verlaufen sei. – Auf einmal stellte sich heraus, dass er gerade zu diesem ihm beinahe unbekannten Mann ein gewisses Vertrauen fühlte. Dann wieder sagte er sich: Warum frage ich denn nicht einfach meinen Nachfolger?

Er wurde Sonntag auf Montag verhaftet. Marie war sehr ruhig, stumm. Erst als man ihn abführte über die Schwelle, weinte sie auf. Und einer der Polizisten fuhr sie an: »Jetzt ist's zum Weinen zu spät. Warum haben Sie den zum Mann genommen?«

Der andere aber sagte leise: »Wein nicht, Frau, er kommt dir bestimmt gesund zurück.«

Obwohl Jan nach seiner Verhaftung lange Zeit nichts mehr von Marie hörte, verfolgte ihn wie ein Lichtschweif der Blick ihrer glänzend nassen Augen. Er konnte sich plötzlich genau erinnern, wie sie aufgehört hatte zu weinen und die Stirn gerunzelt, als man ihn stieß.

Bei seiner Vernehmung sagte der Untersuchungsrichter: »Jetzt haben Sie nicht mehr nötig, ihre Mutter zu schonen. Hier liegt die Aussage Ihrer Mutter. Sie wollen mir doch nicht weismachen, dass Sie keine Verbindung hatten zu Ihrer Schwester und Ihrem Schwager.«

Jan beteuerte, dass er erst kürzlich etwas über den Aufenthalt seiner Verwandten erfahren hätte. Der Untersuchungsrichter lachte hell auf. Ja, sicher, seiner Frau, der Tochter des Eisenbahners, der als Widerstandskämpfer umgekommen sei, hätte er alles verheimlicht, das glaube er gern. Hier solle er sich hüten, ihm ins Gesicht zu lügen. Es sei doch kein Zufall, dass sein Schwager ausgerechnet in Montreal lebe.

»Ich habe bisher nicht gewusst«, sagte Jan, »ob er in Neu-Delhi lebt oder in Montreal, denn es ist mir egal.«

Der Untersuchungsrichter spielte mit offenen Karten, als Jan erschöpft war, bei dem dritten oder vierten Verhör. »Wir ließen die Sache auf sich beruhen, wenn sie nichts anderes wäre als eine Familiensache, wie Sie uns einreden wollen. Es ist der Kreis der Menschen, zu dem Ihr Schwager gehört hat, der für uns wichtig ist. Denn zu diesem Kreis gehört mancher Name, der uns nicht unbekannt ist, zum Beispiel ein gewisser Schapiro –«

Jan horchte auf, er dachte: Ach, so herum soll die Sache laufen. Die wollen auch mich abstempeln.

»Jetzt wird es verständlich, warum Sie sich weigerten, den Gasko der Strafe zuzuführen, die er verdient. Warum Sie seinen Prozess dauernd hinausgezögert haben.« –

Jan dachte: Warum weigert sich dieser Mann nicht, der jetzt in meiner Sache den Untersuchungsrichter spielt, ein solches Verfahren zu führen? Wir beide, wir kennen uns aus unserem Beruf. Glaubt der im Ernst an meine Schuld? Ist er überzeugt, wie ich es bin, dass zu unserem Leben Gerechtigkeit gehört wie Luft? Durchaus nicht. Er hat gemerkt, wie schnell ich selbst meine Stelle verlor, als ich mich weigerte, die Schuld des Gasko anzuerkennen. Nein. Halt! Etwas andres spielt sich in seinem Kopf ab: Er selbst, er hält sich für gerecht, er will sich dafür halten können. Darum muss er sich zwingen, an meine Schuld zu glauben, damit er nicht seine Stelle verliert und rasch steigt.

Zuerst lag Jan allein in der Zelle. Seine Gedanken reihten sich manchmal aneinander, wie auf eine Schnur gezogen, manchmal, als sei die Schnur gerissen, zerstreuten sie sich und rieselten dahin und dorthin. Ihm fiel ein, dass er vom Ansehen die Frau des Untersuchungsrichters kannte. Die hatte eines Tages vor dem Portal des Gerichtsgebäudes gewartet. Der Mann hatte flink den Arm um sie gelegt. Mit einem stolzen Lächeln. Denn sie war schön. Ihre Haut war weiß. »Wir sind frisch verheiratet.«

»Freut mich. Freut mich sehr.«

Nun war sie also die Frau eines Richters, der nichts auf Gerechtigkeit gab. Und dann? Was weiter? Vermutlich gar nichts. Gute Zimmer würden ihr eigen sein und gute Kleider und noch viel mehr. Ihr Mann würde nach jeder Verhandlung, die er geführt hatte, wie er sie führen sollte, um Stufe für Stufe zu steigen in Amt und Würde, nach Hause stürzen und seine Frau umarmen, mit der Haut, so weiß wie Schnee, mit dem Haar, so schwarz wie Ebenholz. Und er sah gewiss nicht schlecht aus in ihren Augen, so stracks, so aufrecht. Die Schultern keineswegs von Last beschwert. Und Kinder würden sie bekommen, die waren dann die Kinder des Richters, der nichts auf Gerechtigkeit gab. Mein kleines Mädchen aber ist endlich wieder gesund. Ich hoffe, es wird ein gesundes, ein schönes Mädchen. Etwas ist in der Welt verkehrt. Sonst wären seine Kinder hässliche Kinder. Was hat Gasko gesagt? Unsere Idee ist die beste, die jemals Menschen sich ausgedacht haben. Damals hab ich noch nicht geahnt, es könnte so schwer sein, sie hochzuhalten, diese Idee.

Ein älterer Mann, vielleicht ein Familienvater, wurde in seine Zelle gelegt. Der war zuerst stumm, auf einmal wurde er wütig, dann wurde er ganz geschwätzig.

Es stellte sich heraus, seine Schuld war ein kindisch grobes, gleichsam verrohtes Abbild der Schuld, die man Gasko vorwarf. Der Mann, Abteilungsleiter in einem großen chemischen Werk, hatte einem Verwandten ins Ausland in lustigen Familienbriefen verschiedene Formeln geliefert. Jan fragte sich, was man bezwecke mit der Wahl dieses Zellennachbarn. Ihn belehren? Ihn niederdrücken? Gar nichts?

Der andere sagte: »Warum sperrt man uns ein? Ich hab mich nie um die neuen Gesetze gekümmert, gegen die ich verstoßen haben soll. Ich hab mir den Staat nicht ausgesucht.«

»Ich ja«, sagte Jan.

»Und wenn man Sie jetzt vor die Wahl stellen würde?«

»Dann würd ich ihn wieder wählen«, sagte Jan, »und diesen Staat, nur diesen, gerade diesen so gut wie möglich machen!«

»Sie würden mich noch mal einsperren?«

»Ja, sicher.«

Jan musste die nächsten Tage leiden unter der verbissenen Wut seines Zellennachbarn. Dann bekam er, zunächst zu seiner Erleichterung, einen Gefährten, der viel wusste und viel gelesen hatte. Sich gern unterhielt über wissenschaftliche Werke. Jan fragte viel. Einmal erwähnte der andere, er hätte wochenlang unter einem Dach mit dem Professor Berg gelebt, der zu aller Bestürzung durch einen Autounfall ums Leben gekommen sei. Jan begriff plötzlich, dass dieser Mensch ihn aushorchen sollte. Nach einem Verhör kam der Zellennachbar scheinbar zermürbt zurück.

»Wie hätte ich ahnen können, dass mir diese Bekanntschaft zum Verhängnis wird!«

»Bekanntschaft mit wem?«

»Mit dem Viktor Gasko. Bergs rechte Hand. Wenn Gasko mir sagte, führen Sie diesen und jenen herum, erklären Sie ihm dieses und jenes, ist das eine Sünde? Sie kennen den Gasko. Hätten Sie nicht geglaubt, er weiß, was man wem zeigen kann?«

»Ich bin überzeugt, dass er's weiß«, erwiderte Jan. »Übrigens weiß ich es selbst. Ich brauch mich auf keinen anderen zu verlassen, nicht einmal auf Gasko.« –

»Sie halten ihn also noch immer für anständig, wie? Er ist aber schon verurteilt worden, er ist schon abtransportiert. Sie halten ihn, sagen Sie, noch immer für anständig?«

»Ja«, sagte Jan kurz. Er war dem Zellennachbarn, der vermutlich seine Gesinnung erschnüffeln sollte, von Herzen dankbar, weil nun endlich klar war, wie Gaskos Prozess geendet hatte. An seine, an Jans Stelle, war endgültig ein anderer getreten, der ehrgeizige junge Richter, der sich vor kurzem mit der weißhäutigen Frau verheiratet hatte.

So, wie man ihn vorher gedrängt hatte, die Beweise von Gaskos Schuld anzuerkennen, so wurde er jetzt gedrängt, seine eigene Schuld einzugestehen. Er erwiderte ein Mal ums andere Mal, dass nichts und niemand ihn dazu bringen könne, etwas zu bekennen, was er niemals begangen hatte. Auf dem Weg zum Waschraum flüsterte ihm jemand zu: »Du machst's falsch, gib nach. Man wird dich noch jahrelang herumschleifen. Nur wenn du nachgibst, kommst du endlich vor ein Gericht. Dann kannst du alles widerrufen. Du kannst laut erklären, man hätte dich gezwungen, gib nach! Gib nach!« –

»Nein«, sagte Jan. Die Versuchung, Unrecht als Recht zu erklären, wenn auch zwangsläufig, wenn auch nur als Notbehelf, kam ihm nicht einmal in Gedanken.

Er war beim Abtransport in einem Waggon mit Räubern und Schiebern und Dieben eingesperrt. In ihren Gesichtern, die manchmal spitzig und hämisch und manchmal träge und manchmal tödlich gelangweilt waren, entstand ein Anflug von Glück oder Wut oder Hohn bei diesem und jenem Wiedererkennen, bei dieser und jener Erinnerung aus der Räuberwelt, die jetzt ohne sie neben den Schienen keuchte. Es gab auch Traurige, Rastlose, ganz Verstummte. Es gab manchmal Gebete, manchmal Reueausbrüche. Jan versuchte, diesen und jenen anzureden, herauszufinden, wodurch der eine versteinert war, der andere verwildert. Noch immer war er im Innern des Glaubens, was er erlebe, könne nicht endgültig sein. Das Recht sei vielleicht schon durchgedrungen, während er fuhr in diesem Gefängnis auf Rädern. Was war schon ein Kalam? Der hatte ihm daheim wehtun können. Daheim, als er noch geglaubt hatte, der Fall Viktor Gasko sei der einzige Unrechtsfall in seiner Welt. Nur zufällig, glaubte er, war sein Schicksal auf kurze Zeit einem Kalam anheimgegeben. In Wahrheit war Kalam ein böser Greis, gescheit und machtgierig.

Machtgierig war auch der Wächter, dem ihr Transport eine Zeitlang unterstand. Er hielt Jans klaren Blick für Frechheit, und er hielt es für Aufsässigkeit, dass Jan nachts seinem Nachbarn zusprach, der von Weinen geschüttelt wurde. Er war kein böser Greis, dieser Wächter, er war hübsch und jung; er übersprang Jan bei der Essenausgabe. »Dein Freund wird mit dir teilen.« Doch dieser Freund, der nachts für den Trost dankbar gewesen war, hätte am Tag ebenso wenig seine Ration mit Jan geteilt wie seinen Finger. –

Jans Stolz wurde erst wahrhaft auf die Probe gestellt bei der Ankunft im Lager. Der Kommandant, dem er vorgeführt wurde, ein großer, aufrechter Mensch mit blitzenden Augen, musterte ihn von oben bis unten mit kalter Neugier. Dann sagte er vor Verachtung heiser: »Du Lump, du«, und er fügte hinzu, als er sich etwas gefasst hatte: »Sogar diese Diebe da sind mehr wert als du, denn aus ihrer Lage, aus ihrer Umgebung, aus der Vergangenheit sind sie geworden, was sie jetzt sind, und du, du hast unseren Staat zerrütten wollen, der alles dransetzt, damit niemand mehr verkommt, verdirbt –.«

Jan spürte, der glaubt ja fest, wie hätte er's auch nicht glauben sollen, was in meinen Papieren steht. Und darin stand, dass er, Jan, ein tückischer Mensch sei, der das Recht, das ihm anvertraut worden war, hatte drehen wollen, Saboteure schützen, Verräter freisprechen.

Als Jan erregt dazwischenrief: »Das stimmt alles nicht!«, schrie ihn der Lagerkommandant an: »Lass deine Faxen! Deine Art Unschuld sind wir gewohnt.« –

Trotzdem, wenn unversehens die Tür der Baracke, in der er jetzt lag, geöffnet wurde, durchzuckte ihn jedes Mal die Hoffnung: Es ist so weit, sie holen mich heim. Ich bin frei.

Stattdessen wurde sein Lagerleben fast unerträglich. Es drang bei seinen Mitgefangenen durch, dass Jan von Beruf Richter gewesen war. Er hätte sie sicher alle recht gern verurteilt, bis er selbst in die Falle geraten war. Jetzt rächten sie sich an Jan, jede Stunde auf andere Art: Wenn er Essen fassen musste, stellten sie ihm ein Bein, und auch die Traurigen, die Stummen spürten Befriedigung, denn schließlich war an jedem Gram ein Richter schuld. Warum nicht gerade dieser da in ihrer eigenen Baracke?

Er wäre vielleicht ganz verzweifelt, wenn nicht gerade in dieser Zeit ein Brief seiner Frau Marie gekommen wäre. Sie schrieb ihm, und er spürte ihre feste, kühle Hand und ihren ruhigen Blick, die ganze Familie sei wohl. Sie seien alle aufs Land gezogen, mit den Kindern und seiner Mutter. Sie sei der Meinung, er käme bald gesund zurück.

Das waren die Worte, die ihr der junge Polizist beim Abschied zugeflüstert hatte. Ich muss gesund bleiben, nahm er sich vor. Er sah ihre glänzendnassen Augen, die sie sofort, aus Stolz, nach Kinderart, mit den Fäusten trockenwischte.

Sie legten eine Autobahn an, in beträchtlicher Höhe, um eine schwer zugängliche Kuppe. Ein Aufseher tobte sich aus mit Befehlen – sie zu befolgen, fehlte es Jan an Kraft. Und ein anderer Aufseher, der mit allerlei Leuten schonungsvoll umging, die hier ihre Strafen verbüßten, und alles nur Mögliche tat, um durch gute Rapporte ihre Strafzeit zu verkürzen, sagte Jan auf den Kopf zu: »Du aber, du bist hier zu Recht.« Er war von dem Kommandanten ins Bild gesetzt worden, er ließ es Jan merken.

Jan fühlte den Anbeginn einer Versteinerung, vor der es ihm beim Transport gegraut hatte, wenn er sie an anderen gewahrte.

Einmal, an einem kühlen, nur mittags etwas sonnigen Herbsttag, als er klopfte und klopfte in einer mitleidslosen, kahlen, steinigen Luft, hörte er aus der Ferne ein Lied. Das Lied brach ab, als sei der Sänger schroff unterbrochen worden. Doch bald darauf, sogar etwas näher als vorher, erschallte es wieder, diesmal war es ein spanisches Lied. Jan dachte sofort: Das ist Andreas. Und er horchte, und durch die klare Luft ertönte ein neues Lied. Es war ein Negerlied. Dann kam ein Lied aus der eigenen Heimat. Ein kurzes, frohes Liebeslied. Jans Hammer stockte. Sein Inneres war weich geworden. Nicht nach und nach, sondern plötzlich war die Kruste gesprungen.

Der befehlswilde Aufseher sprang heran und brüllte, und Jan hob den Hammer, den er vergessen hatte, er klopfte beinahe gelassen. Bald stellte er fest, dass Andreas nicht mehr zu hören war. Vielleicht war sein Trupp schon hinter die Kuppe gerückt.

Am nächsten Tag gelang es Jan, in Berührung mit den Letzten des vorderen Trupps zu kommen. Er fragte nach dem Sänger. »Ja, der ist bei uns, ein Glück!«

Da Jan, durch seine Freude beruhigt, auch ruhigere Worte fand, gelang es ihm, sich unter seinen Gefährten Gehör zu verschaffen. Ohne ein Echo von Hohn und Verächtlichkeit. Er tauschte den Arbeitsplatz, so dass er schließlich bei der Werkzeugabgabe kurz mit Andreas zusammenkam. Der schrie bei seinem Anblick vor Freude auf. Sie umarmten sich. Andreas zerrte noch einen heran, er sagte: »Der ist ein guter Genosse, Gerson ist hier wie wir.«

»Warum aber sind wir hier?«, fragte Jan.

Andreas lachte: »Auf jeden Fall sind wir unschuldig hier.« Als die Werkzeugabgabe beendet war, sagte Andreas noch schnell: »Als die Partei verboten war, war mein Vater eingesperrt unter allen möglichen Gaunern. Da haben sich denn auch schnell ein paar Genossen gefunden. Solche wie wir drei.«

Sie kamen noch ein paarmal zusammen. Als Jan eines Abends aus der Nachbarbaracke von einem Gefangenen aufgesucht wurde, »Andreas hat mich zu dir geschickt«, da spürte Jan das Zusammengehörigkeitsgefühl, das ihm fast verloren gegangen war.

Der Trupp, zu dem Andreas gehörte, verließ bald die Kuppe. Sie wurden an einen anderen Ort zur Arbeit geschickt. –

Im Winter kam Jan durch einen Steinrutsch zu Schaden. Der Krankenpfleger im Lazarett erfüllte genau und trocken, was er für seine Pflicht hielt. Er hatte geschickte Hände, so dass er Jan zuerst beim Verbinden mitleidig vorkam. Trotzdem, seine Geschicklichkeit war, wie sich bald zeigte, ganz mitleidslos. Echt mitleidig war der Nachtpfleger, der ihn ablöste. Er war aber schwerfällig. Es war eine Qual, von ihm verbunden zu werden. Sein Herz war erregt, er glaubte nicht an Jans Schuld. Er sagte, er sehe den Kranken die Wahrheit an, auf Papiere gebe er nichts.

Jan war ganz zufrieden, wenn ihm der trockene, aber geschickte Pfleger Verbände anlegte. Doch wenn er still lag, war er glücklich, wenn sich der andere über ihn beugte. Dem Arzt der ersten Tage, einem älteren, von Natur aus grämlichen Menschen, war die Verdrossenheit anzumerken, dass er in dieser Umgebung Arzt sein musste. Aus einem Grunde, den Jan nicht erfuhr. Freiwillig sicher nicht, dachte Jan. Der hatte sich noch nicht abgewöhnt, über das Schicksal der Menschen nachzudenken, mit denen er in Berührung kam. Vielleicht hat er dienstlich was angestellt, denn oft riecht er nach Schnaps. Sein Vertreter, mit einem jungen Gesicht, war glattgeschoren, sein Kopf war ein Kegel. Aus seinen scharfen, genauen Augen blitzte oft ein bestimmter Gedanke auf. Zuerst glaubte Jan, dass dieser Gedanke sich auf die Krankheit beziehe, doch merkte er bald, dass der Arzt die Lebensgeschichte jedes Patienten kannte. Er sagte beiläufig zu Jan: »Sie waren von Beruf Untersuchungsrichter?«

Jan sagte: »Ja, und ich liebte meinen Beruf.«

»Warum?«

»Weil dieser Beruf, wenn man ihn ernst nimmt, besonders stark mit etwas verbunden ist, was das Leben zum Menschenleben macht.«

»Und zwar womit?«

»Mit Gerechtigkeit.«

»Warum sind Sie dann hier?«

»Bestimmt nicht, weil ich ein Unrecht tat, wahrscheinlich, weil ich es nicht tat.«

Bald kam der mürrische Arzt zurück, verdüstert von einem ihm nicht durch eigene Schuld widerfahrenen Missgeschick, das er für Unrecht hielt. Er wurde bald abgelöst von einem pfiffigen Arzt, der sich etwas Sonderbares von dieser Stelle versprochen hatte. Vielleicht Geständnisse von Verbrechen, vielleicht die wildesten Seltsamkeiten.

Jan erlebte noch etliche Ärzte und Krankenpfleger. Seine Knochenbrüche verheilten nur langsam. Ein Krankenpfleger knurrte über einen neuen Patienten, der sinnlos viel Arbeit mache. »Den muss man noch extra bewachen, der gehört ins Irrenhaus, der will gar nicht geheilt sein. Der kommt immer auf neue Tricks, damit ihm die Schiene verrutscht.«

»Was hat er denn«, fragte Jan. Der Pfleger erzählte in verächtlichem Ton, die der Mühe galt, die ein solches Betragen für andere Menschen zur Folge hatte, der Gefangene sei eingeliefert mit Knochenbrüchen, denn er sei absichtlich beim Straßenbau über die Warnlinie weggesprungen, dann sei er die abschüssige Stelle hinuntergestürzt, aber leider nicht endgültig. Er sei an irgendeinem Wurz hängen geblieben, zerschunden und zerbrochen genug und lebend genug, um anderen die Nächte zu versauen.

»Ich möchte mal wissen«, knurrte der Pfleger, »warum man so was noch wunder wie pflegt. Er hat was ausgefressen, darum ist er hier. Wenn er das nicht verdauen kann, dann kann ihm niemand helfen.«

In dieser Woche hatte Jan seine ersten Gehversuche gemacht. Er fühlte sich, ohne noch recht den Grund zu wissen, furchtbar angezogen von dem Gefangenen, der seinem Leben ein Ende machen wollte; er humpelte nachts in seine Nähe. Mit einem Blick erkannte er das indianerhafte Profil des Viktor Gasko. Gasko regte sich nicht. Er schien zu schlafen, und wieder verschaffte er ihm, Jan, eine schlaflose Nacht.

Am nächsten Nachmittag – der Krankentag war sehr früh zu Ende – waren die Patienten minutenlang sich selbst überlassen. Jan drang zu Gaskos Lager vor. Ein Schatten, der vormals nur die Augenhöhlen ausgefüllt hatte, reichte von den Brauen bis zum Mund. Jan sagte sich, der Tod hat willkürlich eingehalten, wenn er noch vorrückt auf Gaskos Gesicht, wird er seinen Mund verschließen für immer. Er fragte leise: »Erkennst du mich?«

Ohne den Kopf zu drehen, sah Gasko ihn an aus den Augenwinkeln. Seine Augen blieben blicklos; nicht nur, dass ihm jeder Anblick gleichgültig war, er hatte nichts mehr zu tun mit den Bildern, die an ihm vorüberstrichen. Und dieser Eindruck verstärkte sich noch und machte Jan zittern, als Viktor Gasko tonlos sagte: »Ja«, ohne die Lippen zu bewegen.

Jan streckte die Hand aus, um ihn zu berühren, er fragte: »Was ist mit dir geschehen?«

Jetzt sagte Gasko deutlich: »Lassen Sie mich in Ruh!« Und er fügte hinzu mit einem spürbaren Ton, wenn auch der Ton böse war: »Tun Sie sofort Ihre Hand weg.«

Jan zog seine Hand zurück, er fuhr aber fort: »Wieso du im Lager bist, das weiß ich. Ich tat, was ich konnte, damit es nicht geschehe. Was du aber jetzt hier getan hast, gerade du, versteh ich nicht.«

Viktor Gasko drehte den Kopf um Millimeter gegen die Wand. Er sagte mühsam: »Gehen Sie weg. Ihr habt mich zugrunde richten wollen, lasst mich auch endlich zugrunde gehen. Gehen Sie weg. Weg. Weg.«

»Nein«, sagte Jan. Und er spürte, dass Viktor Gasko unmerklich aus seiner Stumpfheit erwachte. »Ich muss mit dir sprechen. Ich will, dass du lebst.«

Ob Gasko betäubt war oder nachdachte, war ihm nicht anzumerken. Er fing plötzlich an, mit einer nur durch äußere Schwäche gedämpften Wildheit, die Jan an vergangene Tage erinnerte, als er Untersuchungsrichter gewesen war und Gasko, als Angeklagter, ihm vorgeführt wurde: »Es ist euch also gelungen, unsere Idee ganz zu verhunzen, endgültig –.«

»Wer, ihr?«, unterbrach ihn Jan.

»Ihr. Ihr. Natürlich auch Sie. Denn dass Sie hier sind, ist nur ein Zufall. Sie haben versucht, wie viele andere, Ihren Platz an der Sonne nicht zu verlieren. Und da man aufs Geratewohl diesen und jenen gegriffen hat und eingesperrt, ist einmal die Wahl zufällig auf dich gefallen –.«

»So zufällig nicht«, erwiderte Jan, »nicht ganz aufs Geratewohl. Denn ich bin hier, weil ich auf deiner Unschuld bestand.«

»Du?«, sagte Viktor höhnisch. Er lag eine Weile stumm mit gerunzelter Stirn. Doch Jan spürte, wie er zu zweifeln begann, anstatt zu verzweifeln, als schmelze unmerklich der tödliche Schatten in seinem Gesicht.

»Du musst doch gemerkt haben«, sagte Jan, »dass ein anderer an meine Stelle trat.«

Viktor Gasko erwiderte: »Ich war der Meinung, du hast meinen Fall reif gemacht für den Nächsten, der mich fertigmachte zur Anklage.«

»Nein«, sagte Jan. »Man nahm mir plötzlich deinen Fall weg, weil ich keinen Schuldbeweis fand und darauf bestand, den Zeugen selbst zu vernehmen, von dem mir nur eine schriftliche Aussage vorlag.«

Gasko fuhr hastig fort, zerfetzte Schatten strichen ihm übers Gesicht: »Warum hat der mich beschuldigt? Wer hat ihn dazu gezwungen? Wen hat man gezwungen, diesen zu zwingen?«

»Das weiß ich nicht«, sagte Jan.

»Und du, du behauptest, dich hat man nicht zwingen können? Gerade dich nicht?« Er drehte zum ersten Mal scharf den Kopf, und er schrie leise vor Schmerz.

»Nein«, sagte Jan. »Mich nicht.«

In diesem Augenblick gab der Kranke dicht bei der Tür an der Korridorwand das vereinbarte Zeichen: Der Pfleger kommt.

Im Einschlafen fiel Jan der Kalam ein. Wie der ihm beteuert hatte, Gasko sei zweifellos schuldig. Auch Kalams Gast fiel ihm ein, auf dem Stuhl im Dunkeln. Und wie er an den Schreibtisch gerückt war, als Jan das Zimmer verließ. Er sah das Gesicht des Fremden vor sich. Glatt und ausdruckslos. Er wusste nicht, ob es Erinnerung war oder Traum, der Mund dieses Fremden kam ihm rot vor, deutlich in dem blassen Gesicht, so rot wie ein großer Frauenmund.

Am folgenden Tag war Jan zerquält und zerrüttet. Er suchte Gasko auf in der nächsten Nacht. Der hatte ihn diesmal gespannt erwartet. In seinen Augen war Helligkeit. Der Schatten lag nur noch in den Augenhöhlen, da lag er noch. Und seine Stirn und sein Mund waren weiß. Er fing gleich an: »Gewiss, als du nein gesagt hast, war gleich ein anderer da für dich, was sag ich, hundert andere wären bereit gewesen. Nun sag mir, du warst es ja, der mich gestern gefragt hat, warum ich so etwas hier tat, lohnt es sich noch zu leben? In Spanien, als wir verlassen waren, auf Francos Seite zurückgeblieben, und wir hörten einen von Mauren zerstochenen Brigadier ›Mutter‹ schreien, da hab ich nicht vergessen, wofür sich das Leben lohnt. Und als unsere Sache verloren war, da hab ich's auch gewusst, erst recht, und in den furchtbaren Tagen im Krieg. Erst recht. Und dann, dann kam, wie heißt es, die Verwirklichung unseres Traumes, und nicht nur unseres, uralter Menschenträume. Und dann geschieht uns, was wir erlebten, man sperrt uns ein mit Räubern und Dieben. Wer? Warum? Und bei dem Befehl, uns einzusperren, gehorcht der Nächsthohe dem Höhern. Ich hab geglaubt, du gehorchst dem Kalam, denn du warst ihm ja mal ganz ergeben. Du hast ihm nicht gehorcht. Gut. Dann sag mir, bist du nicht verzweifelt, du? Warum nicht?«

»Vielleicht«, sagte Jan, »weil ich ihm nicht gehorchte. Ich kann es dir nicht genau erklären. So schnell nicht. Du sprichst von unserer Idee. Wovon sprichst du? Von einem einzelnen Mann? In einem einzelnen Mann hab ich mich bös geirrt. Ich tät ihm einen Gefallen, wenn ich deshalb verzweifeln würde.«

Er fügte hinzu, was Adreas zu ihm gesagt hatte: »Wir hier, wir sind im Recht. Es ist eine Bürgschaft, dass es uns gibt.«

Gasko zuckte die Achseln. Diese Bewegung machte ihm solchen Schmerz, dass er stöhnte.

Sie kamen noch zwei- oder dreimal zusammen. Das Licht in Gaskos Augen entstand nicht erst, wenn Jan auf ihn einzureden begann.

Dann aber wurde Jan überraschend, da sich sein Zustand gebessert hatte, in eine andere Baracke gelegt. Wie er sich auch mühte, es gelang ihm nicht mehr, mit Gasko in Verbindung zu kommen. Jetzt fiel ihm erst alles ein, was er versäumt hatte, dem Freund zu sagen. Die ausgesprochenen Worte, die er sich selbst wiederholte, kamen ihm hinterher schwächlich und läppisch vor. Würden sie ausreichen? Für welche Zeit? Über Nacht? Für Jahre? Für immer? Bei diesem Gedanken wurde ihm kalt vor Schreck.

Im Dunkeln fand er noch einmal eindringliche Worte, die ebenso Gasko galten wie ihm selbst. Er erwiderte dem entrückten Freund, was er ihm hätte erwidern können. Bald sah er, wie Gaskos fahles Gesicht in einem untilgbaren Todesschatten versank, selbst die starken, zornigen Brauen versanken. Bald sah er, wie diese Brauen sich bäumten, so zornig wie ehmals in den sinnlosen Verhören, die Stirn blieb weiß und frei, der Mund blieb hart. Dann sagte Gasko schroff und böse: Du hast auf den Kalam geschworen, weil er angeblich selbst mal viel durchgemacht hat. Du hättest längst stutzig werden sollen. – Warum? – Mich hast du gekannt, ihn nicht.

Jan spürte, dass Viktor Gasko die Hand zurückzog, enttäuscht, ja verächtlich; dann spürte er wieder, Viktor fasste nach seinem Arm, um ihn zu zwingen, bei ihm zu bleiben. Jan fasste aber den eigenen Arm – neben ihm schnaufte ein Fremder.

Er spürt, dass ich hier bin, er muss es spüren, sagte sich Jan. Wenn sein Herz ihm wehtat im Einschlafen, weil Viktors Gesicht im Dunkeln lag, tauchte fast immer in seinem Traum der weibisch rote Mund in dem bebrillten Gesicht des Mannes auf, der, so kam es ihm vor, seit langem stumm ihrem Gespräch gefolgt war. Der redete dann auf Kalam ein. Kalam nickte, und Jan dachte: Jetzt ist es beschlossen, dass ich hier lande. Er wusste, dass er bereits im Lager war, und gleichzeitig sah er zu, wie Kalam aufhorchte, nickte.

Er war bald ganz geheilt. Er wurde auf Arbeit geschickt, wie vorher. Von Viktor Gasko hörte er nichts mehr, wie er sich auch darum bemühte. Doch einige Jahre später, in Freiheit, saßen sie ruhig zusammen. Jans Mutter hatte mit Marie den Tisch bereitet. Jan sagte: »Manchmal hab ich gespürt, wie ihr hier auf uns wartet, das hat mir geholfen wiederzukommen.«

»Das dachte ich jeden Abend«, sagte Viktor, »wir müssen kommen, wir sind im Recht.«

»Das zu denken immerfort war gar nicht so leicht«, sagte Jan, und er dachte an den Abend, an dem Viktor völlig verzweifelt war – ihm schien es, der Freund hätte diesen Abend bereits vergessen.

(Doch irgendwie war es richtig, was Viktor sagte. Sie waren fest geblieben für sich und für alle, wenn sie dafür auch nicht gefeiert wurden, es blieb ein Sieg, ein ungefeierter, wenn man von dem Mahl absah, das ihnen Jans Mutter bereitet hatte.)

Der Führer

Alles war umsonst. Gebete in Kirchen und in Moscheen, umsonst. Beschwörungen, Anrufungen längst vergessner, sich selbst überlassener Götter – umsonst. Und auch der letzte Widerstand mit Messern und Zähnen – umsonst. Die Feigheit war genauso umsonst. Verstecken, Abwarten, alles umsonst. Umsonst Versprechungen, Hoffnungen, unerwartete Hochherzigkeit von Unbekannten. Ob der Vater gestern mit Pflügen begonnen hatte oder der Vorvater vor zweitausend Jahren – umsonst. Umsonst trugen Männer, welche dem Tod wie dem Leben kalt, ohne Blinzeln ins Auge sahen, eiserne Löwenkrallen in ihren Gürteln, ihr Mut war umsonst, und der Löwe wachte umsonst in der Hauptstadt vor dem Palast. Die Eroberer ritten auf seinem Rücken, rissen johlend an seiner Mähne. Alles war unbegreiflich geworden, was vorher gewesen. Das ganze Leben, weil es auf einmal umsonst war. Das einfache Gestern und Vorgestern, das jedem klar war, und die zweitausend Jahre, die einige Männer zurücksehen konnten, unbegreifliches, nebliges, dennoch wirkliches Leben, eigenes Dasein von jeher – eins so umsonst wie das andere. Wenn es keine Zukunft mehr gibt, ist das Vergangene umsonst gewesen.

Die fremden Eroberer, als sie begriffen, dass man auch nicht mit den schlauesten Waffen in das Innere des Landes eindringen konnte, hatten aus ihren Flugzeugen Giftgase in die Berge und Schluchten geschickt. Daran war erstickt, was nicht bereits verblutet war. Und wenn die Menschen, auch die Gerechten unter ihnen, die von jeher an Gut und Böse glaubten, auch die geweihten Priester, so wild und reißend geworden waren wie ihrer Berge Löwen und Tiger, sie mussten jetzt dran glauben, sie erstickten.

Unter dem Schutz der italienischen Truppe, die gegen nichts mehr zu schützen brauchte – die Hyänen heulten schon nutzlos, denn das Kriegsfleisch war aufgefressen –, waren in eine unglaubliche Ferne, steilgrade herauf und hinunter, nach Äthiopien hinein geschwind Straßen geschlagen worden. Schon waren auf den Schiffen nicht mehr bloß Soldaten gekommen, sondern auch Bauern, landgierige Wehrbauern, und ihre in den Bäuchen der Schiffe mitgebrachten Maschinen gleißten in der Sonne. Und die Wehrbauern, so geschickt wie sie gierig waren, fingen sofort an zu roden. Sie bauten Mais und Korn, sie pflanzten Kaffeestauden; Bergarbeiter, die mit ihnen gekommen waren, gruben nach Gold und vielerlei Art Metall.

Zu den Einheimischen sagten all diese Leute sanft oder drohend, barsch oder freundlich: »Tu dies, tu das!« Denn sie waren die Eroberer.

Drei Geologen, der älteste hatte den Rang eines Obersten, die beiden jüngeren standen im Hauptmannsrang, waren ziemlich erschöpft an ihrem vorläufigen Ziel, einem großen befestigten Lager am Fluss, angekommen. Das Lager war aus einer verlassenen Ortschaft entstanden – einigen Rundhütten und Resten von Häusern unbekannter Bestimmung, die wohl zu einem Kloster und seinen Nebengebäuden gehört hatten. Schon bei dem ersten Vorstoß hatte man alles leer und unbewohnt gefunden, einige bei der Flucht zurückgebliebene Schätze, Schmuck, Ikone und Schnitzereien, waren von sachverständigen Offizieren teils heimbefördert, teils für den Staat beschlagnahmt worden.

An den Gesteinsproben jener ersten Expedition vor zwei Jahren hatte sich erwiesen, dass die dem Krieg vorangegangenen Beurteilungen der Institute von Rom und Bologna und Turin und anderer Stellen richtig waren. Sie bestätigten die alten Berichte über erstaunliche Vorkommen von Gold und Silber und Eisen und Blei und Kupfer und Schwefel und die portugiesischen Chroniken »Mehr Gold als in Peru«, »Mehr Leute an Schmelzöfen als Schmiede in Portugal«, »Mehr Gold als Eisen bei uns«. –

Es hieß in den Gutachten und den daraus folgenden Anordnungen: »Für Goldablagerung strukturell günstige Wasserläufe und Anschwemmungen, die aus goldführenden Quarzadern stammen, lassen wertvolle Lagerstätten vermuten.«

Sie waren vor einigen Tagen zu fünft in Addis Abeba angekommen. Der Turiner Professor war mit seinem Assistenten und dem

Stab, der sie erwartet hatte, in der Stadt geblieben. Alles war vorbereitet, sie richteten ihr Institut ein. Sie rechneten damit, dass man in wenigen Wochen mit der Arbeit beginnen könne. Auch die Nebenstraße für den Transport würde dann angelegt sein, die von der bereits fertigen Autobahn abbog.

Die drei Geologen, die jetzt an dem befestigten Ausgangspunkt ihrer künftigen Unternehmungen angelangt waren, hießen Tommaso Rossi, Giacomo Vecchio und Gino Candoglio. Auf der fertigen Autostraße, die wie ein Fließband Mensch und Gut von Station zu Station beförderte, waren sie heruntergeglitten über mehrere ineinandergeschobene Hochplateaus. Am Nachthimmel waren die Sterne in Schweifen und Kreisel mitgesaust.

Zuerst schien die Erde grenzenlos wie der Himmel in grünlichem und silbrigem Dunst. Fast plötzlich entstand ihr Rand, die Kette von Schneebergen. Die Sterne waren verblasst. Bevor die Sonne hochstieg, strahlte sie durch das Gebirge wie durch Kristall.

Die Fahrt war rasch verlaufen – nach der Autouhr, aber nicht nach der Strecke gemessen, die sie noch vor sich hatten. Zwischen den Hochplateaus und den Schneebergen lagen noch immer goldgraue und grüngraue Schwaden, ein unfassbares Zwischenreich. In diesen Minuten war das Allerfernste, die Schneeberge, deutlich, aber das Zwischenreich undurchdringlich.

An einigen Stellen der Autobahn hatten sie während der größten Hitze ihre Fahrt unterbrochen. Militär und Straßenarbeiter hatten sie stürmisch in ihren Camps bewillkommt. Sie waren bewirtet worden, sie hatten getrunken, mit Hochrufen auf den Führer und auf ihren eigenen Wagemut. Die Zelte hatten sie abgeschirmt gegen das Land und gegen die Gluthitze und nachts gegen die rasenden Sterne.

Es gab ein im Ausbau begriffenes Fort, vorerst ein Camp mit einigen Bunkern, da, wo die Nebenstraße von der Autobahn abbog. Man hatte ihnen geraten, die Nebenstraße bis zum Plateau herunterzufahren und dann zu reiten bis zu ihrem Bestimmungsort. Der sei vor der Besatzung eine Art Kloster gewesen, nach den Begriffen der Eingeborenen; es gäbe dort einen alten Mann, der ein paar Brocken Italienisch verstehe, einige italienische Priester seien schon ziemlich lange dort untergebracht.

Die Nebenstraße hatte fast plötzlich aufgehört: Das Band war abgerollt. Straßenarbeiter hatten gelacht und gewinkt und geschrien. Man hatte den Offizieren Pferde gegeben und einen eingeborenen Führer, der jede Woche herauf- und hinunterritt; ein Trupp eingeborener Träger war ihnen gefolgt.

Die drei italienischen Geologen waren gute Reiter, sie hatten ihr Erstaunen versteckt, als sei es ihrer unwürdig. Erst recht ihr Schwindelgefühl, als sie die ganze Tiefe des Abgrunds verstanden, die unglaublichen Mondschatten. Am Himmel gab es, als man ritt, keine rasenden Sterne mehr mit komethaften Schweifen, die Sterne zuckten nur manchmal auf. So plötzlich, wie sie in ihren unermesslichen Himmel gestiegen waren, so plötzlich fielen sie in ihn zurück.

Der eingeborene Führer hatte die Pferde genau gekannt, und die Pferde kannten genau den Weg. Die drei Italiener hatten bitteren Speichel geschluckt auf den geflochtenen Brücken über die Bergrisse weg. Sie wären verloren gewesen, wenn sie hinuntergeblickt hätten.

Dann hatte sich der zerklüftete Berg zusammengezogen, die Erde hatte sich geglättet. Der goldene und violette Dampf war verflogen zwischen Nacht und Morgen. Die Abhänge waren auf einmal bestellt von Menschenhand, die Sonne flutete, angstverheilend. Aus runden und eckigen Hütten war Rauch gestiegen und manchmal, zu ihrem Glück, ein italienisches Lied. Sie warfen die Köpfe zurück, sie waren froh und stolz.

Da alles im Voraus richtig berechnet war, kamen sie vormittags an. Holzwände schirmten sie ab wie Zelte. Der Priester empfing sie, sie küssten ihm nacheinander die Hand. Ein Alter, der Ato, von dem man in den Camps gesprochen hatte, machte freundlich den Wirt. Ein Knabe ging ihm zur Hand; der führte sie später zu ihren Lagerstätten. Er steckte schweigend und rasch und geschickt Moskitonetze auf. Er machte ihnen vor mit schönen länglichen Händen, mit leichter Stimme, als sei ihm verboten, laut zu sprechen, wie sie nach ihm verlangen könnten. Er käme alsbald herbeigelaufen. Er stellte ihnen auch eine kleine Glocke bereit, aus Metall, in die die Apostel eingraviert waren.

Als der Knabe fort war, sagte Rossi: »Habt ihr gemerkt, wie schön der war?« Vecchio erwiderte lachend: »Darauf gab ich nicht acht.« –

»Ich kann verstehen«, sagte Rossi, »dass Engel auf allen Bildern aller Maler Knaben in diesem Alter sind.« Vecchio unterbrach ihn: »Durchaus nicht auf allen …« – Sie stritten ein wenig. Candoglio sagte auf einmal: »Das Glöckchen, das muss aus dem Kloster stammen, das ist aus Gold.« Es ging von Hand zu Hand, mit erstaunten Rufen. Dann schlüpften sie unter ihre Moskitonetze.

Der folgende Tag war ein Ruhetag. Sie besprachen über den Karten den Weg, der sie an die vorgeschriebenen Stellen in ihr Gebiet führen würde. Dabei zeigte es sich, dass man einige Stunden am Ufer stromabwärts reiten musste, um dann in eine Schlucht einzubiegen.

Nachts traf zu Fuß und mit Maultieren ihr Trupp eingeborener Träger ein. Italienisches Militär, das schon vor zwei Jahren die erste Expedition mitgemacht hatte, würde auch die ihre begleiten. Sie könnten fortwährend Radioverbindung mit dem Kloster und mit dem Camp an der Abzweigung der Autostraße halten. Die Station hieß immer noch »Kloster«, obwohl es verbrannt war und an seiner Stelle die neue feste Raststätte stand.

Man wandte sich mit einigen Fragen, den Weg betreffend, an den Alten, den Ato, der ihnen Essen und Trinken brachte. Dabei half ihm der Knabe. Der gab auch Auskunft in einem Gemisch Italienisch-Amharisch. Rossi legte den Arm um seine Schulter, er fragte seine Freunde rasch: »Habt ihr schon mal so was Schönes gesehen?« Und wirklich, jetzt, da sie ausgeruht waren und Muße hatten zum Betrachten, bestätigten sie: Der Junge war wirklich beinah vollkommen. Ein Schimmer Gold aus der Haut heraus, aus dem Haar, aus den Augen. Und dieser niemals geknickte Schwung in jeder seiner Bewegungen von den Brauen bis in die Fingerspitzen.

Als die Sonne hochstieg und Vecchio vorschlug, ein paar Stunden zu schlafen, machte der junge Ato dem Rossi mit dem Finger ein Zeichen. Das hatte sich Rossi vielleicht auch nur eingebildet. Der Knabe wich ihm sanft aus. Aber er führte ihn, und sie standen schließlich in einer Kammer, einer Vorratskammer nach den Gerüchen. Er brachte zu Rossis Verwunderung verschiedene Dinge zum Vorschein, woher sie stammten, war nicht recht klar. Buchleisten, ein Glöckchen, das dem Glöckchen mit den Aposteln in ihrem Zimmer glich, geäderte Steine, ein Beutelchen Goldsand. Vielleicht von der ersten Expedition, die dieser Knabe, wie sich erwies, auch mitgemacht hatte. Sicher nicht als Träger, vor drei Jahren war er dazu noch zu schwach gewesen, vielleicht als Gehilfe des Führers, wenn er ortskundig war. Er schüttelte nur den Kopf auf Fragen. Als Rossi heftig in ihn drang, wich er zurück. Er glich einem erzürnten, von den Brauen bis zu den Zehen abflugbereiten Engel.

Als Rossi ihn beruhigte und ihn langsam und streng ausfragte, kam schließlich heraus, er wisse, woher der Goldsand stamme, er sei selbst in der Nähe des Fundorts daheim, er könne Rossi und seine Freunde dorthin bringen. Morgen, am Nachmittag, könnten sie aufbrechen und in der zweiten Nacht zurück sein.

Auf einmal stand der alte Ato in der Tür. Er herrschte den Knaben an mit überstürzten Worten. Der senkte die Augen, wie es Rossi vorkam, mit Schuldbewusstsein. Des Alten Gesicht, als er sich Rossi zuwandte, war bereits wieder freundlich, still.

Rossi weckte seine Gefährten, die sich zeitig gelegt hatten. Er hätte den Eindruck, dieser Knabe sei bereit, ihnen zu helfen hinter dem Rücken des Alten. Der Alte käme ihm nicht so gewogen vor, wie man in den Camps behauptet hatte. Rossi, der die Landessprache am besten beherrschte, bekam den Auftrag, das Nötige mit dem jungen Ato vorzubereiten.

Am frühen Morgen aber war der Knabe nicht gleich zu finden. Als Rossi seinen Plan schon halb aufgab und dennoch unruhig wartend im Hof mit Soldaten schwatzte, tauchte er plötzlich auf. Er machte eine Bewegung mit Hand und Zeigefinger, wie es seine Gewohnheit war, Rossi kam sie zart und anmutig vor. Vecchio und Candoglio waren schon übereingekommen, das Beste, was man sich vorstellen könne, sei ein selbständiges Unternehmen außer dem geplanten. Der Junge stamme wahrscheinlich aus einem der Dörfer, in denen seit langem Goldwäscherei betrieben werde. Auf jeden Fall schade es nichts, auszuprobieren, was er zu zeigen hätte, umso mehr, als sie rechtzeitig zurückgekehrt seien zu der vorbereiteten Expedition. Sie würden die Vorkehrungen treffen, die man von ihnen erwartete; gleichzeitig hofften sie auf überraschende Fundorte.

Sie ritten nachmittags weg. Der junge Ato hatte den Mundvorrat gerichtet. Der Fluss, obwohl er breit war, wirkte um diese Jahreszeit bergbachartig mit viel Geröll.

Candoglio wusste hier und überall Bescheid, durch beharrliches Studium. Am gegenüberliegenden Ufer des Flusses, behauptete er, wohnten fast nur Mohammedaner. Der Fluss sei rot gewesen von den Kämpfen zwischen Mohammedanern und Abessiniern bis zur Ankunft der Italiener.

Nach ungefähr einer Stunde, es war noch längst nicht Nacht, erreichten sie ein Camp, das letzte am Ufer, das einzige auf ihrer Strecke. Der Knabe bedeutete ihnen, hier die Pferde zurückzulassen; es sei viel leichter, zu Fuß in die Berge zu steigen; sie könnten die Pferde auf ihrem Rückweg abholen.

Die drei besprachen sich kurz. Der Knabe war auch auf dieser Station bekannt. Die Soldaten lachten mit ihm. Er lächelte. Die Offiziere nahmen zusammen ein kurzes, vergnügliches Abendessen.

Vom ersten Bergeinschnitt an ging der Knabe voraus. Er sah sich dauernd um. Der Anstieg war einfach, er ging rasch vor sich. Der Knabe schlug früh eine Rast vor. Sie legten sich auf einen Bergvorsprung, ein wenig erschöpft von der ungewohnt leichten Luft. Der Berggipfel neigte sich über sie, berührte fast die gegenüberliegende Felswand. Aus dem Boden der Schlucht wuchsen einzelne Felsen heraus. Sie suchten unwillkürlich den Sinn ihrer Formen. Doch all die Zerklüftung war sinnlos.

Der Knabe bedeutete ihnen herunterzusteigen. Die Luft war rotgold geworden und grüngold in ihrem Untergangsdunst.

Die Schneebergkette am Rand der Erde leuchtete auf. Plötzlich war alles erloschen. Der Dunst war todgrau und todviolett. In einigen Felsen hingen noch immer ein paar Lichtfetzen. Der Knabe wartete, bis auch dieser Tag zu Ende ging. Der Abstieg war unsicher in dem Gemenge von Mondschatten. – Er wartete darum die Frühe ab und suchte mit grenzenloser Geduld den besten Weg. Er selbst stieg mehrmals wieder herauf, er bedeutete Vecchio, der wohl der Geschickteste war, ihm gleich zu folgen. Seine Schulter bot er als Treppe an, um auf den tieferen Vorsprung zu gelangen. Dann kam er wieder herauf, bot seine Schulter dem Nächsten an, bis alle drei etwas tiefer abgesetzt waren. Er verlor nichts an Leichtigkeit, an Geduld, er streckte sich erst aus auf dem nächsten Vorsprung, holte Atem, war dann gleich wieder bereit zum Abstieg, bereit, jeden dabei zu stützen.

Rossi legte sich neben ihn, er fragte ihn nach dem nächsten Weg. »Wir müssen herunter und dann noch mal mit dem Bach hinauf, es gibt keinen anderen Zugang.« Er fügte mit seinem Lächeln hinzu: »Es gibt keine Brücke, man kann nicht fliegen.« Rossi legte die Hand auf seine Schulter, die im Dunkel ein wenig schimmerte. Der Knabe wich zurück, drehte ihm langsam das Gesicht zu, und er sah ihn groß an. In seinen Augen war ein ernster, aufmerksamer Glanz.

Rossi rückte näher an ihn heran, da sprang der Knabe auf, er rief italienisch: »Voran!« Er sprang mit Leichtigkeit auf den nächsten Felsvorsprung. Rossi trat zuerst auf seine Schulter. Der Knabe half sofort den beiden anderen.

Der Abstieg ging weiter vor sich, langsam, bedächtig. Rossi empfand keine Müdigkeit mehr. Der junge Ato, immer, wenn er ihm näher kam, machte den nächsten Sprung, oder er drehte den Kopf nach einem der beiden Gefährten. Vecchio legte sich plötzlich hin. Der junge Ato sagte: »Hier nicht.« Er führte sie beharrlich an einen anderen Ort; sie legten sich dort alle vier. Im Mondlicht erkannten die drei, dass sie ungefähr auf der Höhe der Felsen lagen, die aus der Schlucht wuchsen, und über ihnen ragten Berggipfel, und einzelne Sterne rissen sich los und kreiselten. Die drei beherrschten mit Mühe ihr Schwindelgefühl. Rossi rückte so nah wie möglich an den jungen Ato heran. Der sprang plötzlich auf, lief weg, kam erst nach Minuten zurück. Mit Wasser vom nahen

Bergbach. Er sagte: »Wir müssen den Bergbach entlang. Dort unten. Ihr könnt ihn jetzt sehen.«

Sie aßen etwas; auf alle Fälle umsichtig eingeteilt. Rossi schob dem Knaben einen Happen in den Mund. Er spürte die Zähne an seinen Fingerspitzen.

Das letzte Stück Abstieg war rasch getan. »Und nun«, sagte der junge Ato, »den Bach entlang, heraus aus der Schlucht.« Sie stampften, zuerst recht im Genuss ihres Gleichgewichts, auf dem sichren Boden der Schlucht dahin. Im Mondschatten der Bergwand standen die einzelnen Felsen, dachlos, wie Bruchstücke eines ausgebrannten Palastes.

Sie stiegen, dem Knaben gehorchend, nochmals hoch mit dem Bach. Die Gegenwand war weniger steil als die Wand, die sie heruntergestiegen waren. Hier gab es auch einzelne grüne Stellen, auch Bäume mit nackten Wurzeln, verzweifelt nach Erde suchend, die in einem Unwetter abgebröckelt war. Sie kamen auf einen breiten grasigen Vorsprung. Sie sahen endlich wieder ins Weite. Sie atmeten auf. Der Knabe wandte sich gegen die Berge; er rief: »Dort ist die Quelle!«

Sie fragten sich untereinander, wie es möglich sein könne, zur ausgemachten Stunde ins Kloster zurückzukehren. Rossi fragte den Jungen. Der schüttelte ernst den Kopf. »Erst morgen.« Candoglio, ganz außer sich, fing heftig zu schimpfen an. Der Knabe senkte die Augen. Rossi wandte sich an seine Freunde: »Er versteht nichts von Zeit.« Candoglio bekam einen Wutanfall. Er griff nach der Schulter des Jungen. Er schüttelte ihn. Rossi hielt ihn zurück. Die Sterne waren schon am Verblassen. Die Luft war grauviolett, und plötzlich war der Tag da mit seinem bestürzenden Licht. Die Ebene, die jetzt unter ihnen lag, war unbestellt, unbestellbar. Zahllose Steinbrocken waren blindlings darauf geworfen, als sei ein Gebirge zerschmettert worden. Und wie sie sich umsahen, stieg ein neues, ein unbekanntes Gebirge hoch, heillos bis ins Innere zerklüftet. Candoglio herrschte den Jungen an: »Wohin?« Der sagte ruhig: »Das war mein Bach noch nicht. Es war ein anderer Bach. Kommt mit.«

»Er hat sich im Weg geirrt«, sagte Rossi zu seinen Gefährten.

Und er hinderte wieder Candoglio, sich auf den Jungen zu stürzen. Er packte ihn aber selbst an den Schultern und rüttelte ihn und zwang ihn, ihm in die Augen zu sehen. »Hast du dich verlaufen?« Der Knabe erwiderte leise: »Ja.« Er fügte hinzu: »Wir müssen noch einmal herunter.«

Die drei berieten sich. »Wir sind zu spät«, sagte Vecchio, »wir müssen herunter auf jeden Fall.« Rossi entschied: »Zuerst essen und schlafen.«

Er gab dem Knaben nur einen Rest aus der Fleischbüchse. Ihr eigener Vorrat war schon zusammengeschmolzen. Er schickte den Knaben barsch nach Wasser, dann streckte er sich neben ihm aus. Er sagte: »Ich bin auf dich böse.« Der junge Ato sagte: »Verzeiht.«

Sie kehrten zurück in die Schlucht, die sie gestern durchquert hatten. Lebhaft sagte der junge Ato: »Dort ist es!«

Sie berieten sich, zurück oder noch mal versuchen? – »Dort! dort!«, wiederholte der Knabe. Die drei sagten sich, auf jeden Fall müsse der gemeinsame Aufbruch aus dem Kloster verschoben werden. Da man sich schon einmal auf diesen Versuch eingelassen habe, sei es besser, die Angaben des Knaben zu prüfen.

Sie stiegen mit ihm in entgegengesetzter Richtung. Es gab wieder Rastzeit auf einem Vorsprung. Zu essen hatten sie nichts mehr, bis auf die Notration aus Würfeln und Pillen. Der junge Ato sah ihnen zu beim Schlucken. Alle warfen sich hin. Nur der Knabe blieb aufrecht sitzen. Er weckte sie. Er sagte nicht: dort; er sagte: »Hier.« Er trieb sie förmlich bergauf. Rossi war von neuem erregt, sowohl durch die Stärkungsmittel, die er geschluckt hatte, als durch die sichere Hoffnung, jetzt kämen sie an. Candoglio folgte verbissen, stumm, gewandt; er war mehr als die anderen an sonderbare, schwierige Abenteuer gewöhnt. Vecchio war bereits erschöpft. Seine Anstrengung war ausschließlich darauf gerichtet, die anderen nichts davon merken zu lassen.

Ein schmaler, doch bodenloser Riss war plötzlich zwischen dem jungen Ato und den drei Italienern, als hätte ein riesenhaftes Messer den Fels gespalten, den sie erklettern mussten. Und Vecchio, obwohl man den Spalt mit einem gespreizten Bein überqueren konnte, wagte es nicht; er hockte sich hin. Der Knabe, um ihm zu zeigen, wie lächerlich seine Angst sei vor diesem abgrundtiefen, aber nur messerbreiten Riss, sprang mehrmals hinüber und zurück. Candoglio befahl dann dem Vecchio streng: »Los!« Endlich wagte Vecchio den Schritt über den dünnen Abgrund. Er hockte sich zitternd auf der anderen Seite nieder, sein Blick war starr.

Jetzt packte Candoglio den Knaben hart an der Schulter, ehe es Rossi verhindern konnte. Er befahl ihm, falls er des Weges nicht vollkommen sicher sei, sie auf der kürzesten Strecke hinunter zu der Station zu bringen, an der sie die Pferde gelassen hatten.

Der junge Ato machte sich los, indem er die Schultern zusammenzog. Er sah Candoglio voll an, er sagte deutlich: »Sei ruhig, ich bin sicher.«

Rossi redete noch einmal sanft auf ihn ein. Der junge Ato erwiderte, ja, er hätte sich mehrmals selbst mit seinem Vater und seinen Brüdern und seinem ganzen Dorf an der Goldwäscherei beteiligt, sie würden, bevor die Sonne steige, an Ort und Stelle sein. – Warum er die Stelle nicht schon vor zwei Jahren der Expedition mitgeteilt hätte? – »Ich wusste nicht, was diese Leute wollten.«

Er stieg voran; er machte gleich kehrt, um ihnen zu helfen. Rossi und Candoglio mühten sich um den Vecchio, der war schlapp, ein Hindernis. Auf einmal sperrte Vecchio den Mund auf, sein Gesicht war verzerrt, er zeigte auf eine Wölbung der kahlen Bergkuppe, die sie umgehen mussten. Seinem Blick folgend, sah zuerst Rossi, dann auch Candoglio im Morgenlicht in den Stein gehauene Gesichter mit Bärten und Brauen, ja ganze Gestalten. Am Schwert und am Schlüssel erkannte man Paulus und Petrus. Ein Apostel trat nach dem andren aus der Bergwand. Vielleicht hatte Vecchio sie angesteckt mit seinem Schreck. Der junge Ato war gar nicht erschreckt, er nickte. Rossi und Candoglio berieten sich. Kein Zweifel, dass dieser Junge sich eines solchen Ortes erinnern musste. Rossi fragte ihn aus. Ein Wallfahrtsort. Er zeigte ihnen den Anstieg. Sie hätten zwar gern hier den Mittag verschlafen, jetzt war es aber Vecchio, der durchaus wegwollte. Er drehte den Kopf nach den Aposteln, als sei er dazu gezwungen. Er wollte weg, und er konnte nicht weg.

Zuerst war der Abstieg leicht. Bei jedem Durchblick lag die Wüste unter ihnen, bedeckt mit durcheinandergeworfenen Klötzen. Der junge Ato hockte sich hin, zwei Meter von ihnen entfernt, den Kopf in den Händen. Plötzlich sprang er auf, er fasste Rossi an der Hand. »Wir sind gleich da!«

Sie rafften sich auf, aber sein »gleich« war quälend lang, an ihrer Erschöpfung gemessen. Sie legten sich in ein Bachbett, es war ganz ausgetrocknet. Der Knabe rief: »Kommt! Kommt!« Rossi raffte sich auf, er glaubte, jetzt seien sie angelangt. Sie waren aber nur auf dem Weg. Der junge Ato sagte: »Richtiger Weg.« Das Bachbett verlor sich im Geröll.

Über den Steinwust zu ihren Füßen flutete goldgrau und goldgrün und violett das maßlose Abendlicht. Es färbte sogar ihre Fingerspitzen. Vecchio schrie: »Zurück!« Der Knabe sah ihn ruhig an. Er sagte ernst: »Nein, hier entlang.« Er sagte zu Rossi, an den er sich jetzt freiwillig schmiegte: »Wir sind gleich da.« Er beschrieb ihm den Weg: das trockene Bachbett entlang.

Vecchio war störrisch, er konnte und wollte nicht weiter. Candoglio schrie ihn an: »Schwächling!« Die Wut nahm ihm Kraft.

Der junge Ato sah aufmerksam zu. Er trieb sie noch einmal alle an mit seinen leichten lockenden Händen.

Alle drei krochen oder kletterten hinter ihm her. Allzu steil war die Strecke nicht, erst als sie sich lagerten, nahmen sie wahr, wie abschüssig, dicht an der Bergwand vorbei ihr Weg sie geführt hatte, rund um die Kuppel herum. Sie verzehrten den größten Teil ihrer Notration.

Der junge Ato, die Arme über den Knien verschränkt, betrachtete die Schlafenden. Dann betrachtete er den Himmel, auf dem noch ein hellroter Streifen verglühte wie eine beharrliche Leidenschaft. Sein Gesicht war gequält, als schmerze ihn der Abschied des Tages. Man sah schon die Kette Schneeberge aus ihrem eigenen Licht am Rande der Erde glänzen. In der jähen Dunkelheit sprangen die Sterne auf. Der junge Ato weckte den Rossi. Zuerst begriff der nicht, wo er war, herausgerissen aus seinem ohnmachtsschweren Schlaf. Dann sah er in das Gesicht des Knaben. Mit leichtem Lächeln, mit etwas starren, glänzenden Augen erschien ihm der Knabe so schön, als ob er noch träume. Er lächelte selbst, er fasste nach der ausgestreckten Hand, er ließ sich hochziehen. Sie weckten zuerst den Candoglio, der war ziemlich rasch auf den Beinen. Sein Zorn war auch mit ihm erwacht; er befahl: »Nichts wie herunter!« Der Knabe, der diesmal Candoglios Zorn ertrug, ohne die Augen zu senken, erklärte: »Sofort.« Er fügte hinzu: »Wir sind ganz nah.« – »Nichts wie herunter!«, schrie ihn Candoglio an. Er senkte aber sogleich die Stimme, weil ihm das Schreien zu viel Kraft nahm. »Auf dem kürzesten Weg!« Der Knabe sagte: »Mein Weg ist der kürzeste.«

Sie weckten Vecchio mit großer Mühe. Als der ganz wach war, fing er zu weinen an. Candoglio befahl ihm hart, die Tablette zu zerkauen, die er heimlich verwahrt hatte. Wirklich, Vecchio raffte sich auf, als er begriff, es ging endgültig heim.

Sie machten einen unerwartet steilen Abstieg. Doch dazu fanden sie noch einmal Kraft, weil sie sich sagten, je steiler, je schneller. Sie hielten an einem tiefen Bergriss, vielleicht der gleiche, den sie zuerst überquert hatten. Nein, doch nicht, dieser war enger, auf seinem Boden hätten die Felsen nicht Platz gefunden. Es war finster; sie tasteten sich hinter dem Rücken des jungen Ato zwischen den Steinwänden fort, einer hinter dem anderen. Sie landeten auf einer Plattform. Wurzeln hatten sich festgekrallt, die waren so hochgeklettert wie ihre Bäume, die aus der tieferen Plattform wuchsen.

Der junge Ato ließ diesmal keinen in Wut oder Verzweiflung geraten. Er ließ niemand zum Schlafen kommen. Mit ungebrochener Leichtigkeit kletterte er auf die tiefere Plattform, und seine Schulter diente wieder als Stiege, er versicherte: »Jetzt sind wir da.«

Alle verstummten, als er sie in einen Bergriss führte, er sagte nochmals: »Der letzte, dann sind wir da.« War draußen noch Nacht? Schon Tag? Sie folgten ihm, weil er sie führte. Denn diesmal war der Riss zwar so eng wie der vorige, er verlief aber nicht gerade, sondern im Zickzack. Atos Stimme hielt sie im Dunkeln zusammen. Manchmal berührte Rossi seinen Rücken. Candoglio ging zwischen Rossi und Vecchio. Der heulte laut auf, auf sein Geheul kam ein Echo, er erschrak. Candoglio hasste das Echo auf seine Flüche, so dass er verstummte. Endlich wurde es hell, sogar beißend hell.

Es gab auf dem blankkahlen, kaum bewaldeten, heillos zerklüfteten Abhang einen winzigen Vorsprung, auf den sie sich legten. Sie drückten sich eng zusammen unter dem überhängenden Felsen, weil das Tageslicht biss. Auch wenn sie sich umblickten, sie waren viel zu erschöpft, als dass sie der Abgrund, armbreit entfernt, gekümmert hätte. Es gab keine Plattform mehr unter ihnen, kein bewohnbares Land, keinen Fluss. Kein Halm wuchs aus der Wüste. Als seien die Berge übereinandergestürzt und hätten sich gegenseitig zermalmt, lag drunten ein Felsbrocken neben dem anderen, so weit ihre Augen reichten. Der Berg, aus dem sie gestiegen waren, sprang steil aus der Wüste, bis ins Innere zerklüftet, aber herrisch und unangreifbar.

Candoglio hatte Atem geschöpft, er stieß mühsam hervor: »Nur weiter!« Der junge Ato führte sie langsam die Bergwand entlang auf den nächsten schmalen Vorsprung. Er legte sich diesmal zuerst. Candoglio stieß hervor: »Weiter!« Der Knabe richtete sich halb auf. Er sagte: »Wir sind da.«

Candoglio glaubte zu schreien: »Was heißt das?« Der junge Ato sagte, Candoglio im Auge behaltend: »Wir bleiben.« Candoglio glaubte zu schreien: »Wieso? Wozu?« Der Knabe sagte: »Wir sind da. Wir bleiben.«

»Wie? Was?«, schrie Candoglio. »Bist du verrückt?« Der Knabe zog den Blick von ihm ab. Er schwieg.

»Was sollen wir hier?«, fragte Rossi.

»Nichts«, sagte der Knabe.

»Was soll denn das heißen? Nichts?«

»Nichts. Es ist aus.«

Candoglio herrschte Rossi an: »Wir müssen zurück. Sofort. Sag du ihm, was ihm passiert!«

Rossi, der stark zu zittern begonnen hatte, redete auf den Knaben ein: »Bring uns zurück! Sofort! Hörst du? Versteh doch. Er wird dich erschießen.«

Der Knabe sah Rossi voll an, ohne zu lächeln. Er regte sich nicht, als sich Candoglio auf ihn stürzte. Er brauchte sich auch nicht zu wehren. Rossi packte Candoglio. »Tu ihm nichts an! Nur er kann uns führen!«

Vecchio war ihrem Streit gefolgt, zuerst vor Angst gelähmt. Dann kam er Rossi zu Hilfe, er rief: »Candoglio, tu ihm nichts an! Er kennt den Weg!«

Candoglio, dem Rossi die Arme zurückhielt, drohte: »Du führst uns sofort hinunter! Sonst knall ich dich ab! Du wirst da hinunterrollen, Hyänen werden dich fressen!« Er vergaß, dass der Knabe kein Wort verstand. Vecchio schüttelte sich vor Lachen. »Uns alle, Candoglio, uns alle!« Rossi sprach amharisch, sanft, eindringlich: »Verstehst du denn nicht, mein Junge? Man vermisst uns doch schon im Camp. Man sucht uns. Mit Patrouillen. Mit Flugzeugen.« Der Knabe sah ihn fest an: Wer soll uns hier finden?

Candoglio fing von neuem an, rasend vor Wut: »Er muss uns hinunterbringen. Er muss.« Er stürzte sich auf den Knaben, Rossi verbrauchte die letzte Kraft, ihn zurückzuhalten.

Der Knabe war unmerklich gegen die Felswand gerutscht. Auch hier war nur sein Kopf im Schatten. Die drei lagen erschöpft auf dem schmalen Vorsprung. Rossi richtete sich noch einmal auf. »Hör doch, mein Junge, führ uns zurück«, und er schlang die Arme um ihn. Der Knabe zog sich leicht in sich selbst zusammen. Mit leeren Armen lag Rossi da.

Vecchio schoss in die Luft. Er schrie: »Damit sie uns finden!« Rossi half dem Candoglio, den Vecchio zu bändigen.

Schließlich waren sie verstummt. Der Schatten auf ihrem Vorsprung war etwas breiter geworden. Der junge Ato sah auf die drei herunter. Die hatten sich ausgetobt. Die gaben Ruhe.

Er sah über die Erde, schon fing ihr Schneesaum zu glänzen an. Die Steinklötze, die auf der Wüste lagen, blindlings hingeschleudert, verfärbten sich und lösten sich auf, sie wurden im Abenddunst so weich wie Wolken. Er sah durch all die Schleier durch, die die Nacht vom Tag trennen. Es glühte noch einmal auf in Goldrot und Goldgrün und Violett, in Hass und Verzweiflung und auch in Triumph. Das Ende fing an zu rauschen. Die Sterne sprangen in den Himmel. Er hatte kaum gestaunt, da war ihr Glanz schon wieder matt, sie fielen zurück in den unermesslichen Himmel. Es ward Morgen. Der letzte Tag.

Die Heimkehr des verlorenen Volkes

Einstmals hatte das Volk den Urwald durchdrungen. Seine Kundschafter hatten dem Häuptling berichtet: nicht bloß gerodetes Land gäbe es hinter dem Wald, sondern auch zahlreiche Wohnstätten, unbeschreibliche, sonderbare. Aus der Erde des fremden Volkes wachse nicht nur üppig das Gras an vielen Stellen, sondern auch Mais und allerlei genießbare Pflanzen, es gäbe dort Lagunen mit Salz, es gäbe dort allerlei Frucht und Getier, wie sie selbst es nur im Durchziehen erblickt hätten, auf Jagden und Beutezügen. Sie hatten dann manchmal davon etwas ergattert und gekostet und verteilt, wenn ihre eigne Jagdbeute allzu gering gewesen wäre und ihr eignes Volk in Gefahr, einer grässlichen Krankheit zu erliegen. Das war zwei- oder dreimal nach ihrem Gedächtnis der Fall gewesen. Die Sonne hatte sich, erbittert über die Bosheit einzelner Söhne, von ihrem ewigen Wohnsitz hinter graue, kalte Schauer zurückgezogen. Erst als solche bösen Söhne, mit ihnen freilich ein Teil des Volkes und auch viele Jagdtiere, gestorben waren, hatte sich die Sonne wieder besänftigt und alles Lebende angeglüht.

Diese verwegenen Kundschafter also, die zuerst den Urwald durchdrungen hatten, berichteten, das fremde Volk jenseits des Waldes auf dem bebauten Land sei nur ein Völkchen, schwächlich, klein von Wuchs, gar leicht besiegbar. Es wohne satt, umgeben von Kornfruchterde, ohne sich von der Stelle zu rühren, fest, fest, fest.

Mitten in seinem Land erhebe sich ein Bauwerk, turmartig, mit vielen Stufen, um zu den Göttern zu steigen, seine Spitze ende im Himmel.

Der Häuptling fragte die Priester, die Priester fragten die Götter. Ihr Ratschluss war klar: den Kundschaftern nach, und das fremde schwächliche Völkchen vertreiben, und dann einziehen in seine fertigen Wohnstätten und auch in seinen Himmel steigen auf den Tempelstufen.

Fast so rasch, wie die Götter geantwortet hatten, war ihr Ratschluss befolgt. Aus dem Wald heraus, den das Völkchen für einen undurchdringlichen Schutzwall gehalten hatte, brach das neue, das gierige Volk hervor. Es hatte, gewohnt an Jagden und Kriegszüge, viel mehr, viel sichrere Pfeile als die sanften, gemächlichen, an Ruh und Frieden gewohnten Sesshaften. Es sickerte rot aus der Erde und auch aus den Brunnen.

Und als das feste, das schwächliche Völkchen getötet oder vertrieben war, als man seine hohe, den Göttern erbaute Festung erklommen hatte und geopfert von dem unnützen Fleisch der Gefangenen – damals wusste man noch nichts von Sklaven und ihrer nützlichen Arbeit –, rief man die eigenen Leute zusammen mit Botschaftern und Trommeln, um das eroberte Land und Gut zu teilen und zu genießen.

Man aß vom gemachten Tisch. Man baute sich Hütten aus Ziegeln nach dem Muster der Hütten, die man zum Teil zerstört hatte. Bald heilte die niedergestampfte Erde. Mais gedieh. Das landgierige, siegreiche Volk lernte aus allem, was es vorfand. Es wurde ebenso sesshaft, wie das besiegte gewesen war. Und die Priester beschlossen, den Göttern des Landes noch stolzere Festungen zu bauen, hohe Pyramiden, denn diese Götter, denen das Land nun einmal gehörte, waren gute Götter, wenn sie sich überzeugt hatten, man gehe mit ihrem Land gut um.

Schon waren viele Kinder aufgewachsen. Sie erfuhren nach und nach, dass sie auf einer Halbinsel wohnten. Der Rest des besiegten Volkes war nicht völlig vertilgt, er war, auf der Spitze der Halbinsel seßhaft, arg zusammengedrängt.

Aber die jungen, die siegreichen Ansiedler dehnten sich froh nach beiden Ufern. Die Frauen sangen: Hier Meer, dort Meer, hinter uns Wald, über uns Himmel, cho, cho! –

Als dem Häuptling berichtet wurde, wirklich, auf der seitlichen Spitze der Halbinsel gäbe es einen Rest Fremder, fragte er seine Priester, ob er den Rest ins Meer jagen könne. Aber die Priester sagten: »Nein.« Die Priester befahlen, einige Kundschafter auszuschicken. Diese kamen zurück mit Nachrichten von den Priestern der andren. Die Götter warnten mit ausgestreckten Strahlenarmen. Bald tauschten die Priester beider Seiten Nachrichten aus, in Rinde geritzt oder in weiche Steine. Nicht einmal der Häuptling konnte dergleichen entziffern, geschweige ein einfacher Mann.

Die Priester bauten sich Wandelgänge im Schatten der Pyramiden, wie es ihnen die Priester des Restvolkes auf der Spitze der Halbinsel vorgemacht hatten. Sie nahmen einzelne Knaben, kluge, schönäugige, makellose, die als heilig befunden waren, in ihren Schutz und in ihre Lehre. Sie brachten ihnen mancherart Zeichen bei, die die Knaben dann in die Sockel der Pyramiden und auch in die Hofmauern ritzten. Sie brachten ihnen bei, die Tageszeiten von den wandernden Schatten abzulesen. Sie brachten ihnen auch den Ablauf der Jahreszeiten bei, die festen und die beweglichen Sterne. Sie lehrten sie alle Künste, die sie selbst von den Priestern des anderen Volkes gelernt hatten.

Die heiligen Knaben zeichneten, ritzten und kneteten Sonne und Mond, Männer und Vögel, Pfeile und Jagden, die ganze erdachte Welt. Sie ahmten auch nach, was die Besiegten bereits erfunden hatten: Zahlenzeichen und Zeichen für Dürre und Regen, für Ebbe und Flut.

Nach einer gewissen Zeit war kein Unterschied mehr zwischen Besiegten und Siegern. Die Nachrichten wurden nicht mehr nachts im Geheimen von heiligen Knaben geschickt. Alles war zusammengeschmolzen. Die Halbinsel hatte für alle Raum.

Das Leben aller war glücklich geworden, und auch der Tod war glücklich, denn hinterher fing ein Dasein in sieben verschiedenen Himmeln an. Der Wald schützte alle vorm Festland, mit der Steppe hinter dem Wald gab es einen doppelten Schutz.

Das ganze Volk aß und trank, soviel es wollte. Es gab Mais genug. Es gab Kakao, es gab süßes Wasser, es gab Salz. Man bereitete Branntwein aus dem Saft der fleischigen Kakteen. Es gab allerlei Feste. Die Priester waren so klug, sie wussten so gut über die Absicht des Himmels Bescheid, dass sie richtige Ratschläge gaben, um zu säen und zu ernten, um Brunnen zu graben.

Der Häuptling war gerecht. Zu seiner Ehre erjagten die Jäger seltene Vögel mit goldenen und grünen Federn.

Die Frauen verstanden sich aufs Spinnen und Weben. Bei der

Arbeit sangen sie viele Lieder. Sie sangen zum Beispiel das Lied: Unsre Tochter vor dem Fest fegte alle Stufen unsrer Pyramide. / Und in ihrem Rock, unsrer Tochter Rock, blieb die grüne Feder hängen. / Unsre Tochter, die gebar dann Zwillinge – / Götterzwillinge, Morgenstern und Abendstern. / Alle Stufen unsrer Pyramide fegte unsre Tochter vor dem Fest. / Eine grüne Feder blieb in ihrem Rock. –

Sie buken Maisfladen. In Booten aus leichtem Holz begleiteten sie die Männer beim Fischen. Schön und geschmeidig waren die Frauen, goldbraun. –

Eines Nachts wurde der Häuptling geweckt, und auch an das Priesterhaus wurde gegen alle Sitten mit gewaltigen Faustschlägen geklopft. Kam ein Trupp fassungsloser, vollständig erschöpfter Menschen von der Spitze der Halbinsel. Ihr uralter eigener Priester, den sie mitgeschleppt hatten, lag zuerst besinnungslos auf der Schwelle des Priesterhauses. Die Jungen waren mit dieser Last, die sie abwechselnd getragen hatten, so schnell eingetroffen, dass ihnen der Atem die Brust zu sprengen drohte, bevor sie Worte fanden. Der Häuptling und seine Leute und auch der Priester glaubten, die Ankömmlinge seien von Sinnen. Auch ihre Worte waren sinnlos. Sie stießen hervor, fremde Götter seien über das Meer gekommen. Sie würden schnauben, die fremden Götter, von stinkendem Hass, ihr Hass knalle und rauche, doch niemand verstünde, was ihren Hass erregt hätte.

Es sei ein entsetzlicher Hass, durch nichts zu besänftigen. Ein gotteslästerliches, ein unglaubliches Verbrechen müsse im Volk geschehen sein. Nur, sie wüssten nicht, wer es begangen haben könnte. Plötzlich, unangekündigt, seien die Fremden, die hasserfüllten Götter, auf die Halbinselspitze gekommen. Was ihre Pfeile traf, sei verloren, und diese Pfeile schossen tausendmal weiter als die eigenen Pfeile, beim Abschuss bebe die Luft in einem unnachahmbaren Schrei, grausiger als ein Todesschrei, und der stinkende Hass rauche auf. Sie seien durch nichts zu besänftigen, die gnadenlosen fremden Götter, was zu fressen sei, das verschluckten sie. Sie packten gnadenlos die frischgeweihten Mädchen. Was brennbar sei, stehe in Flammen.

Niemand glaubte zuerst diesen wahnsinnigen Worten. Als man auf die Spitze der höchsten Pyramide stieg, sah man Feuer lodern in der Ferne. Da gab der Häuptling den Befehl aufzuladen, was man nur schleppen könne an Waffen, an Salz, an Schmuck, an Kleidern, an Korn. Sie sollten sich gegen den Urwald zurückziehen, um dort mit Gebeten zu warten, bis sich die fremden Götter gesättigt und besänftigt hätten und ihre eigenen Götter heruntersstiegen. Sie zogen in der zweiten Nachthälfte ab, verstört, aber gehorsam. Einige Kundschafter wurden zurückgelassen.

Sie hatten die Waldgrenze noch nicht erreicht, da wurden sie eingeholt. Der jüngste und rascheste Kundschafter fiel erschöpft auf den Boden. Dann riss er sich zusammen. Die Fremden seien bereits über den eigenen Wohnstätten, sie kletterten ungehindert die Tempel hinauf, und auch von den Spitzen der Pyramiden, vom Himmel herunter, kämen welche, stumm hätten sich alle eigenen Götter zurückgezogen.

Der Häuptling beriet sich mit den Priestern, welche Schuld, geheim oder offen, im Spiel sein könne, die das alles nachzog. Doch der Häuptling war sich keiner bewusst, und auch die Priester kannten keine. Sie drangen tief in den Wald ein. Auf der Rast weinten die Frauen: Gestern war hier Meer, war dort Meer, hinter uns war Wald, über uns war Himmel, cho, cho!

Wurzeln drehten sich aus der Erde heraus um ihre schmalen Leiber. Es war finster im Wald. Ihre Kleider zerrissen und ihre Haut und ihr Haar. Zornige Vögel schrien. Viele Kinder starben.

Der Häuptling schickte abermals Kundschafter aus. Die kamen so bestürzt wieder, so fassungslos, wie die ersten Unglücksboten nachts gekommen waren. Ihre Heimstätten brannten. Ein Knabe, der nicht mit den anderen geflohen war, auf seine Heiligkeit bauend, werde lebendig geröstet, man frage ihn fortwährend aus, wo dies und das versteckt worden sei, der Knabe erwidere immerzu, so etwas Goldfarbiges gäbe es hier nur in den Federn einiger Vögel; inzwischen wäre er sicher tot, der Knabe. Es könne nicht lange mehr dauern, dann kämen diese blindwütigen Götter ihnen nach in den Wald in ihrer unvorstellbaren Gier.

Der Häuptling besprach sich mit dem ältesten Priester, den man in der ersten Nacht niedergelegt hatte auf der Schwelle des Priesterhauses. Auch in den Wald hinein hatten ihn einige Knaben abwechselnd mitgeschleppt. Dieser älteste Priester sagte: »Es sind vielleicht gar keine Götter. Es ist vielleicht ein böses Volk.«

Der Häuptling sagte: »Woher soll es gekommen sein? Es gab nur das Meer um uns herum.«

»Es gab vielleicht auf dem Meer eine Insel, und ihre Schiffe sind schneller als unsere. Geht aus dem Wald auf die Steppe. Sie kommen uns nach.«

Der Priester verstarb nach diesem Ratschluss. Der Häuptling gehorchte. Sie stießen vor durch den Wald, langsam, beharrlich.

Als er sich lichtete, waren sie froh. Sie ruhten sich unter den Sternen aus. Das Gras war spröde. Keiner wusste mehr, dass sie hier schon einmal gelagert hatten, bevor sie die Halbinsel einnahmen. Und ihre Sinne waren so wirr und trüb. Ein unfassbarer Schreck lag hinter ihnen.

Auf Geheiß des Häuptlings wagten sich einige Männer zurück in den Wald, nicht zur Erkundung, sondern zur Jagd. Denn der Hunger war beißend geworden. Sie wagten kein Feuer anzuzünden. Einige saugten rohes Fleisch aus, das die Jäger brachten, andre verschlangen ihre Happen. Schließlich kam der letzte Jäger. Der war angstvoll erwartet worden; denn er hatte die Jagd zur Kundschaft benutzt. Der Feind, er nannte die Fremden nicht mehr Götter, sei ihnen bereits auf der Spur. Er, der Kundschafter, hätte selbst das Getös der Pfeile gehört. Die Luft sei ständig geplatzt vor Entsetzen. In den Wald sei ein Bündel Blitze geschleudert worden. Wo das Holz nicht hart genug war, hätte das Feuer sich eingefressen.

Der Häuptling befahl den Aufbruch. Sie zogen in die Steppe hinein. Ihre Vorväter hatten vielleicht einmal hier gelagert. Jetzt war die ganze Steppe erschöpft, spurenlos, kahl und fahl.

Und der Sonnenuntergang nahm kein Ende. Als die Sterne schon hochgezogen waren, brannte der Himmel am Rand der Steppe noch immer. War ihnen der Feind zuvorgekommen?

In den folgenden Tagen zogen sie wortlos weiter, in ihren Herzen den Wald, der irgendwo wieder beginnen musste, um Schutz anflehend, und mit dem Wald seine Götter, die ihnen noch unbekannt waren. Doch falls es den Wald gab, mussten auch seine Götter hören.

Das Land war inzwischen faltig geworden. Sie tranken sich satt an einem Fluss. Hier gab es Geröll, hier gab es gewundenes Wurzelwerk, das sich gegen die Erde bäumte und sie dann heftig durchstieß, um in die Luft zu wachsen mit jungen, ungebärdigen Trieben. Der Häuptling befahl, Brücken zu schlagen, sie gehorchten in fliegender Angst. Nicht alle Brücken, fast alle, hielten stand. Hinter dem gegenüberliegenden Ufer, das nicht alle erreichten, wenn auch ihr größter Teil, begann wahrhaftig der neue Wald. Er begann nicht in einer dunklen Masse wie jener Wald, in dem sie sich zu Beginn ihrer Flucht versteckt hatten; hier wuchs er in einzelnen mächtigen Baumgruppen, bevor er sich zusammendrängte, aus der aufgerissenen Erde. Auf einem entfernten Abhang stand Rauch. Die Kundschafter fanden ein Dorf; sie wühlten sich ein, um Ausschau zu halten. Der Hauptteil der Flüchtlinge verzog sich in den Wald.

Ihre Füße waren längst nicht mehr wundgescheuert, sie waren schon verhärtet. Ihr Gedächtnis war blankgescheuert von der durchflüchteten Zeit, die wie ein Fluss auch Steine abstumpft. Sie dachten nur: Weiter! Weiter! Hinter uns ist der Feind. Neben uns auch. Sie dachten schon lange nicht mehr an Säen und Ernten. Sie klagten nicht mehr über verlorenes Korn.

Nur manchmal, wenn sie im dunstigen Urwald zusammenhockten, sangen die Frauen etwas für ihre Kinder; das Lied klang bitter. Hier war das Meer, dort war das Meer, hinter uns war Wald, über uns Himmel. Alle sangen mit, selbst der Häuptling weinte. Es war allen ein Unglücksglück, noch einmal, wenn auch nur auf Lieddauer, fühlen zu können, was sie gewesen waren.

Es kamen zurückgelassene Kundschafter, die hatten endlich ihr Menschengestimme vernommen in dem Vogelgekrächze, im äffigen Urwaldgeschrei. Als sie sich fassen konnten, berichteten sie, bereits in Flammen stünde das gemiedene Dorf, der Feind sei immer noch hinter ihnen.

Sie drangen noch rascher und tiefer in den Wald. Manche flehten um Rast. Was konnte aber der Häuptling anderes tun, wenn er das Ganze, das Volk, retten musste, als die Erschöpften sich selbst zu überlassen? Bei diesen blieben einige Priester, halb freiwillig, halb gezwungen durch eigene Kraftlosigkeit.

Ihr Amt übernahmen Knaben, die ihre Schüler gewesen waren. Sie hatten sich auf Zahlen und Bilder verstanden, die Knaben, sie waren einmal schön anzusehen gewesen, mit Federn geschmückt, heilige Zeichen standen noch immer in ihrer Haut, denn die waren nicht auszumerzen. Zur Zeit der Aussaat oder zur Weihe der Töchter und Söhne waren die Knaben von einer Siedlung zur anderen gesprungen, die Rufe aus ihren reinen Kehlen hatten bereits ein Glück bedeutet.

Jetzt, im dampfenden Urwald, versuchten sie in ihrem ungebrochenen Stolz, in ihrer unverletzbaren Reinheit, wenn auch verkrustet und struppig, aus dem Dunkel heraus an die Götter heranzukommen, an die neuen und fremden Götter.

Und es gelang ihnen.

Ihr Gebet, »Lasst uns nicht alle umkommen, sonst verarmt ihr an wahren Söhnen«, wurde oft erhört.

Manche Schlange, statt zuzubeißen, ringelte sich auf ihr Geheiß zusammen in plötzlicher Schläfrigkeit und schloss ihre klugen Augen; der Tiger, der schon sprungbereit gelauert hatte, verzog sich, eingeschüchtert von dem drohenden Flehen.

Aber sie waren durchaus nicht die Stärksten im Zug, diese Knaben, mit all ihrer reinen Macht. Als der gewaltige Regen losbrach, der dann wieder in heißem Dampf auf die Erde zurückschlug, blieb gleich einer der Knaben auf der Strecke, fast unbemerkt, weil er ohnedies meistens schwieg. Ein anderer starb rasch an einem Biss, vielleicht war es ein Rachebiss, weil er selbst schon so oft die Schlangen gehemmt, auch schon manchem aus seinem Volk den giftigen Biss ausgesaugt hatte. Doch der dritte, bevor er an Erschöpfung starb wie der erste, hatte einigen jungen Gefährten verschiedene Anrufungen und Beschwörungen beigebracht, so dass sie, zuerst von seiner Stimme geführt, und als er tot war, aus eigener Kraft, manchmal die Götter erreichten.

Diese jungen, neuartigen Priester, die sich von vornherein an erreichbare, beinah vertraute Götter wandten, rieten von nun an dem neuen Häuptling, alle zusammen rieten dem Volk. Ihre Ratschläge wurden befolgt, weil alle froh waren, dass es Ratgeber gab in dem endlosen Herumgeirre. Sie rieten, vor allem eine Rast einzusetzen, wie groß die Gefahr auch sei, um den toten Häuptling verbrennen zu können, sich auszuweinen. –

Der neue Häuptling hatte mehr Glück als der alte. Insofern, als ihn und sein Volk kein neues unerklärliches Unglück traf. Zwar, oft brach ein Tiger in den Zug ein und zerriss, was er zwischen die Zähne bekam, zwar, mehrere Frauen stürzten mit ihren Kindern in glitschige Strömungen ab, wie Kieselsteine wurden die kleinen Kinder über die Felsen gespült, so dass sich das Volk verringerte. –

Nach einem Marsch von Monaten oder von Jahren stieg der Wald einen Bergrücken hinauf und einen herunter und wieder einen hinauf. Über dem Bergkamm, wo der Häuptling eine Rast angeordnet hatte, war klarer Himmel. Sie hatten so lange im Dunst gelebt, in dem verquollenen Urwald, dass sie verlernt hatten, was sie brauchten, um unter dem Himmel zu leben. Die Jahreszeiten waren ihnen verlorengegangen. Und die Bedeutung der Sterne. Und der Wechsel von Sonne und Mond.

Jetzt starrten alle, vor Glück zitternd, den ausgestirnten Himmel an. In einigen regten sich Erinnerungen, viele fingen zu stammeln an, was sie noch wussten. Manche sangen. Eine sehr alte Frau sang plötzlich allein: »Unsre Tochter fegte alle Stufen unsrer Pyramide. / Eine grüne Feder hing in ihrem Rock. / Nach dem großen Fest gebar sie Zwillinge, unsre Tochter, / Götterzwillinge, Abendstern und Morgenstern.«

Dazu wiegten sich alle, und sie sangen: »Hinter uns war Wald. / Neben uns war Meer, hier und dort / cho, cho.«

Sie zogen auf dem Bergkamm weiter. Tief im Land, auch um runde und um schroffe Höhen, war das Urwaldgrün. Doch die Jäger, die zugleich Kundschafter waren, kamen wiederum nicht nur mit Beute zurück, sondern mit Nachrichten. Sie hatten unterwegs Spuren gefunden, die ihren Spuren glichen. Zwar nicht genau, Spuren von Tieren waren es aber auch nicht. Alle horchten in Spannung und Angst. Der Häuptling fragte hundertmal.

Die Kundschafter machten die Spuren nach, nein, keine Götter, nein, keine Tiere. Mehr kann man den Spuren nicht ansehen.

Die nächste Nacht war noch nicht zu Ende, da war das Fremde zu spüren. Es knisterte, es schlich sich heran. Mondschatten von Männern lösten sich ab. Auf den Anruf des Häuptlings kam einer heran, ganz schutzlos, ganz hilflos, auf dem Weg, den ihm das Volk freigab. Er warf sich vor den Häuptling. Und wie seine Fuß-spur, so seine Sprache. Sie war anders als ihre. Nicht zu verstehen. Es war aber eine Menschensprache. Der Häuptling winkte alle fremden Männer zu sich heran. Sie sahen verstört, entkräftet aus. Er bot, seit wer weiß wie langem, zum ersten Mal seine Gast-freundschaft an.

Die Fremden, als sie etwas bei Kräften waren, machten allen durch Zeichen verständlich, was sie hergeführt hatte. Nicht allzu weit weg, ja unvermutet, überraschend nah, sah man durch eine Bresche im Wald auf die bepflanzte Ebene. Die Herzen erbebten dem flüchtigen Volk in einem Sturm von Erinnerungen. Die Fremden erzählten, was ihnen geschehen war. Gewiss, manches davon war den Alten des eignen Stammes geschehen, oder sie hat-ten davon erzählen hören. Nun war es noch einmal da, furchtbar nah, erlebt, nicht erzählt. Drunten in dieser Ebene, aus der die fremden Männer geflohen waren.

Daran erkannten sie, wie groß die Gefahr für ihr Volk war, unter freiem Himmel zu leben. Denn der Feind war längst auch hierhergekommen. Seine Pfeile surrten nicht, sie dröhnten. Seine Häuptlinge flogen auf wilden schnaubenden rot- und schwarz-mähnigen Tieren, die stampften alles in den Boden. Was der Feind nicht zerstampfen konnte und nicht zerschießen und nicht zer-brennen, das peitschte er zusammen, erzählten die Fremden mit Zungen und Händen. Sein Brandmal drücke der Feind in die Schultern der Gefangenen. Es sei eine Qual, am Leben zu bleiben.

Der Häuptling verstand jetzt, warum diese Fremden geflohen waren, er erlaubte ihnen, mit seiner Schar zu ziehen. Sie zogen vom Waldsaum ab ins Innere, damit niemand sie einholen konnte. Und der Wald wuchs auf ihren Spuren zusammen, sie wurden un-auffindbar.

Bisweilen brachten glückliche Jäger vortreffliche Beute nach einer Zeit von Hunger und Absterben. Dann lebten sie auf. Ihre Herzen schlugen dann weicher, und aus den Herzen heraus entstand ein Schimmer auf ihren verhärteten Gesichtern. Es kam dann auch vor, dass aus ihren Kehlen Töne sprangen, Vergangenes fiel ihnen ein.

Die Jungen, im Zuhören, ahnten, was sie alles versäumt hatten. So stark war das Ahnen, beinah wie Miterleben. Sie tanzten die jemals getanzten Tänze, Tänze zur Ernte, zur Jagd, zur Knabenweihe, zur Mädchenweihe, zur Hochzeit, zum Tod. Freilich, in der Enge, statt zu springen, mussten sie stampfen. Sie machten in ihren Liedern Fischzüge auf zwei Meeren. Von ihrer höchsten Pyramide stiegen sie schnell in den Himmel, und für die Götter war es ein leichtes Spiel, den Fuß auf die Spitze der Pyramide zu setzen und zu ihnen herunterzusteigen. Ein Gottvogel verlor eine Feder aus seinem Schweif. Und die Frau, die die Stufen fegte, steckte die Feder in den Rock. Darauf gebar sie den Zwillingsgott. Alle lebten in Freude, bis der Feind das Volk in den Urwald jagte. –

Nach zwei Jahren oder nach zwölf oder nach zwanzig war der Urwald plötzlich wieder gelichtet. Nicht von selbst, sondern durch Menschenhand. Er fing bereits langsam wieder an, über der schmalen Rodung zusammenzuwachsen. Sie waren zuerst ganz glücklich über den Lichtblick. Und sie schrien vor Freude beim Anblick der Sonne. Die Männer und Frauen, die zu versteift waren, zu verhärtet, um zu tanzen, wiegten sich hin und her.

Von diesem weichen Fleck, der Lichtung, hätten sie sich nicht trennen mögen, wäre man nicht beim Feueraustreten oder beim Tanzen auf Knochen gestoßen.

Und sie mutmaßten, schließlich und endlich, das könnten Knochen von den Menschen sein, die den Urwald zu roden begonnen hätten. Drei Kundschafter wurden ausgesandt.

Das Volk zog weg von der Lichtung; es war ihm zuwider, auf Toten zu lagern. Sie hatten sich noch nicht weit entfernt, da kamen ihnen zwei Kundschafter nachgehetzt. Die stöhnten: »Der Wald ist im Norden auf einmal zu Ende. Da ist die Erde bepflanzt. Da

liegen Dörfer. Teufelsmänner auf hohen, mähnigen Tieren peitschen herunter auf gebückte, schuftende Menschen; niedere Tiere,
pantherhafte, mit glitzernden Augen, sind in all ihren Sprüngen
gehorsam den Teufelsmännern, helfen ihnen das Land zu bewachen und die Gebückten, die Schuftenden. Der dritte Kundschafter, ihr Gefährte, sei von einem Wachttier aufgespürt worden und
fast in Stücke zerrissen. Dann hätte der Wächter von dem Rücken
des hohen Tieres gepfiffen, Hilfswächter seien herbeigerannt, und
sie hätten den blutenden dritten Kundschafter in Stricken mitgeschleift in eins der Dörfer.

Wie sie von nahem aussehen würden, die Fremden, die alle der-
artig quälten?

Die Kundschafter sagten, ihre Haut sei weiß, man sehe aber nur
ihre Gesichter, die seien haarig ums Kinn, bösäugig. Auf ihren
Leibern würden sie teils bunte Kleider tragen, teils silbrige Schup-
pen, keine Bogen würden sie tragen. In ihren Gürteln steckten sowohl Peitschen wie einzelne Pfeile, die sie ohne Bogen abschos-
sen.

Nach diesem Bericht nahm das Volk sein Schicksal abermals
und endgültig auf sich. Der Häuptlingsbefehl war gar nicht nötig.
Es verzog sich in den innersten Urwald, und es lebte von nun an,
auf jede Lichtung verzichtend, in dem grünen Walddampf wie ein
Mückenschwarm. Die Wurzeln, die sich in die Erde krallten und
wieder herauswuchsen und sich um die Bäume krallten, krallten
sich um das ganze Volk, so dass es gefangen war, eingesperrt. Es
war zugleich frei und gefangen. Es war viel besser, vom Urwald
gefangen zu sein, es war viel besser, von Tigern zerrissen zu werden, es war viel besser, von Schlangen gebissen zu werden als blutig geschlagen, gefesselt, gebrandmarkt von den ruchlosen Fremden.

Manchmal, aber wer hätte sagen können, ob »manchmal« in
einem Jahr oder in einem Leben steckte, rastete der Zug in einer
Lichtung, die ihm verlockend vorkam, weil sie ein Dach aus Ast-
geflecht bot und einen ungewohnt weiten, wasserdurchrieselten,
schimmernden Raum. Und sie ließen sich nieder, fühlten sich sicher. Während die Jäger auszogen, fingen sie an, Hütten aus Ästen

zu bauen gegen den erwarteten Regensturz. Aber immer, wenn sie gerade begonnen hatten, ihrem Rastdrang nachzugeben, wurden sie aufgescheucht durch den Warnungsschrei eines Vogels oder durch ein entferntes Geräusch oder durch den jähen, harten Befehl ihres Häuptlings, dem ein Gedanke oder ein Traum geheißen hatte, die Seinen weiterzuführen.

Wenn auch ihre Künste und all ihr Wissen erloschen waren und ihr Gedächtnis abklang, eins hatten sie verstanden: Was über dem Land lag und über allen Menschenstätten und nur in den tiefsten Wald nicht eindringen konnte, das waren gewaltige, böse und fremde Menschen. Götter waren es nicht, denn die hätten überall eindringen können mit ihrem ewigen Blick, dem nichts verborgen blieb, die hätten ihre Spur gefunden, auch in der Urwaldnacht. Die Fremden, die hatten sie bisher nicht gefunden, und die würden sie auch nicht finden.

Mit wechselnden Häuptlingen, vielerlei Tode sterbend, ständig schmelzend an Zahl, aber immerfort auch gebärend, aufgehellt und erschreckt von winzigen Lichtungen, sich an alles erinnernd, wenn auch nur in kurzen seltenen Augenblicken, was ihm unter dem Himmel geschehen war, davon kundtuend, manchmal in jähen verzückten Schreien, manchmal in langen langsamen Liedern, lebte das Volk im Wald verborgen. An einer engen Stelle des Erdteils zog es vom Atlantischen zum Stillen Ozean, hin und her, angstvoll alle Rodungen meidend. Alles war ihm verlorengegangen, nur nicht seine Erinnerung. Es sang, wenn es Rastzeit hatte oder ganz kurz die Sonne erblickte oder die Sterne. Wenn sich dabei die Herzen erweichten und die Kehlen, erzählte es aus seinem alten Leben, aus seinem Leben im Licht. Es erzählte von seinen Festen, von dem Bauwerk, turmartig, mit vielen Stufen, um zu den Göttern zu steigen, von allen Künsten der Priester und ihren Zöglingen, den schönäugigen, reinen heiligen Knaben, von der Schreckensnacht, in der der Feind eingebrochen war. –

Die Jungen glaubten, das alles hätten die Alten erlebt, und die Alten glaubten es selbst, so deutlich wurde ihnen beim Erzählen, was erlebt worden war.

Auch das dritte Jahrhundert verging. Und sie waren gewiss

schon vielmals, im Wald verborgen, von einer Küste zur anderen gezogen. Ihre Sinne waren nur zum Lauern da und zum Misstrauen und manchmal zum Erinnern.

Sie erfuhren nicht, was inzwischen hinter dem Urwald im ganzen Land geschah. Nichts von Aufständen, die zuerst nur vereinzelt an verschiedenen Stellen aufgelodert waren und zerschossen und zertreten, so dass nichts zurückblieb als ein Echo, das sich auch verlor. Nichts erfuhren sie von einer Glocke, die Hidalgo, der Dorfpfarrer, an seiner Kirche läuten ließ zum Zeichen des Aufstandes gegen die Spanier. Nichts von der großen Empörung, die nach dreihundert Jahren unbezähmbar brannte und durch nichts mehr zu löschen war. Als die Spanier längst verjagt waren, blieben sie immer weiter wie Flüchtlinge im Urwald versteckt, sterbend, gebärend, entzückt, voll Angst, kurz rastend an einigen Lichtungen, manchmal erschüttert durch einen Stoß von Erinnerungen. Sie erfuhren nichts von dem Mann namens Juarez, der den französischen Kaiser, als dieser auch das Land schlucken wollte, wie es die Spanier geschluckt hatten, erschießen ließ. Zäh, beharrlich, zusammengeschmolzen, setzten sie ihr verborgenes Leben fort.

Einmal hörten Pelzhändler in einer abgelegenen Siedlung das Gerücht von unbekannten menschenscheuen Jägern. Die Sucht dieser Händler, Geld zu verdienen, war stärker als jedes Hindernis. Nachdem sie den Weg festgestellt hatten, den der Zug wahrscheinlich nehmen würde, versuchten sie, einzelne Jäger anzulocken mit Geschenken von Salz, von Messern, von Schnüren, von unerlässlichen Dingen. Ihre Geschenke legten sie an bestimmten Plätzen nieder, und sie fanden dort nach einer gewissen Zeit die Gegengeschenke der Jäger: seltene Pelze.

Eine Zeitlang fand dieser Austausch statt, ohne dass je einer den anderen sah. Dann befahl der Häuptling, den Tausch einzustellen. Und von nun an mieden sie wieder jegliche Menschenspur.

Eines Nachts lagerten sie, dicht zusammengedrängt, in einer kleinen Lichtung. Wie viel Jahre seit ihrer ersten Fluchtnacht vergangen waren, wussten sie nicht; denn Rechnen und Zahlen, einstmals ihrer Priester erstaunliche Weisheit, hatten sie längst verlernt, nur die Ereignisse waren in ihren Liedern geblieben, in ihren Sagen, bunt und bleich wie die Wirklichkeit, ja, noch bunter und bleicher als die Wirklichkeit selbst.

Da geschah es, dass die Wächter unerklärliche anschleichende Laute vernahmen. Und der Häuptling, dem das Geräusch gemeldet wurde, befahl augenblicklich den Aufbruch.

Es war schon zu spät. Aus dem Urwaldkreis brach etwas Fremdes, etwas Lebendes hervor. Tierisch war es nicht, auch nicht gespenstisch, menschenähnlich war es, wenn auch furchtbar fremd. Es war jung, schwach, mager. Es war waffenlos. Trotzdem drängte sich das Volk angstvoll um den Häuptling. Die Ankömmlinge warfen sich nieder. Sie waren erschöpft, blutig gerissen vom bissigen Urwald. Sie flehten mit ihren langen und leichten Händen um Schutz und um Wasser.

Bald erkannte man: böswillig waren die nicht, o nein. Die waren sanft, demütig. War ihre Sprache auch unbegreiflich, ihre Haut war braun, ihre Hände und Blicke verstanden die eignen Hände und Blicke.

Als die Krusten auf den fremden Gesichtern zersprungen und die schlimmsten Scharten und Stiche geheilt waren, kam ein Glanz aus der Haut der jungen Ankömmlinge, wie er manchmal auf blankem Holz liegt. Ihre Augen sogen aus dem Innern der gefragten Menschen Antworten heraus, die sie sich wiederholten. Und sie nickten. Und sie baten die Gefragten mit langen schmalen Händen, ihre Antworten zu wiederholen.

Alten Frauen, die die meisten Lieder wussten und sich gut aufs Erzählen verstanden, kam zuerst der Gedanke, diese plötzlich aufgetauchten Söhne glichen sehr den Knaben, die einstmals ihren Priestern gedient hatten, heiligen, klugen und reinen Knaben, die ihnen in den Urwald gefolgt waren und auch heute noch durch die Lieder sprangen. Diese Knaben hier, das kam bald zutage, wussten auch in mancher Kunst Bescheid. Schon am ersten Abend heilten sie den jüngsten Sohn des Häuptlings, und sie halfen einer Frau gebären, die seit drei Tagen in Wehen lag.

Das Misstrauen in dem Volk legte sich. Mancher wünschte sich, die Haut eines Ankömmlings, die braun wie die eigne war, aber glatt und blank, wenigstens anzutupfen, über sein Haar zu streichen, seinen Geruch zu atmen.

Als etwas Zeit verstrichen war, verstanden die jungen Gäste ihre Gastgeber, und die Gastgeber verstanden ihre Gäste. Ja, die Knaben hatten ihre Spur gefunden. Ja, ihre Heimstätten lagen außerhalb des Waldes. Ja, ihr Häuptling hatte sie ausgeschickt, diese Spur zu finden, denn man hatte ihm erzählt, im Urwald versteckt, lebe seit der Ankunft der Spanier ein tapferer Stamm seines Volkes. Ja, ihr Häuptling sei ein guter und großer Häuptling. Cardenas sei sein Name, wer unter seiner Obhut stehe, brauche sich vor nichts zu fürchten, brauche vor nichts zu fliehen, brauche sich vor nichts Bösem zu verstecken. Seien doch die Eindringlinge längst verjagt. Sie alle könnten aus dem Wald herausziehen, frei vor ihn treten und ihr gutes Recht verlangen. Solch ein Mann sei ihr Häuptling.

Über diese Auskunft wurden alle freudig unruhig, furchtbar unruhig. Und sie fragten heftig. Sie besprachen das Gehörte laut und leise. In den Nächten hörte man ihr Murmeln.

Als der Häuptling die Erlaubnis gab, machten sich zwei Knaben auf den Weg. Ihre Gefährten blieben ohne Furcht zurück. Eine Regenzeit verging. Bald danach kamen die beiden Abgesandten wieder. Ihr Häuptling, der mitten im Land auf der Ebene lebte, wünsche sich, den Häuptling, der im Wald lebte, zu begrüßen. Er lade ihn als Gast ein. Er verspreche ihm und den Seinen ein gutes Stück Land, auf dem sie in Frieden leben könnten, sich ernähren und sich vermehren.

Inzwischen hatten sich schon manche Jäger ins Sonnenlicht gewagt, in die Ebene, freilich ohne sich allzu weit vom Wald zu entfernen, falls Gefahr drohe.

Der Häuptling und seine Söhne und einige seiner besten Männer fuhren schließlich, sich vor der unglaublichen Veränderung durch Schweigen und Starrheit schützend, begleitet von den jungen, klugen, sanften Lehrern, die zuerst ihr Vertrauen gewonnen hatten, hinein nach Mexiko.

Bei dem Anblick all der sonderbaren, ganz unfassbaren Dinge, die sie bei der Fahrt gewahr wurden, befahl ihr Häuptling mit geschlossenen Zähnen, aber unaufhörlich: »Schweigt!« Und sie blieben unbewegt, wortlos, konnten es aber nicht hindern, dass immer wieder ein Beben über ihre Haut lief.

Sie hielten am Stadtrand, vor dem Haus des Präsidenten. Auf den Mauern wachten Soldaten. Fortwährend zogen Gruppen von Menschen auf aus allen Teilen des Landes, aus allen Stämmen des Volkes, verschieden an Sprache und Kleidung. Sie wollten den Präsidenten betrachten, sie wollten ihm Geschenke bringen.

Hinter dem Häuptling trugen seine Männer die besten Felle von Tigern und Leoparden, die aus den gefährlichsten, tapfersten Jagden stammten. Obwohl sie die Meinung gewonnen hatten, der Feind sei endgültig besiegt, jetzt sei Frieden im Land, blieb ihr Misstrauen wach. Auf dem Weg ins Haus blickten sie nach rechts und links aus den Augenwinkeln.

Der Präsident war braun wie ihr eigner Häuptling. Sofort war ihm anzumerken, dass er nur Gutes im Sinn hatte. Er verstand ihr Leid. Er verstand ihr Misstrauen. Er achtete sie. Er verbeugte sich vor dem Häuptling. Er stieß einen Freudenschrei aus beim Anblick der Leopardenfelle.

Sie brachten ihrem Volk die gute Nachricht zurück in den Wald, dass sie von nun an zusammen auf eigenem Boden unter dem Himmel leben könnten wie früher.

Bald darauf zogen alle durch Ebenen und Berge, starr, aufgewühlt im Innern, schweigsam und wachsam. So still, wie sich ihr Häuptling in der Stadt verhalten hatte, ertrugen sie die lange Fahrt in der Bahn und in den Wagen. Sie waren ständig darauf bedacht, weder Furcht noch Erstaunen zu zeigen. Sie hielten sogar die kleinen Kinder davor zurück, durch sichtbare Neugier ihren Stolz zu verlieren.

Das Land, das ihnen der Präsident überließ, war ein guter Streifen an der Küste des Stillen Ozeans. Große Stapel Ziegelsteine und Holz, um Hütten zu bauen, erwarteten sie, auch Pflüge und Säcke Saatkorn. Zu ihrer Beratung warteten Handwerker, Agronomen, Ärzte und Lehrer. Sie nahmen stumm alles wahr. Rasch, schweigend, höchstens halblaut unter sich eine Meinung austauschend, besichtigten sie das Land.

Cardenas' Leute erwarteten ihr Entzücken, ihren Dank.

Der Häuptling nahm schließlich das Wort. Mit Hilfe der jungen Leute, die inzwischen gelernt hatten, seine Sprache zu übersetzen. Er sagte mit erhobenem Kopf: »Das ist unser Land nicht. Wir wollen unser eigenes Land.« Als die anderen, verwundert, nicht gleich antworteten, fuhr er fort: »Hört unsere Geschichte!«

Die besten Geschichtenerzähler, Männer und Frauen, traten vor. Sie erzählten und sangen aus ihrem Gedächtnis, was darin aufgehoben war.

Der Häuptling sagte: »Hier ist nur vor uns Meer, der Wald liegt hier und dort. Das kann unser Land nicht sein.«

Der Präsident erfuhr den Wunsch des Häuptlings. Er bat ihn, sich noch kurze Zeit zu gedulden. In der Wartezeit machte man sie mit Roden und Pflanzen von neuem vertraut.

Dann fuhren sie auf dem Weg zurück, den sie gekommen waren. Sie hüteten sorgsam ihr Werkzeug, ihr Holz, ihr Saatkorn.

Als man ihnen schließlich ein gutes Stück Land am Atlantischen Ozean auf ihrer alten Halbinsel anwies, gingen sie schweigend, untereinander wechselnd, die Strecken ab. Sie schickten Kundschafter aus zu den Küsten.

Die höchste Pyramide stand unversehrt an der Stelle, an der sie am Tag des Aufbruchs gestanden hatte. Von ihrer Spitze aus war alles zu sehen, was sie von jeher beschrieben hatten.

Der Häuptling sagte: »Hier ist es. Wir bleiben.«

Sie ließen sich endgültig nieder, und sie wohnen auch heute dort.

Der Schlüssel

Die gusseiserne Tonne war ausgekühlt, in der man in Paris Kastanien geröstet hatte. Hier gab es keine Kastanien. Die Negerin Claudine röstete darum zur Mittagszeit Mais, Haselnüsse, Hagebutten und andere Früchte. Die Arbeiter, die die große Straße im Jura-Gebirge anlegten, hielten sich auf, um eine Handvoll zu kaufen von dem, was Claudine schnell zubereitete. Dann legte Amédée das Kopftuch seiner Frau über die ausgekühlte Tonne, er zog eine Weinflasche aus der Tasche und einen Kanten Brot, den er mit seiner Frau teilte. Ein paar Leute, die nach Pontarlier oder in irgendein Dorf gingen, blieben einen Augenblick stehen, um die karge Mahlzeit zu betrachten. Alles kam ihnen sonderbar vor, die Tonne, in der man Mais röstete, die Mahlzeit des Negerpaares, die rasch und ordentlich verzehrt wurde, trotz Hunger ohne Gier. Kauend, im Weitergehen, sagten die Leute: »Er trägt ein Kreuz an der Schnur um seinen Hals.« – »Das war kein Kreuz, sondern ein Schlüssel.« – »Ein Schlüssel?« – »Geh mal näher heran, dann wirst du sehen: ein Schlüssel!«

Amédée sprang auf nach dem letzten Schluck, seinem Arbeitstrupp nach. Die Mittagspause hatte er aus eigenem Willen eingelegt. Sein Meister hatte Leute aus Haiti mitgebracht, einige hatte er in Paris übernommen und den Trupp hier in der Gegend aufgefüllt. Der Bauherr in Paris hatte sich in staatlichem Auftrag verpflichtet, die Straße durch das Gebirge zu legen.

Amédée erfuhr auf dem Schiff, das ihn nach Frankreich brachte, von dem neuen Ereignis, das abermals die Welt erschütterte: dem 18. Brumaire.

Bonaparte blieb endgültig an der Macht. Er ertrug keine Negerherrschaft in Haiti. Ihm waren die Neger zuwider. Toussaint, der auf Haiti die Macht hatte und sie mit Weisheit gebrauchte, war ihm erst recht zuwider. Er schickte Kriegsschiffe aus. Die Insel wurde zusammengeschossen, ihre Farmen und Wälder verbrannt.

Toussaint, der Führer der Negertruppe, wurde mit List gefangen genommen und weggeschafft in eine Festung im Jura-Gebirge.

Als Amédée von diesen Ereignissen erfuhr, erfasste ihn Angst, man könnte Toussaint, den er unter allen Menschen am meisten liebte – er hatte vielleicht erst durch Toussaints Wirken ganz verstanden, was es bedeutete, einen Menschen zu lieben –, Böses antun. Es gelang ihm, bei dem Straßenbau im Jura unterzukommen. Hier hatte er beständig die Festung vor Augen, in der Toussaint eingesperrt war. Es war ihm zumute, als wüsste Toussaint in seiner Zelle, dass einer seiner treuesten Anhänger ständig sein Fenster beobachtete.

Nicht alle französischen Soldaten, die die Festung bewachten oder dort einen Dienst versahen, waren gleicher Gesinnung. Zwar auch glaubte hier Bonaparte, jeder müsse jeden seiner Befehle gutheißen. Amédée machte einen Wachsoldaten, Jean Violet, ausfindig, der ihm, sobald sie sich gegenseitig vertrauten, bei ihren kurzen, aber regelmäßigen Treffen alles mitteilte, was Toussaint betraf. Und dieser Violet machte kein Hehl daraus, dass er gleichfalls Toussaint für einen gewaltigen Menschen hielt, dem man Gemeines antat, weil man ihn fürchtete.

Nur dieser Blick während der kurzen Pause auf das Fenster in der Festung, hinter dem vermutlich Toussaint jetzt lebte, war Amédée noch geblieben für seine unauslöschbare Liebe. Darum kürzte er oft seinen Arbeitsweg ab, und er brachte seinen Gefährten, damit sie nicht grollten, Mais, Hagebutten und anderes, was seine Frau Claudine zuzubereiten verstand.

Amédée wusste nicht, und auch Jean Violet ahnte nicht, dass das Licht in Toussaints Zimmer nicht aufblinkte, um einem Mann, der ihm treu war, in dem Arbeitstrupp ein Zeichen zu geben, sondern weil zu dieser Minute Toussaints Zelle gründlich durchstöbert wurde. Amédée glaubte, der von ihm geliebte Toussaint müsste sein Hiersein ahnen und ihn erkennen.

In einem leeren Gehöft an der Straße, die gebaut wurde, hatte man eine Unterkunft für den Meister eingerichtet und einen Keller mit Arbeitsleuten vollgestopft. Hier schlief auch Claudine und manchmal, an sie gedrückt, ihre Freundin Sophie. Auch die war

Negerin, hatte mit ihrem Mann die Stellung schon in Martinique angenommen. Aneinandergekuschelt, um sich zu wärmen, erzählten sich die zwei Frauen ihre Erlebnisse in den vergangenen Jahren. Weil diese dicht und brennend waren, blieben sie wach trotz Erschöpfung.

Da Amédée so lange wie möglich hinaufstarrte in die Festung, die von der Straße aus ein Gebirgsvorsprung zu sein schien, lag seine Frau Claudine an Sophie gedrückt und erzählte aus ihrem vergangenen Sklavenleben in Haiti.

»Kurz vor dem großen Fest, das die Evremonts jedes Jahr gaben, fiel mir eine Vase aus der Hand. Meine Herrin rief, die Vase sei überaus wertvoll gewesen, hätte dreimal so viel gekostet wie ich selbst auf dem Markt. Sie ließ mich zur Strafe in ein Wandgefängnis einsperren, das man von der Festtafel aus sehen konnte. ›Wenn es dir langweilig wird‹, sagte das böse Weib, ›kannst du dir die Gäste betrachten.‹

Die Herrin dachte sich oft und gern solche Art Strafen aus. Man stopfte mich in das dafür hergerichtete Loch in der Wand. Man drückte das Gitter zu. Die Aufseherin, obwohl sie Negerin war wie ich, stand in hoher Gunst, sie schloss mich ein, und sie steckte den Schlüssel an ihr Halsband. Ich konnte kaum ein Glied in dem Loch bewegen. Ich krümmte mich, und ich stöhnte. Zuerst starrten die Gäste am Tisch, manche neugierig, manche vielleicht sogar mitleidig. Nun musst du wissen, in dieser Woche geschahen bereits da und dort auf der Insel, auf benachbarten Gütern, allerlei Dinge, von denen ich nichts richtig verstand auf meinem Gutshof, die ich nicht einmal für möglich hielt. –

Der neue französische Kommissar war gelandet. Er hatte den Auftrag, die Güter zu enteignen und dem Volk die Herrschaft über die Gutsbesitzer zu geben. Unter den Negern und Mulatten, lauter Verblendete, angstvolle Leute, hatte er keinen Beistand gefunden. Er hatte sich schließlich an Toussaint gehalten, der sich darauf verstand, in Menschen Widerstand zu entzünden. Auf einer Kaffeeplantage, nicht weit von den Evremonts, die den Grafen Monrois gehörte, war am Morgen desselben Tages, an dem man bei uns das Fest gab und mich in das Wandgefängnis sperrte, kein

Afrikaner zur Arbeit gekommen. Das hätten Beauftragte des Kommissars so angeordnet. Sie lachten über Schläge und Tritte. Und plötzlich, das habe ich aber alles erst später gehört, hielten zwei Kutschen des Grafen Monrois vor Evremonts Tor; jemand kam an den Festtisch gerannt, kein Schwarzer, irgendein geputzter Weißer, festlich gekleidet wie unsere Gäste, aber er stürzte verzweifelt in den Festsaal. Niemand sah mehr in mein Wandgefängnis. Obwohl meine Rippen zerquetscht waren, verfolgte ich rasend gespannt, was da plötzlich vorging. Die Gräfin Evremont stand schließlich auf, mit fassungslosem Gesicht, der Graf stand auf und einer, der neben ihr saß, auch andere umringten den Ankömmling. Schließlich drängten alle mit bestürzten Gesichtern aus dem Saal. Dabei zerbrachen mehr Vasen und Teller, als zwanzig Mädchen gleich mir gekostet hätten. Sie warfen sich in die Kutschen, deren sie habhaft wurden. Die Weißen, für die es keinen Platz mehr darin dann gab, stiegen in irgendwelche Karren, die man inzwischen geschirrt hatte. Ich glaube, es gab nur einen Trieb: weg aus dem Gut, an die Küste hinunter. Das habe ich freilich alles erst später erfahren. Ich konnte nur feststellen, was es aus meinem vergitterten Loch zu sehen gab. Mein Staunen und meine Erregung, das musst du mir glauben, Sophie, waren stärker als meine Verzweiflung. Von dem Monrois'schen Gut kamen welche zu unserem. Es roch nach Brand, ich hab dir schon so viel erzählt, willst du jetzt schlafen?«

»Ja, jetzt müsste ich schlafen. Das alles habe ich auch miterlebt. Nur in ein Wandgefängnis war ich nicht gesperrt. Wie du da rauskamst, das muss ich doch noch wissen.«

»Ich rüttelte wie verrückt an dem Gitter. Ich glaubte, mir würden alle Knochen brechen, so rüttelte ich, damit ich befreit werde und raus zu den anderen könne. Unsere Schwarzen hörten mich nicht. Sie brachen in den Festsaal ein. Sie schrien, sie tobten, da und dort fraß eine Flamme ein Tischtuch weg oder einen Vorhang. Das Geschirr auf der Festtafel war längst zertrümmert. Ich schrie: ›Schließt auf! Lasst mich raus!‹ Doch unsere Sklaven, in ihrem Getobe, alles zerfetzend, zerreißend, zündend, drückten sich an der Wand vorbei. Sicher war das gemeine Weib mit dem

Schlüsselbund, das mich in das Loch eingesperrt hatte, bereits voll Todesangst zum Hafen entkommen.«

Sophie war es nicht nach Schlaf zumut; sie horchte gespannt.

»All unsere Schwarzen durchrasten johlend das Gutshaus. Keiner gab auf mich acht, mich Einzelne. Ich rüttelte an meinem Gitter, ich schrie, ich heulte, sie aber, die im Begriff waren, alle Schwarzen auf der Insel zu befreien, bemerkten mich gar nicht.

Auf einmal, mir schien es nach einer Ewigkeit, stockte einer. Er stemmte sich gegen die Leute, die gegen ihn strömten, er selbst war groß und stark. Er bückte sich zu mir, sagte: ›Beruhige dich, gleich bist du frei.‹ Mit seinem ersten Handgriff gelang es ihm aber auch nicht, das Schloss aufzubrechen. Seine Stimme dröhnte: ›Her mit dem Schlüssel!‹

Ich weiß nicht, ob die Aufseherin, dieses gemeine Weib, der all die Schlüssel am Halsband baumelten, schon mit den Weißen auf und davon war. Ich weiß nicht, wo meine Leute sie erwischten, ob man sie totschlug, jedenfalls brachte man meinem Befreier, er wurde Amédée wie sein Herr gerufen, den Schlüssel zu meinem Gefängnis. Im Nu war ich frei. Meine Glieder knirschten. Man schleppte mich aus dem Gutshaus, wie machte die Luft mich glücklich! Ich konnte mich nicht bedanken. Damals war Amédée schon über alle Berge.

Die meisten zogen zuerst in die ehemaligen Wohnstätten ihrer Herren ein. Ich weiß noch gut, wie das erste Schiff voll von Kaffee, den wir gepflückt und gekörnt hatten, nach Frankreich fuhr. Es hieß, uns hätte die Französische Revolution befreit, wer das war, was das war, verstanden wir damals noch nicht. Ich hielt die Revolution für eine überaus mächtige Frau, um die wir singend tanzten.

Sie sagten, einer von uns, in einem Herrenhaus sei er Kutscher gewesen, sein Name sei Toussaint, reite an der Spitze eines Trupps Neger von einem Gut zum anderen. Ich jubelte mit den anderen, als dieser Mensch an uns vorbeiritt, obwohl ich gar nicht recht wusste, warum.

Bleib wach, Sophie, noch eine kleine Weile. Jetzt kommt etwas Wichtiges. Sehr viele von uns, ich war mittendrin, stiegen in die

Berge. Es hieß, dort könne man diesen Toussaint von nahem sehen, er würde bald zu uns allen sprechen. Wir warteten. Doch ehe er auftauchte, fiel mein Blick auf einen Neger, den ich zu erkennen glaubte, einen großen, mächtigen. An einer Halskette hing auf seiner Brust ein Schlüssel. Ich schrie auf. Ich drängte mich durch die Menschen. Auch er erkannte mich, es war Amédée, der sich den Schlüssel verschafft und mich befreit hatte. Er kam zuerst zu Wort. Er erzählte mit seiner dröhnenden Stimme, wie ich auf dem Gut der Evremonts fast eingesperrt blieb in meinem Wandgefängnis, als sich das ganze Land befreite.

Plötzlich war Toussaint angelangt, er hielt sich aber zuerst zurück und hörte Amédée zu. Dann trat er dicht an ihn heran. Er nahm einen Augenblick den Schlüssel, der auf Amédées Brust hing, und betrachtete ihn; mir strich er übers Haar, er, Toussaint, in dieser Menschenmenge, die ihn erwartet hatte. Ich spüre es noch heute, wie seine Hand über mein Haar strich. Und wenn ich hinaufsehe auf sein Fenster in der Festung von Joux, in die er eingesperrt ist, dann spüre ich erst recht seine Hand.«

Der Winter ging zu Ende. Erschöpft waren die Leute, die die Straße geschlagen hatten im Jura-Gebirge.

An einem Aprilabend kam Amédée später als sonst in die Kellerherberge, ohne Gruß. Er legte sich stumm neben Claudine. Die Frau hatte ihn erwartet. Sie stützte sich auf die Ellenbogen und betrachtete ihn erstaunt. Sein Atem ging schwer. Da spürte sie, dass etwas geschehen war. Er konnte nicht länger an sich halten. Er weinte lautlos, er holte neuen Atem zum Weinen. Es kam ein Stöhnen aus seiner Brust. Jemand knurrte: »Du bringst uns um den Schlaf.« Er kauerte sich dicht an Claudine. Er sagte mit gedämpfter Stimme: »Toussaint ist tot. Wie ihm heute morgen einer das Frühstück brachte, fiel ihm der Teller aus der Hand. Toussaint hat schräg auf dem Stuhl gelegen. Der Kommandant gab sogleich die Meldung weiter. Solche Angst vor Toussaint haben diese Leute noch heute, obwohl er vor ihren Augen tot auf dem Stuhl lag. Der Gemeindepfarrer hat ihn begraben müssen. Sicher war er hier von Anfang an krank in der grimmigen Kälte. Schon als er auf diesen rauen Erdteil kam und verschleppt worden ist von einem Ort zum anderen, konnte er den eisigen Wind nicht ertragen. Hier wurde er eingesperrt, du weißt, was es mir für einen Schlag gab, als ich davon erfuhr, in dem Kerker in diesem Gebirge ging es ihm täglich schlechter, wie Jean mir erzählte. Jeans Achtung vor unserem Toussaint ist gewachsen, je schlechter es ihm ging. Der Kommandant ahnte gar nicht, dass mein Freund Jean nicht der Einzige war, mit seiner Achtung, seinem Zorn und seinem Mitleid; wie dem auch sei, Toussaint ist gestorben.«

Er schluchzte verhalten. Claudine wischte ihm das Gesicht. Sie weinte selbst.

Drei Abende später wartete Claudine gespannt auf ihren Mann, wie sie es jeden Abend tat. Sie erzählte nichts mehr, wahrscheinlich war Sophie froh, früh einzuschlafen. Am vierten Abend kam Amédée spät. Er erzählte: »Der Kommandant, der genau alles ausführt, was die Minister in Paris ihm befehlen, will verbergen, was Toussaint für ein Schwarzer war. Er musste gegen seinen eignen Willen für Toussaints Grab einen guten Platz aussuchen unter den alten Soldatengräbern.« Er schwieg eine Minute. Claudine glaubte, er sei am Einschlafen. Er sprach aber noch einmal kurz: »Wenn ich vor dir sterbe, nimm mir den Schlüssel nicht weg. Lass ihn an meinem Hals hängen.«

»Warum sprichst du vom Tod? Das Leben ist hart, ja. Wir werden aber noch ein Stück zusammen leben. Wir sind doch nicht die Einzigen, du hast es selbst gesagt, die leiden unter Toussaints Tod. Dieser Jean, der dir alles erzählt hat, versteht gut, was für ein Mann Toussaint war.«

»Er ist nicht der Einzige auf dem Fort und nicht der Einzige in Frankreich. Die Jakobiner sind doch nicht alle gestorben, als Bonaparte hochkam.«

Nicht nur Amédée weinte auf seinem schäbigen Lager. In der Stadt Joux, in vielen Ortschaften im Jura-Gebirge gingen Gerüchte um über den Tod Toussaints. Menschen, die kaum etwas von Toussaint gehört hatten zu seinen Lebzeiten, redeten in den Wirtshäusern und in ihren Familien. Jean sagte zu Amédée: »Gefürchtet war er in Ketten, er bleibt es auch im Grab.«

Die Mitglieder des Clubs »Freunde der Schwarzen« in Paris waren verzweifelt über diesen Tod. Sie fanden sich wieder erregt zusammen, obwohl ihr Club in der Reihe der polizeilich verdächtigen oder sogar verbotenen Vereinigungen stand. Und in Bordeaux, wo es ebenfalls einen solchen Club gab, fing man an, Geld für ein Denkmal zu sammeln. Toussaints Sohn, der damals in Bordeaux wohnte, war in Frankreich erzogen worden. In jener Zeit hatte sein Vater geglaubt, in diesem Land erhalte der Sohn Schulbildung und eine gute Erziehung.

Sogar in den Sklavenquartieren der großen amerikanischen Farmen war man bestürzt über Toussaints Tod. Die Nachricht hatte sich überallhin verbreitet, wo Schwarze über ihr Schicksal nachdachten.

So heiß sich Amédée einmal gewünscht hatte, in die Nähe der Festung zu ziehen, in der Toussaint lebte und schließlich starb, er hatte jetzt nur den Wunsch, das Grab des Mannes aufzusuchen, an dem sein Herz hing.

Aus der Stadt Bordeaux kam ein dringendes Angebot, den Toten, der rasch die nahen Ortschaften mit Gerüchten beunruhigt hatte, auf dem Friedhof der Stadt zu beherbergen. Es war der Sohn Toussaints, der die Grabstätte kaufte. Der Club der »Freunde der Schwarzen«, der sich in Paris aufgelöst hatte und keinen Schutz mehr erhielt und keine Unterstützung, da er zuletzt doch polizeilich verboten wurde, bewahrte in kleinen Gruppen da und dort seinen Anhang. Jener Sohn Toussaints förderte eine solche Anhängerschaft in Bordeaux.

Amédée und Claudine hatten lange Zeit ein erbärmliches Leben im Jura geführt. Ihr nächtliches Lager in dem alten Gehöft wurde nur geduldet, obwohl der Straßenbau in diesem Gebirgsteil beendet war und eine andere Gruppe Arbeiter eingezogen, weil Amédée sozusagen als Vergütung sein Kastanienöfchen in kalten Nächten zum Heizen benutzte. Claudine verstand sich auch darauf, verschiedene Getränke zuzubereiten aus Baumrinden und getrockneten Früchten.

Ihrem Mann war es eine Wohltat, Toussaints Grab regelmäßig in der Festung Joux aufzusuchen. Als er plötzlich vernahm, der

Tote würde abtransportiert werden nach einer entfernten Stadt, stand es für ihn fest, ihm nachzuziehen. Es gab niemand, der seinen Entschluss kannte. Als er ihn Claudine mitteilte, war sie sofort zu der schwierigen Reise bereit. Die furchtbaren Stunden in dem Wandgefängnis, vor vielen Jahren, gingen ihr nie aus dem Kopf, so wenig wie ihre Dankbarkeit für Amédée.

Erschöpft und ausgehungert kamen die beiden eines Tages in Bordeaux an. Ein Friedhofswächter zeigte ihnen den Weg zu Toussaints Grab. In dieser Stadt gab es endlich wieder Kastanien, und sie ernährten sich durch das Öfchen, das sie irgendwie mitgeschleppt hatten. Ein Grund mehr für Claudine, die Entschlüsse ihres Mannes zu billigen.

Nach ungefähr einer Woche sprach sie auf dem Friedhof ein Bürger der Stadt an, der ihre Besuche beobachtet hatte. Amédée erzählte ihm ihre Erlebnisse, und er zeigte ihm den Schlüssel, und er sagte: »Ja, das hier ist die Frau.« Claudine war früh gealtert und hutzelig.

Der Bürger führte die beiden zu Freunden ihrer Gesinnung. Sie erhielten Unterkunft und Arbeit.

Diese Gruppe, ein Überbleibsel des Clubs der »Freunde der Schwarzen«, lud sie regelmäßig ein, wenn auch sehr vorsichtig. Dann erzählte Amédée, und Claudine beantwortete, zaghaft und schüchtern, diese und jene Frage.

Als Napoleon zum Kaiser gekrönt wurde und die meisten Länder Europas veränderte, dachten die Menschen an andere Dinge als die Errichtung eines Grabmals auf dem Friedhof von Bordeaux. In Paris war der Club der »Freunde der Schwarzen« längst aufgelöst, es kamen aber noch immer, in Bordeaux und in anderen Städten, einzelne Gruppen zusammen. Sie sagten, wie viel Siege Napoleon auch erkämpft, in Haiti ist er geschlagen worden. Sie stellten fest: Er ist nicht unbesiegbar, wie es den Anschein hat. Vielleicht war der kleine Kreis Freunde der einzige, der den Einmarsch Napoleons in Russland für aussichtslos hielt.

Vor seinem Tod hatte Amédée erlebt, dass Napoleons Armee in der Beresina zugrunde gegangen war. Vielen Menschen erschien diese Niederlage unfassbar. Amédée verglich sie mit der Niederlage auf Haiti, da die französischen Kriegsschiffe die Insel nicht einzunehmen vermochten.

In der Nähe von Toussaint begraben zu werden war sein letzter Wunsch. Vor der Bestattung nahm man den Schlüssel von seiner Brust, und man bat Claudine, ihn von nun an zu tragen. Die Freunde kauften eine silberne Halskette. Daran sollte der Schlüssel hängen, mit dem ihr Mann das Wandgefängnis geöffnet hatte. Sie müsse ihn immer tragen, an Feiertagen und bei der Arbeit.

Claudine, die man als schüchtern und zaghaft kannte, fuhr zornig dazwischen: »Nein, Amédée soll ihn tragen bis zur Auferstehung aller Sklaven der Welt.«

Man fügte sich ihrem Willen, und man begrub Amédée mit dem Schlüssel auf der Brust. Wer bei der Beerdigung eine Handvoll Sand in das Grab warf, fühlte sich mit dem Toten verbunden.